El Abuelo que Saltó por la Ventana y se Largó

Jonas Jonasson

El Abuelo que Saltó por la Ventana y se Largó

Traducción del sueco de
Sofía Pascual Pape

salamandra

Título original: *Hundraåringen som klev ut genom fönstret och försvann*

Ilustración de la cubierta: T. Archibald / Getty Images / S. Zygart

Copyright © Jonas Jonasson, 2009
Publicado por primera vez por Piratförlaget, Sweden.
Publicado por acuerdo con Pontas Literary & Film Agency, Spain.
Copyright de la edición en castellano © Ediciones Salamandra, 2012

Publicaciones y Ediciones Salamandra, S.A.
Almogàvers, 56, 7º 2ª - 08018 Barcelona - Tel. 93 215 11 99
www.salamandra.info

ISBN: 978-84-9838-416-1
Depósito legal: B-16.111-2012

1ª edición, febrero de 2012
23ª edición, febrero de 2014
Printed in Spain

Impresión: Romanyà-Valls, Pl. Verdaguer, 1
Capellades, Barcelona

Nadie era capaz de hechizar a su público como el abuelo, sentado allí, en el banco de madera, inclinado ligeramente sobre su bastón y mascando rapé.

—Pero ¿es eso cierto, abuelo? —preguntábamos pasmados sus nietos.

—Quienes sólo saben contar la verdad no merecen ser escuchados —contestaba el abuelo.

Este libro es para él.

Jonas Jonasson

1

Lunes 2 de mayo de 2005

Es verdad que habría podido decidirse antes y de paso haber tenido la deferencia de comunicar su decisión a los interesados, pero Allan Karlsson nunca había dedicado tiempo a pensar las cosas antes de hacerlas.

Por tanto, en cuanto la idea le vino a la cabeza, abrió la ventana de su habitación en el primer piso de la residencia de ancianos de Malmköping, provincia de Södermanland, y bajó por el emparrado hasta el arriate del jardín.

La maniobra le resultó complicada, algo comprensible dado que ese mismo día Allan cumplía cien años. En menos de una hora se celebraría su fiesta de cumpleaños en el salón de la residencia. El mismísimo alcalde haría acto de presencia. Y la prensa local. Y el resto de los ancianos. Y el personal al completo, con la furibunda enfermera Alice a la cabeza, por supuesto.

Sólo el homenajeado no tenía la intención de presentarse.

2

Lunes 2 de mayo de 2005

Allan Karlsson vaciló un momento en el arriate de pensamientos adosado a uno de los muros de la residencia. Vestía chaqueta marrón, pantalones marrones y zapatillas marrones. No iba a la última moda, desde luego, pero aun así aquel atuendo resultaba un poco raro para su edad. Había huido de su fiesta de cumpleaños, y eso también resultaba un poco raro para su edad, sobre todo porque muy pocos la alcanzan.

Sopesó si tomarse la molestia de volver a trepar hasta la ventana para coger el sombrero y los zapatos, pero cuando comprobó que llevaba la cartera en el bolsillo de la chaqueta, decidió ahorrárselo. Además, la enfermera Alice había demostrado en varias ocasiones poseer un fastidioso sexto sentido (allá donde él escondiera su aguardiente, ella siempre lo encontraba), y quizá en ese mismo instante anduviese por el pasillo barruntando que allí olía a chamusquina.

Mejor largarse cuando aún estaba a tiempo, pensó, y sacó las piernas del arriate con un crujir de rodillas. Que él recordara, en la cartera llevaba unos cuantos billetes de cien coronas que había conseguido ahorrar, lo cual le resultaría muy útil, ya que sin duda desaparecer no le saldría gratis.

Volvió la cabeza y echó un último vistazo a la residencia de ancianos, que hasta hacía muy poco había considerado su última morada en la tierra, y se dijo que eso de morir bien podía hacerlo en otro momento y otro lugar.

Así pues, el centenario echó a andar con sus zameadillas (así llamadas porque a cierta edad rara vez mea uno más lejos de sus propios zapatos). Primero cruzó un parque y luego rodeó un descampado donde, de vez en cuando, se instalaba algún mercadillo. Por lo demás, aquella ciudad era bastante tranquila. Tras recorrer unos cientos de metros, se metió por detrás de la orgullosa iglesia medieval y se sentó en un banco al lado de las lápidas, para conceder un breve descanso a sus rodillas. La religiosidad de los lugareños no llegaba al extremo de que Allan hubiese de temer que pudieran echarlo de allí. Según comprobó con sorpresa, bajo la losa situada justo enfrente del banco yacía un tal Henning Algotsson, nacido el mismo año que él. Menuda ironía del destino. La principal diferencia entre ambos residía en que Henning había exhalado su último suspiro sesenta y un años antes.

Si Allan hubiese tenido otro talante, tal vez se habría preguntado de qué había muerto Henning a la temprana edad de treinta y nueve años. Pero él nunca se metía en lo que hacían o dejaban de hacer los demás, no si podía evitarlo, y casi siempre podía.

Prefirió pensar que probablemente se habría equivocado de medio a medio quedándose encerrado en el asilo con la convicción de que, en caso necesario, podría morirse sin más y acabar con todo. Y es que, por muchas vejaciones que pudiera sufrir uno, resultaba más interesante e instructivo escapar de la espantosa enfermera Alice que yacer inmóvil dos metros bajo tierra.

En vista de ello y desafiando sus doloridas rodillas, el cumpleañero se puso en pie, se despidió de Henning Algotsson y prosiguió su improvisada fuga.

Cruzó el cementerio hacia el sur hasta que un murete de piedra le impidió el paso. No mediría más de un metro de alto, pero Allan era un centenario, no un saltador de altura. Sin embargo, al otro lado aguardaba la terminal de autobuses de Malmköping, y en ese instante comprendió que sus inseguras piernas querían llevarlo precisamente allí. Una vez, hacía muchos años, Allan había cruzado el Himalaya, y aquello sí había sido fatigoso. Y en eso se concentró para superar el último obstáculo que lo separaba de la terminal. Se concentró tanto que el murete encogió a sus ojos hasta casi quedar reducido a nada. Y cuando más insignificante le pareció, Allan, a pesar de su edad y sus rodillas, trepó y saltó al otro lado.

En Malmköping raras veces había aglomeraciones, y aquel soleado día de primavera no era una excepción. Todavía no se había cruzado con nadie desde que inopinadamente decidió saltarse su propia fiesta de cumpleaños. La sala de espera de la terminal también estaba casi desierta cuando entró arrastrando las zapatillas. Sólo casi. En medio de la sala había dos hileras de asientos, respaldo contra respaldo, todos desocupados. A la derecha, dos ventanillas, una de ellas cerrada. Tras la segunda había un hombrecillo escuálido, de pequeñas gafas redondas, cabello ralo con raya a un lado y chaleco reglamentario. Al ver a Allan, dejó de teclear en su ordenador y compuso una expresión atribulada. ¿Quizá el ajetreo de esa tarde le resultaba demasiado estresante? Porque Allan acababa de constatar que no era el único viajero en la sala de espera. En efecto, en un rincón había un joven esmirriado de pelo rubio, largo y grasiento, barba hirsuta y una cazadora vaquera en cuya espalda ponía «Never Again».

Probablemente no sabía leer, pues tiraba de la puerta del aseo para minusválidos como si el letrero «Fuera de servicio», en letras negras sobre fondo amarillo, no significara nada.

Al cabo se pasó a la puerta del aseo contiguo, pero allí el problema era otro. Al parecer, el joven no quería separarse de su enorme maleta gris con ruedas, pero el lavabo era

12

demasiado pequeño para albergar a ambos. Observándolo, Allan comprendió que tendría que entrar sin la maleta, o bien meterla dentro y quedarse él fuera.

Sin embargo, ése fue todo el interés que mostró por los problemas de aquel joven. Bastante tenía ya con ir arrastrando los pies lo mejor que podía para acercarse, pasito a pasito, a la ventanilla y preguntarle al empleado si había algún medio de transporte que saliera hacia algún lugar dentro de los próximos minutos y, de ser así, cuánto costaba el billete.

El hombrecillo lo observaba con aspecto cansado. De hecho, había perdido el hilo de la explicación, porque tras unos segundos de reflexión preguntó:

—¿Y qué destino tenía en mente el señor?

Allan empezó de nuevo y le recordó que tanto el destino como el recorrido eran secundarios, y que lo principal era 1) la hora de salida y 2) el precio.

El otro guardó silencio unos instantes mientras consultaba los horarios y rumiaba las palabras de Allan.

—El coche de línea 202 sale dentro de tres minutos con destino Strängnäs —dijo por fin—. ¿Le va bien?

Sí, a Allan le iba muy bien. Por tanto, fue informado de que el autobús en cuestión partía del andén situado delante de la entrada de la terminal, y de que lo más adecuado era comprarle el billete directamente al conductor.

Allan se preguntó qué haría aquel hombrecillo detrás de la taquilla si no expedía billetes, pero se lo calló. Tal vez él también se lo preguntara. En su lugar, le dio las gracias y a modo de saludo intentó levantarse un sombrero que, con las prisas, había olvidado en la habitación.

Se sentó en una de las hileras de asientos vacíos y se sumió en sus pensamientos. Sólo faltaban doce minutos para que comenzara la puñetera fiesta de aniversario, que estaba programada para las tres. En breve empezarían a llamar a la puerta de su habitación, y a partir de entonces se armaría la gorda, de eso no cabía duda.

El homenajeado se sonrió mientras con el rabillo del ojo veía acercarse a alguien. Era el joven esmirriado de pelo rubio, largo y grasiento, barba hirsuta y la cazadora vaquera con el «Never Again» en la espalda. Se dirigía directamente hacia él, tirando de su enorme maleta con ruedas. Allan comprendió al punto que corría un gran riesgo de tener que hablar con aquel pelanas, pero en el fondo no le vendría mal, supuso, pues le serviría para formarse una idea sobre las preocupaciones e inquietudes de la juventud actual.

Y, en efecto, se produjo un diálogo, aunque no de altos vuelos. El joven se detuvo a un metro de Allan, pareció estudiarlo un instante y dijo:

—Eh, tío, ¿qué pasa?

Allan también le dio amablemente las buenas tardes y preguntó si podía ayudarlo en algo. Podía. El joven quería que Allan le echase un ojo a la maleta mientras él hacía sus necesidades en el servicio. O, como explicó:

—Tengo que cagar.

Allan repuso educadamente que, aunque estaba hecho un cascajo, aún conservaba bien la vista y no le supondría molestia alguna vigilarle la maleta. Sin embargo, le advirtió que se diera prisa, porque dentro de nada tenía que coger un autobús.

Cabe suponer que el joven no oyó esto último, ya que salió corriendo hacia el lavabo antes de que Allan hubiese terminado la frase.

El anciano no solía exasperarse con la gente, hubiera o no motivo para ello, y en esta ocasión tampoco lo incomodó la grosería del joven. No obstante, huelga mencionar que tampoco le inspiró una simpatía especial, lo cual tuvo suma relevancia en lo que sucedería a continuación.

Que fue que el coche de línea 202 paró delante de la entrada escasos segundos después de que el melenas se encerrara en el aseo. Allan miró el autobús y luego la maleta, después de nuevo el autobús y otra vez la maleta.

Tiene ruedas, se dijo. Y un asa para llevarla.

Y entonces se sorprendió tomando lo que se podría calificar como la decisión que le cambiaría la vida.

El conductor, un hombre servicial y atento, lo ayudó a subir el equipaje a bordo.

Allan le dio las gracias y sacó su cartera del bolsillo de la chaqueta. Mientras contaba el dinero que tenía —seiscientas cincuenta coronas en billetes y algunas monedas—, el conductor preguntó si el señor quería ir a Strängnäs. Allan pensó que lo mejor sería mostrarse precavido, al menos de momento, así que separó un billete de cincuenta y preguntó:

—¿Hasta dónde llego con esto?

El otro, divertido, comentó que estaba acostumbrado a que la gente supiese adónde quería ir pero no cuánto le costaría, y que lo contrario era muy poco habitual. Después echó un vistazo al listado de tarifas y le dijo que por cuarenta y ocho coronas podía llevarlo hasta Estación de Byringe.

A Allan le pareció bien. Cogió el billete y las dos coronas de cambio. El conductor colocó la maleta recién robada en el espacio reservado para equipaje detrás de su asiento, y Allan se sentó en la primera fila de la derecha. Por la ventanilla veía la sala de espera de la terminal. Cuando el vehículo se puso en marcha, la puerta del aseo seguía cerrada. Pensando en el buen chasco que aquel joven se llevaría en cuanto saliera, Allan le deseó unos momentos placenteros allí dentro.

Aquella tarde, el autobús con destino a Strängnäs no iba lleno ni mucho menos. En la penúltima fila se sentaba una mujer de mediana edad que lo había cogido en Flen; en el medio, una joven madre que a duras penas había conseguido subir en Solberga con sus dos hijos, uno de ellos metido en un cochecito; y, delante, un señor muy mayor que se había sumado al pasaje en Malmköping.

Este último estaba preguntándose por qué había robado aquella maleta gris con ruedas. ¿Tal vez porque había tenido ocasión de hacerlo? ¿Porque su propietario era un patán? ¿O porque quizá contuviera unos zapatos, una muda e incluso un sombrero? ¿O porque no tenía nada que perder? Lo cierto es que Allan no sabía cómo explicarlo. Cuando la vida hace horas extras es fácil tomarse libertades, pensó, y se acomodó en el asiento.

Se hicieron las tres y el autobús pasó por Björndammen. Allan constató que, de momento, estaba satisfecho con el desarrollo de los acontecimientos. Y cerró los ojos para echar una cabezada.

En ese mismo instante, la enfermera Alice llamaba a la puerta de la habitación 1 de la residencia de ancianos de Malmköping. Llamó otra vez. Y otra.

—No sea cabezota, Allan. El alcalde y los demás ya están abajo. ¿Me oye? Haga el favor de salir de una vez. ¿Allan?

Y más o menos a la misma hora se abrió la puerta del único aseo que funcionaba en la terminal de autobuses. De él salió un joven aliviado por partida doble. Tras avanzar unos pasos mientras se ajustaba el cinturón con una mano y se pasaba la otra por el pelo, se detuvo en seco, miró las dos hileras de asientos y luego a izquierda y derecha. Acto seguido, incrédulo, exclamó:

—Pero ¿qué cojones...? ¡Será cabrón...! —Entonces tomó aire y acabó de estallar—: ¡Eres hombre muerto, viejo de mierda! ¡Cuando te encuentre...!

3

Lunes 2 de mayo de 2005

Poco después de las tres de la tarde, en la residencia de ancianos de Malmköping la calma fue sustituida por una zozobra que duraría varios días. En lugar de enfadarse, la enfermera Alice se inquietó y no dudó en utilizar la llave maestra. Puesto que Allan no había hecho nada por ocultar su huida, al punto advirtieron que había salido por la ventana. Y por las pisadas que distinguieron en la tierra vieron que, antes de marcharse, había hecho un estropicio entre los pensamientos del arriate.

En virtud de su cargo, el alcalde se sintió obligado a tomar las riendas del asunto. Se aclaró la garganta y dispuso que los presentes se dividieran en parejas que saldrían en busca del anciano por los alrededores de la residencia, pues al fin y al cabo no podía hallarse muy lejos. Envió una pareja al parque, otra al Systembolaget —la licorería, donde la enfermera Alice solía encontrar a Allan las veces que se escapaba—, una tercera a peinar las demás tiendas a lo largo de Storgatan, y, por último, una cuarta al museo de la ciudad, en lo alto de la colina. Él se quedaría en la residencia, vigilando al resto de los ancianos y, de paso, decidiendo qué otras medidas deberían adoptarse. Por último, pidió a todos máxima discreción, pues lo ocurrido no tenía por qué divulgarse innecesariamente. Sin embargo, con el jaleo reinante, no reparó en que una de las parejas de rescate que acababa de designar estaba compuesta por un reportero del diario local y su fotógrafa.

Aunque la terminal de autobuses no caía dentro del perímetro de búsqueda señalado por el alcalde, allí había un grupo unipersonal formado por un joven esmirriado de pelo rubio, largo y grasiento, barba hirsuta y una cazadora vaquera en cuya espalda ponía «Never Again». Y ya había registrado infructuosamente cada rincón de la estación. Frustrado, se dirigió con paso decidido hacia la taquilla a fin de exigir información sobre el posible itinerario de aquel viejo felón.

Si bien estaba harto de su trabajo, eso nadie podía negarlo, el hombrecillo todavía conservaba cierto pundonor profesional. Y por tal razón no se amilanó ante el vociferante joven, sino que tuvo arrestos para explicarle que la privacidad de los señores viajeros de la terminal no era algo que se pudiese airear a la ligera, y, ya puesto, añadió que en ninguna circunstancia, presente o futura, pensaba proporcionarle la información requerida.

El joven frunció el ceño y trató de descifrar aquella parrafada. Después se desplazó unos metros a la izquierda, hasta la endeble puerta de la oficina. No se molestó en verificar si estaba cerrada con llave. Sólo cogió carrerilla y le propinó una patada con la bota derecha que hizo saltar astillas. El taquillero ni siquiera logró levantar el auricular para pedir ayuda cuando ya se encontraba pataleando en el aire delante del joven, que lo sostenía firme y dolorosamente por las orejas.

—Puede que no sepa qué coño es esa privacidad, pero soy un hacha a la hora de que la gente desembuche —le espetó éste, y lo soltó para que cayera con un golpe sordo sobre la silla giratoria.

Acto seguido, le explicó lo que les haría a sus genitales, valiéndose de martillo y clavos, si no accedía a su solicitud de información. La descripción fue tan rica en detalles y tan convincente, que al hombrecillo le faltó tiempo para contarle cuanto sabía, es decir, que el anciano había cogido el coche de línea 202 a Strängnäs. Lo que no sabía era si llevaba una maleta consigo, pues él no acostumbraba espiar a los señores viajeros.

Hizo una pausa para respirar y, de paso, comprobar el grado de satisfacción del joven ante su respuesta, y comprendió al instante que haría bien en seguir hablando. Así pues, añadió que en el trayecto entre Malmköping y Strängnäs había doce paradas, y que el anciano podría bajarse en cualquiera de ellas, y que quien lo sabría con certeza era el conductor del autobús, que, según el horario, debía estar de vuelta en Malmköping a las 19.10, esta vez de camino a Flen.

Entonces, el joven se sentó al lado del asustado y dolorido hombrecillo y dijo:

—Tengo que pensar.

Y pensó. ¿Qué pensó? Pues que si le daba un par de hostias, sin duda conseguiría sonsacarle el número del móvil del conductor. Luego podría llamar a éste y decirle que la maleta del anciano era robada. Pero, claro, en ese caso correría el riesgo de que el conductor le fuese con el cuento a la policía. Mala cosa. Además, bien mirado, no era tan urgente, pues aquel vejestorio contaba más años que Matusalén, y si ahora tenía una maleta que arrastrar, cuando se apease en Strängnäs o alguna parada anterior se vería obligado a moverse en taxi, tren u otro autobús. Y así iría dejando nuevas pistas, y siempre habría alguien a quien tirar de las orejas para que le contase gustosamente adónde se dirigía el vejete. Estaba claro que el joven confiaba plenamente en sus dotes para que la gente desembuchara.

Cuando hubo acabado de pensar, tomó una decisión: esperaría el autobús en cuestión para hablar con el conductor.

Una vez resuelto el dilema, volvió a ponerse en pie y le explicó al hombrecillo, con lujo de detalles, lo que les pasaría a él, a su esposa y a sus hijos si le contaba a la policía o a cualquier persona lo que acababa de ocurrir.

El hombrecillo no tenía esposa ni hijos, pero aun así deseaba preservar sus orejas y sus genitales en un estado más o menos aceptable. Por tanto, juró por su honor de taquillero que no le diría nada a nadie.

Y mantuvo esta promesa, hasta el día siguiente.

Las parejas que habían salido en busca del anciano volvieron a la residencia y presentaron un informe sobre las observaciones realizadas. O, mejor dicho, sobre la falta de las mismas. El alcalde se resistía instintivamente a meter a la policía en el asunto, a saber qué podía salir de allí, pero entonces el reportero del diario local se atrevió a inquirir:

—Señor alcalde, ¿qué piensa hacer ahora?

Él reflexionó unos segundos y por fin dijo:

—Dar parte a la policía, por supuesto.

Dios mío, cuánto odiaba la libertad de prensa.

El conductor lo despertó con un leve empujón y le informó que ya habían llegado a Byringe, y luego se encargó de bajar dificultosamente la enorme maleta por la puerta delantera, seguido de Allan. Hecho, resopló y preguntó si el señor se las arreglaría solo. Allan contestó que por supuesto, faltaría más. Le dio las gracias por la ayuda recibida y se despidió agitando la mano mientras el autobús volvía a tomar la carretera 55 en dirección a Strängnäs.

Los altos abetos del lugar ocultaban el sol de la tarde, y al poco Allan empezó a tener frío, con sólo aquella chaqueta fina y las zapatillas. No había ningún pueblo llamado Byringe a la vista, y aún menos su estación. Sólo bosque y más bosque, y un estrecho camino de grava a mano derecha.

De pronto, se le ocurrió que quizá encontrase ropa de abrigo en la maleta que tan alegremente había birlado. Sin embargo, estaba cerrada con llave; necesitaría un destornillador u otra herramienta para abrirla. Sólo le quedaba ponerse en movimiento, ya que no podía quedarse en aquella carretera a la espera de morirse de frío, pese a que la experiencia le indicaba que, por mucho que lo intentara, no lo conseguiría.

La maleta tenía una cinta en una esquina, y si se tiraba de ella se desplazaba fácilmente sobre sus cuatro ruedecillas. Así pues, Allan siguió el camino de grava y se internó en el bosque a pasitos cortos y arrastrando los pies. A su espalda, la maleta se bamboleaba de un lado a otro.

Al cabo de unos doscientos metros, llegó a lo que parecía la estación de Byringe, un edificio desmantelado al lado de unas vías férreas más que muertas.

La verdad es que, por ejemplar y perfecto que Allan fuera como hombre centenario, las cosas habían ido demasiado lejos en muy poco tiempo. Así que se sentó sobre la maleta para recuperar fuerzas y aclararse las ideas.

Delante de él, a la izquierda, se erguía la ruinosa estación, amarilla y de dos plantas, con las ventanas parcialmente cegadas mediante bastos tablones. A su derecha, la herrumbrosa vía férrea se perdía en la lejanía, introduciéndose en línea recta en el bosque. La naturaleza aún no había conseguido engullirla por completo, pero sólo sería cuestión de tiempo.

El andén, de madera, no parecía muy seguro. A lo largo del último tablón todavía se leía «Prohibido cruzar la vía». «Está claro que ya no es peligroso cruzar la vía», pensó Allan; pero, por otro lado, ¿quién en su sano juicio tendría interés en cruzarla voluntariamente?

La respuesta no se hizo esperar, pues al punto se abrió la destartalada puerta de la estación y salió un hombre de unos setenta años, ojos castaños, barba canosa de dos días, gorra de visera, camisa a cuadros, chaleco negro de piel y botas robustas. Al parecer confiado en que los tablones no cederían bajo su peso, puso toda su atención en el anciano. Se detuvo en medio del andén y adoptó una postura ligeramente hostil; pero entonces pareció reprimirse, seguramente al ver la frágil apariencia del intruso.

Allan se había quedado allí, sentado sobre la maleta robada, sin saber qué decir y, además, sin fuerzas para hacerlo. Miraba fijamente al hombre de la gorra, aguardando su reacción. Ésta llegó de una manera menos amenazadora de lo que cabía esperar:

—¿Quién eres y qué haces en mi estación?

Allan, que aún dudaba si se hallaba ante un amigo o un enemigo, no contestó. Pero entonces pensó que tal vez no sería sensato enemistarse con la única persona, al menos la única al alcance de la vista, en condiciones de darle cobijo esa noche. Y decidió contárselo todo.

Así pues, le contó que se llamaba Allan, que acababa de cumplir cien años ese mismo día, que tenía muy buena salud para su edad, tanta que había escapado de un asilo y le había robado la maleta a un joven que a esas horas seguramente no estaría demasiado contento, que ahora mismo sus rodillas no se encontraban en las mejores condiciones y que le sentarían muy bien unas horas de reposo.

Terminada su exposición, guardó silencio, aún sentado sobre la maleta, a la espera de una respuesta.

—Vaya —dijo el de la gorra, y rió—. ¡Conque un ladrón!

—Un ladrón centenario —puntualizó Allan, muy serio.

El hombre bajó con agilidad del andén y se acercó, como para estudiarlo de cerca.

—¿De verdad has cumplido cien años? —preguntó—. Entonces debes de tener hambre.

Allan no entendió la lógica de aquella deducción, pero sí, tenía hambre. Por tanto, preguntó qué había en el menú y si cabía la posibilidad de que éste incluyera una copita de algo.

El hombre tendió la mano para saludarlo y presentarse: Julius Jonsson, para servirle, y también para ayudarlo a ponerse en pie. Y añadió que se encargaría de la maleta, que había estofado de alce para cenar —si le iba bien, claro— y que por supuesto lo acompañarían con un aperitivo para dar sustento al cuerpo en general y a las rodillas en particular.

Allan subió al andén con gran dificultad, pero el dolor le confirmó que seguía vivo.

Durante años Julius Jonsson no había tenido a nadie con quien conversar, por lo que la presencia del anciano de la maleta fue más que bienvenida. Primero una copita para la rodilla, luego otra para la otra rodilla, seguidas de un par más para la espalda y las cervicales, y una más para abrir el apetito. Todas, en conjunto, contribuyeron a distender la atmósfera. Allan le preguntó a qué se dedicaba, y a modo de respuesta tuvo que escuchar la historia de su vida.

Julius había nacido en el norte, en Strömbacka, no muy lejos de Hudiksvall, hijo único de la pareja de agricultores formada por Anders y Elvina Jonsson. De niño trabajó en la granja familiar y recibió a diario palizas por parte de su padre, quien era de la opinión de que el chaval no valía para nada. El año que Julius cumplió veinticinco murió su madre, algo que lo apenó, y poco después su padre se hundió en el pantano al intentar salvar una vaquilla. Julius también se apenó, pues le tenía mucho cariño a la vaquilla.

El joven Julius no contaba con aptitudes para la vida de agricultor (es decir, que el padre había estado en lo cierto) y tampoco le apetecía. De modo que lo vendió todo, salvo unas pocas hectáreas de bosque, pues consideró prudente guardar algo para la vejez.

Después se fue a Estocolmo, donde en apenas dos años dilapidó todo el dinero. Entonces volvió al bosque y se centró en ganar un concurso para suministrar cinco mil postes de tendido eléctrico a la compañía de electricidad de la comarca de Hudiksvall. Y, puesto que no era hombre que perdiese el tiempo con detalles como la cotización a la Seguridad Social o el pago de los impuestos, pudo ofrecer un presupuesto de lo más bajo y ganar el concurso. Además, con la ayuda de una docena de jóvenes refugiados húngaros logró hacer la entrega a tiempo y recibió por ello más dinero del que creía que existía.

Hasta ahí todo bien, pero entonces se vio obligado a hacer un poco de trampa, pues a la hora de la verdad los árboles no estaban todo lo crecidos que deberían y los postes acabaron midiendo un metro menos de lo exigido. Nadie se habría dado cuenta de no haber sido porque prácticamente todos los agricultores acababan de adquirir una cosechadora trilladora.

La compañía eléctrica colocó los postes en muy poco tiempo y por doquier, cruzando los campos cultivados y los prados de la comarca, y cuando llegó el día de la cosecha, veintidós cosechadoras diferentes, todas recientemente adquiridas, arrancaron el tendido de veintiséis postes. Una parte del pueblo de Hälsingland se quedó sin electricidad durante semanas, hubo que interrumpir la cosecha y las máquinas de ordeñar dejaron de funcionar. La ira de los agricultores, en un principio dirigida contra la compañía eléctrica, no tardó en concentrarse en el joven Julius.

—Tuve que esconderme en el Stadshotellet de Sundsvall durante siete meses —concluyó—, y así, ya ves, volví a quedarme sin blanca. ¿Otra copita?

Allan aceptó encantado. Habían acompañado el estofado de alce con cerveza y empezaba a sentirse condenadamente bien, tanto que casi temió morirse allí mismo.

Julius retomó su narración. El día que casi lo atropella un tractor en el centro de Sundsvall (conducido por un agricultor que le lanzó una mirada asesina), comprendió que, aunque pasaran varios siglos, el pueblo nunca olvidaría su pequeño error con los postes. Por consiguiente, decidió cambiar de aires y fue a parar a Mariefred, donde se dedicó a pequeños hurtos y raterías por un tiempo. Cuando finalmente se cansó de la vida en la ciudad, un golpe de suerte le permitió hacerse con la estación desmantelada de Byringe a cambio de las veinticinco mil coronas que una noche encontró en la caja fuerte de la fonda de Gripsholm. Ahora vivía en la estación, sobre todo de las ayudas del Estado, la caza furtiva en el bosque, la producción y distribución limitada de aguardiente casero, así como de la reventa de cosas que hurtaba a los vecinos alguna que otra vez. No era demasiado popular en la zona, reconoció, y Allan contestó, entre bocado y bocado, que hasta cierto punto eso era comprensible.

Cuando Julius propuso una última copita «de postre», Allan respondió que siempre había tenido debilidad por esa clase de postres, pero que antes tendría que visitar el lavabo, si había alguno. Julius se puso de pie, encendió la lámpara del techo, pues ya empezaba a oscurecer, señaló en dirección al vestíbulo y dijo que, subiendo la escalera, a la derecha había un váter que funcionaba. Añadió que cuando su invitado volviera, él tendría dos aguardientes listos.

Allan encontró el servicio donde Julius le había dicho. Se puso a hacer pipí y, naturalmente, no todo el líquido acumulado en la vejiga llegó a buen puerto. Algunas gotas, cómo no, aterrizaron dócilmente sobre sus zameadillas. A mitad del proceso, oyó que alguien andaba por el vestíbulo. Al principio pensó que tal vez se tratara de Julius, que pretendía husmear en la maleta robada. Pero entonces el ruido creció en intensidad.

Allan comprendió que el peligro era inminente, que corría el riesgo de que aquellos pasos abruptos perteneciesen a un joven esmirriado de pelo rubio, largo y grasiento, barba hirsuta y una cazadora vaquera en cuya espalda ponía «Never Again». Y en tal caso, el inevitable reencuentro sería cualquier cosa menos agradable.

El autobús de Strängnäs llegó a la terminal de Malmköping tres minutos antes de la hora prevista. No llevaba pasajeros y a partir de la última parada el conductor había pisado el acelerador para tener tiempo de fumarse un pitillo antes de continuar en dirección a Flen.

Sin embargo, acababa de encenderlo cuando apareció un joven esmirriado de pelo rubio, largo y grasiento, barba hirsuta y una cazadora vaquera en cuya espalda ponía «Never Again». Bueno, el conductor en realidad no vio la leyenda, pero aun así, allí estaba.

—¿Vas a Flen? —preguntó el conductor con ligera inseguridad, pues, sin saber por qué, el joven no le pareció trigo limpio.

—No voy a Flen. Y tú tampoco —contestó.

Tener que esperar cuatro horas a que volviera el coche de línea 202 había agotado su escasa paciencia. Además, transcurrida la mitad de ese tiempo había caído en la cuenta de que, si en lugar de esperar, se hubiera procurado un coche de inmediato, habría alcanzado el autobús mucho antes de Strängnäs.

Para colmo, varios coches de policía habían empezado a patrullar por la pequeña ciudad. En cualquier momento podían pasarse por la terminal y preguntarle al taquillero por qué parecía aterrorizado y por qué la puerta de su oficina estaba hecha una pena.

Por lo demás, el joven no entendía qué hacía allí la pasma. Precisamente el Jefe había escogido Malmköping como lugar para llevar a cabo la transacción por tres motivos muy válidos: primero, por estar cerca de Estocolmo; segundo, por los transportes públicos, relativamente buenos; y tercero, el más importante, porque el brazo de la ley no era lo bastante largo para llegar hasta allí. En resumidas cuentas, porque en Malmköping no había maderos.

O, mejor dicho, no debería haberlos, ¡y sin embargo aquello parecía una madriguera! Bueno, en realidad sólo había visto dos coches patrulla y un total de cuatro agentes, lo cual, desde su punto de vista, auguraba una redada inminente. Al principio creyó que lo buscaban a él, pero eso implicaba que el taquillero hubiera dado el soplo, lo cual era una posibilidad que descartaba.

Mientras esperaba, no había tenido nada a qué dedicarse, aparte de vigilar al hombrecillo, romper su teléfono de un par de mamporros y volver a colocar la puerta en sus goznes lo mejor que supo.

Cuando al fin llegó el autobús, vacío, el joven decidió secuestrarlo junto con el conductor. Le bastaron veinte segundos para convencer a éste de que diera media vuelta y se dirigiera de nuevo hacia el norte. «Casi he batido mi récord», pensó mientras tomaba asiento precisamente donde el anciano se había sentado aquella misma tarde.

El conductor temblaba de miedo, pero logró disipar sus peores temores con otro reparador cigarrillo. Si bien estaba terminantemente prohibido fumar a bordo, dejó que la aplicación de esa única norma dependiera de quien, en ese momento, era su único pasajero, un joven esmirriado de pelo rubio, largo y grasiento, barba hirsuta y una cazadora vaquera en cuya espalda ponía «Never Again».

Durante el viaje, el pasajero se mostró interesado en conocer el camino que había tomado el anciano. El conductor le contó que se había bajado en la parada Estación de Byringe, una elección, le parecía a él, mero fruto del azar. Y explicó que, antes de subir, el viejo había sacado un billete de cincuenta coronas y le había preguntado hasta dónde podía llevarlo por esa cantidad.

El conductor no sabía gran cosa de Estación de Byringe, sólo que era raro que alguien subiese o bajara en esa parada. Pero creía que en el bosque había una vieja estación de tren desmantelada, de ahí el nombre, y que Byringe debía de estar en algún lugar cerca de allí. Era poco probable que el anciano hubiese llegado mucho más allá, concluyó. Al fin y al cabo, era un viejo, y su maleta, a pesar de las ruedas, pesaba mucho.

Aquello tranquilizó al joven. Había descartado llamar al Jefe en Estocolmo, pues éste era una de las pocas personas capaces de asustar a la gente, incluido el propio joven, valiéndose sólo del arte de la oratoria. Tuvo un escalofrío al imaginarse la ira del Jefe cuando se enterara de que la maleta había desaparecido. Debía solucionar el problema primero y luego contárselo. Y ahora que sabía que el vejete no había ido hasta Strängnäs para seguir viaje desde allí, estaba seguro de que recuperaría lo suyo mucho antes de lo que había temido.

—Ya hemos llegado —anunció el conductor—. Estación de Byringe... —Y se arrimó lentamente al arcén. ¿Debía prepararse para morir?

No, finalmente resultó que no. Sin embargo, su teléfono móvil sí sufrió una muerte súbita bajo una de las botas del joven. Y de la boca de éste salió un chorro de horripilantes amenazas para el caso de que al conductor, en lugar de dar media vuelta y regresar a Flen, se le ocurriera irle con el cuento a la bofia.

Y, sin más, se apeó del vehículo.

El pobre conductor, muerto de miedo, siguió hasta Strängnäs, aparcó en mitad de Trädgårdsgatan, corrió al bar del hotel Delia y se bebió cuatro whiskies, uno tras otro. Hecho lo cual, y para espanto del barman, se echó a llorar. Después de un par de whiskies más, el barman le ofreció un teléfono, por si sentía la necesidad acuciante de llamar a alguien. Entonces, el conductor, cuyo llanto volvía a cobrar fuerza, telefoneó a su novia.

Al joven le pareció distinguir en la grava del camino huellas dejadas por las ruedas de su maleta. Pronto se habría arreglado todo. Sí, y ojalá así fuera, porque ya estaba oscureciendo y el frío pegaba fuerte. Resopló con impaciencia. ¿Por qué no era capaz de comportarse como una persona organizada y previsora? ¿Sólo ahora caía en la cuenta de que se encontraba en medio de un bosque tenebroso y que pronto caería la noche? ¿Qué haría entonces?

Sus reproches contra sí mismo se vieron interrumpidos cuando, al otro lado del montículo que acababa de dejar atrás, avistó una vieja y ruinosa casa amarilla, con las ventanas parcialmente tapiadas con tablones. En ese momento alguien encendió una lámpara en la planta de arriba.

—Ya te tengo, vejestorio —murmuró el joven, y suspiró aliviado.

Allan abandonó prematuramente lo que estaba haciendo. Abrió la puerta del baño con cautela e intentó oír lo que pasaba en la cocina. Al instante obtuvo la confirmación de lo que habría querido descartar: la voz de aquel pelanas le rugía a Julius Jonsson urgiéndolo a decir dónde estaba «el otro viejo cabrón».

Se escurrió hasta la puerta de la cocina, sin hacer ruido gracias a sus mullidas zapatillas. Al igual que había hecho con el taquillero de la terminal, el joven había agarrado al pobre Julius por las orejas y, mientras lo sacudía, proseguía con el interrogatorio. Allan pensó que bien podía haberse conformado con recobrar la maleta, pues la tenía allí mismo, en medio de la cocina. Julius, cuyo rostro se había contraído en una mueca, no daba ninguna señal de querer contestar. Sin duda aquel viejo tratante de postes estaba hecho de una pasta especialmente correosa. Allan echó un vistazo al vestíbulo en busca de algo que utilizar como arma. Entre la basura acumulada descubrió cierto número de opciones: una palanqueta, un tablón grueso, un bote de spray insecticida y una caja de matarratas. Se decantó por el matarratas, pero no consiguió imaginar cómo iba a obligar al joven a tragar una o dos cucharadas de aquel polvo letal. Por su parte, la palanqueta era demasiado pesada para un hombre centenario, y en cuanto al spray insecticida... No; tendría que ser el tablón de madera.

Agarró con firmeza su improvisada arma, dio cuatro pasos extremadamente rápidos —teniendo en cuenta su edad— y se plantó detrás de su inminente víctima.

29

El joven presintió que algo iba mal, pues justo cuando Allan se disponía a atizarle en la cabeza, soltó a Julius Jonsson y se volvió. El tablón lo alcanzó en mitad de la frente. Se quedó mirando a su verdugo durante un segundo, tras lo cual cayó de espaldas y se golpeó la cabeza contra el borde de la mesa.

Nada de sangre, nada de gemidos, nada. Se quedó allí tumbado, con los ojos cerrados.

—Buen golpe —aprobó Julius.

—Gracias. Bien, ¿dónde tienes el postre prometido?

Se sentaron a la mesa de la cocina, mientras el joven greñudo permanecía inconsciente a sus pies. Julius llenó las copas, le ofreció una a Allan y levantó la suya en un brindis que éste correspondió.

—¡Vaya! —exclamó Julius una vez hubo vaciado su copa—. El propietario de la maleta, ¿verdad?

La pregunta era más bien una constatación. Allan comprendió que había llegado la hora de ampliar un poco sus explicaciones. No porque hubiera mucho que explicar, sino porque la mayor parte de lo ocurrido aquel día era difícil de comprender, incluso para él mismo.

En todo caso, hizo un breve repaso de la huida de la residencia y la sustracción fortuita de la maleta en la terminal de Malmköping, y añadió que a partir de entonces había sentido un fundado temor a que el joven que ahora yacía en el suelo lo encontrara. Luego pidió sinceras disculpas, ya que, como consecuencia de todo aquello, su circunstancial anfitrión había acabado con las orejas rojas y doloridas. Julius Jonsson frunció el ceño y dijo que se ahorrase las disculpas, porque al fin y al cabo aquel embrollo había proporcionado un poco de emoción inesperada a su monótona vida.

El Julius de antaño había vuelto. Y decidió que era hora de echar un vistazo al contenido de la maleta. Allan le recordó que estaba cerrada con llave, pero Julius le pidió que no dijese bobadas.

—¿Desde cuándo una cerradura ha sido un impedimento para Julius Jonsson? —añadió, arqueando una ceja.

Sin embargo, cada cosa a su tiempo. Primero había que solucionar el problema que tenían en el suelo, puesto que no sería nada recomendable que aquel joven despertara y se obstinase en continuar con su interrogatorio.

Allan propuso atarlo a un árbol delante de la estación, pero Julius objetó que si al despertar se ponía a chillar lo oirían hasta en el pueblo. Aunque allí ya sólo vivían unas pocas familias, todas tenían motivos para aborrecer a Julius, y estaba claro que no desaprovecharían la ocasión de formar causa común con aquel joven airado.

La idea de Julius era mejor. En la cocina había una cámara frigorífica donde solía guardar los objetos que robaba y los alces despiezados. En ese momento se encontraba vacía de alces y desconectada. Julius no quería tenerla en funcionamiento innecesariamente, ya que consumía electricidad a espuertas. (Aunque él birlaba la luz mediante una conexión trucada y la factura la pagaba algún alma cándida, debía andarse con cuidado y mostrar cierta moderación si quería continuar gozando de ese servicio esencial.)

Allan inspeccionó la cámara frigorífica y concluyó que era un calabozo provisional de lo más adecuado, sin comodidades innecesarias. Tal vez sus dimensiones, dos metros por tres, fuesen algo mayores de lo que el joven se merecía, pero no siempre había que atormentar a la gente más de lo debido.

Así pues, ambos arrastraron el cuerpo hasta la improvisada celda. El cautivo gimió cuando lo sentaron en una caja que había en un rincón y lo apoyaron contra la pared. Al parecer estaba volviendo en sí, por lo que mejor darse prisa y cerrar la puerta. Dicho y hecho.

Después, Julius colocó la maleta sobre la mesa de la cocina, echó un vistazo al mecanismo de cierre, lamió el tenedor que acababa de utilizar para zamparse el estofado de alce e hizo saltar la cerradura en un periquete. A continuación, invitó a Allan a abrir la maleta, puesto que era él quien la había robado.

—Lo mío es tuyo —declaró Allan—. Iremos a partes iguales con el botín, pero si hay un par de zapatos de mi número, me los quedo.

Levantó la tapa.

—¡Joder! —exclamó Allan.

—¡Joder! —exclamó Julius.

—¡Dejadme salir! —gritaron en la cámara frigorífica.

4

1905-1929

Allan Emmanuel Karlsson nació el 2 de mayo de 1905. El día anterior, su madre había participado en la manifestación del 1 de mayo en Flen a favor del sufragio femenino, la jornada laboral de ocho horas y demás causas inalcanzables. Sea como fuere, la manifestación había tenido un efecto positivo al estimular las contracciones, por lo que poco después de medianoche la mujer dio a luz a su primer y único hijo. El alumbramiento tuvo lugar en la cabaña de Yxhult con la ayuda de la vecina, que, si bien no era especialmente talentosa como comadrona, ocupaba una posición privilegiada en la comunidad debido a que a los nueve años le había hecho una reverencia a Carlos XIV, quien en su tiempo había sido amigo de Napoleón Bonaparte. En justo reconocimiento de la vecina, también hay que decir que el niño de la mujer que asistió en aquel parto alcanzó la madurez.

El padre de Allan era un hombre considerado y, a la vez, iracundo. Considerado con su familia, e iracundo con la sociedad en general y con todo aquel a quien pudiera suponerse representante de la misma. También estaba mal visto entre la gente de alcurnia, sobre todo desde la vez que se presentó en la plaza de Flen manifestándose a favor de los métodos anticonceptivos. Ese acto le acarreó multas por un total de diez coronas y, además, hizo que no tuviera

33

que volver a preocuparse por el tema, pues su esposa, avergonzada, le prohibió cualquier clase de trato íntimo. Para entonces, Allan había cumplido siete años y era lo suficientemente mayor para pedirle a su madre explicaciones más detalladas por el traslado de la cama del padre a la leñera que había frente a la cocina. La única respuesta que obtuvo fue que no debía preguntar tanto si no quería recibir un bofetón. Puesto que Allan, al igual que todos los niños de todos los tiempos, no quería ningún bofetón, no insistió.

A partir de aquel día, las visitas del padre de Allan a la casa se fueron espaciando cada vez más. De día cumplía aceptablemente con su trabajo en los ferrocarriles y por la tarde discutía sobre socialismo en las reuniones que se celebraban por doquier, pero, en cuanto a las noches, Allan nunca llegó a saber a qué las dedicaba.

No obstante, el padre se responsabilizó de la manutención de la familia. Todas las semanas entregaba a su esposa la mayor parte del salario, al menos hasta el día que lo despidieron por utilizar la violencia contra un viajero que, por azar, le había comentado que iba a Estocolmo para, junto con otros miles de personas, rendir homenaje al rey en el patio del castillo y ofrecerle su apoyo y protección.

—Para empezar, protégete de esto —le había espetado el padre de Allan, al tiempo que lo tumbaba de un derechazo.

Naturalmente, ya no pudo seguir manteniendo a su familia. Además, su reputación de hombre violento y defensor de los métodos anticonceptivos hizo que le resultase inútil buscar otro trabajo. Sólo le quedaba esperar a que llegara la revolución o, aún mejor, acelerar el proceso, porque iba condenadamente lento. El padre de Allan era muy eficaz cuando se lo proponía. El socialismo sueco estaba necesitado de un modelo internacional. Mientras no lo tuviera, el proceso no cobraría impulso ni se le pondrían las cosas difíciles al mayorista Gustavsson y los de su calaña.

Por tanto, hizo las maletas y se fue a Rusia para derrocar al zar. Como cabía esperar, la madre de Allan echó de menos el salario de los ferrocarriles, aunque, por lo demás, se mostró encantada de que su marido hubiera dejado no sólo la comarca, sino el país.

Con el cabeza y sostén de la familia emigrado, el sustento de la economía doméstica recayó en la madre de Allan y en el mismo Allan, que por entonces apenas había cumplido diez años. La madre hizo talar los catorce abedules de la pequeña finca y luego los transformó en leña para vender, mientras que Allan consiguió un trabajo pésimamente pagado de chico de los recados en la filial de Nitroglycerin AB, a las afueras de Flen.

Por las cartas que iban llegando regularmente de San Petersburgo (que pronto se llamaría Petrogrado), la madre de Allan constató, no sin asombro, que las convicciones de su marido, transcurrido un tiempo, empezaban a tambalearse y ya no estaba tan seguro de las bondades de la causa socialista.

A menudo, en sus misivas, hacía referencia a amigos y conocidos del *establishment* político de Petrogrado. El más citado era un tal Carl. «No es un nombre especialmente ruso», pensó Allan, y tampoco le sonó más ruso cuando el padre empezó a llamarlo Fabbe, al menos en sus cartas.

Según el padre de Allan, Fabbe sostenía la tesis de que la gente no sabe lo que le conviene y necesita que alguien la lleve de la mano. Por eso, la autocracia es superior a la democracia, siempre y cuando los estratos más cultos y responsables de la sociedad se encarguen de que el autócrata se comporte. Ten en cuenta, por ejemplo, que siete de cada diez bolcheviques no saben leer, había refunfuñado Fabbe. ¿Acaso debemos confiarle el poder a un montón de analfabetos?

Sin embargo, en sus cartas a la familia de Yxhult, el padre de Allan había defendido a los bolcheviques en aquel asunto, aduciendo que bastaba con echar un vistazo al alfabeto ruso para entenderlos. No era de extrañar, desde luego, que la gente fuese iletrada.

Aún peor era la manera en que se comportaban los bolcheviques. Eran unos guarros y bebían vodka tal como los peones ferroviarios en casa, los mismos que colocaban raíles a diestro y siniestro por todo Södermanland. El padre de Allan siempre se había preguntado cómo podían estar tan rectos los raíles, teniendo en cuenta las cogorzas de aguardiente que pillaban los peones del ferrocarril, y sentía una punzada de recelo cada vez que las vías de tren suecas trazaban un quiebro o cambiaban de dirección.

En cualquier caso, las cosas estaban igual de mal con los bolcheviques. Fabbe sostenía que el socialismo terminaría con todos intentando matarse mutuamente, hasta que sólo quedara uno que mandase. Por consiguiente, era preferible decantarse por el zar Nicolás, un hombre bueno y culto con una correcta visión del mundo.

En cierto modo, Fabbe sabía de qué hablaba, pues había coincidido con el zar, y en más de una ocasión. Afirmaba que Nicolás II era un hombre de corazón bondadoso. Sólo ocurría que había tenido mala suerte y sufrido muchas desgracias, pero eso no podía durar para siempre. Su infortunio tenía causas concretas: una mala cosecha y la revuelta bolchevique. Sin embargo, sólo porque el zar había decretado movilizar las tropas, ahora los alemanes empezaban a incordiar y crear problemas. Pero Nicolás lo había hecho en aras de la paz. ¿Acaso había matado él al archiduque y su esposa en Sarajevo, o qué?

De modo que, al parecer, así opinaba Fabbe, fuera quien fuese ese hombre, y en algunos aspectos el padre de Allan le daba la razón. Además, éste sentía simpatía y afinidad por la tan comentada mala suerte del zar. Antes o después ésta tendría que cambiar, tanto para el propio zar como para la gente honrada normal y corriente de la comarca de Flen.

Nunca llegó dinero desde Rusia, pero en una ocasión, pasados un par de años, sí lo hizo un huevo de Pascua de madera lacada. Según afirmaba el padre en la carta adjunta, se lo había ganado a su camarada ruso, quien, aparte de beber, discutir y jugar a las cartas con él, prácticamente no se dedicaba a otra cosa que a fabricar esa clase de huevos.

El padre regaló el huevo de Pascua de Fabbe a su «querida esposa», que lo único que hizo fue despotricar, diciendo que ese maldito imbécil al menos podría haberle enviado un huevo de verdad para que la familia comiese. A punto estuvo incluso de arrojar el regalo por la ventana, aunque al final se lo pensó mejor. Quizá le interesara al mayorista Gustavsson, que tal vez, si había suerte, accedería a pagarle algo, dado que era un hombre que siempre intentaba mostrarse extravagante, y extravagante era precisamente el adjetivo que la madre de Allan aplicaba a aquel huevo.

Para su asombro, el mayorista Gustavsson, tras dos días de ponderaciones, le ofreció dieciocho coronas por el huevo de Fabbe. A pagar en varias veces, es cierto, pero menos da una piedra.

A partir de entonces, la madre rogó que llegaran más huevos en los próximos correos, pero en su lugar recibió la noticia de que los generales del zar habían abandonado a su autócrata y que éste había tenido que renunciar al trono. En la carta, el padre de Allan maldecía al amigo fabricante de huevos, que a raíz de la nueva situación se había mudado a Suiza. Él, por su parte, se quedaría donde estaba para luchar contra el advenedizo que había tomado las riendas del país, un fantoche a quien llamaban Lenin.

Se tomaba la nueva situación como algo personal, puesto que Lenin había prohibido la propiedad privada de tierras justo el día en que él había adquirido doce metros cuadrados para cultivar fresas suecas. «El terreno sólo me costó cuatro rublos, pero mi campo de fresas no se nacionaliza impunemente —escribió en su última carta a la familia. Y concluyó—: ¡Esto es la guerra!»

Y desde luego que lo fue. Además, en prácticamente todo el mundo y durante varios años. Estalló poco después de que el pequeño Allan consiguiera su empleo de recadero en la compañía Nitroglycerin AB. Mientras cargaba cajas con dinamita, escuchaba los comentarios de los trabajadores sobre el curso de los acontecimientos. Le asombraba lo mucho que sabían, pero sobre todo le extrañaba la cantidad de desgracias que los adultos eran capaces de organizar. Por lo visto, Austria le había declarado la guerra a Serbia. Alemania se la había declarado a Rusia. Luego, Alemania invadió Luxemburgo en una sola tarde, antes de declararle la guerra a Francia. A raíz de ello, Gran Bretaña declaró la guerra a Alemania y los alemanes contestaron declarándosela a Bélgica. Entonces, Austria le declaró la guerra a Rusia, y Serbia se la declaró a Alemania.

Y así sucesivamente. Después quisieron participar los japoneses, y también los americanos. Los británicos tomaron Bagdad por alguna razón, y luego Jerusalén. Los griegos y los búlgaros se enfrentaron y acto seguido llegó la hora de que el zar de Rusia abdicara, mientras los árabes invadían Damasco...

«¡Esto es la guerra!», había celebrado el padre. Poco después, unos lacayos de Lenin mandaron ejecutar al zar Nicolás y a toda su familia, con lo cual Allan constató que la mala suerte del zar se había mantenido incólume.

Además, unas semanas más tarde, la embajada sueca en Petrogrado envió un telegrama a Yxhult en el que comunicaba la muerte del padre de Allan. Al funcionario responsable no le correspondía extenderse en detalles, pero por lo visto no pudo resistirse y lo hizo.

Según dicho funcionario, el padre de Allan había levantado una valla alrededor de una parcelita de unos quince metros cuadrados y la había proclamado república independiente. Había dado a su pequeño estado el nombre de Rusia Verdadera y había fallecido en la escaramuza que se produjo cuando dos soldados del gobierno se presentaron con la orden de derribar la valla. El padre de Allan recurrió a los puños en su empeño por defender sus fronteras y resultó imposible hacerlo entrar en razón o siquiera hablar con él. Al final, los soldados no vieron otra salida, para poder cumplir su cometido, que meterle una bala entre los ojos.

—¿No podía haber muerto de una manera menos estúpida? —comentó la madre de Allan tras leer el telegrama de la embajada.

Nunca había contado con que su marido volviera a casa algún día, aunque lo cierto es que en los últimos tiempos había empezado a desearlo, pues tenía problemas de pulmón y no le resultaba fácil mantener el ritmo en la leñera. Soltó un suspiro estentóreo y con ello dio por finalizado el duelo. Luego le comunicó a Allan que al final las cosas eran como eran y que en adelante seguramente seguiría siendo así. A continuación le alborotó el pelo cariñosamente y salió a cortar más leña.

Allan no acabó de entender lo que su madre había pretendido decir con aquello. Pero sí comprendía que su padre había fallecido, que su madre tosía sangre y que la guerra había terminado. Por otro lado, a sus trece años se había convertido en un experto artificiero y se pasaba el día mezclando nitroglicerina, nitrocelulosa, nitrato de amonio, nitrato sódico, serrín, dinitrotolueno y alguna cosita más. En el futuro conseguiría sacarle algún provecho, pensó Allan, y fue a ayudar a su madre con la leña.

Dos años más tarde, la madre de Allan tosió por última vez y se marchó al posible cielo donde el padre la aguardaba. En su lugar, se presentó ante la puerta de la casita un arisco mayorista en cuya opinión, antes de morir sin previo aviso, la madre debería haber saldado sus deudas, que sumaban ocho coronas con cuarenta *öre*. Sin embargo, Allan no tenía la menor intención de engordar las arcas de Gustavsson más de lo necesario.

—El señor mayorista tendrá que discutir el asunto con mi madre —le dijo—. ¿Quiere que le preste una pala?

Si bien el mayorista era mayorista, también era un hombre de constitución enfermiza, a diferencia de Allan, que ya había cumplido los quince. El muchacho se estaba haciendo un hombre, y sólo con que estuviese la mitad de chiflado que su padre sería capaz de cualquier cosa, razonó Gustavsson, que pretendía durar unos años más para poder contar todo su dinero. Por eso, la deuda jamás volvió a discutirse.

Allan no lograba entender cómo se las había arreglado su madre para reunir unos ahorros que sumaban varios cientos de coronas. En cualquier caso, allí estaban, y alcanzó para el entierro y para poner en marcha la firma Dynamit-Karlsson. El muchacho sólo tenía quince años en el momento de fallecer su progenitora, pero en Nitroglycerin AB había aprendido todo lo que necesitaba saber.

También hizo alegremente experimentos en la cantera de grava que había a las afueras del pueblo; en una ocasión tan alegremente que la vaca del vecino más cercano, que vivía a dos kilómetros de distancia, sufrió un aborto. Allan, sin embargo, nunca llegó a enterarse, porque, al igual que el mayorista Gustavsson, el vecino le tenía un poco de miedo al hijo chiflado del chiflado de Karlsson.

De sus tiempos de chico de los recados había conservado el interés por lo que ocurría en Suecia y en el mundo. Al menos una vez a la semana cogía la bicicleta y se dirigía a la biblioteca de Flen para ponerse al corriente de las últimas noticias. De vez en cuando, se encontraba allí con jóvenes ávidos de discusión que, sin excepción, tenían en común su afán por convencerlo de que se uniera a un movimiento político. Pero de la misma manera que se mostraba interesado en saber lo que pasaba, Allan manifestaba un pronunciado desinterés por participar o influir en las cosas.

Al fin y al cabo, desde un punto de vista político su infancia había sido confusa y turbulenta. Por un lado, pertenecía a la clase obrera, pues había dejado la escuela a los nueve años para trabajar en una fábrica. Por el otro, respetaba el recuerdo de su padre, y éste, a lo largo de su corta vida, había tenido tiempo para creer en casi todo. Empezó en la izquierda, luego fue partidario del zar Nicolás y por fin, justo antes de morir, se las hubo por unas tierras con los esbirros del mismísimo Vladímir Ilich Lenin.

Por su parte, su madre había maldecido entre ataques de tos a todo el mundo, desde el rey hasta los bolcheviques, pasando por Hjalmar Branting, primer ministro socialdemócrata, el mayorista Gustavsson y, sobre todo, el padre de Allan.

Allan no era estúpido. Aunque sólo había ido a la escuela tres años, le sobró y bastó para aprender a leer, escribir y calcular. Además, sus compañeros de trabajo en Nitroglycerin AB, tan políticamente concienciados, habían despertado su curiosidad por el mundo.

No obstante, lo que al final acabó por definir la filosofía vital del muchacho fue algo que dijo su madre a raíz de la muerte del padre. Sin duda, tardó un tiempo en sedimentarse en el alma del chico, pero, cuando lo hizo, allí se quedó:

«Las cosas son como son y así seguirán siendo.»

Esta creencia implicaba asimismo que nunca había que gimotear, aunque hubiera razones para hacerlo. Como, por ejemplo, cuando la noticia de la muerte del padre llegó a la cabaña de Yxhult. De acuerdo con la tradición familiar, Allan reaccionó cortando leña, eso sí, durante más rato del habitual y en un silencio absoluto. O cuando, más tarde, la madre siguió el mismo camino y se la llevaron para meterla en el coche fúnebre que esperaba delante de la casa. En esa ocasión, Allan se quedó en la cocina contemplando la escena a través de la ventana. Y entonces dijo en voz baja, sin que nadie lo oyera:

—Adiós, mamá.

Con ello cerró un capítulo de su vida.

• • •

Trabajó de firme en su fábrica de dinamita y a comienzos de los años veinte creó una considerable cartera de clientes por toda la provincia de Södermanland. Las noches de los sábados, cuando los demás jóvenes asistían al baile en el granero, él se quedaba en casa ideando nuevas fórmulas para mejorar la calidad de su dinamita. Y cuando llegaba el domingo, se acercaba a la cantera de grava y la probaba, aunque nunca entre las once y la una, pues se lo había prometido al sacerdote de Yxhult a cambio de que éste no se quejara demasiado de sus inasistencias a la iglesia.

Allan se sentía a gusto estando solo, algo a lo que ya se había habituado, puesto que su vida se caracterizaba por la soledad. El hecho de que no se uniese al movimiento obrero le granjeó el desprecio de los círculos socialistas, pero al mismo tiempo era demasiado obrero e hijo de su padre para frecuentar los salones burgueses. Además, el mayorista Gustavsson era uno de los miembros destacados de éstos y ni en sueños quería mezclarse con el mocoso Karlsson. Se le ponían los pelos de punta con sólo pensar que el joven descubriera lo que había obtenido por el huevo que en su día le había comprado a su madre casi por nada, y que luego había vendido a un diplomático en Estocolmo. Gracias a aquel asunto, Gustavsson se había convertido en el tercer y orgulloso propietario de un automóvil en toda la comarca.

Ése había sido un acontecimiento feliz. Sin embargo, la fortuna del mayorista no iba a durar todo lo que él habría deseado. Un domingo de agosto de 1925, después de misa, salió a dar una vuelta en su coche, sobre todo para dejarse ver, y tuvo la desgracia de tomar el camino que pasaba por delante de la casa de Allan Karlsson en Yxhult. Debió de ponerse nervioso al llegar a la curva que rodeaba la casa (o tal vez Dios o la Providencia tuvieron algo que ver), porque la palanca de cambios, o alguna otra cosa, falló y, en lugar de tomar la suave curva a la derecha que trazaba el camino, Gustavsson y el automóvil se metieron directamente en la cantera de grava. Seguramente el mayorista habría tenido más que suficiente con invadir el terreno de Allan y verse obligado a dar explicaciones, pero las cosas fueron aún peor, pues justo cuando había logrado detener el desbocado automóvil, Allan realizó el primer ensayo de aquel domingo.

El muchacho estaba acurrucado detrás del retrete y no vio ni oyó nada. No descubrió que algo había salido mal hasta que volvió a la cantera para evaluar los resultados de la explosión. Allí se encontró con el automóvil del mayorista diseminado por media cantera y, aquí y allá, alguna que otra parte del mismísimo mayorista. La cabeza había aterrizado cerca de la vivienda, suavemente, sobre una zona herbosa. Y allí estaba, con la mirada vacía fija en la devastación provocada por la dinamita.

—¿Qué hacías en mi cantera? —le preguntó Allan.

Pero Gustavsson no contestó.

Durante los siguientes cuatro años, Allan dispuso de mucho tiempo para leer y ampliar sus conocimientos. Lo encerraron muy pronto en una clínica, aunque no fue fácil saber las razones. En todo caso, más tarde responsabilizaron al padre, aquel viejo subversivo. Ocurrió cuando un joven y hambriento discípulo del biólogo racial Bernhard Lundborg, de Uppsala, decidió hacer carrera a costa de Allan. Tras diversas sesiones, éste acabó en las garras de Lundborg y fue esterilizado a la fuerza por «prescripción eugenésica y social», es decir, diagnosticaron que era un poco retrasado y que tenía demasiado de su padre para que el Estado permitiera que la estirpe de los Karlsson se reprodujera.

Lo de la esterilización no lo molestó; al contrario, le pareció que lo habían tratado muy bien en la clínica del profesor Lundborg. Allí tuvo que responder a alguna que otra pregunta sobre diversos temas, entre otros la necesidad que experimentaba de hacer saltar objetos y personas por los aires, y si tenía conocimiento de algún antepasado de raza negra en su familia. A eso Allan contestó que, en cuanto al placer de detonar una carga de dinamita, veía cierta diferencia entre objetos y personas. Partir una piedra en dos si se interponía en tu camino podía estar bien; si en cambio se trataba de un ser humano, en su opinión bastaba con pedirle al sujeto que se apartara. ¿No estaba de acuerdo con él el profesor Lundborg?

Sin embargo, Bernhard Lundborg no era la clase de médico que se lanza a discutir alegremente cuestiones filosóficas con sus pacientes, de manera que insistió con la cuestión del antepasado negro. Allan contestó que era difícil saberlo, pero que sus padres habían tenido la piel tan blanca como la suya, ¿le bastaba con esa respuesta al profesor? Luego se permitió añadir que le gustaría conocer a un negro de verdad, ¿acaso por casualidad el profesor tenía alguno guardado en el almacén?

Lundborg y sus asistentes no respondían a las preguntas de Allan, aunque tomaban notas y murmuraban y carraspeaban. Después lo dejaban en paz, en ocasiones incluso varios días seguidos. Allan dedicaba esos períodos a leer cuanto caía en sus manos. Periódicos, naturalmente, pero también libros de literatura de la biblioteca del hospital, que disponía de un buen fondo. A ello había que sumarle tres comidas diarias y habitación propia, entre otras cosas. En suma, Allan se sentía a gusto y cómodo como custodiado forzoso. El ambiente sólo se vio ligeramente enturbiado en una oportunidad, y fue cuando Allan le preguntó a Lundborg qué tenía de peligroso ser negro o judío. Por una vez, el profesor no dio la callada por respuesta, sino que le espetó que se anduviera con más cuidado y dejara de meterse en asuntos que no le incumbían. A Allan la situación le recordó aquella vez en que, años atrás, su madre lo había amenazado con darle una bofetada.

Pasaron los años y los interrogatorios se fueron espaciando. Entonces, el Parlamento designó una comisión de investigación sobre la esterilización de «personas inferiores desde un punto de vista biológico», y cuando el informe se publicó el profesor Lundborg experimentó tal incremento en la demanda de sus servicios que, de repente, hubo cola para ocupar la cama de Allan. Así, a principios del verano de 1929 éste fue declarado rehabilitado para la sociedad y se vio de pronto en la calle con una cantidad de dinero que apenas le alcanzó para el tren a Flen. Tuvo que hacer a pie el último kilómetro que lo separaba de Yxhult, pero no le importó. Después de cuatro años encerrado, necesitaba estirar las piernas.

5

Lunes 2 de mayo de 2005

El diario local fue rápido a la hora de colgar en su página web la noticia del anciano desaparecido el día que cumplía cien años. Y la reportera, a falta de verdaderas noticias relacionadas con la comarca, decidió que no se podía descartar la posibilidad de un secuestro. Según los testigos, el viejo estaba en sus cabales y era poco probable que se hubiera perdido.

Al fin y al cabo, perderse el día que cumples cien años es algo absolutamente improcedente. La radio local se apresuró a amplificar la noticia del diario, y luego hicieron lo propio la radio nacional, la TT, la agencia central sueca de noticias, el teletexto, las páginas web de los periódicos de tirada nacional y los telediarios, tanto del mediodía como de la noche.

La policía municipal de Flen optó por poner el asunto en manos de la policía provincial, más avezada y mejor dotada para casos de tal envergadura. La provincial envió dos patrullas y un comisario, un tal Aronsson, que iba de paisano. Pronto se les unieron diversos equipos de periodistas que contribuyeron a poner la comarca patas arriba. A su vez, el despliegue de medios animó al jefe de policía, que alimentó la secreta esperanza de que alguna cámara inmortalizara su imagen.

El trabajo preliminar consistió en recorrer el pueblo de un lado a otro en los dos coches patrulla asignados, mientras el comisario llevaba a cabo interrogatorios en la residencia. El alcalde, en cambio, había vuelto a Flen y desconectado todos sus teléfonos. Verse involucrado en la desaparición de un anciano ingrato no podía llevar a nada bueno, razonó.

También llegaron soplos esporádicos de diversa índole, desde que alguien había visto a Allan en Katrineholm montado en una bicicleta, hasta que había hecho cola en una farmacia de Nyköping y se había mostrado grosero. Sin embargo, estas y otras noticias similares fueron desechadas por razones obvias. A modo de ejemplo, era imposible que lo hubiesen visto en Katrineholm, ya que a esa hora había almorzado en su habitación de la residencia de Malmköping.

El jefe de policía se ocupó de organizar batidas con la ayuda de un centenar de voluntarios, y le sorprendió que no dieran resultado. Hasta entonces había creído que se trataba de la proverbial desaparición de un viejo chocho, a pesar de que los testigos aseguraban que el anciano estaba perfectamente bien de la cabeza.

Al principio, la investigación no condujo a ninguna parte. Hubo que esperar a que llegara de Eskilstuna el perro policía. Llegó a las siete y media de la tarde, olfateó brevemente la butaca de Allan y después las pisadas que había dejado entre los pensamientos del arriate bajo la ventana, para luego salir corriendo hacia el parque, atravesarlo, cruzar la calle, meterse en el terreno que rodeaba la iglesia medieval y saltar por encima del murete. No se detuvo hasta alcanzar la sala de espera de la terminal de autobuses.

La sala de espera estaba cerrada con llave. La compañía provincial de transporte de Södermanland en Flen explicó a la policía que los días laborables la terminal cerraba a las 19.30, hora en que el taquillero finalizaba su jornada. No obstante, añadió el oficinista, si la policía no podía esperar al día siguiente, quedaba la opción de ir a ver al taquillero a su casa. Se llamaba Ronny Hulth y sin duda lo encontrarían en la guía telefónica.

Mientras el jefe de policía comparecía ante las cámaras delante de la residencia de ancianos y declaraba que necesitaban la ayuda de toda la población para seguir con la búsqueda durante la tarde y la noche, puesto que el anciano sólo llevaba ropa ligera y probablemente estaría aturdido, el comisario Göran Aronsson se llegó hasta la casa de Ronny Hulth y llamó a la puerta. El perro había indicado inequívocamente que el viejo había entrado en la sala de espera de la terminal. El taquillero Hulth podría informarle si había abandonado Malmköping en autobús.

Ronny Hulth, sin embargo, no abrió la puerta. Se hallaba sentado en el dormitorio con las persianas bajas, estrujando su gato entre los brazos.

—Vete —susurró en dirección a la puerta principal—. Vete de aquí. ¡Vete!

Y eso fue lo que finalmente hizo el comisario. Por una parte, creía lo que el jefe parecía intuir, es decir, que el anciano vagaba cerca de allí, y, por la otra, pensaba que aunque el viejo se hubiera subido a un autobús no corría ningún peligro. En cuanto al tal Hulth, debía de estar con su novia. Lo primero que haría al día siguiente sería ir a verlo a la terminal. Eso si el anciano no había aparecido para entonces.

A las 21.02, el centro de comunicaciones de la provincia en Eskilstuna recibió una llamada:

«Me llamo Bertil Karlgren y telefoneo... bien, podría decirse que lo hago a instancias de mi esposa. Mejor dicho... Bien, mi esposa, Gerda Karlgren, ha pasado unos días en Flen en casa de nuestra hija y su marido. Esperan un niño y... Siempre hay algo de qué ocuparse, claro. Pero hoy tenía que regresar y cogió, me refiero a Gerda, el primer autobús de la tarde para volver a casa, eso ha sido hoy, y el autobús, como ya sabrán, pasa por Malmköping, nosotros vivimos en Strängnäs... Es posible que no signifique nada, mi esposa cree que no, pero es que oímos en la radio que había desaparecido un anciano centenario. A lo mejor ya lo han encontrado. ¿No? En fin, mi esposa me contó que un señor terriblemente viejo había subido al autobús en Malmköping y que llevaba una maleta enorme, como si fuera a hacer un viaje muy largo. Ella iba sentada al fondo del autobús, y el anciano se sentó delante... Por eso no pudo ver nada ni escuchar de qué hablaba con el conductor. ¿Qué has dicho, Gerda? Ya. Gerda dice que ella no es de esas que espían las conversaciones de los demás... Pero, en cualquier caso, lo raro fue que... Sí, raro... o... Bueno, eso, que el viejo se bajó a medio camino de Strängnäs, y llevaba una maleta enorme para un viaje tan corto. Y parecía muy viejo, o eso me dicen... Pues no, Gerda no sabe cómo se llama la parada en que se bajó, parece que fue en medio del bosque... en algún lugar a medio camino. Quiero decir, entre Malmköping y Strängnäs, claro.»

Grabaron la conversación, la transcribieron y la enviaron por fax al hotel de Malmköping donde se alojaba el comisario.

6

Lunes 2 de mayo - martes 3 de mayo de 2005

La maleta estaba llena a rebosar de fajos de billetes de quinientas coronas. Julius hizo una rápida estimación. Diez filas a lo ancho, cinco a lo alto. Quince fajos en cada montón de, pongamos, cincuenta mil...

—Treinta y siete millones y medio, si he calculado bien —dijo Julius.

—Pues es dinero —reconoció Allan.

—¡Dejadme salir, viejos cabrones! —se oyó en la cámara frigorífica.

El joven seguía metiendo bulla, gritaba, daba patadas y volvía a gritar. Ante el sorprendente cariz que había tomado el asunto, Allan y Julius necesitaban concentrarse, pero resultaba imposible con aquel jaleo. Al final, a Allan le pareció apropiado enfriar un poco los ánimos del prisionero y puso en marcha el dispositivo de frío.

El joven sólo tardó unos segundos en darse cuenta de que su situación empeoraba. Se calló para intentar pensar con claridad. Lo de pensar con claridad no solía resultarle tarea fácil, y ahora, encima, la cabeza le dolía horrores.

Tras reflexionar unos minutos, decidió que amenazando y dando patadas no saldría de allí. Sólo le quedaba pedir ayuda de fuera. *Sólo le quedaba llamar al Jefe.* La idea lo hizo dar un respingo de pavor, pero todo parecía indicar que la alternativa podría ser incluso peor.

Titubeó un poco más, mientras el frío aumentaba. Al final sacó el móvil.

No había cobertura.

La tarde se tornó noche y la noche, mañana. Allan abrió los ojos, pero no se reconoció. ¿Acaso finalmente había muerto mientras dormía?

Una enérgica voz masculina le dio los buenos días y le comunicó que tenía dos noticias que transmitirle, una buena y la otra mala. ¿Cuál quería oír primero?

Antes que nada, Allan quería saber dónde estaba y por qué. Le dolían las rodillas, lo que significaba que seguía vivo, a pesar de todo. Pero ¿no había...? ¿Y luego no había...? Y... ¿aquel hombre no se llamaba Julius?

Las piezas empezaron a encajar. Allan estaba echado sobre un colchón en el suelo del dormitorio de Julius, quien repetía su pregunta desde el vano de la puerta. ¿Qué quería oír Allan primero, la buena noticia o la mala?

—La buena. Y por mí puedes saltarte la mala.

De acuerdo, pensó Julius, y le comunicó que la buena noticia era que el desayuno estaba servido. En la cocina. Café, bocadillos de carne de alce y huevos de las gallinas del vecino.

¿Quién hubiera dicho que Allan volvería a disfrutar de un desayuno sin gachas? Ésa sí era una buena noticia. Cuando se sentó a la mesa de la cocina pensó que, mal que le pesase, tendría que escuchar la mala noticia.

—La mala noticia... —dijo Julius, y bajó la voz un poco—. La mala noticia es que con tanto beber ayer se nos olvidó apagar el dispositivo de frío de la cámara.

—¿Y?

—Que ahora mismo ese chico tarambana está bastante muerto.

Allan frunció el ceño y se rascó la nuca, antes de decidir que ese pequeño descuido no iba a fastidiarle el día.

—Mala cosa —comentó—. Pero he de reconocer que has dado en el clavo con los huevos, ni demasiado hechos ni demasiado crudos.

El comisario Aronsson se despertó alrededor de las ocho de la mañana y advirtió que estaba de mal humor. La desaparición de un anciano, voluntaria o no, no debería asignarse a un investigador de su talla.

Se duchó, se vistió y bajó a desayunar en la planta baja del hotel Plevnagården. De camino, se encontró con el recepcionista, que le dio un fax llegado la noche anterior, justo después de que cerraran la recepción.

Una hora más tarde, Aronsson tenía una nueva visión del caso. Al principio pensó que el fax enviado desde el centro de comunicaciones provincial tenía un valor dudoso, pero cuando se encontró con un pálido Ronny Hulth en la terminal de autobuses no pasaron muchos minutos antes de que éste se derrumbara y le contara lo ocurrido, faltando así a su promesa.

Inmediatamente después, llamaron desde Eskilstuna para decirle que en la compañía provincial de transporte de Södermanland, en Flen, acababan de descubrir que les faltaba un autobús desde la noche anterior, y que Aronsson debía llamar a una tal Jessica Björkman, novia de un conductor que por lo visto había sido secuestrado y luego puesto en libertad.

El comisario volvió al Plevnagården para tomar un café y poner los nuevos datos recibidos en perspectiva. Anotó sus observaciones mientras cavilaba:

Un hombre de avanzada edad, Allan Karlsson, se escapa de su habitación en una residencia de ancianos justo antes de que se celebre su centenario en el salón. Está o estaba en muy buena forma, considerando su edad, de lo cual tenemos amplia constancia. Para empezar, físicamente, pues logró salir por sus propios medios por una ventana del primer piso, siempre y cuando no haya recibido ayuda exterior, aunque las posteriores observaciones parecen indicar que actuó por su cuenta y riesgo. Además, la enfermera jefe de la residencia, Alice Englund, ha declarado que, «si bien Allan es un anciano, también es un condenado bribón que sabe lo que se hace».

De acuerdo con la pista seguida por el perro policía, después de estar un rato pisoteando las flores de un arriate, Karlsson se fue paseando por el centro de Malmköping y finalmente llegó a la sala de espera de la terminal de autobuses. Allí, según el taquillero Ronny Hulth, se dirigió directamente a su ventanilla o, mejor dicho, se arrastró. Hulth reparó en los pasitos que daba Karlsson, y también en que no llevaba zapatos sino zapatillas.

El testimonio de Hulth indica que Karlsson estaba huyendo y que no tenía un destino decidido de antemano. Karlsson quería abandonar Malmköping de inmediato y no le importaba hacia dónde ni en qué medio de transporte.

Este punto fue confirmado por una tal Jessica Björkman, novia del conductor de autobús Lennart Ramnér. A éste aún no se le ha tomado declaración, pues ingirió demasiadas pastillas para dormir. Sin embargo, el testimonio de Björkman parecía congruente. Karlsson le compró un billete a Ramnér por una cantidad de dinero determinada, que le alcanzó para ir hasta una parada llamada Estación de Byringe. Por tanto, no hay nada que indique que algo o alguien estuviera esperándolo precisamente allí.

No obstante, hay otro detalle a tener en cuenta. El testigo Hulth no vio si Karlsson se apropió o no de una maleta antes de subir al autobús, pero esa cuestión ha quedado despejada muy pronto, debido al comportamiento violento de un miembro de la organización criminal Never Again.

Jessica Björkman no mencionó nada acerca de una maleta en la declaración que consiguió sonsacarle a su pareja adormilada, pero el fax enviado desde el centro de comunicaciones confirma que, aunque cueste creerlo, Karlsson probablemente robó la maleta del miembro de Never Again.

La declaración de Björkman, armonizada con el fax de Eskilstuna, pone de manifiesto que alrededor de las 15.20 horas, minuto más o menos, Karlsson, y cuatro horas más tarde el miembro de Never Again, se apearon en Estación de Byringe para luego seguir a pie en dirección desconocida. El primero, un hombre de cien años de edad, arrastrando una maleta grande; el segundo, un individuo unos setenta años más joven.

El comisario cerró su bloc de notas y se terminó el café. Eran las 10.25 horas.

—Y ahora, a Estación de Byringe.

Durante el desayuno, Julius repasó con Allan todo lo que había hecho y pensado a lo largo de las primeras horas del día mientras su invitado todavía dormía.

Primero, el accidente de la cámara frigorífica. Cuando Julius cayó en que la temperatura había estado bajo cero durante al menos diez horas la noche anterior, agarró la palanqueta —para utilizarla en defensa propia, llegado el caso— y abrió la puerta. Si el joven seguía con vida, no estaría todo lo despierto y atento que exigiría enfrentarse a Julius y su improvisada arma.

Sin embargo, las precauciones resultaron innecesarias: el joven estaba acurrucado sobre una caja vacía. Tenía el cuerpo cubierto de cristales de hielo y sus ojos miraban el vacío. Dicho en pocas palabras: estaba muerto como un alce despiezado.

A Julius le dio pena, pero también le pareció una solución bastante práctica al embrollo. Al fin y al cabo, no habrían podido soltar a aquel tipo sin más. Así pues, apagó la cámara frigorífica y dejó la puerta abierta. Aunque el joven estuviera muerto, no era imprescindible que estuviese congelado.

Luego encendió la estufa de la cocina para caldearla y después contó el dinero. No había unos treinta y siete millones, como había estimado a bulto la noche anterior. Había exactamente cincuenta millones.

Allan escuchaba atento el informe de su anfitrión, y entretanto se zampaba el desayuno con más apetito que el que recordaba haber tenido en mucho tiempo. No dijo nada hasta que Julius llegó a la parte económica.

—Vaya, cincuenta millones son más fáciles de repartir entre dos. Fácil y rápido. Por cierto, ¿puedes pasarme la sal?

Julius lo hizo mientras decía que tampoco le habría costado nada repartir treinta y siete millones entre dos, pero que desde luego con cincuenta resultaba más fácil. Entonces se puso serio. Se sentó a la mesa de la cocina, enfrente de Allan, y añadió que había llegado el momento de abandonar para siempre aquella estación desmantelada. El joven de la cámara frigorífica ya no podía hacerles nada, pero ¿y si de camino hacia allí había dejado pistas? En cualquier momento podrían aparecer diez nuevos jóvenes vociferando en la cocina, todos tan furibundos como el que ya había dejado de chillar y amenazar.

Allan se mostró de acuerdo, pero le recordó que él era un hombre entrado en años y había perdido agilidad. Julius le aseguró que no tendrían que andar más de lo estrictamente necesario. Pero debían irse de allí cuanto antes, y lo más sensato sería llevarse al joven cogelado. No era recomendable que alguien encontrara su cadáver.

No hubo más que decir. Terminado el desayuno, se dispusieron a partir. Sacaron entre los dos al muerto de la cámara frigorífica y lo dejaron sobre una silla de la cocina. Acto seguido, hicieron acopio de fuerzas para emprender la segunda etapa.

Allan miró al joven de arriba abajo y dijo:

—Tiene los pies muy pequeños para ser tan corpulento. De todos modos, ya no necesitará los zapatos.

Julius respondió que a esas horas de la mañana fuera hacía frío, y que era más probable que se le helaran los pies a Allan que al joven. Si Allan creía que los zapatos del muerto podían servirle, sólo tenía que cogerlos. Al fin y al cabo, quien calla otorga.

Resultó que los zapatos le iban algo grandes, pero eran resistentes, robustos y bastante mejores y cómodos de llevar durante una huida que unas gastadas zapatillas.

La siguiente etapa consistió en arrastrar al joven. Una vez los tres se encontraron en el andén, dos de pie y uno echado, Allan se preguntó cuál sería el siguiente paso.

—No te muevas —le dijo Julius—. Tú tampoco —añadió mirando al joven, y tras saltar del andén se metió en un cobertizo que había al final de la única vía muerta.

Poco después, salió montado en una vagoneta a pedales.

—Modelo 1954 —dijo—. Bienvenidos a bordo.

Julius, delante, conducía la vagoneta, Allan, justo detrás de él, dejaba que sus piernas acompañaran el pedaleo, en tanto que el muerto iba sentado en el asiento de la derecha, con la cabeza sujeta al mango de una escoba y unas gafas de sol que tapaban sus ojos de mirada vacía.

Eran las once menos cinco cuando el grupo se puso en marcha. Tres minutos más tarde, un Volvo azul oscuro llegaba a la desvencijada estación. De él se apeó el comisario Göran Aronsson.

La construcción parecía abandonada, pero no estaría de más echarle un vistazo antes de seguir hasta el pueblo de Byringe, donde llamaría a algunas puertas.

Subió con cuidado al andén, que no parecía del todo estable. Abrió la puerta principal y gritó: «¿Hay alguien en casa?» No obtuvo respuesta y entró. Pues sí, a pesar de todo, la casa parecía habitada. Aún había brasas en la estufa de la cocina y sobre la mesa vio restos de un desayuno para dos.

Y en el suelo, unas zapatillas raídas.

Oficialmente, los Never Again se definían como club de moteros, pero no eran más que un grupo marginal de jóvenes con antecedentes penales, liderado por un individuo de mediana edad con más antecedentes todavía, todos de índole criminal.

El líder se llamaba Per-Gunnar Gerdin, pero nadie se atrevía a llamarlo otra cosa que no fuera «el Jefe», porque así lo había decidido él mismo, y además medía casi dos metros, pesaba unos ciento treinta kilos y tenía por costumbre esgrimir una navaja si algo o alguien le tocaba las narices.

El Jefe inició su carrera criminal con cierta cautela. Junto con un amigo de su misma edad importaba frutas y verduras, al tiempo que, como era lógico, aplicaba la ley de la trampa respecto al país de procedencia, para defraudar a Hacienda y subirle el precio al consumidor.

El socio del Jefe no tenía nada de malo, sólo que carecía de visión de futuro. El Jefe quería dar un paso más, por ejemplo, mezclando formol en la comida. Había oído que así lo hacían en Asia, y su idea era importar de Filipinas albóndigas que harían pasar por suecas. Por barco sería barato, pues con la cantidad adecuada de formol las albóndigas se conservan frescas hasta tres meses, incluso a una temperatura de treinta y pico grados.

El precio de compra sería tan bajo que, con el tiempo, ni siquiera tendrían que decir que las albóndigas eran suecas para que los números cuadrasen. Podrían ofrecerlas como danesas, con eso bastaría, pensaba el Jefe, pero su socio no quiso saber nada del asunto. En su opinión, el formol servía para embalsamar cadáveres, no para insuflar vida eterna a las albóndigas.

Así pues, los dos tomaron caminos diferentes, y en cuanto a las albóndigas tratadas con formol, el Jefe nunca llevó a cabo el proyecto. En su lugar, se le ocurrió cubrirse la cabeza con un pasamontañas y asaltar la sede de Stockholm Fruktimport AB, un competidor demasiado serio para él, y arramblar con la caja del día.

Con un machete en la mano y al furioso grito de «¡Dame la pasta o te...!» había conseguido, en un santiamén y para su grata sorpresa, hacerse con cuarenta y una mil coronas. Por tanto, ¿para qué seguir con el engorroso negocio de la importación cuando podía ganar un montón de dinero sin hacer prácticamente nada?

Y así lo hizo a partir de entonces. La mayoría de las veces todo fue bien; de hecho, a lo largo de casi veinte años de autónomo en el ramo del robo y la rapiña apenas tuvo que pasar un par de cortas vacaciones en la cárcel.

Sin embargo, tras ese par de décadas el Jefe resolvió que ya era hora de pensar en grande. Se procuró un par de lacayos mucho más jóvenes que él a los que puso apodos bastante tontos (uno pasó a llamarse *Bulten*, el Perno; el otro, *Hinken*, el Cubo) y con los que, más tarde, llevaría a cabo con gran éxito dos atracos a transportes de dinero.

El tercero, en cambio, acabó con los tres en la prisión de alta seguridad de Hall durante cuatro años y medio. Fue entonces cuando el Jefe tuvo la idea de formar Never Again siguiendo un estupendo plan (sus planes siempre eran estupendos). En una primera fase, el club constaría de unos cincuenta miembros distribuidos en tres secciones: «robo», «droga» y «extorsión». El nombre Never Again nació de la visión del propio Jefe, que quería crear una estructura criminal lo bastante profesional y estanca para que «nunca más» nadie diera con sus huesos en Hall ni en ninguna otra institución de tales características. Never Again sería el Real Madrid de las organizaciones criminales (al Jefe le gustaba el fútbol).

Al principio, el proceso de reclutamiento en Hall fue muy bien. Pero entonces el Jefe extravió una carta de su madre, que acabó en las manos equivocadas. En ella, la mamá le decía a su pequeño Per-Gunnar, entre otras cosas, que evitara las malas compañías en la cárcel, que cuidara sus delicadas amígdalas y que echaba de menos jugar con él a la Isla del Tesoro.

Después de eso, de nada sirvió que el Jefe a punto estuviese de rajar a dos yugoslavos en la cola de la comida y que montara follones cada dos por tres. Su autoridad se había visto socavada. De los treinta compinches que había conseguido reclutar, veintisiete lo abandonaron. Aparte de Bulten y Hinken, también se quedó a su lado un venezolano, José María Rodríguez, este último porque estaba enamorado del Jefe, algo que nunca confesó a nadie, ni siquiera a sí mismo.

En cualquier caso, al venezolano le puso el mote de Caracas, por ser ésta la capital de su país de procedencia. Por mucho que amenazara y maldijese, el Jefe no encontró más miembros para engrosar su club en Hall. Y un buen día, él y sus tres secuaces salieron de la cárcel.

Al principio, el Jefe consideró la posibilidad de olvidarse de Never Again, pero entonces el azar quiso que Caracas tuviese un colega colombiano con sólida visión de futuro y dudosas amistades. Una cosa llevó a la otra y, a través de Never Again, Suecia acabó convirtiéndose en el país de tránsito del cártel colombiano que distribuía la droga en Europa del Este. El negocio creció y no hubo ocasión ni personal suficiente para poner en marcha las secciones «robo» y «extorsión».

• • •

El Jefe convocó un comité de crisis en Estocolmo con Hinken y Caracas. Algo le había pasado a Bulten, el chapucero que había recibido el encargo de llevar a cabo la mayor transacción del club hasta el momento. Por la mañana, el Jefe se había puesto en contacto con los rusos, quienes juraron haber recibido la mercancía y también haber pagado por ella. De todos modos, no era problema de los rusos si luego el mensajero se fugaba con la maleta. Pero si los Never Again querían sacarlos a bailar por ello, los rusos no dirían que no. Si hacía falta, bailarían. Tanto el vals como la mazurca.

Por el momento, el Jefe dio por buena la palabra de los rusos (además, sabía que bailaban mejor que él), y también descartó que Bulten pudiera haberse largado por iniciativa propia con el botín. Era demasiado tonto para hacer algo así. O listo, según cómo se mirara.

Sólo quedaba la posibilidad de que alguien, enterado de la transacción, hubiera esperado el momento adecuado en Malmköping o en el viaje de regreso a Estocolmo, hubiese dejado fuera de combate a Bulten y se hubiera apropiado de la maleta.

Pero ¿quién?, preguntó el Jefe. El silencio que recibió por respuesta no lo sorprendió: hacía tiempo que le constaba que sus esbirros eran unos idiotas.

Comoquiera que fuese, le ordenó a Hinken que investigase. No es que el Jefe pensara que no era idiota, pero sí lo era menos que Caracas. Así pues, el idiota de Hinken tenía mayores aptitudes para encontrar al idiota de Bulten y, tal vez, incluso la maleta con el dinero.

—Ve a Malmköping y averígualo todo, Hinken, coño. Pero ponte ropa normal, porque justo hoy hay mucha bofia por ahí. Parece que ha desaparecido un vejestorio de cien años.

Julius, Allan y el muerto atravesaron el bosque de Södermanland sobre ruedas. Al llegar a Vidkärr tuvieron la mala suerte de topar con un granjero cuyo nombre Julius no conocía. El hombre estaba inspeccionando su cosecha cuando el trío pasó a toda velocidad en la vagoneta.

—Buenos días —dijo Julius.

—Estupendo día, ¿eh? —dijo Allan.

El muerto y el granjero no dijeron nada. Sin embargo, este último los siguió con la mirada.

Cuanto más se acercaban a Åkers Styckebruk, más preocupado estaba Julius. Había creído que por el camino cruzarían algún río caudaloso donde arrojar el cadáver. Sin embargo, no fue así, y antes de que pudiese pensar en una alternativa, la vagoneta se acercó raudamente al polígono industrial de Styckebruk. Julius tiró del freno y la detuvo a tiempo. El muerto cayó hacia delante y se golpeó la frente contra un tirador de hierro.

—Si las circunstancias fueran otras, le habría dolido —observó Allan.

—Algunas ventajas tiene el estar fiambre —apuntó Julius.

Acto seguido, saltó de la vagoneta y se ocultó detrás de un abedul para echar un vistazo al polígono industrial sin ser visto. Las enormes puertas que daban al recinto estaban abiertas, pero por lo demás el polígono parecía desierto. Consultó la hora: doce y diez. «Están almorzando», pensó, y entonces avistó un contenedor. Anunció que iba a inspeccionar el terreno y que no tardaría en volver. Allan le deseó suerte y le advirtió que no se perdiera.

Julius no corría ningún peligro de perderse, porque sólo pretendía acercarse al contenedor, que estaba a unos treinta metros de allí. Se metió en él y desapareció de la vista más de un minuto. Luego volvió a salir. Cuando regresó junto a la vagoneta, le comunicó a Allan que ya sabía qué destino darle al muerto.

El contenedor estaba lleno hasta la mitad de cilindros huecos de un metro de diámetro y unos tres metros de largo, cada uno embalado en una caja de madera con una tapa en un extremo. Para cuando consiguieron meter el pesado cuerpo en uno de los cilindros del fondo, Allan estaba agotado. Sin embargo, al cerrar la caja y ver la etiqueta y el destino que figuraba en ella, se recuperó rápidamente.

Adís Abeba.

—Verá mucho mundo si no cierra los ojos —comentó.

—Date prisa —lo urgió Julius—. No podemos quedarnos aquí.

La operación fue bien, y justo antes de que terminara la pausa del almuerzo se encontraban de nuevo al amparo de los abedules. Se sentaron en la vagoneta a descansar y en el polígono industrial se reanudó la actividad. El conductor de una carretilla de horquilla echó más cilindros en el contenedor hasta llenarlo. A continuación lo cerró, fue en busca de un nuevo contenedor y siguió cargando.

Allan preguntó qué fabricaban en aquel lugar. Julius sabía que se trataba de una fábrica muy antigua, que ya en el siglo XVII fundía y suministraba cañones a quienes durante la guerra de los Treinta Años buscaban mayor eficacia en la matanza.

A Allan le pareció estúpido e innecesario que los habitantes del siglo XVII se mataran entre sí. De haberse calmado un poco y habérselo pensado mejor, habrían caído en la cuenta de que iban a morir de todos modos. Julius contestó que lo mismo podía decirse de todas las épocas, y añadió que el descanso había acabado y que era hora de abandonar aquel lugar. Su sencillo plan consistía en recorrer el corto trayecto hasta las zonas más céntricas de Åkers y, una vez allí, buscar alguna solución.

El comisario inspeccionó la vieja estación de Byringe, pero no encontró nada de interés salvo las zapatillas, que probablemente pertenecían al anciano fugado. Se las llevaría para enseñárselas al personal de la residencia.

Vaya, también había manchas de agua en el suelo de la cocina. Y conducían a una cámara frigorífica, que estaba desconectada y con la puerta abierta. Bah, seguramente no sería una pista útil.

Aronsson siguió hasta el pueblo de Byringe para llamar a algunas puertas. En tres casas había gente, y todos coincidieron en que un tal Julius Jonsson vivía en la vieja estación, que se trataba de un bribón y un estafador con el que no querían tener trato y que no habían visto ni oído nada raro desde la tarde anterior. Sin embargo, que Julius pudiera estar metido en algún asunto turbio no extrañó a nadie.

—Encerradlo —exigió el vecino más airado.

—¿Por qué? —preguntó el comisario.

—Porque por las noches se mete en mi gallinero y me roba los huevos, porque el invierno pasado me birló el trineo, lo pintó y dijo que era suyo, porque encarga libros a mi nombre que luego saca de mi buzón y deja que yo pague la factura, porque intenta venderle aguardiente casero a mi hijo de catorce años, porque...

—Vale, vale —suspiró el comisario—. Lo encerraré. Pero antes debo encontrarlo.

Emprendió el viaje de regreso a Malmköping, y estaba más o menos a mitad de camino cuando sonó el teléfono. Eran los colegas del centro de comunicaciones. Un agricultor llamado Tengroth, de Vidkärr, había llamado para aportar una pista interesante. Hacía unas horas, un timador de baja estofa bastante conocido en la comarca había cruzado las tierras de Tengroth montado en una vagoneta por las vías fuera de servicio que corrían entre Byringe y Åkers Styckebruk. Lo acompañaban un anciano, una maleta enorme y un joven con gafas de sol. Según Tengroth, el joven parecía estar al mando, aunque iba descalzo...

—Ahora sí que no entiendo nada —bufó el comisario, y dio la vuelta con el coche a tal velocidad que las zapatillas cayeron del asiento del acompañante al suelo.

. . .

Tras un par de cientos de metros, el andar de Allan se hizo aún más lento de lo que ya era. No se quejó, pero Julius comprendió que las rodillas lo traían a maltraer. Un poco más allá, a la derecha, había un puesto de salchichas. Julius le prometió que si se esforzaba por llegar hasta el puesto, lo invitaría a una salchicha, porque podía permitírselo, y después vería el modo de solucionar el tema del transporte. Allan contestó que jamás, en toda su larga vida, se había quejado por un poco de dolor, y que no pensaba empezar entonces, pero que, por otro lado, una sabrosa salchicha le sentaría muy bien.

Julius apretó el paso y Allan se fue rezagando. Cuando éste finalmente llegó al puesto, Julius ya se había zampado la mitad de su salchicha. Y había hecho algo más.

—Allan —dijo—, ven a saludar a Benny. Es nuestro nuevo chófer particular.

Benny era el propietario del puesto de salchichas, tenía unos cincuenta años y conservaba todo el cabello, incluida una coleta. En más o menos dos minutos, a Julius le había dado tiempo de comprar una salchicha, una Fanta y el Mercedes plateado modelo 1988 de Benny, con Benny incluido, por el precio de cien mil coronas.

Allan miró fijamente al propietario del puesto, que todavía ocupaba su lugar al otro lado del mostrador.

—¿También te hemos comprado a ti, o sólo te hemos alquilado? —preguntó finalmente.

—Habéis comprado el coche, pero al chófer lo habéis alquilado —contestó Benny—. Para empezar, durante diez días; luego tendremos que volver a negociar. Por cierto, el precio incluye una salchicha. ¿Le apetece una de Frankfurt genuina?

Si era posible, Allan prefería una salchicha normal. Además, agregó, le parecía que cien mil coronas por un coche tan viejo era un abuso, por mucho que el chófer estuviese

64

incluido, o sea, que lo justo sería que también le sirviese una bebida de chocolate.

Benny accedió sin más. Al fin y al cabo, iba a abandonar su puesto y daba igual una bebida de chocolate más o menos, pensó. En cualquier caso, el negocio iba mal. Lo de llevar un puesto de salchichas en Åkers Styckebruck había resultado tan mala idea como cabía esperar.

La verdad era, les contó Benny, que ya antes de que los señores aparecieran tan oportunamente había estado dándole vueltas a la idea de dedicarse a otra cosa en la vida. Aunque jamás se le habría pasado por la cabeza ser chófer particular.

A la luz de lo que el hombre acababa de revelarles, Allan propuso que Benny cargara una caja de Pucko, la bebida de chocolate en cuestión, en el maletero. Por su parte, Julius le dijo a Benny que tendría su propia gorra de chófer, pero que ahora debía quitarse aquella gorra en forma de salchicha y salir del puesto de una vez, porque ya era hora de largarse.

Benny no creía que formara parte del cometido de un chófer discutir con su jefe, de modo que obedeció sin rechistar. La gorra en forma de salchicha acabó en la basura y la caja de Pucko en el maletero, junto con unas botellas de Fanta. Pero Julius prefería que la maleta fuera a su lado, en el asiento trasero. Allan se sentaría delante para que pudiera estirar las piernas.

El hasta entonces único propietario de un puesto de salchichas en Åkers Styckebruk se sentó al volante de lo que hasta hacía un momento había sido su Mercedes, revendido honestamente a los dos caballeros que lo acompañaban, y preguntó:

—¿Adónde quieren ir los señores?

—¿Qué tal hacia el norte? —propuso Julius.

—Sí, estaría bien —convino Allan—. O al sur.

—Entonces digamos que al sur —aceptó Julius.

—Al sur —repitió Benny, y metió la primera.

. . .

Diez minutos más tarde, el comisario Aronsson llegaba a Åkers. Sólo tuvo que seguir las vías del tren con la mirada para descubrir una vieja vagoneta justo detrás del polígono industrial.

Sin embargo, no había nadie en ella, ni pista o huella que seguir. Lo que sí había eran unos obreros cargando cajas de madera en contenedores. Ninguno supo decirle cuándo había llegado aquella vagoneta. En cambio, habían visto a dos viejos andando por la carretera poco después de la hora del almuerzo. Uno de ellos arrastraba una maleta grande y el otro lo seguía un poco a la zaga. Se dirigían a la gasolinera y el puesto de salchichas, pero ninguno sabía adónde podían haber ido después.

Aronsson les preguntó si realmente habían visto sólo dos hombres y no tres. Los obreros respondieron que no habían visto a nadie más.

Mientras se dirigía hacia la gasolinera y el puesto de salchichas, Aronsson repasó los nuevos datos. Y no encontró relación entre ellos, aún menos con los de antes.

Primero se detuvo en el puesto de salchichas. Empezaba a tener hambre, de modo que no podía ser más oportuno. Pero, claro, estaba cerrado. Un puesto de salchichas no podía funcionar en un rincón perdido como aquél, decidió Aronsson, y siguió adelante hasta la gasolinera. Allí nadie había visto ni oído nada. Pero al menos podían venderle una salchicha, aunque supiese a gasolina.

Tras un rápido almuerzo, Aronsson se acercó al supermercado Ica, la floristería y la oficina del corredor de fincas. E interrogó a los pocos transeúntes que habían salido a pasear con el perro, el cochecito del bebé o la pareja. Sin embargo, no encontró a nadie que hubiese visto a dos o a tres hombres con una maleta a rastras. La pista sencillamente desaparecía en algún lugar entre la fábrica y la gasolinera de Statoil. El comisario decidió volver a Malm-

köping. Tenía un par de zapatillas que requerían ser iden-
tificadas.

Llamó a su superior desde el coche y le informó del estado
de las cosas hasta el momento. El jefe de la policía provincial
se lo agradeció, porque a las dos debía comparecer en una
rueda de prensa y no tenía nada que comunicar.

El jefe mostraba cierta propensión a la teatralidad y, si
podía evitarlo, no solía recurrir a la moderación. En otras palabras, no le gustaba quedarse corto. Y ahora, por fin, Aronsson le había dado ese material que tanto necesitaba para la
presentación del caso.

Así pues, durante la rueda de prensa se explayó de lo
lindo, antes de que Aronsson tuviera tiempo de volver a
Malmköping para matizarlo (lo cual, de todos modos, hubiera sido imposible). Con tono afectado, comunicó a la
prensa que la desaparición de Allan Karlsson probablemente fuese un dramático caso de secuestro, tal como la página
web del diario local había avanzado el día anterior. Respiró
hondo y añadió que, si bien la policía tenía indicios de que
Karlsson seguía con vida, lamentablemente se hallaba en
manos de elementos criminales pertenecientes al mundo del
hampa.

Las preguntas de los periodistas fueron muchas, naturalmente, pero el jefe supo escabullirse con habilidad. Lo
que sí estaba en condiciones de anunciar, hasta ahí podía
llegar, era que Karlsson y sus supuestos secuestradores habían sido vistos en el pequeño pueblo de Åkers Styckebruk
a la hora del almuerzo aquel mismo día. E instó al mejor
amigo de la policía, la Ciudadanía, a que se dejara oír si tenía
alguna información u observación que comunicar.

Para gran decepción del jefe, el equipo de la televisión,
harto de esperar, se había ido antes de la rueda de prensa.
Eso nunca habría ocurrido si el zángano de Aronsson se
hubiera dado prisa en proporcionarle la información sobre

67

el secuestro. De todos modos, el *Expressen* y el *Aftonbladet* estaban allí, y también el diario local y un reportero de la radio del lugar. Al fondo del comedor del hotel Plevnagården había un hombre a quien el jefe no reconocía del día anterior. ¿Tal vez era de la TT, la agencia de noticias sueca?

Pero Hinken no era de la TT, sino que lo había enviado el Jefe desde Estocolmo. Y empezaba a estar convencido de que Bulten se había largado con la pasta, en cuyo caso podía darse por muerto.

Cuando Aronsson llegó al Plevnagården, el despliegue de medios se había disipado. De camino, se había detenido en la residencia de ancianos, donde le confirmaron, después de que la enfermera Alice las oliera y asintiese con una mueca, que las raídas zapatillas pertenecían a Allan Karlsson.

El comisario tuvo la mala suerte de topar en el vestíbulo del hotel con su jefe, quien le informó sobre la rueda de prensa y le pidió que resolviera el asunto, a ser posible de manera que no surgieran conflictos lógicos entre la realidad y lo que él había declarado a la prensa a lo largo del día.

Y, dicho esto, el jefe se fue, pues tenía muchas cosas que gestionar. Por ejemplo, ya iba siendo hora de que metiera al fiscal en el asunto.

Aronsson se sentó con una taza de café para revisar a fondo los últimos acontecimientos. Entre todo lo que había que revisar a fondo optó por centrarse en la probable relación que unía a los tres ocupantes de la vagoneta. Si Tengroth se equivocaba y Karlsson y Jonsson realmente se veían sometidos a coacción por parte del tercer pasajero, era probable que se hallasen ante un secuestro de lo más dramático. Eso era lo que el jefe acababa de sostener en la rueda de prensa, pero el jefe pocas veces acertaba. Además, había que considerar al testigo que había visto a Karlsson y Jonsson paseando por Åkers con la maleta. ¿Significaba eso que los dos viejos habían conseguido reducir al joven y seguramente vigoroso miembro de Never Again y lo habían arrojado a una zanja?

Era increíble pero no imposible. Aronsson decidió volver a convocar al perro de Eskilstuna. Sería un paseo largo para el animal y su guía, desde las tierras del granjero Tengroth hasta el polígono industrial de Åkers. En algún lugar entre esos dos puntos había desaparecido el miembro de Never Again.

Posteriormente, Karlsson y Jonsson también se habían esfumado en algún lugar entre el polígono industrial y la gasolinera de Statoil, lo que representaba un trayecto de unos doscientos metros. La tierra se los había tragado sin que nadie hubiera visto ni oído nada. Lo único que había a lo largo del trayecto era un puesto de salchichas cerrado.

El móvil de Aronsson sonó. Era el centro de comunicaciones, que había recibido nuevos soplos. Esta vez, el anciano centenario había sido visto en Mjölby, en el asiento delantero de un Mercedes, probablemente secuestrado por un hombre de mediana edad y coleta que iba al volante.

—¿Quieres que lo investiguemos más a fondo? —le preguntó su colega.

—No —respondió Aronsson con un suspiro.

Una larga vida como comisario le había enseñado a distinguir un soplo de verdad de uno ficticio. Resultaba reconfortante saberlo cuando la investigación aún seguía envuelta en una nebulosa.

Benny se detuvo en Mjölby para repostar gasolina. Julius abrió la maleta con cautela y sacó un billete de quinientas coronas para pagar. Luego dijo que quería estirar las piernas un poco y le pidió a Allan que se quedara en el coche montando guardia. El centenario estaba cansado después de las tribulaciones del día y prometió que no se movería de allí.

Benny regresó y se sentó al volante. Julius lo hizo poco después y le ordenó que se pusiese en marcha. El Mercedes prosiguió su viaje en dirección sur.

Al rato, Julius empezó a hacer ruido con algo en el asiento de atrás y a continuación tendió a Allan y Benny una bolsa abierta de caramelos Polly.

—Mirad lo que he robado —dijo.

Allan enarcó una ceja.

—¿Has robado una bolsa de chucherías cuando tenemos cincuenta millones en la maleta?

—¡¿Qué?! —saltó Benny—. ¿Tenéis cincuenta millones en la maleta?

—Ya la he liado —resopló Allan.

—No exactamente —repuso Julius—. Te hemos dado cien mil, ¿recuerdas?

—Además de las quinientas para la gasolina —apuntó Allan.

Benny permaneció callado unos segundos.

—¿Me estáis diciendo que tenéis cuarenta y nueve millones, ochocientas noventa y nueve mil quinientas coronas en esa maleta?

Y guardó silencio de nuevo. Entonces Allan decidió que era mejor contárselo todo, dado que no se trataba de un chófer cualquiera, sino de un chófer particular. Si después Benny decidía romper el acuerdo entre las partes, lo aceptarían, qué remedio.

La parte de la historia que a Benny le costó más encajar fue la, digamos, gestación y manipulación de un cadáver que luego habían exportado al extranjero. Pero es que había sido un accidente, de veras, aunque el exceso de alcohol algo había influido. Benny no bebía alcohol, y el tema del muerto no le gustaba, le daba ganas de renunciar al puesto.

Sin embargo, reflexionó un poco más y llegó a la conclusión de que seguramente los cincuenta millones habían estado en las manos equivocadas desde un principio, pero que ahora podrían ser mejor utilizados. Además, no era de buen gusto despedirse el primer día en un trabajo nuevo.

Por eso, Benny decidió que seguiría en el puesto y preguntó qué planes tenían los señores. Hasta entonces, no había hecho preguntas, pues no le parecía que la curiosidad fuera una buena cualidad en un chófer particular, pero de pronto se había convertido, en cierto modo, en cómplice.

Allan y Julius reconocieron que no tenían ningún plan. Pero que podían seguir por aquella carretera hasta que empezara a oscurecer y luego meterse en algún sitio para discutir el asunto con seriedad y rigor. Así se haría.

—Cincuenta millones —suspiró Benny, y sonrió mientras ponía la primera.

—Cuarenta y nueve millones, ochocientas noventa y nueve mil quinientas coronas —lo corrigió Allan.

Julius tuvo que prometer que a partir de ese momento dejaría de robar por robar. Reconoció que no le sería fácil, porque lo llevaba en la sangre y no servía para otra cosa. Pero aun así lo prometió, y de Julius podía decirse, según él mismo, que muy pocas veces prometía algo, pero que cuando lo hacía, cumplía.

Continuaron viaje en silencio. Allan se durmió enseguida, Julius probó un nuevo Polly, y Benny se puso a canturrear una canción cuyo título ignoraba.

Un periodista de un diario vespertino que tiene la mira puesta en una historia no es fácil de detener. No pasaron muchas horas hasta que los reporteros del *Expressen* y el *Aftonbladet* se hicieron una idea más clara que la que les había ofrecido el jefe de policía en la rueda de prensa. Esta vez, el *Expressen* ganó al *Aftonbladet*, porque su reportero fue el primero en dar con el testigo Ronny Hulth y, a cambio de la promesa de conseguirle un novio a su solitaria gata, convencerlo de que aquella noche lo acompañara hasta un hotel de Eskilstuna, fuera del alcance del *Aftonbladet*. Al principio, Hulth tuvo miedo de contarle lo ocurrido, pues todavía recordaba las amenazas del joven, pero el reportero le aseguró que no revelaría su nombre y que, en cualquier caso, no le pasaría nada, ya que ahora el club de motoristas sabía que la policía había tomado cartas en el asunto.

El *Expressen*, sin embargo, no se conformó con tener a Hulth. Extendieron sus redes hasta atrapar incluso al conductor del autobús, y no sólo a él, sino a los habitantes de Byringe, el granjero de Vidkärr y varios trabajadores de Åkers Styckebruk. En conjunto, estas entrevistas dieron lugar a una serie de artículos de cariz dramático que se publicaron al día siguiente. Ciertamente, estaban plagados de inexactitudes e hipótesis erróneas, pero a tenor de las circunstancias el reportero había realizado un buen trabajo periodístico.

El Mercedes plateado seguía avanzando. Poco a poco, también Julius se había dormido. Allan roncaba en el asiento del acompañante. Julius lo hacía detrás, con la maleta como incómoda almohada. Mientras tanto, Benny elegía la ruta lo mejor que podía y sabía.

En Mjölby había decidido abandonar la E4 y tomar la nacional 32 en dirección a Tranås. Pero al llegar allí no se detuvo, sino que siguió rumbo al sur. Tras penetrar unos kilómetros en la provincia de Kronoberg, volvió a desviarse y se metió en el bosque de Småland, donde esperaba encontrar un lugar apropiado para pasar la noche.

Allan se despertó y preguntó si ya era hora de acostarse. La conversación despertó a Julius, que miró alrededor. Vio bosque por todos lados y quiso saber dónde estaban.

Benny respondió que unos kilómetros al norte de Växjö, y añadió que mientras los señores dormían él había estado reflexionando.

Al cabo de esas reflexiones, había llegado a la conclusión de que, por razones de seguridad, era preferible buscar un entorno más discreto para pernoctar. A fin de cuentas, no sabían quién los perseguía, pero alguien que se hacía con una maleta que contenía cincuenta criminales millones de coronas no podía contar con que lo dejaran en paz por las buenas. Por eso se había desviado de la carretera que los habría conducido a Växjö y ahora, en cambio, se acercaban al más modesto pueblo de Rottne. La idea era ver si por casualidad daban con algún hotel donde hospedarse.

—Bien pensado —dijo Julius. Sin embargo...

Julius expuso su idea. En Rottne encontrarían, en el mejor de los casos, un pequeño y ruinoso hotel donde nunca se hospedaba nadie. Si de pronto se presentaban tres señores, de noche y sin reserva, lo más probable era que despertasen cierta curiosidad malsana en el pueblo. Sería mejor buscar directamente una granja o una cabaña en medio del bosque, y negociar una pernoctación y un poco de comida a cambio de dinero.

Benny tuvo que reconocer que el razonamiento era bueno y sabio, y así, mostrándose de acuerdo en todo, metió el coche por el primer camino de grava que encontró.

Empezaba a anochecer cuando tras casi cuatro tortuosos kilómetros vieron un buzón en el borde del camino. Ponía «Sjötorp», y justo al lado nacía un sendero que seguramente conducía hasta allí. Acertaron. Después de recorrer unos cien metros sinuosos apareció una casa. Una sólida cabaña pintada de rojo y blanco, de dos plantas, con un establo anexo y, un poco más lejos, a la orilla de un lago, algo que otrora tal vez fuera el cobertizo de las herramientas.

Parecía habitada, y el Mercedes avanzó sigilosamente hasta la entrada. Entonces salió una pelirroja de unos cuarenta y muchos años, con el pelo encrespado, vestida con un chándal rojo y acompañada por un pastor alemán.

El trío se apeó del coche y fue a su encuentro. Julius miró de reojo al perro, pero no parecía que fuera a atacarlos. Al contrario, miraba a los recién llegados con curiosidad, casi amistosamente. Tranquilizado, Julius saludó a la mujer con un «buenas tardes» y le expuso sus deseos de pernoctación y, a poder ser, un poco de cena.

Ella observó al heterogéneo trío: un viejo, un medio viejo y un tipo... que no estaba del todo mal, hubo de reconocer. Además, tenía la edad adecuada. ¡Y coleta! Sonrió y Julius creyó que aceptaría, pero entonces ella dijo:

—Chicos, esto no es un jodido hotel.

Vaya por Dios, pensó Allan. Tenía hambre y ganas de una cama. Había decidido vivir la vida un rato más, y ello le exigía mucho esfuerzo. Podían decirse muchas cosas de la residencia de ancianos, pero al menos no le producía agujetas.

Julius, que también parecía disgustado, dijo que él y sus amigos se habían perdido, estaban muy cansados y, por supuesto, pagarían religiosamente si les permitía quedarse aquella noche. En el peor de los casos, podían saltarse la cena.

—Te daremos mil coronas por persona si nos ofreces un sitio donde dormir —concluyó.

—¿Mil coronas? ¿Es que os habéis fugado de alguna parte?

Julius desestimó la certera pregunta con un ademán de la mano y volvió a explicarle que llevaban viajando mucho tiempo. Y que por él podían continuar un rato más, no era problema, pero que Allan era un hombre mayor.

—Cumplí cien años ayer —precisó Allan con tono lastimero.

—¿Cien años? —exclamó la mujer, casi asustada—. ¡Qué espanto! —Se lo pensó un momento y finalmente decidió—: Bueno, ¡qué coño!, supongo que podéis quedaros. Pero ni hablar de mil putas coronas. Ya os he dicho que esto no es un jodido hotel.

Benny la miró admirado. Nunca había oído a una mujer tan deslenguada. Qué maravilla.

—Mi bella dama —dijo—, ¿puedo acariciar su perro?

—¿Mi bella dama? —se asombró ella—. ¿Estás ciego o qué, chaval? Acaricia el condenado perro y ya está, ¡joder!

Buster es buen chico. Bien, podéis ocupar tres habitaciones en la planta de arriba, hay sitio de sobra. Las sábanas están limpias, pero cuidado con el puñetero raticida del suelo. Serviré la cena dentro de una hora, ¿vale?

Dejó a los tres hombres allí y se dirigió al establo seguida por el fiel *Buster*. Benny alcanzó a preguntarle si tenía nombre. Ella, sin volverse, contestó que se llamaba Gunilla, pero que lo de «bella dama» le sonaba bien y que «puedes seguir llamándome así, joder». Benny le aseguró que lo haría.

—Creo que me he enamorado —les dijo a sus patrones.

—Pues yo sólo sé que estoy fundido —respondió Allan.

En ese momento se oyó un bramido procedente del establo que hizo que hasta el exhausto centenario abriese los ojos como platos. Parecía provenir de un animal muy grande y probablemente dolorido.

—No seas tan majadera, *Sonja* —soltó la Bella Dama—. ¡Joder, que ya voy!

7

1929-1939

Volver a ver la casita de Yxhult fue bastante penoso. Se había ido derruyendo durante los años que Allan estuvo en tratamiento con el profesor Lundborg. Las tejas habían volado con el viento y yacían desperdigadas por el suelo. Por alguna razón, el retrete había caído de lado, y una de las ventanas de la cocina no dejaba de golpetear contra el marco.

Allan se puso a orinar delante de la entrada, visto el estado inservible del retrete. Después entró y se sentó en la polvorienta cocina. No cerró la ventana. Tenía hambre, pero desistió de echar un vistazo en la despensa. Lo que hubiese allí no lo alegraría precisamente.

Aunque había nacido y crecido en aquel lugar, nunca lo había sentido tan ajeno. ¿Acaso había llegado el momento de cortar amarras con el pasado y seguir adelante sin mirar atrás? Sí, desde luego.

Encontró sus viejos cartuchos de dinamita e hizo los preparativos necesarios antes de cargar sus escasas pertenencias en el carrito de su bicicleta. Y en el crepúsculo del 3 de junio de 1929 se marchó, lejos de Yxhult, lejos de Flen. La carga de dinamita detonó treinta minutos más tarde, tal como había previsto. La casita de Yxhult saltó por los aires y la vaca del vecino más próximo volvió a sufrir un aborto.

Al cabo de una hora, Allan estaba cenando en la comisaría de Flen, mientras el jefe Krook le echaba una reprimenda. Hacía poco que la policía de Flen había adquirido un coche patrulla, de modo que resultó sencillo atrapar al hombre que acababa de volar su propia casa.

Esta vez, la acusación no ofrecía dudas.

—Negligencia temeraria —sentenció el jefe Krook con tono autoritario.

—¿Podría pasarme el pan? —pidió Allan.

El jefe Krook no podía. En cambio, empezó a abroncar a su pobre ayudante, un hombre tan débil que no había sabido negarse a los deseos de cenar del detenido. Mientras tanto, Allan acabó la comida y después se dejó conducir hasta la misma celda que había ocupado la anterior vez.

—¿No tendrán por casualidad el periódico de hoy? —preguntó—. Ya sabe, para leer algo durante la noche.

El jefe Krook contestó apagando la luz del techo y cerrando la puerta de un golpe. Lo primero que hizo a la mañana siguiente fue llamar a «ese manicomio» de Uppsala para pedirles que fueran a recoger a Allan Karlsson.

Sin embargo, el colaborador del profesor Bernhard Lundborg que respondió a la llamada no accedió a tamaña petición. El tratamiento de Karlsson ya había concluido y ahora tenían que castrar y analizar a otros, a muchos otros. El jefe Krook no se imaginaba de cuántas personas había que salvar a la nación, de muchísimas: judíos y gitanos y negros y medio negros y deficientes mentales y suma y sigue. El hecho de que Karlsson hubiese dinamitado su casa no justificaba un nuevo internamiento en Uppsala. ¿Acaso no podía hacer lo que le diera la gana con su propia casa? ¿No estaba de acuerdo con ello el jefe Krook? Porque vivimos en un país libre, ¿verdad?

Al final, el jefe Krook colgó el auricular. No llegaría a ninguna parte con aquella gente de la ciudad. Entonces se arrepintió de no haber dejado que Karlsson y su bicicleta desaparecieran de la comarca la noche anterior, tal como, en efecto, habían estado a punto de hacer.

De manera que aquella mañana, tras arduas negociaciones, Allan Karlsson volvió a montar en su bicicleta con el carrito a rastras. Esta vez llevaba comida para tres días en las alforjas y el doble de mantas. Se despidió del jefe agitando la mano, Krook no le devolvió el saludo, y Allan salió pedaleando rumbo al norte, pues decidió que ese punto cardinal era tan bueno como cualquier otro.

Avanzada la tarde, el camino lo había llevado hasta Hälleforsnäs, y con eso bastó por aquel día. Se acomodó en un prado, extendió una manta y abrió el paquete de comida. Mientras daba cuenta de una rebanada de pan de jengibre acompañada de salchichón ahumado, examinó la nave industrial que, por casualidad, se encontraba justo ante sus ojos. Fuera había una pila de tubos para fabricar cañones. Allan pensó que un fabricante de cañones siempre necesitaba de alguien que se ocupara de que disparasen, llegado el momento. Luego pensó que alejarse todo lo posible de Yxhult no era un fin en sí mismo. Hälleforsnäs serviría. Es decir, si encontraba un trabajo.

La conclusión que sacó al relacionar los tubos con la posible necesidad de sus especiales conocimientos quizá fue ligeramente ingenua. Sin embargo, dio en el clavo. Tras una breve conversación con el fabricante, durante la cual Allan omitió ciertos episodios de su biografía, consiguió un empleo como técnico en explosivos.

En aquel lugar seguro que estaría a gusto, pensó.

La fabricación de cañones iba muy lenta en la fundición de Hälleforsnäs y los pedidos, lejos de aumentar, disminuían. Después de la guerra mundial, el ministro de Defensa, Per Albin Hansson, había reducido el presupuesto militar mientras Gustavo V hacía rechinar los dientes en su castillo. Per Albin, que era un hombre dotado para el análisis, discurrió que, visto en retrospectiva, Suecia debería haber estado mejor armada en vísperas de la guerra, pero que, por esa misma regla de tres, no serviría de nada armarse diez años más tarde. Además, ahora existía la Sociedad de Naciones.

Las consecuencias para la fundición de Södermanland fueron que, por un lado, la empresa redirigió sus objetivos hacia menesteres pacíficos y, por otro, que tuvo que despedir trabajadores.

Aunque no a Allan, porque había escasez de técnicos en explosivos. El fabricante apenas había dado crédito a sus ojos y oídos cuando Allan se presentó allí un buen día y aseguró ser un experto en todo tipo de explosivos. Hasta entonces, el hombre había tenido que confiar en el único técnico con que contaba, y eso no era nada bueno, porque se trataba de un extranjero que apenas hablaba el sueco y, además, tenía vello negro por todo el cuerpo. No resultaba fácil saber si era de fiar.

Sin embargo, Allan no dividía a la gente por colores y siempre había creído que los discursos del profesor Lundborg eran, cuando menos, estrafalarios. En cambio, hacía tiempo que sentía curiosidad por conocer a su primer negro, o negra, le daba igual. Por eso, soltó un suspiro de anhelo cuando leyó en el diario que Joséphine Baker actuaría en Estocolmo, aunque tuvo que conformarse con Esteban, su blanco aunque oscuro colega español en la técnica de los explosivos.

Se llevaban bien. De hecho, compartían un cuchitril en el ala de la fábrica destinada a alojar a los obreros. Esteban le habló de sus dramáticas circunstancias. Había conocido a una chica en Madrid, durante unas fiestas, y había iniciado con ella una relación más o menos inocente, ignorando que se trataba de la hija del mismísimo dictador Miguel Primo de Rivera, un hombre con el que nadie se atrevía a discutir. Gobernaba el país como le daba la gana y hacía lo que quería con el desvalido rey. Pero ¡su hija era increíblemente bella!

Naturalmente, los orígenes obreros del pretendiente no fueron del agrado del potencial suegro. Y así, en la primera y única reunión que Esteban mantuvo con Primo de Rivera, éste le hizo saber que tenía dos alternativas. La primera era marcharse cuanto más lejos mejor del territorio español, y la segunda, recibir, en ese mismo momento y lugar, un balazo en la nuca.

Mientras Primo de Rivera le quitaba el seguro a su fusil, Esteban contestó que se decidía por la primera alternativa y salió rápidamente de la estancia reculando, sin mostrarle ni por un instante la nuca al fallido suegro ni lanzar una sola mirada a la sollozante muchacha.

«Cuanto más lejos mejor», pensó Esteban, y emprendió viaje hacia el norte, cada vez más al norte, hasta que llegó a un lugar tan al norte que los lagos se helaban en invierno. Entonces se dijo que eso debería bastar. Y allí llevaba desde entonces. Había conseguido el empleo en la fundición tres años atrás gracias a la ayuda de un sacerdote católico que le había hecho de intérprete y, que Dios lo perdonara, a una historia inventada según la cual en España había trabajado con explosivos, cuando la verdad era que en su país se había dedicado, sobre todo, a recoger tomates.

Con el tiempo, Esteban aprendió a hacerse entender en sueco y se convirtió en un técnico en explosivos bastante competente. Y ahora, gracias a Allan, en un gran profesional.

Allan estaba a gusto en el ala de la fundición destinada a alojar a los obreros. Después de un año, chapurreaba el español que Esteban le había enseñado. Después de dos años, hablaba la lengua con soltura. Pero tuvieron que pasar tres para que Esteban desistiese por fin de convencerlo de que adoptara la variante española del socialismo internacional. Aunque lo había intentado todo, Allan no mostraba la menor disposición. En este punto, Esteban no lograba entender a su mejor amigo. No era que éste le discutiese sus tesis y propusiera otro orden de cosas, sino que, sencillamente, carecía de opinión. ¿O quizá, en realidad, era justamente ésa su opinión? Al final, a Esteban no le quedó más remedio que aceptar la evidencia de que no entendía nada.

Por su parte, Allan tenía que batallar más o menos con lo mismo. Esteban era un buen compañero, pero nada ni nadie podía cambiar el hecho de que por sus venas corría el veneno de la maldita política. Y no era el único afectado.

Las estaciones se fueron sucediendo, hasta que de pronto la vida de Allan dio un nuevo giro. Empezó con la noticia de que Primo de Rivera había dimitido y huido del país. Ahora iba a haber democracia de verdad, tal vez incluso socialismo, y Esteban no quería perdérselo. Al fin y al cabo, la fundición iba de mal en peor después de que el señor Per Albin diera por sentado que ya no habría más guerras, y Esteban creía que los dos técnicos en explosivos serían despedidos en cualquier momento. ¿Qué planes tenía el amigo Allan? ¿Le gustaría acompañarlo?

Allan reflexionó. Por un lado, no estaba interesado en ninguna revolución, fuese española o de cualquier otra índole; como era sabido, cualquier revolución llevaba a otra de signo contrario. Por el otro, España estaba en el extranjero, como todos los países salvo Suecia, y puesto que llevaba toda la vida leyendo sobre el extranjero, a lo mejor no era tan mala idea experimentarlo alguna vez. Quizá en el camino incluso se encontraran con un negro o dos, quién sabe.

Cuando Esteban le aseguró que durante el trayecto se encontrarían como mínimo con un negro, Allan ya no pudo sino aceptar. Así pues, los dos amigos procedieron a discutir cuestiones de índole más práctica. Llegaron rápidamente a la conclusión de que el fabricante de la fundición era «un maldito cabrón» (sic) y que no se merecía ningún miramiento. Decidieron por ello que esperarían a recibir el sobre con la paga semanal y luego escaparían de aquel lugar.

Así fue como ambos amigos se levantaron a las cinco de la mañana del domingo siguiente para dirigirse, montados en la bicicleta con carrito, hacia el sur, en dirección a España. De camino, Esteban haría una breve parada delante de la casa del fabricante para dejar el producto de sus necesidades matutinas en la jarra de leche que cada mañana, muy temprano, depositaban junto a la verja. Todo ello, básicamente, porque durante todos esos años Esteban había tenido que soportar que el fabricante y sus dos hijos adolescentes lo llamaran «mono».

—La venganza no es buena consejera —opinó Allan—. Es como la política: una cosa lleva a la otra y al final lo malo se convierte en peor y lo peor en nefasto.

Sin embargo, Esteban no cambió de idea. El hecho de que tuviera los brazos un poco peludos y no hablara de maravilla el idioma del fabricante no lo convertía en un mono, ¿verdad?

En eso Allan tuvo que darle la razón, y los dos llegaron a un acuerdo equitativo: Esteban podría mear dentro de la jarra de leche, pero no cagar.

Aquella misma mañana hubo testigos que se chivaron al fabricante, diciéndole que habían visto a Allan y Esteban montados en una bicicleta con carrito de camino a Katrineholm, o tal vez incluso más al sur. Por tanto, el fabricante estaba al corriente de la falta de personal que sufriría la semana entrante cuando, sentado en el porche de su casa, saboreó pensativo el vaso de leche que Sigrid tan amablemente le había servido junto con unos biscotes de almendras. Su humor se enturbió aún más al sospechar que a los biscotes les pasaba algo raro. Tenían cierto regusto a amoníaco.

Decidió esperar hasta después del servicio religioso para darle un tirón de orejas a Sigrid. Por el momento, se conformaría con tomar otro vaso de leche a fin de eliminar el mal sabor de boca.

· · ·

Así fue, pues, como Allan llegó a España. Tardaron tres meses en atravesar Europa y en el camino se encontró con más negros de los que había soñado. Sin embargo, a partir del primero perdió el interés. Al final resultó que la única diferencia era el color de la piel, además de que todos hablaban idiomas raros, pero eso también lo hacían los blancos, a partir de Småland y hacia el sur. Lundborg debió de asustarse al ver un negro cuando aún era un niño, pensó Allan.

Allan y Esteban llegaron a un país en caos. El rey se había trasladado a Roma y había sido sustituido por una república. Desde la izquierda gritaban «revolución», mientras que en la derecha se asustaban por lo que estaba ocurriendo en la Rusia de Stalin. ¿Sucedería lo mismo allí?

Esteban olvidó por un momento que su amigo era decididamente apolítico e intentó arrastrarlo al bando revolucionario, a lo que Allan, como de costumbre, se resistió. Para él se trataba de la misma canción de siempre, y seguía sin entender por qué todo tenía necesariamente que tornarse lo contrario de lo que era.

Hubo un golpe militar de la derecha, seguido por una huelga general de la izquierda. Más tarde se celebraron elecciones generales. La izquierda ganó y la derecha se cabreó. ¿O fue al revés? Allan no lo sabía. Comoquiera que fuese, al final estalló la guerra.

Allan se encontraba en un país extraño y no se le ocurrió mejor idea que mantenerse medio paso por detrás de su amigo. Esteban se alistó y, sin tardanza, fue nombrado sargento; bastó que el jefe de pelotón cayera en la cuenta de que aquel soldado sabía cómo hacer volar las cosas por los aires.

Esteban llevaba orgulloso su uniforme y esperaba con anhelo su primera aportación a la contienda. El pelotón recibió la misión de detonar un par de puentes en un valle de Aragón. El grupo de Esteban se encargaría del primero. Esteban se alegró tanto por la confianza depositada en él que se subió a una roca, agarró su fusil con la mano izquierda, lo alzó hacia el cielo y gritó:

—¡Muerte al fascismo, muerte a todos los fascistas...!

Antes de terminar la frase le volaron el cráneo y parte del hombro con la que, probablemente, fue la primera granada lanzada en aquella guerra. Allan estaba a unos veinte metros cuando ocurrió, y por eso se libró de ensuciarse con las partes del cuerpo esparcidas alrededor de la roca. Uno de los compañeros de Esteban se echó a llorar. Allan, por su parte, examinó lo que había quedado de su amigo y decidió que no merecía la pena hacerse cargo de los restos.

—Deberías haberte quedado en Hälleforsnäs —murmuró, y de pronto sintió una profunda añoranza de estar cortando leña en la cabaña de Yxhult.

Es posible que la granada que mató a Esteban fuera la primera de la guerra, pero desde luego no fue la última. Allan llegó a considerar la idea de regresar a casa, pero de pronto la guerra estaba por todos lados. Además, hasta Suecia había un viaje tremendamente largo y, al fin y al cabo, allí tampoco había nadie esperándolo.

De modo que buscó al comandante de la compañía de Esteban, se presentó como el mejor pirotécnico del continente y dijo que le gustaría volar puentes y demás infraestructuras a cambio de tres comidas al día y una borrachera de vino cuando las circunstancias lo permitieran.

El comandante estuvo a punto de ordenar que le pegaran un tiro cuando Allan se negó a cantar loas a la revolución y la República y, además, exigió no llevar uniforme. O como lo expresó el propio Allan:

—Una cosa más... Si voy a volar puentes para ti, lo haré con mi propia ropa; si no, ya puedes ir volándolos tú mismo.

En realidad, no ha nacido el jefe de compañía que se deje ningunear por un civil de esa manera. El problema de este jefe en concreto era que su soldado más hábil en el manejo de explosivos estaba diseminado en pedazos desiguales alrededor de una roca en lo alto de un cerro, muy cerca de allí.

Mientras el comandante se acomodaba en su sillón militar plegable y pensaba si el futuro inmediato de Allan iba a consistir en un puesto de artificiero o en un fusilamiento, un oficial se permitió susurrarle al oído que el joven y malogrado sargento le había presentado hacía poco a ese extraño sueco como un maestro en el arte de los explosivos.

Eso zanjó el asunto. El señor Karlsson a) conservaría la vida, b) dispondría de tres comidas al día, c) tendría derecho a vestir de paisano, y d) se le permitiría de vez en cuando probar el vino en cantidad suficiente y decente, exactamente igual que a los demás. A cambio, haría volar por los aires lo que el comandante le pidiera. Asimismo, se asignaron dos soldados para vigilar de cerca al sueco, porque aún no podían descartar que se tratara de un espía.

Pasaron los meses y con ellos los años. Allan hacía volar lo que hubiera que volar, y con gran destreza. Desde luego, no era un oficio exento de peligros. A menudo, se veía obligado a andar a gatas y deslizarse sigilosamente hasta el objetivo en cuestión, cebar una carga de acción retardada y después cruzar de vuelta los campos para ponerse a salvo. A los tres meses, uno de los dos soldados encargados de vigilarlo la palmó (se metió por equivocación directamente en el campamento del enemigo). Transcurrido medio año más, se esfumó el segundo (se incorporó para desentumecer la espalda y en el acto recibió un tiro en mitad de la misma). El comandante no se molestó en sustituirlos: el señor Karlsson había demostrado con creces que sabía manejarse muy bien.

Allan, sin embargo, no le veía sentido a matar a un montón de gente innecesariamente, y por tanto procuraba que los puentes estuvieran desiertos cuando había que volarlos. Así ocurrió con el último que le encargaron destruir, ya hacia el final de la contienda. Sin embargo, cuando había colocado la carga y se había puesto a salvo detrás de unos arbustos, apareció una patrulla enemiga en medio de la cual iba un señor pequeño cubierto de medallas. Venían del otro lado y parecían no tener ni idea de que los republicanos andaban por allí, y aún menos de que estaban a punto de unirse a Esteban y a decenas de miles de españoles en la eternidad.

Allan se puso en pie y empezó a agitar los brazos.

—¡Salid de ahí! —le gritó al hombrecito de las medallas y a sus acompañantes—. ¡Corred o saltaréis por los aires!

El hombrecito de las medallas retrocedió, pero la patrulla cerró filas en torno a él y lo forzó a cruzar el puente. No se detuvieron hasta llegar al arbusto donde estaba Allan. Ocho fusiles apuntaron a éste, y al menos uno de ellos seguramente habría disparado si en ese momento el puente no hubiese saltado por los aires. La onda expansiva lanzó al hombrecito de las medallas contra el mencionado arbusto. En medio del tumulto, nadie se atrevió a disparar contra Allan por miedo a errar el tiro y darle al hombrecito. Además, parecía tratarse de un civil. Y cuando el humo se dispersó, ya nadie quería quitarle la vida. El hombrecito de las medallas cogió a Allan de la mano y le explicó que un verdadero general sabía cómo mostrar su agradecimiento. Ahora, lo mejor sería que la patrulla volviera al otro lado, con o sin puente. Si su salvador quería seguirlos, sería más que bienvenido, y una vez a salvo el general lo invitaría a comer.

—Paella andaluza —añadió—. Mi cocinero es del sur. ¿Comprende?

Sí, Allan comprendía. Comprendía que seguramente le había salvado la vida al Generalísimo en persona; comprendía que seguramente representaba una ventaja estar allí con sus sucias ropas de paisano en lugar de vestir el uniforme del enemigo; comprendía que seguramente sus compañeros del cerro, a unos cientos de metros de allí, seguían los acontecimientos a través de sus prismáticos, y comprendía que seguramente, por su propio bien, haría mejor en cambiar de bando en una guerra de la que todavía seguía sin saber de qué iba.

Además, tenía hambre.

—Sí, por favor, mi general —repuso Allan—. La paella estaría bien. ¿Podría acompañarla con una o dos copas de vino tinto?

En una ocasión, diez años atrás, Allan había solicitado un trabajo como técnico en explosivos en la fundición de Hälleforsnäs. Esa vez había optado por eliminar ciertos episodios de su currículum, entre ellos que había estado encerrado en un manicomio cuatro años y que luego había hecho saltar su propia casa por los aires. Tal vez por eso la entrevista le había ido tan bien.

Allan lo recordó mientras hablaba con el general Franco. Por un lado, no era necesario mentir. Por el otro, no sería demasiado provechoso revelar que había sido él mismo quien había puesto la carga explosiva bajo aquel puente y que llevaba tres años al servicio del ejército republicano como técnico civil. No es que Allan temiera contarlo, pero precisamente en ese momento estaba en juego una comida y una borrachera. Cuando había comida y vino por medio, la verdad podía esperar un rato, decidió, y entonces le mintió de lleno al general.

Resultaba que Allan había acabado detrás de aquel arbusto al huir de los republicanos, y allí había visto con sus propios ojos cómo ponían los explosivos, algo que había sido una suerte, pues en caso contrario no habría podido alertar al general.

La razón por la que se encontraba en una España en guerra era que lo había invitado un amigo, un hombre con estrechas relaciones con el difunto Primo de Rivera. Sin embargo, tras la lamentable muerte de su amigo por culpa de una granada enemiga, se había visto obligado a ingeniárselas por su cuenta para conservar el pellejo. Sí, había acabado en las garras de los republicanos, pero al final había conseguido escapar.

Entonces cambió hábilmente de tema y se puso a hablar de su padre, uno de los hombres más cercanos al zar y que había muerto como un mártir en una desesperada lucha contra el siniestro líder bolchevique Lenin.

La comida se sirvió en la tienda de campaña del Estado Mayor. Cuanto más vino tinto trasegaba Allan, más vívido y pintoresco se volvía el relato de las hazañas heroicas de su padre. El general Franco no salía de su azoramiento: primero le salvaban la vida y luego resultaba que su salvador casi estaba emparentado con el zar Nicolás II.

Aquello era un auténtico festín y el vino corría en una sucesión de brindis por Allan, por el padre de Allan, por el zar Nicolás, por la familia del zar y por muchas otras cosas. Al final, ya medio adormilados, el general le dio un fuerte abrazo, significando así que entre ellos los títulos y condecoraciones no marcaban ninguna diferencia, que en adelante prácticamente serían hermanos de sangre. Y así, por fin se durmieron.

Cuando se despertaron, la guerra había terminado. El general se hizo cargo del gobierno de la nueva España y le ofreció a su salvador el cargo de jefe de su escolta personal. Allan le dio las gracias, pero, sintiéndolo mucho, rehusó el ofrecimiento, pues había llegado la hora de regresar a casa. Francisco lo comprendió y escribió una carta en la que le proporcionaba una protección «generalísima» y sin reservas («muéstrala si alguna vez necesitas ayuda»), tras lo cual mandó escoltarlo hasta Lisboa, desde donde, le aseguró el general, zarpaban barcos rumbo al norte.

Resultó ser que desde Lisboa zarpaban barcos en todas las direcciones. Allan se quedó en el muelle pensando un rato. Luego le enseñó su carta de recomendación al capitán de un barco con bandera española y al punto obtuvo un pasaje sin necesidad de pagar nada. Tampoco se habló de que tuviera que trabajar a cambio de la manutención.

Ciertamente, el barco no iba a Suecia, pero en el muelle Allan había llegado a preguntarse qué se le había perdido allí, y no había encontrado respuesta.

8

Martes 3 de mayo - miércoles 4 de mayo de 2005

Tras la rueda de prensa de la tarde, Hinken se sentó a pensar con una cerveza en la mano. Pero, por mucho que pensara, no le encontraba sentido. ¿Realmente había secuestrado Bulten al vejete desaparecido? ¿O acaso una cosa no tenía nada que ver con la otra? Le dio jaqueca de tanto pensar, o sea que dejó de hacerlo y, en su lugar, llamó al Jefe para informarle que no tenía nada que informarle. La orden que recibió entonces fue que permaneciese en Malmköping hasta nueva orden.

Hinken colgó y volvió a estar a solas con su cerveza. La situación empezaba a ser preocupante: no le gustaba no entender nada y, encima, le dolía la cabeza. Por tanto, dejó que sus pensamientos fluyeran hacia tiempos pasados, hacia los felices años de juventud, allá en casa.

Hinken había iniciado su carrera delictiva en Braås, casualmente a sólo un par de kilómetros de donde Allan y sus nuevos amigos se encontraban en ese momento. Allí se había juntado con unos chicos que pensaban como él y habían fundado el club de moteros The Violence. Hinken era el líder, y como tal decidía qué quiosco asaltar para aprovisionarse de tabaco. También se debía a él el nombre The Violence. Y a él, desafortunadamente, se le ocurrió encargarle a su novia que cosiera el nombre del club en diez ca-

90

zadoras de cuero recién robadas. La novia se llamaba Isabella y nunca había aprendido a escribir bien, ni en sueco ni en inglés.

Por eso tuvieron la mala suerte de que, en lugar del nombre verdadero, Isabella bordara en las cazadoras la inscripción The Violins. De la violencia a los violines hay un trecho, eso cualquiera lo sabe, pero como los demás miembros del club tampoco habían cosechado grandes éxitos en la escuela, no cayeron en la cuenta de la metedura de pata.

Por eso todos se sorprendieron cuando, un buen día, llegó una carta para The Violins de Braås enviada por el director de la sala de conciertos de Växjö. En la carta les preguntaba si el club se dedicaba a la música clásica y, de ser así, si les interesaría participar en un concierto con la orquesta de cámara de la ciudad, Musica Vitae.

Aquello irritó a Hinken. Convencido de que pretendían burlarse de él, una noche, en lugar de asaltar un quiosco, se fue a Växjö para arrojar piedras contra la sala de conciertos. Quería darle una lección al director.

Todo fue según lo planeado, salvo que, casualmente, un guante de cuero de Hinken siguió el mismo camino que la piedra recién lanzada por su propietario y aterrizó en el vestíbulo de la sala de conciertos. Puesto que la alarma se disparó en ese mismo instante, no era recomendable ir a buscarlo.

Quedarse sin guante representaba un grave inconveniente. Al fin y al cabo, se desplazaban en moto, y aquella noche, en el trayecto de regreso a Braås, a Hinken se le heló la mano. Y aún peor: la novia de Hinken había bordado el nombre y las señas de éste en el interior del guante en cuestión, por si alguna vez lo perdía. Por eso, sólo hubo que esperar a la mañana siguiente para que se presentara la policía y se llevara a Hinken.

Durante el interrogatorio, éste explicó que no había hecho más que responder a las provocaciones de la dirección de la sala de conciertos. De esa manera, la historia de The Violence, que se transformó en The Violins, llegó a las páginas del *Smålandsposten* y Hinken se convirtió en el hazmerreír de todo Braås. A causa de ello, en un arrebato de cólera Hinken decidió que, en lugar de conformarse con forzar la puerta del próximo quiosco que se cruzara en su camino, lo incendiaría. Esto, a su vez, hizo que el propietario turco-búlgaro del referido quiosco, que se había echado en la trastienda para hacer guardia en previsión de un posible atraco, a duras penas saliera con vida del incidente. Hinken perdió su segundo guante en el lugar de los hechos (con su nombre y sus señas igualmente bordados en el interior), y poco después iba de camino a la cárcel por primera vez. Fue allí donde conoció al Jefe, y una vez hubo cumplido su condena, consideró buena idea alejarse de Braås y de su novia. Los dos parecían no traerle más que mala suerte.

Sin embargo, The Violence siguió existiendo, y sus miembros conservaron las cazadoras de cuero con el nombre mal escrito. De un tiempo a esa parte, en cambio, sus objetivos ya no eran exactamente los mismos. Ahora se dedicaban al robo de automóviles y a manipular sus cuentakilómetros, una actividad muy lucrativa, como aseguraba el nuevo líder, el hermano pequeño de Hinken.

Hinken mantenía contactos esporádicos con su hermano y su vida anterior, pero ya no los echaba de menos.

—¡Qué asco! —resumió, tras recordar sumariamente su propia peripecia vital.

Era duro pensar de nuevo, pero igualmente duro recordar el pasado. Lo mejor sería tomarse una tercera cerveza y luego, siguiendo las órdenes del Jefe, hospedarse en el hotel.

Casi había anochecido cuando el comisario Aronsson, el guía y *Kicki*, la perra policía, llegaron a Åkers Styckebruk tras un largo paseo por las vías del tren de Vidkärr.

A lo largo del trayecto, *Kicki* no había reaccionado ni una sola vez, lo que hizo que Aronsson se preguntara si habría entendido que se trataba de trabajo, no de una divertida excursión. Aun así, cuando el trío llegó a la vagoneta abandonada la perra adoptó la posición de firme, o como fuera que la llamaran, levantó una pata y se puso a ladrar. Aronsson sintió una leve esperanza.

—¿Significa algo? —preguntó.

—Sí, por supuesto —contestó el guía, y procedió a explicarle que *Kicki* tenía diferentes maneras de indicar una cosa, dependiendo de lo que quisiera transmitir.

—¡Pues entonces dime qué pretende transmitir con esto! —exclamó el cada vez más impaciente comisario, y señaló a la perra, que seguía ladrando sobre tres patas.

—Esto —contestó el guía— significa que había un cuerpo muerto en la vagoneta.

—¿Un cuerpo muerto? ¿Quieres decir un cadáver?

—Un cadáver, eso mismo.

Aronsson imaginó por un instante al miembro de Never Again asesinando al pobre y centenario Allan Karlsson. Pero entonces este nuevo dato se fundió con los que ya guardaba en la memoria.

—Tuvo que ser precisamente al revés —murmuró, y se sintió extrañamente aliviado.

La Bella Dama sirvió hamburguesas con patatas y arándanos y lo acompañó todo con cerveza y *bitter* Gammeldansk. Los huéspedes estaban hambrientos, pero antes querían saber a qué animal correspondían los bramidos procedentes del establo.

—Es *Sonja* —repuso la Bella Dama—. Mi elefante.

—¿Tu elefante? —preguntó Julius.

—¿Tu elefante? —repitió Allan.

—Ya me parecía que reconocía el sonido —dijo Benny.

El ex propietario de un puesto de salchichas se había enamorado a primera vista. Y ahora, a segunda vista, sus sentimientos seguían siendo los mismos. ¡Aquella mujer pelirroja, malhablada y de pechos exuberantes parecía salida de una novela de Paasilinna! Cierto que el escritor finlandés nunca había escrito sobre un elefante, sino sobre un oso, pero Benny estaba convencido de que sólo era cuestión de tiempo.

Una mañana de agosto del año anterior, el elefante apareció en el jardín de la Bella Dama robando manzanas. De haber podido hablar, habría contado que la tarde anterior había escapado de un circo en busca de algo que beber, puesto que los encargados de cuidarlo habían hecho eso mismo en lugar de ocuparse de su trabajo.

Al anochecer había llegado al lago de Helga y había decidido que no se conformaría con apagar la sed. «Me sentará bien un baño refrescante», debió de pensar, y se metió en el agua. De pronto, sin embargo, el fondo del lago ya no estaba tan cerca y el elefante tuvo que recurrir a su instinto innato y nadar. En general, los elefantes no piensan de acuerdo con la lógica de los seres humanos, y éste en concreto dio muestras de ello cuando, para regresar a tierra firme, optó por nadar los dos kilómetros y medio que lo separaban de la orilla opuesta en lugar de dar media vuelta y recorrer apenas cuarenta metros.

Esta lógica, llamémosla elefantil, tuvo sus consecuencias. Una de ellas fue que la gente del circo y la policía, que finalmente había decidido seguirle la pista hasta Helgasjön y la bahía, cuya profundidad era de quince metros, lo dieron por muerto. La segunda fue que el elefante, al amparo de la oscuridad, logró llegar hasta el manzano de la Bella Dama sin que nadie lo advirtiese.

Como era de suponer, la Bella Dama no sabía nada de esto, aunque poco a poco comprendió gran parte al leer en el diario local que un elefante había desaparecido y lo habían dado por muerto. Pensó que, después de todo, no podía haber muchos elefantes sueltos por aquella zona ni en ese preciso momento, de modo que era muy probable que el paquidermo muerto y el más que vivo que estaba a su cuidado fuesen el mismo.

Lo primero que hizo fue ponerle un nombre y, como en realidad era elefanta, se decidió por *Sonja*, en honor a su ídolo, la cantante de jazz y actriz Sonya Hedenbratt. A ello siguieron unos días de mediación entre *Sonja* y *Buster*, hasta que ambos fueron capaces de soportarse mutuamente.

Después de eso llegó el invierno, marcado por la eterna búsqueda de alimento para la pobre *Sonja*, que comía como el elefante que era. Muy oportunamente, el padre de la Bella Dama acababa de estirar la pata y le había dejado un millón de coronas en herencia a su única hija (veinte años atrás, al jubilarse, había vendido su próspero negocio de fabricación de cepillos y administrado muy bien el dinero). Como consecuencia, la Bella Dama dejó su trabajo de recepcionista en el ambulatorio de Rottne para dedicarse a jornada completa a hacer de madre de un perro y una hembra de elefante.

A continuación llegó la primavera y *Sonja* volvió a alimentarse de hierba y hojas, y entonces había aparecido ese Mercedes en el patio, la primera visita en dos años, desde que su papá, que en paz descansase, fuese a verla por última vez. La Bella Dama les explicó que no tenía por costumbre pelearse demasiado con el destino y, por tanto, no había pensado en ocultar la existencia de *Sonja* a los recién llegados.

Allan y Julius permanecieron en silencio, a la espera de que el relato de la Bella Dama se asentase, pero Benny dijo:

—Pero ¿y los berridos que ha soltado? Seguro que le duele algo.

La Bella Dama lo miró boquiabierta.

—¿Cómo coño lo has sabido?

Benny no contestó de inmediato, sino que aprovechó para tomar el primer bocado y así darse tiempo para pensar. Luego dijo:

—Soy cuasi veterinario. ¿Queréis la versión extensa o la corta?

Todos coincidieron en que preferían la versión extensa, aunque la Bella Dama insistió en que, antes que nada, el cuasi veterinario fuera con ella al establo para echarle un vistazo a la dolorida pata delantera de *Sonja*, la izquierda.

Allan y Julius se quedaron sentados a la mesa, preguntándose cómo era posible que un veterinario con coleta hubiera acabado como propietario fracasado de un puesto de salchichas en un rincón perdido de Södermanland. ¡Un veterinario con coleta! ¿Dónde se había visto algo semejante? Desde luego, los tiempos habían cambiado. Las cosas eran muy diferentes en la época del ministro de economía Gunnar Sträng, entonces se sabía a primera vista el oficio de cada cual.

—¿Te imaginas al ministro con coleta? —dijo Julius entre risas—. Eso sí que...

Benny examinó a *Sonja* con mano firme, como había aprendido a hacer durante sus clases prácticas en el zoo de Kolmården. Se le había metido una ramita debajo de la segunda uña, y eso había provocado la inflamación. La Bella Dama había intentado retirar la dichosa ramita, pero no había tenido fuerzas suficientes. Con la ayuda de unos alicates, y mientras le hablaba suavemente a *Sonja*, a Benny apenas le llevó un par de minutos. La pata, sin embargo, siguió inflamada.

—Necesitamos antibióticos —dictaminó el cuasi veterinario—. Un kilo, más o menos.

—Si tú sabes lo que necesitamos, yo sé cómo conseguirlo —respondió la Bella Dama.

No obstante, para procurarse la medicina tendrían que hacer una visita nocturna a Rottne, por lo que, mientras esperaban a que llegase la hora, ambos se reunieron de nuevo con Allan y Julius.

Los amigos cenaron con gran apetito, regando la comida con abundante cerveza y Gammeldansk, salvo Benny, que bebió zumo. Tras el último bocado, se trasladaron a la sala de estar y una vez instalados en los sillones, frente al fuego, invitaron a Benny a que les explicase lo de cuasi veterinario.

Todo había empezado durante los veranos que Benny y su hermano Bosse, un año mayor que él y con quien se había criado en Enskede, al sur de Estocolmo, pasaban en casa del tío Frank, a quien llamaban Frasse, en la provincia de Dalarna. Aparte de dormir y comer, el tío Frasse no hacía otra cosa en la vida que trabajar. Había dejado atrás algunas relaciones fracasadas, pues todas las mujeres acababan hartas de un hombre que sólo se dedicaba a trabajar, comer y dormir (y los domingos a darse una ducha).

El caso es que durante varios veranos en los años sesenta, el padre de Benny y Bosse, el hermano mayor del tío Frasse, envió a sus hijos a la casa de éste, aduciendo que necesitaban aire fresco. Sin embargo, lo del aire fresco lo llevaban regular, pues el tío Frasse pronto instruyó a sus sobrinos en el manejo de la gran trituradora de piedras de la gravera. Los chicos se lo pasaban bien, todo hay que decirlo, a pesar de que el trabajo era duro y respiraban más polvo que aire. Por las noches, el tío Frasse servía la cena acompañándola de sermones, y su eterno *leitmotiv* era: «Procurad estudiar mucho, chicos, si no acabaréis como yo.»

La verdad era que los hermanos no pensaban que fuera tan tremendamente malo acabar como su tío, al menos hasta que, por un error fatal, se mató en aquella trituradora de piedras. Pero ocurría que al tío Frasse siempre lo había atormentado su breve paso por la escuela. Apenas sabía escribir en sueco, la aritmética no era lo suyo, no entendía ni jota de inglés, y a duras penas habría respondido que la capital de Noruega es Oslo. Lo único que se le daba bien eran los negocios. Y con ellos se hizo tan rico como el rey Midas.

A su muerte, resultó imposible determinar con exactitud el monto de su fortuna. Ocurrió cuando Bosse tenía diecinueve años y Benny estaba a punto de cumplir los dieciocho. Un buen día, un abogado se puso en contacto con los hermanos para comunicarles que figuraban en el testamento de su tío, pero que el asunto era complicado y requeriría una reunión.

Así fue como Bosse y Benny se encontraron con el abogado en el despacho de éste, donde se enteraron de que el día en que completaran una carrera superior de alguna índole, los esperaba una considerable suma de dinero.

Y no sólo eso, sino que, durante lo que durase la carrera, recibirían por medio del abogado una asignación mensual sustancial que se actualizaría de acuerdo con la inflación. Sin embargo, si interrumpían los estudios se les retiraría dicha asignación. El testamento recogía otras cosas, con abundancia de detalles más o menos intrincados, pero en esencia venía a decir que cuando ambos, no sólo uno de ellos, hubieran finalizado los estudios, ambos serían ricos.

Bosse y Benny se apuntaron rápidamente a un curso de siete semanas de soldadura. El abogado les confirmó que, de acuerdo con la letra del testamento, bastaría, «aunque sospecho que vuestro tío Frank tenía en mente algo de más altos vuelos».

Sin embargo, a mitad del curso ocurrieron dos cosas. Una fue que Benny se hartó de ser la víctima propiciatoria de su hermano mayor: había llegado la hora de que Bosse se enterara, de una vez por todas, de que los dos eran casi adultos y tendría que buscarse a otro a quien ningunear. La otra, que Benny cayó en la cuenta de que no quería, ni mucho menos, ser soldador, y que sus dotes para tal oficio eran tan nulas que no valía la pena acabar el curso.

A raíz de esto, los hermanos riñeron sin parar, hasta que Benny, a fuerza de insistir, acabó por apuntarse a un curso de botánica en la Universidad de Estocolmo. Según el abogado, el testamento podía interpretarse de modo que admitiera un cambio de orientación en los estudios, siempre y cuando, eso sí, no se produjera ninguna interrupción.

De esta manera, Bosse pronto terminó su formación de soldador, pero no recibió ni un solo *öre* del dinero del tío Frasse, puesto que su hermano todavía estaba estudiando. Además, el abogado, de acuerdo con lo estipulado en el testamento, se apresuró a retirarle la asignación mensual.

Como era de esperar, los hermanos se enemistaron definitivamente. Por fin, una noche, tras beber unas copas de más, Bosse destrozó la nueva y estupenda moto de Benny (adquirida con el dinero de la generosa asignación mensual), y ahí se acabó todo el amor fraternal y todas las consideraciones.

Bosse empezó a hacer negocios de acuerdo con el espíritu emprendedor del tío Frasse, aunque sin el talento de éste. Al cabo de un tiempo se mudó a Västergötland, en parte para reiniciar los negocios, en parte para evitar el riesgo de encontrarse por sorpresa con su maldito hermano. Esto tuvo lugar mientras Benny permanecía en el mundo estudiantil, año tras año. Al fin y al cabo, la asignación mensual era buena y, si dejaba la carrera justo antes del examen final para apuntarse a otra, podría vivir bien, a la vez que el tirano y patán de su hermano se vería obligado a esperar para cobrar su parte de la herencia.

Y así siguió Benny durante treinta años, hasta que un día el terriblemente envejecido abogado le comunicó que la herencia se había agotado, que ya no habría más asignaciones mensuales y que, por supuesto, no quedaba más dinero para nada ni para nadie. En pocas palabras, los hermanos podían ir olvidándose de la herencia. Para entonces, el abogado había cumplido noventa años y probablemente se había mantenido con vida sobre todo gracias a la gestión del testamento, pues apenas un par de semanas más tarde murió en su butaca, donde solía sentarse para ver la televisión.

Todo esto había ocurrido apenas unos meses atrás. De pronto, Benny se había visto obligado a buscar trabajo. Sin embargo, él, una de las personas más formadas de Suecia, no lo consiguió, pues el mercado laboral parecía preferir los estudios demostrados a los récords de años cursados. Así pues, aunque tenía por lo menos diez carreras superiores casi terminadas, al final Benny tuvo que invertir en un puesto de salchichas para tener algo a qué dedicarse. Por lo demás, ambos hermanos se habían puesto en contacto a raíz del agorero comunicado del abogado, dando la herencia por finiquitada y exprimida hasta la última gota. Pero el tono empleado por Bosse había sido tan recriminatorio que Benny abandonó toda idea de una posible reconciliación.

Llegados a este punto del relato, Julius empezó a inquietarse por la curiosidad demasiado inquisitiva de la Bella Dama, que incluso preguntó cómo había acabado Benny uniéndose a Julius y Allan. Por fortuna, la cerveza y el Gammeldansk la distrajeron un poco de los detalles. Estaba un poco mareada, hubo de reconocer, y además se estaba enamorando, pobrecita.

—¿Qué otra cosa has estado a punto de ser, además de un condenado veterinario? —preguntó con ojos brillantes.

Benny sabía, al igual que Julius, que era preferible no entrar en precisiones sobre los acontecimientos de los últimos días, por lo que agradeció el rumbo que tomaba el interrogatorio. Sin embargo, era incapaz de acordarse de todo. Al fin y al cabo, dijo, el tiempo da para mucho si te pasas treinta años hincando los codos. En todo caso, Benny sabía que era cuasi veterinario, cuasi doctor en medicina general, cuasi arquitecto, cuasi ingeniero, cuasi botánico, cuasi profesor de idiomas, cuasi licenciado en ciencias del deporte, cuasi historiador y cuasi un puñado más de cosas. Y todo ello sazonado con la asistencia a cierto número de cursos más reducidos, de calidad e importancia variables. Sin duda, casi podría definírselo como un empollón, pues había llegado a compaginar varios cursos en un mismo semestre.

Entonces, Benny se acordó de algo que casi había olvidado. Se puso en pie y, dirigiéndose a la Bella Dama, empezó a declamar:

Desde mi pobre y oscura vida,
desde la lenta noche de mi soledad
elevo el canto a ti, esposa mía,
mi supremo y resplandeciente tesoro...

Se hizo el silencio, salvo por la homenajeada, que murmuró un inaudible juramento al tiempo que sus mejillas se teñían de rubor.

—Erik Axel Karlfeldt —aclaró Benny, refiriéndose al laureado poeta sueco—. A través de sus maravillosos versos quiero agradecer la comida y la calidez humana de esta velada... Creo que olvidé deciros que también soy cuasi literato.

Después, tal vez fue demasiado lejos al pedirle un baile a la Bella Dama delante del fuego, pues ella declinó la invitación con recia determinación: «Tonterías las justas, ¡joder!» Sin embargo, Julius advirtió que se sentía halagada, ya que se subió la cremallera de la chaqueta del chándal con la intención de que, al tensarse ésta, resultara más atractiva a ojos de Benny.

A continuación, Allan se despidió dando las gracias por una velada maravillosa. Los demás pasaron al café, acompañado de coñac para quien quisiera. Julius aceptó alegremente la totalidad de la oferta, pero Benny se conformó con la mitad.

Julius bombardeó a la Bella Dama con preguntas sobre la finca y su historia personal, en parte porque sentía curiosidad y en parte porque quería evitar hablar de quiénes eran ellos, adónde se dirigían y por qué, cosa que consiguió. La Bella Dama había calentado motores y no paraba de hablar de su vida: del hombre con quien se había casado a los dieciocho años y al que había puesto de patitas en la calle diez años más tarde (esta parte del relato la trufó con andanadas de renovados juramentos); de que nunca tuvo hijos; de Sjötorp, que había sido la casa de veraneo de su familia antes de que su padre se la cediera para siempre, hacía ya siete años, después de que su madre enfermase; de lo tedioso que era su trabajo de recepcionista en el ambulatorio de Rottne; del dinero de la herencia, que empezaba a escasear, y de que pronto llegaría la hora de ponerse en marcha e inventarse otra cosa.

—Al fin y al cabo, ya tengo cuarenta y tres años —dijo como colofón—. Estoy a medio camino de la tumba, ¡joder!

—No estés tan segura —apuntó Julius.

El guía le dio nuevas instrucciones y *Kicki* empezó a husmear alejándose de la vagoneta. El comisario Aronsson esperaba que el cadáver en cuestión apareciera en alguna parte cerca de allí, pero tras adentrarse unos treinta metros en el terreno del polígono industrial, *Kicki* se puso a andar en círculos, como si buscase a tientas, hasta que finalmente miró con ojos suplicantes a su guía.

—*Kicki* te pide disculpas, pero no puede decir adónde ha ido a parar el cadáver —tradujo el guía.

Sin embargo, no transmitió la información con demasiada exactitud semántica. El comisario interpretó la respuesta como que *Kicki* había perdido el rastro del cadáver a partir de la vagoneta. Pero si *Kicki* hubiera podido hablar, le habría dicho que el cadáver sólo había sido trasladado unos metros antes de desaparecer en una caja de madera destinada a exportación. De haber sabido esto, Aronsson habría ordenado averiguar qué transportes habían salido del polígono en las últimas horas. Y en tal caso, la respuesta habría sido: un camión con remolque con destino al puerto de Gotemburgo. Esto habría permitido dar la alarma a todos los distritos policiales a lo largo de la E20 y la posterior detención del camión en algún lugar a las afueras de Trollhättan. Ahora, en cambio, el cadáver abandonaría el país tranquilamente.

Apenas tres semanas más tarde, un joven marinero egipcio de guardia percibió un fuerte hedor procedente de un contenedor de la gabarra que acababa de pasar por el canal de Suez.

Al final no pudo soportarlo más. Humedeció un trapo, se cubrió nariz y boca y fue a investigar. Encontró la explicación en una de las cajas de madera que, valga la redundancia, contenía el contenedor: un cadáver putrefacto.

El joven egipcio se quedó pensativo. La idea de dejar el cadáver allí y echar a perder el resto del viaje no lo seducía. Por otro lado, si daba la voz de alarma debería enfrentarse a largos interrogatorios por parte de la policía de Yibuti, y todo el mundo sabía cómo se las gastaba la policía de Yibuti.

Haciendo de tripas corazón, al final optó por una tercera solución: cambiar de sitio el cadáver. Primero retiró de sus bolsillos todo objeto de valor (algo tenía que sacar por las molestias, ¿no?) y luego, no sin esfuerzo, lo arrojó al mar.

De esa manera, lo que hasta hacía poco había sido un joven esmirriado de pelo rubio, largo y grasiento, barba hirsuta y una cazadora vaquera en cuya espalda ponía «Never Again», se convirtió, de una sola zambullida, en comida para los peces del mar Rojo.

El grupo de amigos de Sjötorp dio por terminada la reunión poco antes de medianoche. Julius subió a la habitación para dormir, mientras que Benny y la Bella Dama subieron al Mercedes para hacer una visita al ambulatorio de Rottne, que por la noche cerraba. A medio camino descubrieron a Allan debajo de una manta en el asiento de atrás. El anciano se despertó y les explicó que había salido a tomar un poco de aire fresco y que, una vez fuera, había decidido utilizar el coche como dormitorio, porque la escalera a la planta superior de la casa le había parecido demasiado para sus débiles rodillas, y además había sido un día muy largo.

—Ya no tengo diecinueve años —añadió para justificar su decisión.

Y así, el dúo se convirtió en un trío para la incursión nocturna. La Bella Dama les explicó su plan. Entrarían en el ambulatorio con la ayuda de una llave que había olvidado devolver cuando se despidió. Una vez dentro, accederían al ordenador del doctor Erlandsson y expedirían una receta de antibióticos a nombre del mismo Erlandsson, que firmaría la propia Bella Dama. Para ello necesitarían la contraseña del médico, por supuesto, pero eso era pan comido, porque Erlandsson era no sólo un engreído sino también un idiota de mierda. Cuando un par de años antes instalaron el nuevo sistema informático, fue la Bella Dama quien tuvo que aprender cómo se extendía una receta electrónica, y era ella quien había elegido el nombre de usuario y la contraseña.

El Mercedes llegó al lugar de los hechos. Los tres se apearon e inspeccionaron los alrededores antes de proceder. De pronto, pasó un coche lentamente y el conductor, como era de prever, los miró tan sorprendido como ellos a él. Que hubiese un solo ser viviente despierto en Rottne después de la medianoche ya era de por sí extraño. Y aquella noche había cuatro.

Sin embargo, el coche desapareció y la oscuridad y el silencio volvieron a posarse sobre el pueblo. La Bella Dama condujo a sus compinches hasta la puerta del personal del ambulatorio, en la parte de atrás, la abrió y luego siguió hasta la consulta del doctor Erlandsson. Una vez allí, encendió el ordenador y se conectó.

Todo fue según lo planeado, y la Bella Dama rió entre dientes, hasta que inesperadamente, y sin que mediara pausa alguna, pasó a soltar una sarta de maldiciones. Acababa de caer en la cuenta de que no podían, así como así, expedir una receta de «un kilo de antibióticos».

—Escribe eritromicina, rifamina, gentamicina y rifampina, doscientos cincuenta gramos de cada una —desmenuzó Benny—. Con eso atacaremos la inflamación desde dos frentes.

La Bella Dama se volvió admirada hacia él. A continuación, lo invitó a tomar asiento y escribir lo que acababa de decir. Benny lo hizo y añadió tiritas y vendas.

Salir del ambulatorio resultó tan sencillo como entrar. Y el viaje de regreso discurrió sin novedad. Benny y la Bella Dama ayudaron a Allan a subir a la planta superior de la casa, y ya cerca de la una y media de la noche se apagó la última lámpara en Sjötorp.

A esas horas no había mucha gente despierta, como ya hemos dicho. Sin embargo, en Braås, a unos tres kilómetros de Sjötorp, un joven se retorcía en la cama, desesperado por fumar. Era el hermano pequeño de Hinken, el nuevo líder de The Violence. Tres horas antes había apagado su último cigarrillo y, naturalmente, muy pronto empezó a sentir ganas de fumarse otro. Se maldijo por haberse olvidado de comprar otra cajetilla antes de que las tiendas del pueblo cerrasen, lo que hacían a hora muy temprana.

Al principio, pensó en aguantar hasta la mañana siguiente, pero hacia la medianoche ya no pudo más. Fue entonces cuando se le ocurrió revivir los buenos viejos tiempos y forzar un quiosco ayudándose de una palanqueta, pero no podía hacerlo en Braås so pena de arruinar del todo su reputación. Además, sospecharían de él de inmediato, antes incluso de que hubieran descubierto el robo.

Desde luego, lo mejor habría sido irse un poco lejos y dar un golpe rápido, pero las ganas de fumar eran demasiado acuciantes. Optó, pues, por una solución intermedia: Rottne, que estaba a un cuarto de hora de allí. Dejó la moto y la cazadora de cuero con la insignia del club en casa. Vestido con ropa menos llamativa, poco después de la medianoche entró muy despacio en la ciudad en su viejo Volvo 240. A la altura del ambulatorio avistó, para su sorpresa, a tres personas en la acera, una mujer pelirroja, un hombre con coleta y, detrás de ellos, un asqueroso viejo. Estaban allí sin hacer nada.

El hermano pequeño no se molestó en analizar en profundidad el episodio (de hecho, no solía analizar en profundidad nada). Siguió conduciendo por la misma calle y aparcó debajo de un árbol a escasos metros del quiosco. Fracasó en su intento de forzar la puerta, ya que su propietario la había blindado contra palanquetas y similares, y volvió a casa con las mismas ganas de fumar de antes.

Allan despertó poco después de las once sintiéndose renovado. Miró por la ventana, hacia el típico bosque de abetos de Småland que rodeaba un lago igualmente típico de Småland. El paisaje le recordaba a Södermanland. Al parecer, sería un buen día.

Se vistió con la única ropa que tenía y pensó que tal vez podría renovar un poco el vestuario. Ni él, ni Julius ni Benny se habían llevado siquiera el cepillo de dientes.

Cuando bajó a la sala de estar, sus compañeros estaban desayunando. Julius había salido a dar una vuelta por la mañana mientras Benny dormía. La Bella Dama había dispuesto platos y vasos sobre la mesa y dejado una nota con instrucciones para que se sirvieran ellos mismos. Ella, mientras tanto, se había ido a Rottne. La nota finalizaba con el recordatorio de que los señores fueran tan amables de no lanzar los restos del desayuno; *Buster* se ocuparía de ellos.

Allan dio los buenos días y recibió la misma respuesta. A continuación, Julius propuso quedarse una noche más en Sjötorp, teniendo en cuenta lo bellos y encantadores que eran los alrededores. Allan preguntó si la propuesta estaba motivada, quizá, por los deseos y la presión que el chófer podría haber ejercido durante el desayuno, a tenor de sus actuales sentimientos. Julius contestó que durante la mañana había ingerido no sólo pan y huevos, sino también una retahíla de argumentos por parte de Benny sobre las ventajas y razones para quedarse en Sjötorp todo el verano, aunque la conclusión final era del propio Julius. De todos modos, ¿adónde irían si se iban? ¿Acaso no les hacía falta un día más para pensárselo? Lo único que necesitaban urgentemente para quedarse allí era ponerse de acuerdo sobre una historia convincente que explicase quiénes eran y hacia dónde se dirigían. Y luego, claro está, el permiso de la Bella Dama.

Benny siguió con interés la conversación, esperando que se pusieran de acuerdo sobre la sugerencia de pasar otra noche en aquel lugar. Sus sentimientos hacia la Bella Dama no habían menguado desde el día anterior, antes bien todo lo contrario, pues al bajar a desayunar había sentido una punzada de desilusión al no encontrarla allí. Pero ella había escrito «gracias por una agradable velada» en la nota. ¿Se refería tal vez al poema que Benny había declamado? Ojalá volviera pronto.

Sin embargo, pasó casi una hora antes de que la Bella Dama regresara. Cuando se apeó del coche, Benny constató que era aún más maravillosa que la última vez que la había visto. Había cambiado el chándal rojo por un vestido, y Benny se preguntó si no habría aprovechado para ir a la peluquería también. Dio unos pasos ansiosos hacia ella y exclamó:

—¡Mi Bella Dama! ¡Bienvenida a casa!

Justo detrás estaban Allan y Julius, emocionados por las muestras de amor de que eran testigos. Sin embargo, las sonrisas se apagarían muy pronto. Ella pasó junto a Benny y siguió adelante, dejando atrás también a los dos viejos. No se detuvo hasta llegar a los escalones del porche, y entonces se volvió y exclamó:

—¡Cabrones! ¡Lo sé todo! Y ahora quiero saber el resto. Reunión en la sala de estar, ¡ahora mismo! —Tras lo cual entró en la casa.

—Si ya lo sabe todo —dijo Benny—, ¿qué resto se supone que quiere saber?

—Cállate —lo conminó Julius.

—Eso —dijo Allan.

Y entraron para enfrentarse a su destino.

La Bella Dama había empezado el día dando de comer a *Sonja* hierba recién cortada y después se había vestido bien. A regañadientes, tuvo que reconocer que quería estar guapa para el tal Benny. Por eso había sustituido el chándal rojo por un vestido amarillo claro y se había recogido el pelo crespo en dos trenzas. Luego se había maquillado un poco y, antes de ponerse al volante de su Passat rojo para partir rumbo a Rottne por provisiones, se había aplicado perfume.

Como de costumbre, *Buster* iba sentado en el asiento del pasajero y empezó a ladrar en cuanto el coche se detuvo delante del supermercado Ica de Rottne. Más tarde, la Bella Dama se preguntaría si los ladridos se debieron a que el animal había visto el cartel colocado en la entrada del establecimiento anunciando los titulares del *Expressen*. En el cartel había dos fotografías: una, abajo, de Julius, y la otra, arriba, del viejo Allan. En medio, el texto rezaba:

La policía sospecha:
ANCIANO CENTENARIO
SECUESTRADO POR UNA BANDA CRIMINAL.
Se busca a un conocido atracador.

La Bella Dama enrojeció de ira y sus pensamientos se dispararon. Tremendamente furiosa, suspendió de inmediato todos sus planes de aprovisionamiento. ¡Los tres listillos que estaban en su casa iban a salir por piernas antes de la hora del almuerzo! No obstante, mantuvo la compostura para ir a la farmacia por la medicina que Benny había prescrito y luego hacerse con un ejemplar del *Expressen*, picada por la curiosidad.

Cuanto más leía, más se enfurecía. Pero, al mismo tiempo, no acababa de ver nada claro. ¿Sería Benny el miembro de Never Again? ¿Era Julius el atracador? Y ¿quién había secuestrado a quién? Parecían llevarse muy bien.

Sin embargo, al final la rabia superó la curiosidad. Porque, fuera como fuese, la habían engañado. ¡Y a Gunilla Björklund no se la engañaba impunemente! «Conque mi Bella Dama, ¿eh? ¡Ahora verás lo que es bueno!»

Volvió a ponerse al volante del Passat y no pudo evitar releer el artículo: «El día de su centenario, el lunes pasado, Allan Karlsson desapareció de la residencia de ancianos de Malmköping. La policía sospecha que ha sido secuestrado por la organización criminal Never Again. Según ha podido averiguar *Expressen*, el conocido atracador Julius Jonsson también está implicado en el asunto.»

Luego seguía más información y una serie de testimonios. Allan Karlsson había sido visto en la terminal de autobuses de Malmköping, donde había subido a un autobús con destino Strängnäs, lo que al parecer había enfurecido a un miembro de Never Again. Pero, un momento: «... un joven de unos treinta años...». Desde luego, distaba de ser una descripción correcta de Benny. La Bella Dama se sintió... ¿aliviada?

Los testimonios confusos no acababan ahí: habían visto a Karlsson montado en una vagoneta en medio del bosque de Södermanland, en compañía del atracador Jonsson y el antes furioso miembro de Never Again. El *Expressen* no podía explicar qué relación había entre los tres, pero la hipótesis más verosímil era que Karlsson estaba a merced de los otros dos. Eso era al menos lo que creía el granjero Tengroth, de Vidkärr, después de que el reportero del *Expressen* lo hubiera entrevistado.

Finalmente, el periódico revelaba otro detalle: que el día anterior, un tal Benny Ljungberg, propietario de un puesto de salchichas de Åkers Styckebruk, donde el centenario y el atracador habían sido vistos por última vez, había desaparecido sin dejar rastro. Al menos, eso aseguraba el dependiente de la gasolinera de Statoil, cercana al susodicho puesto de salchichas.

Dobló el periódico y se lo metió entre las fauces a *Buster*. Acto seguido, puso el coche en marcha y emprendió el camino de regreso a la casa del bosque, donde, ahora lo sabía, se hospedaban un anciano centenario, un atracador y el propietario de un puesto de salchichas. Este último era fascinante y tenía encanto y evidentes conocimientos médicos, pero dadas las circunstancias no había sitio para romanticismos. Por un breve instante sintió más tristeza que furia, aunque fue recuperando esta última a medida que se acercaba a la casa.

La Bella Dama recuperó el *Expressen* de las fauces de *Buster*, alisó la portada con las fotos de Allan y Julius y blasfemó y maldijo un rato, antes de leer el artículo en voz alta. Luego exigió una explicación, no sin asegurar que de todos modos se irían de allí en cinco minutos. Acto seguido, volvió a doblar el periódico y se lo encajó de nuevo en las fauces a *Buster*, se cruzó de brazos y concluyó con una pregunta gélida y cortante:

—¿Y bien?

Benny miró a Allan, quien a su vez miró a Julius, quien a su vez, por extraño que parezca, comentó con una sonrisa de oreja a oreja:

—Atracador. Vaya, o sea, que soy un atracador. No está mal.

Sin embargo, la Bella Dama no se dejó impresionar. Ya tenía la cara colorada, y se encendió aún más cuando le dijo a Julius que si no le contaba de inmediato lo que estaba pasando, pronto sería un atracador apaleado. A continuación, repitió ante sus huéspedes lo que ya se había dicho a sí misma: a saber, que nadie engañaba impunemente a Gunilla Björklund, de Sjötorp. Enfatizó estas palabras agarrando una vieja escopeta de perdigones que colgaba de la pared. No servía para disparar, reconoció, pero sí para partirles el cráneo a los tres, si es que hacía falta, y eso parecía.

La sonrisa de Julius se esfumó rápidamente. Benny se había quedado clavado al suelo, con los brazos colgando flácidamente a los costados; lo único que pensaba era que la felicidad del amor estaba a punto de escapársele. Entonces Allan intervino pidiéndole a la Bella Dama unos minutos de reflexión. Con su permiso, le gustaría tener una charla en privado con Julius en la estancia contigua. La decepcionada mujer consintió refunfuñando, pero le advirtió que no se le ocurriera ninguna triquiñuela. Allan prometió que se comportarían, cogió a Julius del brazo, se lo llevó a la cocina y cerró la puerta.

Comenzó por preguntarle si tenía alguna idea que, a diferencia de las anteriores, no provocara la ira de su atribulada anfitriona. Julius contestó que lo único que podría salvar los muebles era proponerle a la Bella Dama algún tipo de copropiedad sobre la maleta y su contenido. Allan se mostró de acuerdo, aunque dudó de la conveniencia de contarle a una persona, a plena luz del día, que ambos eran ladrones de maletas, que mataban a los dueños que querían recuperar lo suyo y que luego metían los cadáveres en cajas de madera para su posterior transporte a África.

A Julius le pareció que exageraba. Hasta el momento, sólo había perdido la vida una persona, y sin duda merecidamente. Por otra parte, si procuraban mantenerse a resguardo hasta que la tormenta amainara, no tenía por qué haber más muertos.

Allan respondió lo que logró cavilar en ese breve lapso de tiempo: no veía ningún inconveniente en repartir el contenido de la maleta entre cuatro. De esa manera, no correrían peligro de que Benny y la Bella Dama fueran por ahí hablando de más. Además, podrían pasar todo el verano en Sjötorp y, para entonces, seguramente los del club de motoristas habrían dejado de buscarlos, si es que estaban buscándolos, lo que, mirado fríamente, era lo más probable.

—Veinticinco millones por alojamiento durante unas semanas —calculó Julius tras un suspiro, aunque su expresión daba a entender que Allan tenía razón.

La reunión en la cocina había terminado.

Julius y Allan volvieron a la sala de estar. Éste le pidió a la Bella Dama y a Benny treinta segundos más de paciencia mientras Julius iba a su habitación. Volvió con la maleta a rastras, la dejó en medio de la sala de estar y la abrió.

—Allan y yo hemos decidido que repartiremos esto a partes iguales, entre los cuatro.

—¡Joder! —exclamó la Bella Dama.

—¿Repartir a partes iguales? —dijo Benny.

—Sí, pero tendrás que devolver tus cien mil —intervino Allan—. Y también el cambio de la gasolina.

—¡Joder, joder, joder! —volvió a exclamar la Bella Dama.

—Si os sentáis, os lo explicaré —dijo Julius.

Tanto a Benny como a la Bella Dama les costó asimilar lo del cadáver embalado en una caja de madera con vistas a su exportación, aunque también les impresionó que Allan hubiera escapado sin más por una ventana para dejar atrás su vida anterior.

—Yo debería haber hecho lo mismo después de dos semanas con el hijo de puta con quien me casé —razonó la Bella Dama.

La calma volvió a Sjötorp. La Bella Dama y *Buster* hicieron un nuevo viaje en busca de provisiones. Compraron comida, bebida, ropa, artículos de higiene y muchas cosas más. Lo pagaron todo al contado, con billetes de quinientas coronas sacados de un fajo.

· · ·

El comisario Aronsson interrogó a la testigo de la gasolinera en Mjölby, una vigilante de unos veinticinco años. Tanto su oficio como la manera en que expuso sus observaciones la hacían digna de crédito. También supo reconocer a Allan entre las fotografías que le enseñaron, obtenidas semanas atrás, durante la celebración de un octogésimo aniversario, fotografías que la enfermera Alice había tenido la amabilidad de repartir no sólo a la policía, sino también a los medios de comunicación.

El comisario se vio obligado a reconocer que el día anterior se había equivocado al desestimar esa pista. Pero no valía la pena lamentarse ahora. En su lugar, se concentró en el análisis. Respecto de la fuga, sólo cabían dos posibilidades: o bien los viejos y el salchichero sabían perfectamente adónde iban, o bien se dirigían al sur sin un destino concreto. Aronsson prefería la primera opción, porque siempre resulta más fácil seguir a quien sabe adónde quiere ir que al que simplemente se dedica a dar tumbos. No existía ninguna conexión evidente entre Allan Karlsson y Julius Jonsson, ni entre Benny Ljungberg y los otros. Jonsson y Ljungberg podían muy bien conocerse, al fin y al cabo vivían a apenas tres kilómetros el uno del otro. Pero era posible que Ljungberg hubiese sido víctima de un secuestro y obligado a ponerse al volante, o incluso que el centenario hiciera el viaje coaccionado, aunque había dos cosas que contradecían esta hipótesis: 1) el hecho de que Karlsson hubiera bajado del autobús precisamente en Estación de Byringe y al parecer ido en busca de Jonsson por iniciativa propia, y 2) las declaraciones de los testigos, coincidentes en que, según todos los indicios, Jonsson y Karlsson se llevaban bien, tanto al atravesar el bosque en la vagoneta como en el polígono industrial.

De todos modos, los testigos habían observado que el Mercedes plateado había abandonado la E4 para tomar la nacional 32 en dirección a Tranås. Quien se dirige al sur por la E4 y toma la nacional 32 en Mjölby restringe rápidamente el número de destinos finales. La zona alrededor de

Västervik/Vimmerby/Kalmar quedaba descartada, puesto que el coche debería haberse desviado en Norrköping o, si no, en Linköping, dependiendo de dónde hubiese enlazado con la E4 desde el norte.

También podía descartarse el trayecto Jönkölping/Värnamo y hacia el sur, pues no había ningún motivo para abandonar la carretera europea. Tal vez Oskarshamn y desde allí a Gotland, pero nada parecía indicarlo. En realidad, sólo quedaba Småland: Tranås, Eksjö, tal vez Nässjö, Åseda, Vetlanda y alrededores. Llegado el caso, incluso tan al sur como Växjö, pero entonces el Mercedes no habría ido por el camino más rápido. Lo cual, por otra parte, era perfectamente posible, puesto que si los viejos y el de las salchichas se sentían perseguidos, lo más sensato era que optasen por las carreteras secundarias.

Lo que podía inducir a pensar que seguían en la zona que el comisario Aronsson acababa de delimitar era, en primer lugar, el hecho de que dos de los ocupantes del coche no tenían pasaporte válido. Era poco probable, pues, que se dirigiesen al extranjero. En segundo lugar, que sus colaboradores, los del comisario, hubieran llamado a cada una de las gasolineras en sentido sur, sudeste y sudoeste situadas entre cuarenta y setenta kilómetros de Mjölby. En ninguno de estos lugares habían encontrado a nadie que aportara una pista sobre un Mercedes plateado con tres ocupantes que llamaran especialmente la atención. Podían, por supuesto haber repostado en una gasolinera con autoservicio automático, pero en general la gente solía elegir gasolineras con personal, pues después de recorrer varios kilómetros siempre se tenían ganas de algún dulce, un refresco o una salchicha. Además, la hipótesis de una gasolinera con personal se veía favorecida por el hecho de que ya antes habían estado en una, la de Mjölby.

—Tranås, Eksjö, Nässjö, Vetlanda, Åseda... y alrededores —murmuró el comisario para sí, satisfecho, aunque al instante se le nubló la vista—. Y luego, ¿qué?

Cuando, tras una noche espantosa, el líder de The Violence en Braås despertó bien entrada la mañana, fue directamente a la gasolinera para, por fin, satisfacer sus ansias de fumar. Al llegar le llamó la atención el cartel con los titulares del *Expressen* que colgaba junto a la puerta. En la fotografía grande aparecía... el mismo vejete que había visto en Rottne la noche anterior.

Con las prisas por comprar el *Expressen* se le olvidó comprar cigarrillos. Se quedó sorprendido por lo que leyó y llamó a su hermano mayor, Hinken.

El misterio del anciano centenario desaparecido y supuestamente secuestrado tenía a toda la nación en vilo. Por la noche, TV4 emitió un programa de investigación, *Especial Sólo Hechos*, en el que no se llegó más allá de lo que ya había hecho el *Expressen* y de lo que, poco a poco, estaba haciendo el *Aftonbladet*, pero aun así tuvo una audiencia de más de un millón y medio de espectadores, entre ellos el anciano centenario y sus tres nuevos amigos, allá en Sjötorp, Småland.

—De no haber sabido nada, supongo que me habría dado pena ese pobre viejo —dijo Allan.

La Bella Dama empezó a inquietarse y opinó que los tres prófugos debían mantenerse un buen tiempo fuera de la vista. A partir de ese momento, el Mercedes permanecería estacionado detrás del establo. Mientras tanto, ella pensaba ir a comprarse el camión de mudanzas al que le tenía echado el ojo desde hacía un tiempo. Al fin y al cabo, en cualquier momento podían tener que hacer las maletas a toda prisa, y en tal caso habría que llevarse a toda la familia, incluida *Sonja*.

9

1939-1945

El 1 de septiembre de 1939, el barco de bandera española en que viajaba Allan atracó en el puerto de Nueva York. Allan había pensado en echarle un rápido vistazo a la Gran Manzana y luego regresar en el mismo barco, pero ese mismo día uno de los amigos del Generalísimo entró en Polonia y la guerra en Europa volvió a ponerse en marcha a todo gas. El barco con bandera española fue requisado para, más tarde, acabar al servicio de la Armada estadounidense hasta que llegó la paz, en 1945.

Los que estaban a bordo fueron conducidos a la oficina de Inmigración de Ellis Island. Una vez allí, el oficial les formuló las mismas cuatro preguntas: 1) Nombre. 2) Nacionalidad. 3) Profesión. 4) Motivo de su visita a los Estados Unidos de América.

Todos respondieron que eran españoles, sencillos marineros que de pronto no tenían adónde ir porque acababan de requisar su barco. Debido a ello, les permitieron entrar en el país, para que se las arreglaran como buenamente pudieran.

Sin embargo, Allan destacaba entre los demás. Por una parte, porque tenía un nombre que el intérprete español era incapaz de pronunciar. Por otra, porque era sueco. Y, sobre todo, porque les contó, y no mentía, que era especialista en explosivos con experiencia en su propia empresa, en la industria artillera y, últimamente, en la guerra entre los españoles.

Para dar más firmeza a su historia, Allan sacó la carta del general Franco. El intérprete español se la tradujo asustado al oficial de Inmigración, que se apresuró a llamar a su jefe, quien, a su vez, llamó al suyo.

Lo primero que dispusieron fue que había que devolver a aquel sueco fascista al lugar de donde venía.

—Si os encargáis de buscarme un barco, yo no tengo inconveniente en marcharme —dijo Allan, conforme con la decisión.

Pero no era tarea fácil. O sea, que prosiguieron con los interrogatorios. Y cuanto más le sonsacaba el oficial de Inmigración al sueco, menos fascista parecía éste. Y tampoco comunista. Ni nacionalsocialista. Sencillamente, no era nada de lo que parecía ser, salvo experto en explosivos. Además, la anécdota que explicaba cómo habían empezado a tutearse él y el general Franco resultaba tan inverosímil y disparatada que era casi imposible que se la hubiera inventado.

El jefe de Inmigración tenía un hermano en Los Álamos, Nuevo México, que se dedicaba a las bombas y tal para los militares. A falta de mejor solución, de momento encerraron a Allan. Más tarde, el jefe de Inmigración le comentó el asunto a su hermano cuando, con motivo del día de Acción de Gracias, los dos coincidieron en la granja familiar de Connecticut. El hermano dijo que no le apetecía que le endilgaran un partidario de Franco, pero que, por lo demás, necesitaban a todos los expertos que pudieran reunir y que ya encontrarían algún trabajo poco cualificado y no demasiado secreto para ese sueco. ¿Le hacía un favor a su hermano con eso?

El jefe de Inmigración respondió que sí, desde luego, y acto seguido los hermanos atacaron el pavo.

Poco después, a finales del otoño de 1939, Allan voló, por primera vez en su vida, para incorporarse a la base del ejército estadounidense en Los Álamos, donde pronto descubrieron que no sabía ni una palabra de inglés. Por tanto, le encargaron a un teniente que sabía español que investigase cuáles eran las aptitudes para el trabajo de aquel sueco. Allan tuvo que anotar sus fórmulas sobre un papel ante la atenta mirada del teniente. Éste revisó las anotaciones y pensó que el sueco poseía bastante talento, pero suspiró y dijo que la potencia de las cargas de Allan apenas sería capaz de volar un coche por los aires.

—Sí —contestó Allan—. Un coche y un mayorista a la vez. Eso ya lo he probado.

Al final, dejaron que se quedara allí, al principio en una de las barracas más alejadas, pero a medida que pasaban los meses y Allan empezó a hablar inglés, las restricciones que le habían impuesto en sus desplazamientos por la base fueron disminuyendo. Puesto que era un ayudante sumamente observador, durante el día aprendía a preparar cargas de una potencia muy superior a las que detonaba los domingos en la gravera detrás de su casa. Y por las noches, cuando la mayoría de los hombres jóvenes se iban a la ciudad en busca de mujeres, él se quedaba en la biblioteca de la base para perfeccionarse en las técnicas más avanzadas de explosión.

Allan aprendía cada vez más a medida que la guerra se iba extendiendo por Europa y, poco a poco, por el mundo. No porque le permitiesen llevar a la práctica los conocimientos que adquiría, pues seguía siendo ayudante (aunque muy apreciado), sino porque sencillamente los acumulaba. Y ya no se trataba de nitroglicerina y nitrato sódico, eso era para principiantes, sino de hidrógeno, uranio y otros elementos químicos importantes y, ¡ay!, muy complicados.

A partir de 1942, se instauraron severas normas de confidencialidad en Los Álamos. El presidente Roosevelt les había encomendado una misión secreta consistente en crear una bomba que, con una sola detonación, fuera capaz de hacer volar diez e incluso veinte puentes españoles si hacía falta, o eso creyó Allan. Siempre faltaban ayudantes, también en los lugares más secretos, y al popular sueco se le concedió el más alto nivel de seguridad.

No pudo por menos de reconocer que aquellos americanos eran ingeniosos. Empezaron a experimentar para que unos pequeños átomos se fisionaran de manera que el estallido resultase más fuerte de lo que el mundo había visto hasta entonces.

En abril de 1945 casi lo habían conseguido. Los científicos, y a su manera también Allan, sabían cómo se producía una reacción nuclear, pero no cómo se controlaba. Allan, fascinado con el problema, se sentaba por las noches en la desierta biblioteca e investigaba lo que nadie le había pedido que investigase. El ayudante sueco no se rendía, y una noche... ¡sí! Una noche... ¡encontró la solución!

Aquella primavera, los militares más importantes empezaron a reunirse todas las semanas, durante horas, con los físicos más destacados, al frente de los cuales estaba el director científico Oppenheimer. Allan se encargaba de abastecerlos de café y bollos.

Los físicos se tiraban de los pelos, le pedían a Allan que rellenara sus tazas, los militares se rascaban la barbilla, le pedían a Allan que rellenara sus tazas, los militares y los físicos se lamentaban, le pedían a Allan que rellenara sus tazas. Así siguieron, semana tras semana. Como ya es sabido, Allan tenía la solución al problema desde hacía tiempo, pero pensó que no le correspondía al camarero darle lecciones de cocina al cocinero, y por consiguiente se guardó para sí lo que sabía.

Hasta que un día, para su propia sorpresa, se oyó a sí mismo decir:

—Disculpen, pero ¿por qué no separan el uranio en dos partes iguales?

Se le escapó sin querer, justo cuando le estaba sirviendo café al mismísimo Oppenheimer.

—¿Qué ha dicho? —saltó el director científico, que, más que escuchar las palabras de Allan, se había quedado estupefacto ante el hecho de que el camarero hubiera osado abrir la boca.

Allan no tuvo más remedio que seguir.

—Pues eso. Si separan el uranio en dos partes iguales y se preocupan de unirlas cuando llegue el momento, entonces detonará cuando ustedes quieran que detone, en lugar de hacerlo aquí, en la base.

—¿En dos partes iguales? —repitió el director científico Oppenheimer. La cabeza le iba a cien, pero eso fue lo que entonces se le ocurrió decir.

—Ajá. Aunque las partes no tienen por qué ser iguales; lo más importante es que sean lo bastante grandes cuando se unan.

El teniente Lewis, que había sido el valedor de Allan como camarero, parecía querer matarlo, pero uno de los físicos preguntó, como si pensase en voz alta:

—¿Y cómo crees que podríamos unirlas? ¿Y cuándo? ¿En el aire?

—Exactamente, señor físico. ¿O es químico? ¿No? Bueno, como iba diciendo, su problema no es conseguir que detone, sino que no pueden controlar la detonación en sí. Pero una masa crítica dividida en dos se convierte en dos masas no críticas, ¿no es así? Y, al revés, dos masas no críticas se convierten en una masa crítica.

—¿Y cómo las unimos, señor...? Disculpe, pero ¿quién es usted? —inquirió Oppenheimer.

—Soy Allan —respondió Allan.

—¿Y cómo había pensado que las uniéramos, señor Allan? —prosiguió Oppenheimer.

—Con una carga explosiva normal y corriente. Yo soy experto en esos menesteres, pero seguro que ustedes se las sabrán arreglar muy bien.

Los físicos en general y los directores científicos en particular no son estúpidos. En pocos segundos, Oppenheimer había realizado kilómetros de ecuaciones y llegado a la conclusión de que muy probablemente el camarero tenía razón. ¡Y pensar que algo tan complicado podía tener una solución tan sencilla! Se activa una carga explosiva normal y corriente colocada en la parte posterior de la bomba para que ésta envíe una masa no crítica de uranio-235 a reunirse con otra masa no crítica. En un santiamén se transforman en una masa crítica. Los neutrones empiezan a moverse, los átomos de uranio empiezan a dividirse. La reacción en cadena está en marcha y...

—¡Pam! —exclamó Oppenheimer.

—Eso es —dijo Allan—. Veo que el señor director científico ya lo ha calculado todo. ¿Alguien quiere más café?

Entonces se abrieron las puertas de la estancia secreta y apareció el vicepresidente Truman, en una de sus asiduas pero aun así siempre intempestivas visitas.

—Siéntense —dijo el vicepresidente a quienes se habían puesto firmes a toda prisa.

Por si acaso, Allan también se sentó en una de las sillas libres alrededor de la mesa. Si un vicepresidente decía que te sentaras, más valía que lo hicieras, así funcionaban las cosas en América.

Luego, el vicepresidente solicitó un informe del estado de las cosas al director científico Oppenheimer, que se puso en pie de un brinco y, con las prisas, no se le ocurrió decir otra cosa que el señor Allan, allí presente, probablemente acababa de solucionar el problema de cómo controlar la detonación. La solución propuesta por el señor Allan aún no había sido demostrada, pero el director científico añadió que sin duda hablaba en nombre de todos sus colegas al afirmar que el problema se había resuelto y que en unos tres meses estarían en condiciones de realizar una detonación de prueba.

El vicepresidente miró a los presentes y todos asintieron con la cabeza. Poco a poco, el teniente Lewis empezaba a respirar de nuevo. Finalmente, los ojos del vicepresidente se posaron en Allan.

—Es usted el héroe del día, señor Allan. Sabe usted, ahora necesitaría llenarme el estómago un poco antes de volver a Washington. ¿Le apetece acompañarme?

Allan pensó que, por lo visto, era un rasgo común en todos los líderes mundiales que quisieran invitarlo a comer en cuanto se sentían satisfechos por algo, pero no lo dijo. En su lugar, le dio las gracias al vicepresidente y los dos abandonaron juntos la estancia. El director científico Oppenheimer permaneció de pie junto a la mesa, al parecer aliviado y apenado a un tiempo.

Truman hizo que cortaran las calles alrededor de su restaurante mexicano preferido en el centro de Los Álamos para que Allan y él pudieran tenerlo para ellos solos, aparte de una decena de agentes del servicio secreto distribuidos por distintos rincones.

El jefe de seguridad había señalado que el señor Allan no era americano y quizá no fuese conveniente que se reuniese a solas con el vicepresidente, pero Truman rechazó las objeciones con un gesto de la mano y dijo que aquel día el señor Allan había realizado el acto más patriótico que cabía imaginar.

El vicepresidente estaba de un humor excelente. Después de la comida, en lugar de volver a Washington, el *Air Force 2* lo llevaría a Georgia, donde el presidente Roosevelt se encontraba en un balneario para aliviar la polio que sufría. El presidente querría oír la noticia de inmediato, de eso estaba seguro.

—Yo decido la comida y tú eliges las bebidas —dijo un alegre Harry Truman, y le pasó la carta de vinos a Allan.

A continuación, se volvió hacia el jefe de sala, quien, sin parar de hacer reverencias, tomó nota de un sustancial pedido de tacos, enchiladas, tortitas de maíz y otros platos variados.

—¿Y con qué le agradaría regar la comida, señor? —preguntó el jefe de sala.

—Dos botellas de tequila —contestó Allan.

Truman se rió con ganas y le preguntó a Allan si pretendía emborracharlo. Éste contestó que en los últimos años había aprendido que los mexicanos eran capaces de hacer un aguardiente tan bueno como el *renat* sueco, pero que si al vicepresidente le parecía más adecuado, podía beber leche.

—No, el pedido ya está hecho —rehusó Truman, y se ocupó, eso sí, de completarlo con limón y sal.

Tres horas más tarde, los dos hombres se tuteaban y se llamaban por sus respectivos nombres de pila, ejemplo de lo que pueden hacer un par de botellas de tequila por el hermanamiento entre la gente. Sin embargo, a Harry, cada vez más mareado, le llevó un buen rato entender que Allan no era el apellido de Allan sino su nombre de pila. Hasta ese momento, Allan le había contado el episodio del mayorista que saltó por los aires allá en Suecia y el de cómo le había salvado la vida a Franco. Harry, por su parte, lo divirtió con una imitación del presidente Roosevelt intentando levantarse de su silla de ruedas.

Cuando la reunión estaba en lo mejor, el jefe de seguridad se acercó con sigilo al vicepresidente y dijo en voz baja:

—¿Podría hablar un momento con usted, señor?

—Habla, venga —farfulló Truman.

—Preferiría que fuera a solas, señor.

—¡Jo, cómo te pareces a Humphrey Bogart! ¿Te has fijado, Allan?

—Señor... —insistió el jefe de seguridad, molesto.

—Vale, pero ¿de qué coño se trata? —bufó el vicepresidente.

—Señor, se trata del presidente Roosevelt.

—Bien, ¿y qué le pasa ahora a ese viejo cabroncete? —respondió el vicepresidente entre risas.

—Ha muerto.

10

Lunes 9 de mayo de 2005

Hinken llevaba cuatro días sentado delante del supermercado Ica de Rottne esperando a que apareciera Bulten, y luego un viejo centenario, una mujer pelirroja de un modelo más reciente, un tío con coleta de aspecto incierto y un Mercedes plateado. Sentarse donde se sentaba no había sido idea de él, sino del Jefe. Después de la llamada de su hermano pequeño y líder de The Violence en Braås para informarle que había visto al vejestorio delante de un ambulatorio de Småland en plena noche, Hinken se había apresurado a informar al siguiente escalafón de la organización. Fue entonces cuando el Jefe le ordenó vigilar la principal tienda de comestibles del pueblo. El Jefe había deducido que quien se pasea por Rottne en plena noche seguramente reside en la zona, y a todo el mundo, antes o después, le entra hambre y necesita comer, y cuando se le acaba la comida, por narices tiene que ir a comprarla. A Hinken esa hilación lógica le pareció irrebatible. Al fin y al cabo, por algo el Jefe era el jefe. Pero de eso hacía cuatro días, y Hinken empezaba a desconfiar.

La atención que prestaba también había dejado de ser lo que era. Por eso, en un primer momento no reparó en la mujer pelirroja que entró en el aparcamiento al volante de un Passat en lugar de hacerlo, como Hinken esperaba, en un Mercedes plateado. Pero puesto que tuvo el gesto de pasar delante de sus narices de camino al supermercado, Hinken finalmente se fijó en ella. No podía estar seguro de que fuera la misma mujer, naturalmente, pero tenía la edad adecuada y el color de pelo encajaba.

De inmediato llamó al Jefe, que no se mostró demasiado entusiasta. Al fin y al cabo, esperaba tener noticias de Bulten, o al menos del maldito vejete. No obstante, Hinken debía anotar la matrícula del coche y luego seguir discretamente a la pelirroja para ver adónde iba. Hecho esto, que volviera a dar parte.

Aronsson había pasado los últimos cuatro días en un hotel de Åseda. La idea era estar cerca del lugar de los acontecimientos cuando surgiera algún testimonio nuevo.

No surgió nada, y el comisario se disponía a volver a casa, pero entonces sus colegas de Eskilstuna se pusieron en contacto con él. Habían pinchado el teléfono del principal gamberro de Never Again, Per-Gunnar Gerdin, y la escucha había resultado fructífera.

Gerdin, o el Jefe, que era como lo llamaban, se había hecho famoso unos años atrás cuando el diario *Svenska Dagbladet* reveló que en el centro penitenciario de Hall se estaba consolidando una organización criminal llamada Never Again. Se sumaron otros medios y en los periódicos vespertinos pusieron cara y nombre al cabecilla: Gerdin. Lo que nunca llegó a los medios fue que gran parte de la organización acabó yéndose al garete por culpa de una carta de la madre de Gerdin.

Un par de días antes, el comisario había ordenado que vigilaran a Gerdin y pincharan su teléfono, y ahora los peces habían picado. Naturalmente, la conversación en cuestión fue grabada, transcrita y enviada por fax a Aronsson en Åseda:

—*Hable.*
—*Soy yo.*

—*¿Novedades?*

—*Quizá. Estoy delante del supermercado Ica. Hace un momento ha entrado una vieja bruja pelirroja a hacer la compra.*

—*¿Sólo la vieja bruja? ¿Bulten no? ¿Iba con ella el vejestorio?*

—*Pues no, sólo la vieja bruja. No sé si...*

—*¿Va en un Mercedes?*

—*Parece que no. No me ha dado tiempo a... No hay ningún Mercedes en el aparcamiento, o sea que ha venido en otro coche.*

(Unos segundos de silencio.)

—*¿Jefe?*

—*Sigo aquí, estoy pensando, joder, alguien tiene que hacerlo.*

—*Ya, sólo que...*

—*Seguro que hay más de una bruja pelirroja en Småland...*

—*Sí, pero ésta tiene la edad adecuada, según lo que...*

—*Síguela y anota su matrícula. No intervengas, pero averigua adónde va. Y procura que no te descubran, ¿vale? Luego vuelve a llamarme y me cuentas.*

(Unos segundos de silencio.)

—*¿Lo has entendido o tengo que repetirlo?*

—*No, sí, lo he entendido. Te llamo en cuanto sepa algo más...*

—*Y la próxima vez, me llamas al móvil. ¿No te tengo dicho que todas las llamadas tienen que hacerse al móvil? ¿No te lo he dicho, coño?*

—*Sí, ya, pero ¿no era sólo cuando hacemos negocios con los rusos? No creía que ahora...*

—*Capullo.*

(Un gruñido y fin de la conversación.)

El comisario releyó la transcripción y luego se puso a completar el puzle con las nuevas piezas.

El Bulten que mencionaba Gerdin debía de ser Bengt Bylund, un miembro conocido de Never Again, en la actualidad presuntamente muerto. Y el que había llamado a

Gerdin probablemente fuese Henrik *Hinken* Hultén, que estaba buscando a Bulten en algún lugar de Småland.

Aronsson había recibido la confirmación de que estaba en lo cierto. Y ahora afinó sus conclusiones:

En algún lugar de Småland se encontraban Allan Karlsson, Julius Jonsson, Benny Ljungberg y el Mercedes plateado, así como una mujer pelirroja de edad incierta, seguramente no demasiado joven, teniendo en cuenta que la llamaban vieja bruja. Aunque no debía de ser muy difícil convertirse en una vieja bruja a ojos de alguien como Hinken.

En Never Again de Estocolmo creían que el colega Bulten también formaba parte del grupo. Entonces, ¿había que entender que había abandonado a los suyos? ¿Por qué, si no, no había dado señales de vida? Claro, ¡porque estaba muerto! Pero el Jefe aún no lo sabía y creía que estaba escondido en algún lugar de Småland junto con... Un momento, ¿qué pintaba la pelirroja en todo eso?

Aronsson ordenó que se investigara a las familias de Allan, Benny y Julius. ¿Habría alguna hermana, prima o similar de esos tres que viviera en Småland y que, casualmente, tuviese ese color de pelo?

«Tiene la edad adecuada, según lo que...», había dicho Hinken. ¿Según qué? ¿Según lo que había dicho quién? ¿Alguien que vio al grupo en Småland y llamó para comunicarlo? Era una lástima que las escuchas no se hubieran puesto en marcha antes.

Además, a esas alturas Hinken ya habría seguido a la pelirroja desde el supermercado Ica. Por tanto, o bien resultaba que se trataba de la pelirroja equivocada, o bien Hinken ya había dado con el paradero de Allan Karlsson y sus amigos. En tal caso, el Jefe pronto estaría de camino a Småland para sonsacarles la verdad sobre lo que había sucedido con Bulten y su maleta.

Aronsson telefoneó al fiscal de Eskilstuna. Al principio, Conny Ranelid no se había implicado demasiado en el caso, pero su interés creció con cada complicación de la que el comisario daba parte.

—Ahora no pierdas a Gerdin y a su chico de los recados —le advirtió Ranelid.

La Bella Dama metió dos cajas con comida en el maletero de su Passat y se dispuso a volver a Sjötorp.

Hinken la siguió a una distancia prudencial. Lo primero que hizo cuando salieron a la carretera fue llamar al Jefe (al móvil, por supuesto; Hinken tenía instinto de supervivencia) para informarle sobre el coche de la pelirroja y su matrícula. Añadió que volvería a llamar en cuanto llegara a su destino.

Salieron de Rottne, pero la pelirroja no tardó en meterse por un camino de grava. Hinken reconoció el lugar, había estado allí una vez con motivo de una carrera de orientación en la que había participado. Su novia de entonces intentaba descifrar el mapa; a media carrera descubrió que había estado mirándolo al revés.

El camino de grava estaba seco y el coche de la pelirroja levantaba polvo a su paso. Gracias a eso, pudo seguirla cómodamente sin necesidad de tenerla al alcance de la vista. Sólo que la polvareda se esfumó al cabo de unos kilómetros. ¡Maldita sea! Hinken aceleró, pero el polvo había desaparecido como por ensalmo.

Hinken se desesperó, pero luego se tranquilizó. Aquello sólo podía significar que la vieja bruja se había desviado en algún punto del camino. Lo único que tenía que hacer era dar media vuelta y buscar el desvío.

A un kilómetro de donde había dado la vuelta, Hinken creyó dar con la solución del enigma: vio un buzón y un caminito que bajaba a la derecha. ¡Bingo!

Sin embargo, y a tenor de cómo se desarrollaron los acontecimientos, Hinken actuó con excesiva precipitación. Dio un brusco volantazo y metió el coche casi sin aminorar por el caminito. De alguna manera, la idea de mostrarse cauto y discreto se quedó en el buzón. El coche iba a bastante velocidad y de sopetón el caminito desembocó en un patio. Si hubiera ido sólo un poco más rápido, Hinken no habría logrado detenerse y habría atropellado al viejo que estaba allí dando de comer a un... ¿elefante?

Allan pronto encontró una nueva amiga en *Sonja*. Al fin y al cabo, tenían bastante en común. Uno había salido por una ventana, y al hacerlo había dirigido su vida hacia otros derroteros, mientras que la otra se había metido en un lago con el mismo propósito. Y ambos habían visto mundo previamente. Además, *Sonja* tenía la cara cubierta de arrugas, más o menos como una sabia centenaria, pensaba Allan.

Desde luego, *Sonja* no hacía trucos de circo con cualquiera, pero aquel viejo le caía bien. Le daba fruta, le rascaba la trompa y charlaba con ella de manera amable. No era que entendiese gran cosa de lo que le decía, pero eso no importaba. Se mostraba agradable y resultaba entretenido. Y así, cuando el viejo le pedía que se sentara o que diera vueltas, ella lo hacía con mucho gusto. Incluso le mostró que sabía erguirse sobre las patas traseras, a pesar de que el viejo desconocía la orden específica.

Por su parte, a la Bella Dama le gustaba sentarse en los escalones del porche junto con Benny y *Buster*, con una taza de café para los bípedos y galletas para perros para el cuadrúpedo. Allí se dedicaban a contemplar cómo crecía la amistad entre Allan y *Sonja*, mientras Julius pasaba las horas en el lago, pescando percas con una caña.

El calor primaveral no cedía. El sol había brillado una semana entera y el pronóstico del tiempo anunciaba presiones altas continuadas.

Benny, que como es sabido era, entre otras cosas, cuasi arquitecto, había hecho un esbozo de cómo había que equipar el camión de mudanzas recién adquirido por la Bella

Dama para que estuviera a gusto de *Sonja*. Cuando, además, la Bella Dama descubrió que Julius no sólo era ladrón, sino también antiguo empresario y más o menos hábil con el martillo y los clavos, le dijo a *Buster* que desde luego se habían conseguido unos amigos de lo más completos y que era una suerte que al final no los hubiesen echado de casa. A Julius sólo le llevó una tarde adaptar el camión de acuerdo con las instrucciones de Benny. Luego, *Sonja* subió y bajó de él con Allan para probarlo todo. Pareció satisfecha, aunque no entendió la jugarreta de los dos establos en lugar de uno. Era un poco estrecho, pero había dos tipos de comida, uno a la izquierda y otro delante, y a la derecha agua para beber. El suelo estaba elevado y ligeramente inclinado y en la parte de atrás había un desagüe para las deposiciones. El desagüe estaba lleno hasta el borde de heno, para absorber la mayor parte de lo que pudiera derramarse durante el viaje.

A eso había que añadir un sistema de ventilación consistente en sendas hileras de agujeros en los costados del camión y una ventana corredera que daba a la cabina, a fin de que *Sonja* pudiera mantener el contacto visual con su dueña durante el viaje. En suma, el camión se había convertido en un transporte de lujo para elefantes, y eso en apenas un par de días.

Sin embargo, cuanto más listo estaba el grupo para emprender el viaje, menos dispuestos se mostraban sus miembros a hacerlo. La vida en Sjötorp se había convertido en algo muy agradable para todos. En especial para Benny y la Bella Dama, que ya al tercer día habían decidido que era una pena utilizar las sábanas de dos habitaciones cuando podían muy bien compartirlas. Las noches eran sumamente confortables delante del fuego y marcadas por la buena comida, la buena bebida y el curioso relato de la vida de Allan Karlsson.

Pero el lunes por la mañana casi habían terminado con las existencias en la nevera y la despensa. La Bella Dama debía ir a Rottne a reabastecerse. Por razones de seguridad, haría el viaje en su viejo Passat. El Mercedes estaba bien donde estaba, escondido detrás del establo.

Llenó dos cajas, una con cosas para ella y los chicos y otra con manzanas argentinas para *Sonja*. De regreso en casa, le dio la caja de manzanas a Allan, metió el resto en la nevera y la despensa y luego se unió a Benny y *Buster* en los escalones del porche con una bandeja de fresas belgas. Por cierto, allí estaba también Julius, en uno de sus raros descansos de la pesca.

Fue entonces cuando un Ford Mustang entró a toda mecha en el patio y a punto estuvo de atropellar a Allan y *Sonja*.

Sonja se lo tomó con tranquilidad. Estaba tan concentrada en la próxima manzana que le daría Allan que ni vio ni oyó lo que ocurrió a su alrededor. O tal vez sí, porque se detuvo en medio de un giro con el trasero apuntando a Allan y el inesperado visitante.

Allan tampoco se alarmó demasiado. Había estado cerca de la muerte tantas veces a lo largo de su vida que un Ford Mustang desbocado era una minucia. Si se detenía a tiempo, no importaba. Y eso fue lo que hizo.

Asimismo, *Buster* guardó la compostura. Lo habían educado para que no saliera corriendo y ladrando cuando recibían visitas. Sin embargo, tenía las orejas tiesas y los ojos muy abiertos. Se trataba de seguir el curso de los acontecimientos y no perderse detalle.

En cambio, la Bella Dama, Benny y Julius saltaron del porche y permanecieron inmóviles, uno al lado del otro, a la espera de lo que fuera a suceder.

Lo que sucedió fue que Hinken, que por un instante se había quedado ligeramente desconcertado, se apeó tambaleándose del Mustang, hurgó a tientas en un bolso que llevaba en el asiento trasero del coche y sacó un revólver. Primero lo dirigió hacia el trasero del elefante, pero después se lo pensó mejor y apuntó a Allan y los tres del porche. Y entonces ordenó, no precisamente en un alarde de imaginación:

—¡Manos arriba!

—¿Manos arriba?

Era lo más estúpido que Allan había oído en mucho tiempo, así que le plantó cara. ¿Qué creía el señor que podía pasar? ¿Que él, un hombre centenario, le arrojara una manzana a la cabeza? ¿O que la frágil dama allí presente le lanzara fresas belgas? ¿O que...?

—Muy bien, dejad las manos como os dé la puta gana, pero no se os ocurra ningún truco.

—¿Truco?

—¡Cierra la boca, viejo cabrón! O, mejor, dime dónde está la puta maleta. Y el que estaba a cargo de ella.

Ya está, pensó la Bella Dama. Se había terminado la buena suerte, y con ella la felicidad. La realidad al fin los había alcanzado. Nadie contestó, todos echaban humo de tanto pensar, salvo el elefante que, lejos de cualquier dramatismo, pensó que había llegado la hora de cagar. Cuando un elefante se desahoga, raras veces pasa inadvertido para su entorno.

—¡Joder, qué asco! —exclamó Hinken, y dio unos pasos rápidos para alejarse de la mierda que salía del ele...—. ¿Por qué cojones tenéis un elefante?

No hubo respuesta. Pero *Buster* ya no pudo aguantarse más. Percibía que algo andaba mal. ¡Oh, le gustaría tanto ladrarle a aquel extraño! El pobre no logró reprimir un gruñido sordo. Eso hizo que Hinken descubriera al pastor alemán en el porche, diera instintivamente dos pasos atrás y lo encañonara, aparentemente dispuesto a disparar si hacía falta.

Justo en ese instante, surgió una idea en el cerebro centenario de Allan. Sería una apuesta arriesgada, sin duda, y el mayor riesgo era que él mismo la palmara si salía mal, demostrando así que nadie es inmortal. No obstante, respiró hondo y se dispuso a llevarla a cabo. Esbozó una sonrisa ingenua y avanzó hacia aquel granuja, y con su voz más floja y titubeante dijo:

—Qué revólver tan bonito. ¿Es de verdad? ¿Me lo prestas?

Benny, Julius y la Bella Dama creyeron que se había vuelto loco.

—¡Quieto, Allan! —exclamó Benny.

—Sí, párate, viejo cabrón, o disparo —masculló Hinken.

Sin embargo, Allan siguió avanzando. Hinken dio un paso atrás, lo apuntó con un gesto aún más amenazador y entonces... ¡lo hizo! Hizo lo que Allan había esperado que hiciera: nervioso como estaba, retrocedió otro paso y...

Quien alguna vez haya pisado la plasta pringosa que constituye una caca de elefante recién depuesta sabrá que es prácticamente imposible permanecer de pie. Hinken no lo sabía, pero no tardó en aprenderlo. Resbaló, paró la caída aleteando con los brazos, dio un rápido paso atrás con el otro pie y acabó sobre la plasta cuan largo era. En efecto, había aterrizado de espaldas sobre un blando y colosal cagarro.

—*Sit, Sonja, sit!* —ordenó Allan como colofón de su plan.

—¡No, joder, *Sonja*, no te sientes! —terció la Bella Dama, que de pronto comprendió lo que iba a ocurrir.

—¡Mierda, qué asco! —aulló Hinken, echado sobre los repulsivos excrementos.

Sonja, que estaba de espaldas a todo, oyó claramente la orden de Allan, y como éste era amable y atento con ella, lo complació con mucho gusto. Además, le pareció que su dueña confirmaba la orden. Porque la palabra «no» no formaba parte del vocabulario de *Sonja*.

O sea, que se sentó. El enorme trasero aterrizó sobre el cuerpo con un crujido sordo acompañado de algo que sonó como un breve pío-pío, hasta que de pronto se hizo el silencio. *Sonja* estaba sentada, ahora a lo mejor le daban más manzanas...

—Y ya van dos —dijo Julius.

—¡Mierda, joder, coño! —dijo la Bella Dama.

—¡Uf! —dijo Benny.

—Tu manzana, *Sonja* —dijo Allan, tendiéndosela.

Henrik *Hinken* Hultén no dijo nada.

El Jefe estuvo esperando tres horas a que Hinken lo llamara. Luego supuso que seguramente le había pasado algo a aquel inútil. Al Jefe le costaba entender que la gente no hiciera lo que él les decía.

Estaba claro que había llegado el momento de tomar cartas en el asunto. Así pues, el Jefe empezó por buscar la matrícula que Hinken le había proporcionado. Gracias al registro de vehículos, en pocos minutos descubrió que se trataba del Volkswagen Passat rojo de una tal Gunilla Björklund, de Sjötorp, Rottne, Småland.

11

1945-1947

Si es humanamente posible recuperar la sobriedad en un segundo después de meterse una botella de tequila entre pecho y espalda, eso fue precisamente lo que hizo Harry S. Truman.

El fallecimiento repentino del presidente hizo que interrumpiera aquella agradable comida y ordenara su traslado inmediato a la Casa Blanca.

Abandonado de ese modo en el restaurante, Allan tuvo que discutir a brazo partido con el jefe de sala para librarse de pagar la cuenta. Al final, su contendiente acabó por aceptar el argumento según el cual el presidente en ciernes de Estados Unidos sin duda debería considerarse una persona solvente y digna de crédito, además de que era de público conocimiento su actual residencia.

Allan volvió a la base militar dando un paseo reconstituyente y recuperó su puesto de ayudante de los físicos, matemáticos y químicos más destacados del país, a pesar de que éstos ya no se sentían cómodos en su compañía. El ambiente se enrareció cada vez más y, pasadas unas semanas, Allan pensó que era hora de largarse de allí. Pero ¿cómo? Una llamada telefónica desde Washington solucionó el asunto.

—Hola, Allan, soy Harry.

—¿Qué Harry?

—Truman. Harry S. Truman. El presidente, ¡maldita sea, Allan!

—¡Vaya! Gracias por la comida del otro día, señor presidente. Espero que no estuviera usted a los mandos en el viaje de vuelta.

No, el presidente no había estado a los mandos. A pesar de la gravedad de la situación, se había quedado roque en un sofá del *Air Force 2* y no se había despertado hasta el momento del aterrizaje, cinco horas más tarde.

Sin embargo, ahora resultaba que Harry Truman había heredado un sinfín de asuntos pendientes de su antecesor y para uno de ellos era muy posible que necesitase la ayuda de Allan. ¿Creía Allan que podría echarle una mano?

Allan estaba seguro de que podía, y a la mañana siguiente abandonó la base militar de Los Álamos para no volver.

El Despacho Oval era casi tan oval como Allan se lo había imaginado. Ahora estaba allí sentado, justo enfrente de su compañero de borrachera en Los Álamos, escuchando su exposición.

El caso era que una mujer, a la que por motivos políticos no podía ignorar, estaba incordiando al presidente. Se llamaba Song Meiling. ¿Había oído Allan hablar de ella? ¿No?

Se trataba de la esposa del líder del Kuomintang chino, Chiang Kai-shek. También era terriblemente guapa, educada en América, la mejor amiga de la señora Roosevelt, atraía a cientos de curiosos allí donde fuera y encima había dado un discurso en el Congreso. Y ahora se dedicaba a perseguir al presidente Truman para que éste cumpliera con todas las promesas que, según ella, el presidente Roosevelt había hecho al hablar de la lucha contra el comunismo.

—Ya suponía yo que acabaría tratándose de política una vez más —dijo Allan.

—Es difícil evitar el asunto si eres presidente de Estados Unidos —se disculpó Harry Truman.

Por el momento, prosiguió el presidente, las luchas entre el Kuomintang y los comunistas habían cesado, pues habían hecho más o menos frente común en Manchuria. Sin embargo, los japoneses no tardarían en rendirse y entonces, con toda seguridad, volverían a matarse entre ellos.

—¿Cómo sabes que los japoneses se rendirán? —preguntó Allan.

—Eso tú, más que nadie, deberías imaginártelo —contestó Truman, y a continuación hizo un resumen terriblemente aburrido de la situación en China.

De acuerdo con los informes de los servicios de inteligencia, los comunistas tenían el viento a favor en la guerra civil. Los estrategas norteamericanos cuestionaban la táctica militar de Chiang Kai-shek. Éste aspiraba a mantener el dominio sobre las ciudades, mientras dejaba el campo para la propaganda comunista. Muy pronto, los agentes americanos se encargarían de eliminar al líder comunista, Mao Tse-tung, pero el peligro de que sus ideas llegaran a calar en la población era evidente. Incluso la, ¡oh!, tan irritante esposa de Chiang Kai-shek, Song Meiling, era consciente de que había que hacer algo más. Ella iba por una vía militar alternativa, paralela a la de su esposo.

El presidente pasó a explicar la tal vía paralela, pero Allan había dejado de escuchar. En su lugar, se dedicó a mirar distraído el Despacho Oval, preguntándose si los cristales de las ventanas serían a prueba de balas, adónde conduciría la puerta de la izquierda, cómo harían para retirar la gigantesca alfombra cuando necesitaran enviarla a la tintorería... Al final, decidió interrumpir al presidente, antes de que éste empezara a pedirle opinión respecto a todo aquel engorro.

—Discúlpame, Harry, pero ¿qué quieres que haga yo?

—Bueno, verás, como ya te he dicho, se trata de poner freno a la movilidad de los comunistas en el campo...

—¿Y qué quieres que haga yo?

—Song Meiling está presionando para que aumentemos nuestro apoyo armamentístico con equipamientos complementarios.

—¿Y qué quieres que haga yo?

Cuando Allan hubo formulado su pregunta por tercera vez, el presidente se calló, como si necesitara coger aire antes de responder. Entonces dijo:

—Quiero que vayas a China y vueles puentes.

—¿Por qué no lo has dicho desde un principio? —respondió Allan, y se le iluminó el rostro.

—Cuantos más, mejor. Quiero que interrumpas tantas vías de comunicación comunistas como puedas.

—Será divertido conocer un país nuevo —dijo Allan.

—Quiero que formes a los hombres de Song Meiling en el arte de volar puentes y que...

—¿Cuándo viajo?

Allan era experto en explosivos, y también había hecho amistad, rápida y embriagadamente, con el que sería presidente de Estados Unidos, pero aun así seguía siendo sueco. Si le hubiera interesado un poco el juego político, quizá le habría preguntado al presidente por qué lo había escogido precisamente a él para esa misión. No obstante, el presidente estaba preparado para responder a esa pregunta. Fiel a la verdad, habría contestado que no era recomendable para Estados Unidos impulsar en China dos proyectos militares paralelos y potencialmente contradictorios. Oficialmente, Estados Unidos apoyaba a Chiang Kai-shek y a su partido, el Kuomintang. Ahora, ese apoyo se complementaba en secreto con equipamiento suficiente para realizar la voladura de puentes a gran escala, satisfaciendo el requerimiento de la esposa de Chiang Kai-shek, la bella, viperina (en opinión del presidente) y medio americanizada Song Meiling. Lo peor era que Truman no podía descartar que todo hubiera sido acordado entre Song Meiling y la señora Eleanor Roosevelt mientras tomaban el té. Sí, vaya lío. Pero ahora al presidente sólo le quedaba reunir a Allan Karlsson y Song Meiling; luego podría lavarse las manos.

El siguiente asunto pendiente no era más que una formalidad, pues ya había tomado la decisión. Sin embargo, la situación exigía que, por así decirlo, apretara el botón. En una isla al este de Filipinas la tripulación de los B52 esperaba a que el presidente les diera luz verde. Se habían realizado todos los ensayos. Nada podía ir mal.

El calendario marcaba 5 de agosto de 1945.

La alegría de Allan Karlsson por aquel inesperado giro en su vida se desvaneció en cuanto conoció a Song Meiling. Allan había recibido instrucciones de que fuera a verla al hotel de Washington donde se hospedaba. Después de superar dos líneas de guardaespaldas, se encontró frente a la dama, le tendió la mano y dijo:

—Buenos días, señora. Mi nombre es Allan Karlsson.

Song Meiling no cogió su mano. En su lugar, señaló con el dedo una butaca que había junto a la suya.

—*Sit!* —ordenó.

A lo largo de los años, habían acusado a Allan de muchas cosas, desde chiflado hasta fascista, pero nunca de ser un perro. Consideró la posibilidad de hacerle ver a la dama lo inadecuado que resultaba aquel tono de voz, pero al final se abstuvo, más intrigado por lo que llegaría a continuación. Además, la butaca parecía cómoda.

Cuando Allan tomó asiento, Song Meiling retomó lo que él más detestaba, a saber, una perorata política. También hizo referencia al presidente Roosevelt, verdadero promotor de la operación a emprender, y eso a Allan le pareció extraño, porque ¿cómo podía alguien promover operaciones militares desde el más allá?

Song Meiling siguió hablando sobre la importancia de detener a los comunistas, de impedir que el bobo de Mao Tse-tung extendiera su veneno político por las provincias, y de que Chiang Kai-shek no se enterara de nada. A Allan esto último le pareció muy raro.

—¿Os lleváis mal en la cama? —preguntó.

Song Meiling le hizo saber que eso no era asunto de la incumbencia de un don nadie como él. Karlsson debía recordar que el presidente Roosevelt lo había designado para ser su subordinado directo en la operación, y en adelante se limitaría a contestar cuando le preguntaran y nada más.

Allan nunca se enfurecía, no parecía tener ese talento, pero en esta ocasión replicó:

—Lo último que he sabido de Roosevelt es que estaba muerto, y si hubiera habido algún cambio en este punto, habría salido en los periódicos. Por mi parte, estoy aquí por expresa petición del presidente Truman. Pero si la señora insiste en mostrarse desagradable, me voy con viento fresco y adiós muy buenas. Puedo visitar China en otra ocasión, y a estas alturas volar puentes ya no me resulta ninguna novedad.

Song Meiling no estaba acostumbrada a que nadie le llevara la contraria desde que su madre intentó impedir que se casara con un budista, y de eso hacía muchos años (además, más tarde su madre tuvo que pedirle disculpas, puesto que el compromiso había llevado a su hija a lo más alto). Así que ahora se sintió confundida. ¿Había juzgado mal la situación? Hasta entonces, todos los americanos se echaban a temblar en cuanto mencionaba la amistad que la unía al señor y la señora Roosevelt. ¿Acaso debía tratar con miramientos a aquel contestón? ¿Qué clase de lacayo le había enviado Truman?

Sin embargo, su meta era más importante que los principios. Por eso decidió cambiar de táctica.

—Me temo que no nos hemos presentado debidamente —dijo, y le tendió la mano a la manera occidental—. Mejor tarde que nunca.

Allan no era rencoroso. Aceptó la mano tendida y sonrió con indulgencia. Sin embargo, no estaba de acuerdo en eso de que era mejor tarde que nunca. Por ejemplo, su padre se había unido a la causa del zar Nicolás el día anterior a que estallase la revolución rusa.

Dos días más tarde, Allan voló a Los Ángeles junto con Song Meiling y veinte hombres de la guardia personal de ésta. Allí los aguardaba el barco que los llevaría, a ellos y el cargamento de dinamita y parafernalia artificiera, hasta Shanghái.

Allan sabía que sería imposible mantenerse alejado de Song Meiling durante toda la travesía, pues la embarcación no era lo bastante grande. Por tanto, decidió que ni siquiera lo intentaría y aceptó amablemente una plaza fija en la mesa del capitán para cenar allí cada noche. La ventaja era la buena comida; el inconveniente, que Allan y el capitán no estaban solos, sino en compañía de Song Meiling, que parecía incapaz de hablar de nada que no fuese política.

Para ser sinceros, había otro inconveniente, porque en lugar de aguardiente servían un licor de plátano color verde. Allan aceptó una copita, mientras pensaba que era la primera vez que bebía algo en realidad imbebible. Porque, las cosas como son, las bebidas alcohólicas tienen que bajar por la garganta y acabar en el estómago, y cuanto antes mejor, no quedarse pegadas al paladar.

Sin embargo, a Song Meiling parecía gustarle el licor, y cuantas más copas bebía a lo largo de la noche, más subjetivas se volvían sus monsergas políticas.

Durante aquellas cenas, Allan se enteró de que el bobo de Mao Tse-tung y sus comunistas podían muy bien ganar la guerra civil, y que si finalmente era así se debería, esencialmente, a que Chiang Kai-shek, el esposo de Song Meiling, era un inútil como comandante en jefe. Además, en ese mismo momento estaba en una ciudad del sur de

China, Chongqing, negociando la paz con Mao Tse-tung. ¿Acaso alguna vez el señor Karlsson y el señor capitán habían oído algo más estúpido? ¡Negociar con un comunista! ¿A qué podía llevar aquello, si no a nada en absoluto?

Song Meiling estaba convencida de que las negociaciones se romperían. Por otra parte, de acuerdo con los informes que había recibido, un contingente importante del ejército comunista esperaba a su líder en una zona montañosa terriblemente accidentada de la provincia de Sichuan, a poca distancia del lugar. Los agentes de Song Meiling consideraban, al igual que la propia Song Meiling, que el bobalicón y sus tropas se desplazarían en dirección nordeste, hacia Shaanxi y Henan, en su repugnante marcha propagandística a través de la nación.

Allan se cuidaba de mantenerse en silencio todo el tiempo para evitar que la sesión política de la noche se alargara más de la cuenta, pero el capitán, cortés hasta lo indecible, hacía una pregunta tras otra y no paraba de servir copas de aquel mejunje de plátano.

Así, el capitán se preguntaba hasta qué punto podía Mao Tse-tung constituir una verdadera amenaza. Al fin y al cabo, el Kuomintang contaba con el respaldo de Estados Unidos y era, por lo que él tenía entendido, muy superior desde un punto de vista militar.

Aquella pregunta alargó el suplicio de la noche una hora entera. Song Meiling explicó que su marido tenía tanta inteligencia, carisma y dotes de mando como una vaca lechera. Chiang Kai-shek había llegado a la errónea conclusión de que se trataba de controlar las ciudades.

Song Meiling no estaría pensando en enfrentarse abiertamente a Mao con su pequeño proyecto apoyado por Allan y parte de su guardia personal, ¿verdad? Veinte hombres mal armados, veintiuno contando al señor Karlsson, contra todo un ejército de fieros y avezados adversarios en la montañosa provincia de Sichuan... No, la verdad era que el capitán veía muy negra la situación.

142

Nada de eso. Su proyecto tenía dos fases. En la primera, se trataría de reducir la movilidad del bobalicón, hacer que al ejército comunista le fuese muy difícil desplazarse; y en la siguiente, de hacer comprender al infeliz de su marido que debía aprovechar la ocasión para dirigir sus tropas al campo y convencer al pueblo chino de que el Kuomintang era necesario para protegerlos del comunismo, y no al revés. Song Meiling había comprendido, al igual que el bobalicón, lo que Chiang Kai-shek hasta entonces se había negado a entender: que era más fácil convertirse en líder de un pueblo si uno tenía al pueblo de su lado.

Sin embargo, de vez en cuando ocurría que incluso las gallinas ciegas encontraban un grano en la tierra, y era una casualidad bienvenida que Chiang Kai-shek hubiera convocado esas negociaciones de paz precisamente en Chongqing, en el sudoeste del país. Porque, con un poco de suerte, el bobalicón y sus soldados aún se encontrarían al sur del Yangtsé cuando la guardia personal y Karlsson acometieran su tarea. ¡Y entonces sí empezaría lo bueno! ¡Los puentes saltarían por los aires uno tras otro! Y el bobalicón quedaría encerrado durante mucho tiempo en las montañas cercanas al Tíbet.

—Y si luego resulta que se encontraba en el lado equivocado del río, sencillamente nos reagruparemos. En China hay cincuenta mil ríos, o sea que, vaya donde vaya ese parásito, siempre habrá uno que se interponga en su camino.

Un bobalicón y parásito, pensó Allan, enfrentado a un inútil infeliz, además de tan inteligente como una vaca lechera. Y, entre los dos, una víbora borracha de licor de plátano.

—Desde luego, será interesante ver qué rumbo toman las cosas —se arrancó Allan con sinceridad—. Por cierto, ¿no tendrá por casualidad el señor capitán en alguna parte un traguito de aguardiente para enjuagarse la boca después del licor de plátano?

No, desgraciadamente el capitán no tenía. Pero había otras bebidas para escoger, si el señor Karlsson quería un poco de variedad para el paladar: licor de cítricos, licor de crema, licor de menta...

—Ya veo —dijo Allan—. Y... ¿cuándo se supone que llegaremos a Shanghái?

El Yangtsé no es una simple charca. Tiene una longitud de varios cientos de kilómetros y en algunos puntos un kilómetro de ancho. Además, es un río tan profundo que los grandes barcos pueden navegarlo hasta muy adentro en el país. También es muy hermoso cuando, ya en el interior de China, forma meandros en el paisaje y pasa por ciudades, campos de cultivo y se escurre entre peñascos escarpados.

Allan Karlsson y los veinte hombres de la guardia personal de Song Meiling se dirigieron a Sichuan a bordo de una embarcación, decididos a hacerle la vida más difícil a Mao Tse-tung, aquella rata comunista. El viaje se inició el 12 de octubre de 1945, dos días después de que, como se había previsto, las negociaciones de paz se rompieran.

La travesía fue pausada, pues en cuanto la embarcación recalaba en un nuevo puerto, los veinte guardias querían pasárselo bien un par de días (los ratones bailaban sobre la mesa mientras la gata se refugiaba en su casa de veraneo a las afueras de Taipéi). Fueron muchas las paradas. Primero Nankín, luego Wuhu, Anqing, Jiujiang, Huang Shi, Wuhan, Yueyang, Yidu, Fengjie, Wanxian, Chongqing y Luzhou. Y en cada uno de los puertos, borracheras, prostitutas y libertinaje generalizado.

Puesto que semejante estilo de vida suele costar lo suyo, los guardias de Song Meiling se inventaron un nuevo impuesto. Los campesinos que quisieran descargar mercancías en el puerto tendrían que pagar cinco yuanes, o se irían por donde habían llegado. Al que protestaba le pegaban un tiro.

Los ingresos obtenidos con el nuevo impuesto se consumían de inmediato en los barrios más oscuros de la ciudad respectiva, los cuales, curiosamente, siempre estaban cerca del puerto. Allan pensó que si a Song Meiling le parecía importante tener al pueblo de su parte, tal vez debería habérselo inculcado a sus súbditos más cercanos. Pero, gracias a Dios, era su problema, no el de Allan.

La embarcación tardó dos meses en llegar a la provincia de Sichuan, y para entonces las tropas de Mao Tse-tung hacía tiempo que se habían desplazado hacia el norte. Pero no escaparon por las montañas, sino que bajaron al valle, donde se enfrentaron con las tropas del Kuomintang que habían tomado la ciudad de Yibin.

Yibin estuvo muy cerca de caer en manos comunistas. En la batalla murieron tres mil soldados del Kuomintang, al menos dos mil quinientos de ellos porque estaban demasiado ebrios para luchar. Por parte de los comunistas, murieron trescientos hombres, supuestamente sobrios.

A pesar de todo, la batalla por Yibin se cerró con éxito para el Kuomintang, pues entre los cincuenta comunistas que fueron apresados había una joya. A cuarenta y nueve sólo había que pegarles un tiro y arrojarlos a una fosa, pero ¡el número cincuenta! ¡Ah! El número cincuenta era ni más ni menos que la bella Jiang Qing, la actriz que se había convertido al marxismo-leninismo y, ¡sobre todo!, en esposa de Mao Tse-tung.

De inmediato se produjo una discusión entre los mandos militares de Yibin y la guardia personal de Song Meiling. La disputa fue por quién se haría cargo de la prisionera estrella. Hasta entonces, los mandos se habían limitado a tenerla encerrada, a la espera de que llegase el barco que transportaba a los hombres de Song Meiling. No se habían atrevido a hacer otra cosa, puesto que ésta podía ir a bordo. Y con ella no se discutía.

Sin embargo, resultó que Song Meiling se encontraba en Taipéi, y entonces los mandos pensaron que todo era muy sencillo. Primero violarían brutalmente a Jiang Qing y luego, si seguía con vida, la ejecutarían.

Los de la guardia personal de Song Meiling no tenían, en sí, nada que objetar en lo tocante a la violación, incluso estaban dispuestos a echar una mano en este punto, pero, desde luego, Jiang Qing no debía morir a causa del trato recibido. Había que llevarla ante Song Meiling o, en todo caso, ante Chiang Kai-shek, para que uno de ellos tomara una decisión. Se trataba de una cuestión política del más alto nivel, le explicaron, arrogantes, al provinciano jefe militar de Yibin.

Al final, el jefe militar no se atrevió a llevarles la contraria y cedió, prometiendo a regañadientes que esa misma tarde entregarían su diamante. Se levantó la reunión y la guardia personal de Song Meiling decidió celebrar la victoria corriéndose una juerga en la ciudad. ¡Y pensar lo bien que se lo pasarían luego con el diamante durante el viaje!

Las negociaciones finales se habían llevado a cabo en la cubierta de la embarcación de Allan y los hombres de Song Meiling. Allan se sintió muy ufano al comprobar que, de hecho, había entendido casi todo lo hablado. Y es que mientras los guardias se divertían en las distintas ciudades por las que pasaban, Allan se sentaba en la cubierta posterior junto con el simpático grumete Ah Ming, que poseía un gran talento pedagógico. En sólo dos meses, Ah Ming había conseguido que Allan se las arreglara muy bien con el chino (sobre todo, a la hora de proferir juramentos y obscenidades).

Ya de niño, Allan había aprendido a desconfiar de quienes no se tomaban una copa si se les brindaba la ocasión. No tenía más de seis años cuando su padre posó la mano sobre su pequeño hombro y lo instruyó:

146

—Debes andarte con cuidado con los clérigos, hijo mío, y con la gente que no bebe aguardiente. Y recuerda, los peores son los clérigos que no beben aguardiente.

Por otro lado, al parecer el padre de Allan no estaba del todo sobrio cuando le atizó a aquel inocente pasajero, ganándose así un despido fulminante de los ferrocarriles del Estado. Eso, a su vez, había dado lugar a que la madre de Allan le brindara unas sabias palabras:

—Ándate con cuidado con los borrachos, Allan. Yo misma debería haberlo hecho.

El chico se hizo mayor y sumó sus propias enseñanzas a las recibidas de sus padres. Allan metía a clérigos y políticos en un mismo saco y le daba igual que fueran comunistas, fascistas o capitalistas. En cambio, estaba de acuerdo con su padre en que la gente honrada no bebe zumo de fruta. Y coincidía con su madre en que había que comportarse, aun estando un poco achispado.

En la práctica significó que, a lo largo del viaje por el río, Allan fue perdiendo las ganas de ayudar a Song Meiling y sus veinte guardias borrachines (ya sólo diecinueve, porque uno se había ahogado tras caer por la borda). Tampoco quería participar cuando los guardias violaran a la prisionera, fuese comunista o no, casada o soltera. Es más, no quería que la pobre fuese sometida a esa clase de abusos.

Así pues, resolvió marcharse y llevarse consigo a la prisionera. Le comunicó al grumete y amigo Ah Ming su decisión y le pidió que le procurase un poco de comida para el viaje. Ah Ming prometió que así lo haría, pero con una condición: que lo dejara marcharse con ellos.

Dieciocho de los diecinueve guardias de Song Meiling estaban divirtiéndose en el barrio rojo de Yibin junto con el cocinero y el capitán de la embarcación. El guardia número diecinueve, que había sacado el palito más corto y estaba de morros, se encontraba sentado delante de la escalera que conducía a la celda de Jiang Qing, bajo cubierta.

Allan se acercó y le propuso tomar una copa juntos. El guardia contestó que le habían encargado la vigilancia de la prisionera tal vez más importante de la nación y que, así las cosas, no estaría bien que se pusiera a pimplar aguardiente de arroz.

—Te comprendo —dijo Allan—. Pero no creo que una copita vaya a hacerte daño.

—No —admitió el guardia, vacilante—. Una copita no le hace daño a nadie.

Dos horas más tarde, Allan y el guardia habían dado cuenta de la segunda botella, mientras el grumete Ah Ming iba y venía de la despensa sirviéndoles dulces. Con el paso de las horas, Allan se fue achispando, pero el guardia, a quien pretendían emborrachar hasta que acabara debajo de la mesa, se había quedado dormido, a falta de dicha mesa, directamente sobre la cubierta.

—Pues ya está —dijo Allan, y miró al guardia inconsciente—. Ve con cuidado cuando retas a un sueco a beber si no eres finlandés o al menos ruso.

El experto en explosivos Allan Karlsson, el grumete Ah Ming y la infinitamente agradecida esposa del líder comunista, Jiang Qing, abandonaron la embarcación al amparo de la oscuridad y pronto estuvieron en las montañas donde ella había pasado mucho tiempo junto a las tropas de su marido. Jiang Qing era conocida entre los nómadas tibetanos de la zona y los fugitivos no tuvieron problemas para saciar el hambre, incluso después de haber dado cuenta de las provisiones aportadas por Ah Ming. No era de extrañar que los tibetanos se mostraran amables con un alto representante del Ejército Popular de Liberación. Era sabido que

148

en cuanto los comunistas ganaran la batalla por China, se formalizaría la independencia del Tíbet.

La idea de Jiang Qing era dirigirse a toda prisa hacia el norte dando un amplio rodeo para evitar la zona controlada por el Kuomintang. Tras unos meses de travesía por las montañas estarían finalmente cerca de Xi'an, en la provincia de Shaanxi, donde sin duda encontrarían al marido de Jiang Qing, siempre y cuando no se demoraran demasiado.

El grumete Ah Ming quedó encantado con la promesa de Jiang Qing de que, en el futuro, serviría al mismísimo Mao. El muchacho se había hecho comunista en secreto al ver cómo se comportaba la guardia personal de Song Meiling y, por tanto, estaba feliz tanto con el cambio de bando como con el ascenso.

Allan, en cambio, estaba seguro de que los comunistas se las apañarían perfectamente sin él. Por consiguiente, prefería volver a casa. ¿Le parecía bien a señora Jiang Qing?

Sí, le parecía bien, pero ¿su «casa» no era Suecia? Y ¿Suecia no estaba terriblemente lejos? ¿Cómo pensaba el señor Karlsson solucionarlo, pues?

Allan contestó que un barco o un avión habrían sido lo más práctico, pero lamentablemente el mar estaba demasiado lejos, y tampoco había visto ningún aeropuerto en las montañas. Además, no tenía dinero.

—Tendré que ir a pie —concluyó.

El jefe del pueblo que tan generosamente había acogido a los tres fugitivos tenía un hermano muy experimentado en viajes. El hombre había llegado hasta Ulán Bator, en el norte, y Kabul, en el oeste. Además, se había mojado los pies en el golfo de Bengala con motivo de un viaje a la lejana India. Sin embargo, en ese momento estaba en casa, y el jefe lo hizo llamar y le pidió que dibujara un mapa del mundo para el señor Karlsson a fin de que éste pudiera volver a Suecia.

El hermano se comprometió a ello y al día siguiente tuvo listo el mapa.

Por muy valiente que seas, has de reconocer que es una temeridad proponerse cruzar el Himalaya con la única ayuda de un mapamundi casero y una brújula. Bien mirado, Allan debería haberse dirigido al norte por la cordillera y, poco a poco, dejar atrás los mares de Aral y Caspio, pero la realidad y el mapa casero no parecían coincidir. Por eso, se despidió de Jiang Qing y de Ah Ming e inició una caminata que lo llevaría a través del Tíbet, el Himalaya, el Raj británico, Afganistán, Irán, Turquía y, finalmente, Europa.

Tras dos meses a pie, a Allan le dijeron que había tomado la ladera equivocada de la montaña y que lo mejor que podía hacer era dar media vuelta y empezar desde el principio. Cuatro meses más tarde (en el lado correcto de la montaña), a Allan le pareció que avanzaba muy poco. Por tanto, en el mercado de un pueblo de montaña, valiéndose de signos y del chino que había aprendido, regateó lo mejor que pudo para hacerse con un camello. Finalmente, llegó a un acuerdo con el vendedor del animal, aunque no antes de haber convencido a éste de que su hija no entraba en el trato.

De hecho, Allan llegó a considerar lo de la hija. No por razones puramente copulativas, pues no conservaba esa clase de instintos, que se habían quedado en la mesa de operaciones del profesor Lundborg. No, era más bien la compañía lo que lo tentaba; a veces, la vida en el altiplano tibetano podía llegar a ser muy solitaria. Pero, puesto que la hija sólo hablaba un monótono dialecto tibetano-birmano del que era imposible entender nada, pensó que, en aras del estímulo intelectual, sería lo mismo hablar con el camello. Además, no podía pasar por alto que la hija en cuestión tenía ciertas expectativas de carácter sexual. Allan lo presintió por su mirada.

Así, tuvo que soportar dos meses más en soledad, bamboleándose sobre el lomo de un camello, hasta que se encontró con tres extranjeros, también montados en camellos. Allan los saludó en todos los idiomas que conocía: chino, español, inglés y sueco. Por suerte, una de las lenguas funcionó: el inglés.

Uno le preguntó quién era y adónde se dirigía. Allan contestó que era Allan y que iba camino de Suecia. El hombre lo miró con los ojos como platos. ¿Realmente pensaba ir hasta el norte de Europa montado en un camello?

—Con una pequeña interrupción cuando tenga que cruzar el Sund en barco —respondió Allan.

Ninguno de los tres hombres sabía qué era el Sund, pero, tras asegurarse de que Allan no era leal a los lacayos anglosajones del sah de Irán, lo invitaron a unirse al grupo. A continuación, le contaron que, tiempo atrás, se habían conocido en la Universidad de Teherán, cuando estudiaban inglés. A diferencia del resto de la clase, ellos no habían elegido el idioma para, más tarde, hacer de recaderos de los británicos. En cambio, una vez finalizados los estudios, habían pasado dos años junto a la mayor fuente de inspiración comunista, Mao Tse-tung, y en ese momento se dirigían de regreso a Irán.

—Somos marxistas —explicó uno de los hombres—. Luchamos en nombre del obrero internacional. En su nombre llevaremos a cabo una revolución social en Irán y el resto del mundo, aboliremos el sistema capitalista, construiremos una sociedad basada en la igualdad económica y social y en la realización de las facultades individuales de todos los individuos. De cada cual según su capacidad; a cada cual según sus necesidades.

—¡Vaya por Dios! —exclamó Allan—. ¿No os sobrará, por casualidad, un sorbito de aguardiente?

Sí, les sobraba. Durante un rato la botella fue saltando de camello en camello y a Allan le pareció que el viaje empezaba a presentarse bien.

Once meses más tarde, los cuatro hombres habían conseguido salvarse la vida mutuamente al menos tres veces. Habían sobrevivido a aludes, salteadores de caminos, frío severo y repetidos períodos de hambruna. Dos camellos la habían palmado, a un tercero tuvieron que sacrificarlo y comérselo, y el cuarto hubo que dárselo a un aduanero afgano para que les dejara entrar en el país en lugar de arrestarlos.

Allan nunca imaginó que fuera a resultar fácil cruzar el Himalaya. Sin embargo, más tarde llegaría a pensar que había sido una suerte encontrarse con aquellos simpáticos comunistas iraníes, porque no habría estado nada bien tener que luchar solo contra las tormentas de arena, los ríos desbordados y los cuarenta grados bajo cero de las montañas. Respecto a estos cuarenta grados bajo cero, tuvieron que instalar un campamento a dos mil metros de altura y esperar a que pasara el invierno de 1946-1947.

Como es de suponer, los tres comunistas intentaron reclutar a Allan para la causa, sobre todo desde que comprendieron lo hábil que era con la dinamita y tal. Allan contestó que les deseaba toda la suerte del mundo, pero que tenía que volver a Suecia para ocuparse de su casa en Yxhult. Con las prisas, había olvidado que, dieciocho años atrás, había dinamitado aquella casa.

Sea como fuere, al final los hombres abandonaron los intentos de convencerlo y se conformaron con que fuera un buen compañero que, además, nunca se quejaba por mucho que nevase. El aprecio que sentían hacia Allan creció aún más cuando, esperando a que mejorara el tiempo y a falta de algo mejor que hacer, encontró la manera de destilar alcohol de la leche de cabra. Los comunistas no entendían cómo lo había logrado, pero la leche tenía alcohol, y gracias a ella pudieron calentarse y no se aburrieron tanto.

Al fin, en la primavera de 1947 cruzaron a la ladera sur de la cordillera más alta del mundo. Cuanto más cerca estaban de la frontera iraní, más entusiastas se mostraban los tres comunistas respecto al futuro de su país. Había llegado la hora de que, de una vez por todas, los extranjeros fueran expulsados de Irán. Los británicos siempre habían apoyado al corrupto sah, y eso ya era malo de por sí. Pero cuando, al final, el sah se hartó de comer de su mano y empezó a replicar, los británicos lo destituyeron y pusieron al hijo en su lugar. Allan encontró cierto paralelismo entre este hecho y la relación de Song Meiling con Chiang Kai-shek, y pensó que los lazos familiares que había visto por el mundo eran de lo más extraños.

Al parecer, el hijo era más fácilmente sobornable que el padre, y ahora los británicos y americanos controlaban el petróleo iraní. Los tres comunistas de inspiración maoísta pondrían fin a esta situación. El problema era que les gustaba la Unión Soviética de Stalin, por no mencionar los variados y molestos elementos revolucionarios que mezclaban la religión en todo.

—Interesante —mintió Allan.

Como respuesta, recibió una larga declaración marxista en la que le dejaban bien claro que era ¡más que interesante! En pocas palabras, ¡el trío vencería o moriría!

Al día siguiente se demostró que sería esto último lo que prevalecería, pues en cuanto los cuatro amigos pisaron suelo iraní, fueron arrestados por una patrulla fronteriza que casualmente pasaba por allí. Por desgracia, los tres comunistas llevaban sus respectivos ejemplares del *Manifiesto comunista* (y además, en persa), de modo que fueron ejecutados de inmediato. Allan se salvó porque no llevaba literatura encima. Además, parecía extranjero, lo que requería una investigación más exhaustiva.

Con el cañón de un fusil a su espalda, Allan se quitó la gorra y dio las gracias a los tres comunistas muertos por su grata compañía en la travesía del Himalaya. Desde luego,

153

nunca se acostumbraría a que los amigos que hacía, siempre acabaran muriendo ante sus ojos. En cualquier caso, no tuvo mucho tiempo para el duelo. Lo maniataron rápidamente y lo arrojaron sobre una manta en la caja de un camión. Con la nariz hundida en la manta, pidió, primero en inglés y luego en sueco, que lo llevaran a la embajada sueca en Teherán o, en su defecto, en caso de que Suecia no tuviera delegación en la ciudad, a la americana.

—*Khafe sho!* —fue la amenazadora respuesta que recibió.

Allan no entendía nada y, sin embargo, lo entendía todo. Seguramente le convendría mantener la boca cerrada.

Medio globo terrestre más allá, en Washington DC, el presidente Harry Truman también tenía sus preocupaciones, faltaría más. Poco a poco se acercaban las elecciones en Estados Unidos y se trataba de posicionarse de la mejor manera posible. La principal cuestión estratégica consistía en hasta qué punto debía hacerles la pelota a los negros del Sur. Para conseguir el equilibrio debía, por un lado, hacerse el moderno, y, por otro, no parecer demasiado blando. Ésa era la manera de tener a la opinión pública de su lado.

Otra cosa era la escena mundial: allí tenía que vérselas con Stalin, y no estaba dispuesto a hacer concesiones. Stalin había conseguido seducir a algunos, pero no a Harry S. Truman.

Y luego, como si lo anterior no fuera poco, estaba el tema de China. Stalin ayudaba a ese tal Mao Tse-tung, pero Truman no podía seguir haciendo lo mismo con el diletante Chiang Kai-shek. Hasta entonces, Song Meiling había conseguido cuanto había pedido, pero ya estaba bien, no podían seguir consintiéndola. Por cierto, ¿qué habría sido de aquel Allan Karlsson? Un buen tío, la verdad.

· · ·

Chiang Kai-shek iba de un tropiezo militar a otro. Y el proyecto paralelo de Song Meiling fracasó cuando el técnico en explosivos desapareció llevándose, además, a la esposa del bobalicón comunista.

Song Meiling solicitó una y otra vez una reunión con el presidente Truman a fin de estrangularlo con sus propias manos por haberle enviado a aquel sueco, pero Truman nunca tenía tiempo para recibirla. En su lugar, Estados Unidos le dio la espalda al Kuomintang: corrupción, hiperinflación y hambruna, todo favorecía a Mao Tse-tung. Al final, Chiang Kai-shek, Song Meiling y sus súbditos tuvieron que huir a Taiwán. La China continental se había hecho comunista.

12

Lunes 9 de mayo de 2005

Los amigos de Sjötorp comprendieron que ya era hora de ocupar sus asientos en el camión de mudanzas y largarse de allí para siempre. Pero antes tenían algunas cosas de que ocuparse.

La Bella Dama se puso un impermeable, gorra y guantes de goma y sacó la manguera para limpiar los restos mortales del sinvergüenza al que *Sonja* acababa de aplastar con el trasero. Pero antes que nada le quitó el revólver de la mano derecha y lo dejó con cuidado en el porche (donde más tarde se lo olvidaría), con el cañón apuntando a un grueso abeto que se alzaba unos metros más allá. Al fin y al cabo, nunca se sabía cuando podían dispararse esos chismes.

Una vez hubieron sacado a Hinken de la plasta de *Sonja*, Julius y Benny lo metieron bajo el asiento trasero de su propio Mustang. En condiciones normales no habría cabido, pero ahora estaba oportunamente aplastado.

A continuación, Julius se sentó al volante del Mustang y se fue, seguido de Benny, que conducía el Passat de la Bella Dama. La idea era encontrar un lugar desierto a una distancia prudencial de Sjötorp, arrojar gasolina al coche y quemarlo, tal como habría hecho un gángster de verdad.

Pero para eso necesitaban un bidón y gasolina con que llenarlo. Por tanto, Julius y Benny se detuvieron en una gasolinera de Sjösåsvägen en Braås. Benny entró para comprar lo que necesitaban y Julius para comprar algo que llevarse a la boca.

Ver un Ford Mustang V8 nuevo en una gasolinera de Braås era algo tan inusual como podría serlo un Boeing 747 aparcado en la calle principal de Estocolmo. El hermano pequeño de Hinken y uno de sus colegas de The Violence no tardaron ni un segundo en decidirse a aprovechar la ocasión. El hermano pequeño se coló en el interior del Mustang mientras su colega vigilaba al supuesto propietario del coche, que se entretenía revolviendo las chucherías de la tienda. ¡Qué chollo! ¡Y qué idiota! ¡Las llaves estaban puestas!

Cuando Benny y Julius salieron, uno con un bidón recién comprado para llenarlo de gasolina y el otro con el diario bajo el brazo y un montón de chucherías, el Mustang había desaparecido.

—Oye, ¿no dejé el coche aquí? —dijo Julius.

—Pues sí —contestó Benny.

—Creo que tenemos un problema.

—Pues sí —coincidió Benny.

Y entonces cogieron el Passat y regresaron a Sjötorp. El bidón vacío seguía vacío. Pero ahora daba lo mismo.

El Mustang era negro con dos franjas amarillas en el techo. Un magnífico ejemplar que al hermano pequeño de Hinken y sus colegas les reportaría un buen dinero. Robarlo había sido tan sencillo como imprevisto. Menos de cinco minutos después de la improvisada sustracción, el coche ya estaba a buen recaudo en el garaje de The Violence.

Al día siguiente, cambiaron la matrícula para que uno de los esbirros del hermano pequeño llevara el coche a su socio en Riga. Lo que solía pasar después era que los letones, sirviéndose de matrículas y documentación falsas, volvían a vendérselo como importación privada a un miembro de The Violence y, ¡zas!, el coche robado se convertía en coche legal.

Sin embargo, esta vez las cosas fueron de otra manera, porque mientras permanecía en el garaje de Ziepniekkalns, a las afueras de Riga, el coche de los suecos empezó a oler espantosamente. El encargado investigó el asunto detenidamente y descubrió un cadáver bajo el asiento trasero. Maldijo hasta echar humo y luego quitó las matrículas y todo lo que pudiera servir de pista para rastrear la procedencia del vehículo. Acto seguido, empezó a abollar el que en su día fuera un magnífico ejemplar de Mustang y no paró hasta dejarlo hecho un guiñapo. A continuación, buscó a un borracho al que sobornó para que, a cambio de cuatro botellas de vino, dejara los restos del coche en un desguace, con cadáver incluido.

Los amigos de Sjötorp estaban listos para partir. Naturalmente, que les hubieran robado el Mustang con el cadáver dentro resultaba preocupante, pero sólo hasta que Allan decidió que así eran las cosas y así seguirían siendo. Además, lo más probable era que los ladrones no acudieran corriendo a la policía, algo, al fin y al cabo, inherente a todo ladrón de coches.

Eran las cinco y media de la tarde y convenía partir antes del anochecer, pues el camión era grande y la primera parte del trayecto sería por carreteras estrechas y sinuosas.

Sonja ya ocupaba su establo sobre ruedas y todo rastro de ella había sido eliminado cuidadosamente, tanto del patio como del establo. El Passat y el Mercedes de Benny tendrían que quedarse allí, al fin y al cabo no habían participado en nada ilegal. Además, ¿qué otra cosa podían hacer?

Finalmente, el camión se puso en marcha. La Bella Dama había pensado que conduciría ella, pero resultó que Benny también era cuasi profesor de autoescuela y tenía todas las letras que se pueden tener en un carnet de conducir, de modo que nadie le disputó el volante. El grupo no tenía ninguna necesidad de cometer más infracciones de las que ya había cometido.

Al alcanzar el buzón, Benny giró a la izquierda, alejándose así de Rottne y Braås. Según la Bella Dama, tras dar algunas vueltas por caminos de grava deberían llegar a Åby, para luego salir a la carretera nacional 30, al sur de Lammhult. Eso les llevaría media hora, tiempo que podían aprovechar para discutir la cuestión, no del todo baladí, de adónde se dirigirían después.

Cuatro horas antes, el Jefe había estado esperando con impaciencia a uno de sus esbirros. En cuanto Caracas volviera de su recado, fuera éste lo que fuera, partirían hacia el sur. Pero ni en la moto ni con la cazadora del club. Había llegado la hora de mostrar cautela.

El Jefe, dicho sea de paso, había empezado a cuestionarse su anterior estrategia de las cazadoras con el símbolo de Never Again en la espalda. La intención original había sido crear una identidad, cohesionar al grupo e infundir respeto en los no iniciados. Pero el club acabó siendo mucho más pequeño de lo que el Jefe había imaginado en un principio, y mantener unido un cuarteto compuesto por Bulten, Hinken, Caracas y él mismo era perfectamente posible sin necesidad de las cazadoras. Además, considerando la orientación empresarial del club, resultaban más bien contraproducentes. La orden, algo ambigua, impartida a Bulten para la transacción en Malmköping había sido que, por un lado, se dirigiera al lugar haciendo uso de un transporte público y, por otro, que llevase la cazadora oficial para demostrarles a los rusos con quiénes tendrían que vérselas si se quejaban.

159

Y ahora Bulten se había fugado... o lo que fuera que le hubiese ocurrido. Y en la espalda llevaba un signo que, más o menos, venía a decir: «Si quieres saber algo, llama al Jefe.»

¡Maldita sea!, pensó el Jefe. Cuando aquel jaleo hubiera terminado, habría que quemar las cazadoras... Pero ¿dónde coño se había metido Caracas? ¡Era hora de marcharse!

Caracas apareció ocho minutos más tarde, disculpándose. Había pasado por el Seven-Eleven para comprar una sandía.

—Refrescante y buena —explicó.

—¿Refrescante y buena? ¡Coño!, la mitad de la organización ha desaparecido junto con cincuenta millones de coronas, ¿y tú estabas comprando fruta?

—Más que fruta es una planta —puntualizó Caracas—. Una cucurbitácea, para ser exactos.

El Jefe explotó. Cogió la sandía y se la arrojó a la cabeza, con tal fuerza que se partió en dos. Caracas se echó a llorar y dijo que ya no quería seguir en la banda. Desde la desaparición de Bulten primero y Hinken después no había recibido más que mierda de parte del Jefe, como si él fuese el culpable. No, ya había tenido suficiente, que el Jefe se las apañase. Él pensaba llamar a un taxi, ir al aeropuerto de Arlanda y coger un avión a casa para reunirse con los suyos, en Caracas. Allí al menos le devolverían su verdadero nombre.

—*¡Y tú vete a la mierda, chico!* —concluyó su alocución en español, entre sollozos, y se marchó sin mirar atrás.

El Jefe resopló. Todo se iba enrareciendo cada vez más. Primero la desaparición de Bulten, y tuvo que reconocer que les había hecho pagar el pato a Hinken y Caracas. Luego la desaparición de Hinken, y tuvo que reconocer que le había hecho pagar el pato a Caracas. Y finalmente la desaparición de Caracas, para ir a comprar una sandía, y tuvo que reconocer que... nunca debería haberle arrojado la puta sandía a la cabeza.

Ahora se había quedado solo en la búsqueda de... bueno, ya no sabía lo que buscaba. ¿Debería buscar a Bulten? O sea, ¿Bulten había desaparecido porque le había birlado la maleta? Pero ¿realmente era tan estúpido como para hacer algo así? Y ¿qué le había pasado a Hinken?

El Jefe, dada su posición, conducía un BMW X5 de última generación. Y la mayor parte de las veces iba demasiado rápido. Los polis que lo seguían en un coche sin distintivos se dedicaron a contar el número de infracciones de tráfico que cometió durante el trayecto a Småland y, después de más de cuarenta kilómetros, calcularon que, si lo denunciaban, el conductor de aquel BMW no recuperaría el carnet de conducir en cuatrocientos años.

En todo caso, más tarde pasaron por Åseda, y entonces el comisario Aronsson sustituyó a los colegas de Estocolmo. El comisario les dio las gracias y les comunicó que, a partir de ese momento, se las apañaría solo.

Gracias al GPS del BMW, el Jefe no tuvo problemas para encontrar el camino hasta Sjötorp, pero cuanto más cerca estaba, más impaciente se mostraba. Su conducción, ya de por sí temeraria, empezaba a ser a tal punto casi suicida que a Aronsson le costaba seguirlo. Se trataba de mantener cierta distancia, de manera que Per-Gunnar *el Jefe* Gerdin no se diera cuenta de que lo seguía, pero la verdad era que estaba a punto de perder el contacto. Sólo en las rectas realmente largas conseguía vislumbrar el BMW, hasta que... hasta que ya no pudo.

¿Adónde había ido Gerdin? Debió de desviarse en algún momento, pero ¿cuándo? Aronsson aminoró la marcha. Tenía la frente perlada de sudor, no le gustaba nada lo que probablemente estaba a punto de pasar.

Allí, a la izquierda, había un desvío; ¿lo habría tomado? ¿O acaso había seguido recto hasta...? Rottne, le parecía que se llamaba el pueblo. Ese tramo estaba lleno de cambios de rasante y demás contrariedades que obligan a aminorar, de modo que ¿no debería haber alcanzado a Gerdin precisamente allí? A menos que el muy capullo se hubiera desviado justo antes...

Aronsson dio media vuelta y tomó el desvío más probable. Ahora debía mantener los ojos bien abiertos, porque si Gerdin se había metido por aquel caminito, el fin de trayecto no podía estar muy lejos.

El Jefe estuvo a punto de derrapar cuando disminuyó de ciento y pico a veinte kilómetros por hora para meterse por el camino de grava que indicaba el navegador. Ahora ya sólo quedaban 3,7 kilómetros hasta la meta.

A doscientos metros del buzón de Sjötorp, el camino trazaba una última curva. Al salir de ella, el Jefe vio la trasera de un enorme camión que justo acababa de dejar el desvío que, por lo visto, él debía tomar. ¿Qué coño se suponía que debía hacer ahora? ¿Quién iba en aquel camión? Y ¿quién quedaba en Sjötorp?

Decidió olvidarse del camión. En su lugar, se desvió por un sendero tortuoso que llevaba hasta el patio de una vivienda, un establo y un viejo cobertizo para botes.

Pero ni rastro de Hinken. Ni de Bulten. Ni de un anciano centenario. Ni de una bruja pelirroja. Ni de una maleta gris con ruedas.

Dedicó unos minutos a inspeccionar el lugar. Al parecer no había nadie, aunque detrás del establo descubrió dos coches escondidos: un Passat rojo y un Mercedes plateado.

—Es aquí, sin duda —confirmó en voz alta. Ahora bien, ¿existía la posibilidad de que hubiese llegado unos minutos tarde?

Existía, de modo que decidió ir en busca del camión. Sólo le llevaba unos minutos de ventaja por un tortuoso camino de grava.

El BMW lo llevó rápidamente de vuelta al camino principal. Una vez allí, junto al buzón, giró a la izquierda, tal como había hecho el camión. Y entonces pisó el acelerador y desapareció en medio de una nube de polvo. El Jefe no dio ninguna importancia al Volvo azul que se acercaba desde el otro lado.

El comisario Aronsson se alegró de haber recuperado el contacto visual con Gerdin, pero al pensar en la velocidad que éste podía alcanzar en su máquina infernal, volvió a desanimarse. No tenía ninguna posibilidad de alcanzarlo. Lo mejor sería echar un vistazo al lugar —Sjötorp, parecía llamarse— del que acababa de marcharse Gerdin. Según el buzón, la propietaria o arrendataria se llamaba Gunilla Björklund.

—No me extrañaría nada que fueses pelirroja, Gunilla —sonrió Aronsson, y llegó con el Volvo al mismo patio al que habían llegado el Mustang de Henrik *Hinken* Hultén nueve horas antes y el BMW de Per-Gunnar *el Jefe* Gerdin hacía apenas unos minutos.

Constató de inmediato, tal como acababa de hacer el Jefe, que el lugar estaba abandonado. Sin embargo, se demoró más tiempo que su antecesor buscando piezas del rompecabezas. Una la encontró en la cocina en la forma de un diario del día, así como de un buen puñado de verduras frescas en la nevera. Por tanto, la partida había tenido lugar hacía unas horas como máximo. Otra fue el Mercedes y el Passat detrás del establo. Uno de los coches resultó significativo para Aronsson, el otro debía de ser de la tal Gunilla.

Todavía le quedaban por hacer dos descubrimientos interesantes. El primero, un revólver en un rincón del porche de madera de la casa. ¿Qué hacía allí? Y ¿de quién serían las huellas dactilares que se encontraran? Guardó el arma en una bolsa de plástico y apostó a que serían de Hinken Hultén.

El segundo descubrimiento lo hizo en el buzón, cuando ya se marchaba. Entre el correo del día había una carta de Tráfico que confirmaba el cambio de titular de un Scania K113 amarillo, modelo 1992. «¿Habrán salido de viaje en un camión de mudanzas?», se preguntó el comisario, extrañado.

El camión de mudanzas amarillo avanzaba despacio por el sinuoso camino. El BMW no tardó en alcanzarlo. De momento, el Jefe no podía hacer nada que no fuera seguirlo, mientras se preguntaba quién iría en el camión y si llevaría consigo una maleta gris con ruedas.

Felizmente ignorantes del peligro que los seguía a apenas cinco metros, los amigos analizaron la situación y no tardaron en decidir que lo mejor sería encontrar un lugar para esconderse unas semanas. Eso era lo que habían pensado hacer en Sjötorp, pero aquella magnífica idea se había convertido en pésima, por obra y gracia de aquel visitante inesperado y el hecho de que *Sonja* se hubiese sentado encima del mismo.

Ahora, el problema era que ninguno de ellos tenía familiares o amigos en condiciones de acoger un camión de mudanzas amarillo ocupado por un elefante.

Allan se disculpó argumentando que tenía cien años y que, lógicamente, todos sus amigos habían muerto por una u otra causa.

Julius dijo que su especialidad eran los enemigos, no los amigos. No le importaría ahondar en la amistad que lo unía a Allan, Benny y la Bella Dama, pero aclaró que, en el presente contexto, que lo hiciese o no era una cuestión irrelevante.

La Bella Dama reconoció que, tras su divorcio, había pasado por un período huraño de varios años, y que más tarde la intempestiva llegada a su establo de un elefante no había favorecido, precisamente, su trato social con nadie. Por tanto, tampoco tenía a quien llamar o pedir ayuda.

Quedaba Benny, quien, es cierto, tenía un hermano. El hermano más cabreado del mundo.

Julius le preguntó si cabía la posibilidad de sobornarlo con dinero. A Benny se le iluminó el semblante. El soborno no funcionaría, dijo, pues Bosse era más orgulloso que avaricioso, pero sólo se trataba de una cuestión semántica. Y Benny tenía la solución: le rogaría que le dejara remediar el desaguisado entre ellos después de tantos años.

Acto seguido, telefoneó a su hermano. Éste, al reconocerlo, le informó que tenía cargada la escopeta de perdigones y que si quería recibir una ráfaga en el culo sería bienvenido.

Benny respondió que no sentía ningún deseo especial en ese sentido, pero que sí le gustaría pasarse por su casa, en compañía de unos amigos, para arreglar el asunto financiero que tenían pendiente. Al fin y al cabo, en lo tocante a la herencia del tío Frasse seguía habiendo, por así decirlo, un par de flecos sueltos.

Bosse contestó que haría bien en dejar de hablar como un condenado político, y a continuación fue directamente al grano:

—¿Cuánto traes?

—¿Te van bien tres millones?

Bosse guardó silencio, receloso. Pero su hermano nunca lo llamaría para tomarle el pelo con ese asunto, ¿no? Sólo pasaba que el muy cabroncete se había forrado, eso era todo. ¡Jo, tres millones! ¡Cojonudo! Pero el dinero llama al dinero, y decidió probar fortuna:

—¿Qué tal cuatro?

Benny, que nunca más permitiría que su hermano mayor volviera a manipularlo, dijo:

—¿Sabes qué?, si te parece demasiado complicado o es problema para ti, podemos hospedarnos en un hotel.

Bosse contestó que su querido hermano nunca había supuesto ningún problema. Tanto él como sus amigos eran más que bienvenidos, y si Benny estaba dispuesto a subsanar viejos errores con tres millones de coronas, o tres millones y medio, ya puestos, pues mejor que mejor. Y le indicó cómo llegar a su casa, lo que, según los cálculos de Benny, les llevaría un par de horas.

Todo parecía enderezarse, y de pronto el camino se ensanchó y se convirtió en una recta.

Era precisamente lo que necesitaba el Jefe, un camino más ancho y recto. Llevaba diez minutos casi pegado al camión y tenía que repostar gasolina, algo que no hacía desde Estocolmo.

Habría sido una pesadilla si se le hubiera acabado en medio del bosque y hubiese tenido que ver cómo el camión amarillo desaparecía en la lejanía, tal vez con Bulten y Hinken y la maleta, o con quien demonios fuera.

Por eso, actuó con la energía y el empuje propios del cabecilla de una banda criminal de Estocolmo: pisó el acelerador, adelantó al camión amarillo en un segundo, siguió adelante otros doscientos metros, frenó derrapando y dejó el BMW cruzado en medio de la carretera. Acto seguido, sacó el revólver de la guantera y se preparó para recibir al trasto al que acababa de adelantar.

El Jefe tenía una inteligencia más analítica que sus ayudantes fallecidos o emigrados, todo hay que decirlo. La idea de colocarse de través para obligar al camión a detenerse procedía —aparte de que el BMW estaba a punto de quedarse seco— de una correcta deducción: el conductor del camión optaría por pararse. Y dicha deducción procedía a su vez de un hecho empíricamente constatado desde que el mundo es mundo: que la gente no suele atropellar a los demás a propósito, arriesgando con ello la salud y los bienes, tanto propios como de terceros.

Y, en efecto, Benny pisó el freno.

Por tanto, el Jefe estaba en lo cierto. Sin embargo, su deducción había carecido del suficiente rigor. En sus cálculos debería haber sopesado el riesgo de que la carga del camión fuese de varias toneladas, como en efecto lo era, debido en buena medida a la presencia de un elefante. En tal caso, debería haberse preguntado qué distancia necesitaba el camión para frenar, teniendo en cuenta que el firme no era de alfalto sino de grava.

Benny hizo cuanto estuvo en su mano por evitar la colisión, pero la velocidad era de unos cincuenta kilómetros por hora cuando el camión de quince toneladas, con elefante y todo, embistió a aquel coche que se había cruzado en su camino, elevándolo tres metros en el aire para estrellarse veinte más allá contra un grueso abeto.

—Me temo que van tres —dijo Julius.

Todos saltaron del camión (para algunos fue más fácil que para otros) y se acercaron al destrozado BMW.

Colgado sobre el volante, seguramente muerto, vieron a un desconocido. En la mano sujetaba un revólver del mismo modelo que el que había utilizado para amenazarlos el fiambre número dos, antes de que *Sonja* se le sentara encima.

—Seguro que es el tercero —dijo Julius—. Me pregunto cuándo decidirán parar.

Benny protestó débilmente por el tono jocoso de Julius. Dos muertos en un solo día eran cosa seria, y todavía no eran las seis de la tarde. Aún había tiempo para que cayese otro.

Allan propuso esconder el cadáver en algún sitio y largarse, puesto que en ningún caso era recomendable rondar por la escena de un crimen, a menos que uno pretenda entregarse. Y Allan estaba seguro de que sus amigos no tenían ninguna razón para pretender algo así.

Entonces, la Bella Dama empezó a abroncar al malogrado, que seguía colgado sobre el volante, espetándole que cómo había sido tan jodidamente estúpido para colocarse en medio de la carretera.

El malogrado contestó resollando y moviendo una pierna.

El comisario Aronsson siguió la misma dirección que el Jefe había tomado media hora antes. No tenía ninguna esperanza de alcanzarlo, pero a lo mejor surgía algo interesante por el camino. Además, Växjö no debía de andar muy lejos, y el comisario necesitaba encontrar algún hotel para reflexionar sobre lo ocurrido, hacerse una composición de lugar y dormir unas horas.

Tras recorrer unos kilómetros, descubrió los restos de un BMW X5 nuevo estrellados contra un abeto. Bueno, tampoco era tan extraño que Gerdin se hubiera salido de la calzada, teniendo en cuenta la criminal velocidad de que hacía gala. Sin embargo, un examen más exhaustivo le dio una perspectiva distinta de lo ocurrido.

En primer lugar, el coche estaba vacío. Había sangre alrededor del asiento del conductor, pero ni rastro de éste.

En segundo lugar, el lado derecho del coche estaba extrañamente hundido y aquí y allá había restos de pintura amarilla. Al parecer, algo grande y amarillo había alcanzado al coche a gran velocidad.

—Por ejemplo, un Scania K113 amarillo, modelo 1992 —murmuró para sí.

Desde luego, no fue una deducción sorprendente, y más sencillo aún resultó cuando vio que la matrícula delantera del Scania amarillo todavía estaba impresionada en la puerta trasera derecha del BMW. A Aronsson le bastaría con cotejar cifras y letras con el informe del cambio de titular expedido por Tráfico para verificar su conjetura.

Por supuesto, seguía sin entender lo que estaba pasando, si bien algo le resultaba cada vez más evidente: al anciano Allan Karlsson y su séquito parecía dárseles muy bien eso de matar y hacer desaparecer el cadáver como por arte de magia.

13

1947-1948

Desde luego, Allan había pasado noches más confortables que aquélla, echado boca abajo en la caja de un camión de camino a Teherán. Además hacía frío, y no había leche de cabra fermentada para calentar el estómago. Por otra parte, llevaba las manos atadas a la espalda.

No es de extrañar que se sintiera aliviado cuando, muy avanzada la mañana, se hizo evidente que el viaje había terminado. El camión se detuvo frente a la entrada principal de un gran edificio marrón, en el centro de la capital.

Dos soldados lo ayudaron a ponerse en pie y le sacudieron el polvo. Después aflojaron los nudos que le sujetaban los brazos a la espalda y pasaron a vigilarlo apuntándolo con sus fusiles.

Si Allan hubiera dominado el persa, podría haber leído dónde se encontraba en un pequeño letrero amarillo de latón colgado en la entrada. Pero no era el caso. Y no le dio más vueltas al asunto. Lo prioritario en ese momento era comer algo. Un desayuno. O un almuerzo. O, de ser posible, ambos.

Los soldados sí sabían adónde habían llevado al presunto comunista. Y cuando lo empujaron dentro, uno de ellos se despidió con una sonrisa socarrona y un comentario en inglés:

—*Good luck.*

Allan le dio las gracias, aunque comprendió que se trataba de un comentario irónico. Así pues, pensó que tal vez no estaría mal que se interesase por lo que vendría.

El oficial del grupo que lo había detenido hizo entrega del prisionero a su homólogo en aquel lugar. Una vez estuvo debidamente registrado, lo trasladaron a una celda situada en el pasillo más cercano.

La celda era un Shangri-La comparada con lo que Allan experimentaba últimamente. Cuatro camas en hilera, mantas dobles en cada una de ellas, luz eléctrica en el techo, un lavabo con agua corriente en un rincón y en el otro un inodoro con tapa y todo. Y una fuente con gachas y un litro de agua para saciar el hambre y la sed.

Tres camas estaban desocupadas, pero en la cuarta yacía un hombre boca arriba, con los ojos cerrados. Cuando metieron a Allan en la celda, el hombre despertó de su letargo y se puso en pie. Era alto y delgado y llevaba un alzacuello que contrastaba con el resto de su vestimenta negra. Allan le tendió la mano para presentarse y se disculpó por no conocer la lengua local, pero ¿a lo mejor el señor sacerdote conocía alguna palabra en inglés?

El hombre vestido de negro contestó que sí, pues había nacido y se había criado y formado en Oxford. Se presentó como Kevin Ferguson, pastor anglicano. Había llegado hacía doce años a Irán en busca de almas extraviadas a las que encarrilar en la fe verdadera. Por cierto, ¿cómo llevaba el señor Karlsson lo de la religión?

Allan contestó que, desde un punto de vista geográfico, no sabía dónde se encontraba, pero que, por lo demás, no sentía que su alma se hubiese extraviado. En cuanto a la fe, siempre había pensado que si no se tiene ninguna certeza, no vale la pena ir por ahí haciendo cábalas.

Al ver que el pastor Ferguson estaba tomando impulso, añadió rápidamente que, por favor, fuera tan amable de respetar su deseo de mantenerse alejado del anglicanismo y de cualquier otra religión.

El pastor no era de los que se rinden fácilmente. Esa vez, no obstante, dudó. Quizá le conviniera no mostrarse demasiado duro con la única persona que, aparte del mismo Dios, podía ayudarlo en aquella encerrona.

Así pues, no había más remedio que llegar a un compromiso. No obstante, por costumbre, hizo un débil intento, aduciendo que no creía que pudiera perjudicar al señor Karlsson si, a pesar de todo, le hacía algunos comentarios sobre el misterio de la Trinidad. Daba la casualidad que precisamente el misterio de la Trinidad era el primero de los treinta y nueve artículos del credo anglicano.

Allan contestó que seguramente el pastor ni siquiera sospechaba lo poco que le interesaba el misterio de la Trinidad.

A Ferguson le pareció una enorme insensatez por su parte, pero prometió dejar en paz al señor Karlsson en lo que a lo religioso se refería, «a pesar de que Dios probablemente debió de tener algún propósito al meternos en la misma celda». Y pasó a explicar su situación, y también la de Allan.

—Las cosas no pintan bien —reconoció—. Es muy probable que estemos en camino de reencontrarnos con el Creador, tanto usted como yo, y de no haberle prometido que no lo haría, le diría que, precisamente por ello, va siendo hora de que abrace la fe verdadera.

Allan le dirigió una mirada severa, pero no dijo nada. El pastor explicó que en ese momento se encontraban en la prisión preventiva de la Organización de Seguridad e Inteligencia Nacional. En otras palabras, que estaban en poder de la policía secreta iraní. Quizá al señor Karlsson eso lo hiciera sentirse protegido y seguro, pero la verdad era que la policía secreta se ocupaba sólo de la seguridad del sah. Y en relación con ello, mantenía a la población iraní a raya a base de terror e intimidación, y, en la medida de lo posible, in-

tentaba acabar con los socialistas, los comunistas, los islamistas y demás elementos indeseables.

—¿Como los pastores anglicanos? —preguntó Allan.

Ferguson contestó que los pastores anglicanos no tenían nada que temer, porque en Irán había libertad religiosa.
Sin embargo, este pastor anglicano en concreto tal vez se
hubiera excedido en su fervor, o eso creía él mismo.

—El pronóstico no es bueno para quien acaba en las
garras de la policía secreta, y en mi caso particular me temo
que he llegado al final del trayecto —añadió, y de pronto
pareció muy afligido.

Allan sintió pena por su compañero de celda, a pesar de
que era sacerdote, e intentó consolarlo diciéndole que seguramente encontrarían una manera de escapar, pero que eso
requería su tiempo. Ahora, lo primero que quería saber era
qué había hecho el pastor para acabar en una situación tan
desagradable.

Kevin Ferguson se sorbió los mocos e hizo un esfuerzo por animarse. No era que tuviese miedo a morir, explicó,
sólo que le parecía que aún le quedaba mucho por hacer en
la Tierra. Como siempre, dejaba su vida en manos de Dios,
pero si al señor Karlsson, mientras esperaban a que Dios se
decidiese, se le ocurría alguna solución, él estaba convencido
de que Dios no se lo tomaría a mal.

Y pasó a relatar su vida. Acababa de ordenarse cuando
el Señor le había hablado en un sueño. «Sal al mundo, tienes
una misión», le dijo, pero desde entonces no había vuelto a
hablarle y, por tanto, el pastor tuvo que decidir por su cuenta
y riesgo adónde ir.

Un obispo inglés amigo le habló de Irán, un país donde se abusaba terriblemente de la libertad religiosa. Por ejemplo, el número de anglicanos era insignificante, mientras
que el país estaba plagado de chiíes, suníes, judíos y gente que
profesaba todo tipo de religiones absurdas. Los cristianos
eran en su inmensa mayoría armenios o asirios, y ya se sabe
que los armenios y los asirios lo entienden casi todo al revés.

Allan dijo que él no sabía nada de eso, pero que ahora sí, y que le daba las gracias por ello al pastor.

Ferguson continuó con su relato. Como es sabido, Irán y Gran Bretaña estaban en buenos términos, y gracias a la ayuda de uno de los contactos políticos de mayor peso de la Iglesia, el pastor había conseguido viajar a Irán en un avión del servicio diplomático británico.

Eso había ocurrido hacía más de diez años, en 1935, aproximadamente. Desde entonces, había saltado de religión en religión, dibujando un arco cada vez más amplio alrededor de la capital. Al principio, se dedicó a las diferentes ceremonias religiosas. Se colaba en las mezquitas, las sinagogas y otros templos y esperaba el momento adecuado para, simple y llanamente, interrumpir la ceremonia y, con la ayuda de un intérprete, predicar la doctrina verdadera.

Allan elogió a su nuevo compañero de celda por su valentía. Sin embargo, ¿le funcionaba correctamente el sentido común?, porque aquello no podía haber acabado bien, ¿verdad?

Ferguson reconoció que, de hecho, así había sido. Nunca le habían permitido acabar siquiera una frase, siempre los habían echado, a él y al intérprete, y la mayor parte de las veces recibían collejas e incluso coscorrones. Sin embargo, nada de eso había disuadido al pastor, que se había obstinado en plantar pequeñas semillas anglicanas en el alma de todo aquel que se cruzara en su camino.

Al final, no obstante, su mala reputación se extendió a tal punto que empezó a costarle encontrar un intérprete dispuesto a echarle una mano. Así pues, resolvió tomarse un descanso y se dedicó a perfeccionar su dominio del persa. Durante sus estudios también se ocupó de refinar su táctica y, un buen día, se sintió tan seguro en el manejo del idioma que resolvió poner en marcha su plan.

En lugar de frecuentar los templos y asistir a las ceremonias, empezó a visitar los mercados, pues la gente que los abarrotaba pertenecía a diferentes herejías. Una vez allí, se subía a una caja de madera que llevaba consigo y demandaba la atención del público. Este procedimiento le evitó algunas palizas, pues si las cosas se ponían feas podía huir por piernas, pero el número de almas salvadas todavía no colmaba, ni por asomo, sus aspiraciones evangelizadoras.

Allan le preguntó cuántas conversiones había conseguido, y Ferguson respondió que dependía del cristal con que se mirara. Por un lado, había logrado exactamente una conversión en cada religión en la que había incursionado, es decir, un total de ocho. Por otro, hacía unos meses había caído en la cuenta de que, en realidad, los ocho conversos podían muy bien ser espías de la policía secreta, enviados precisamente para vigilarlo.

—O sea, que entre cero y ocho —precisó Allan.

—Probablemente esté más cerca del cero que del ocho —admitió Ferguson.

—En doce años.

El pastor asintió y reconoció que había sido un momento muy duro cuando entendió que el resultado, ya de por sí escaso, era en realidad todavía más raquítico de lo que había creído en un principio. Estaba claro que con ese método de trabajo nunca lo conseguiría, porque, por mucho que los iraníes quisieran convertirse, jamás se atreverían a hacerlo: la policía secreta estaba en todas partes y, sin duda, el cambio de religión conllevaría la apertura de un expediente policial. Y entre la apertura de un expediente policial y la desaparición sin dejar rastro sólo había un paso.

Allan dijo que, aparte de eso, seguramente habría algún que otro iraní que estaría satisfecho con la religión que ya profesaba, ¿no lo creía posible el pastor?

Ferguson contestó que esa opinión revelaba una profunda ignorancia, pero que no podía rebatirla porque el señor Karlsson le había prohibido hablar de religión. ¿Sería, pues, tan amable de seguir escuchando su relato sin interrumpirlo innecesariamente?

A continuación contó que, consciente de que la policía secreta se había infiltrado en su misión, empezó a pensar de una manera nueva, a lo grande. Lo primero que hizo fue librarse de sus ocho presuntos discípulos y luego estableció contacto con el movimiento comunista clandestino para proponerles celebrar una reunión conjunta. Se presentó como un representante británico de la Doctrina Verdadera interesado en discutir con ellos el futuro.

Tardó lo suyo en conseguir organizar una reunión, pero finalmente logró sentarse a una mesa con dos líderes comunistas de la provincia de Razavi Jorasán. Hubiera preferido encontrarse con los comunistas de Teherán, que seguramente eran quienes tenían la sartén por el mango, pero esa reunión también le valdría.

O no.

Ferguson les expuso su idea. Brevemente, consistía en que, el día en que éstos tomaran el poder, el anglicanismo se convirtiera en la religión oficial de Irán. Si los comunistas aceptaban, él se comprometía a aceptar el cargo de ministro eclesial del país y, como tal, a ocuparse de que hubiera, desde el principio, suficientes biblias a disposición del pueblo. Las iglesias se irían construyendo paulatinamente; para empezar, podían utilizarse las sinagogas y mezquitas cerradas. Por cierto, ¿cuánto creían los señores comunistas que tardaría en empezar la revolución que impulsaban?

Los comunistas no reaccionaron con el entusiasmo esperado o, al menos, con el interés que el pastor daba por supuesto. En cambio, pronto quedó claro que cuando llegase el día de la verdad no habría anglicanismo ni ningún otro ismo aparte de comunismo. Y, encima, lo insultaron de lo lindo por haber solicitado aquella reunión basándose en falsas premisas. Los comunistas nunca habían asistido a una pérdida de tiempo tan irritante.

Por tres votos a favor y dos en contra se decidió que Ferguson recibiría una paliza antes de subir al tren de regreso a Teherán, y por cinco a cero se determinó que lo mejor para

176

su integridad física sería que no volvieran a verle el pelo por allí.

Allan sonrió y dijo que no podía descartarse que el pastor Ferguson estuviera majara. El intento de llegar a un acuerdo religioso con los comunistas había sido, a todas luces, una insensatez, ¿o acaso no se daba cuenta el pastor?

Ferguson contestó que los paganos como el propio señor Karlsson harían bien en no ir por ahí juzgando qué era sensato y qué no. Claro que el pastor había entendido que las posibilidades de lograrlo habían sido escasas desde el principio, pero:

—Imagínese, señor Karlsson, imagínese que hubiera salido bien. Imagínese que hubiese podido telegrafiar al arzobispo de Canterbury para informarle que había conseguido, de golpe, cincuenta millones de nuevos anglicanos.

Allan reconoció que a veces la línea que separaba la locura de la genialidad era muy delgada, casi imperceptible, y que en este caso costaba decidirse por una u otra.

Al final resultó que la maldita policía del sah vigilaba a los comunistas de Razavi Jorasán, de modo que al pastor Ferguson apenas le dio tiempo a bajar del tren en la capital cuando lo detuvieron y se lo llevaron para interrogarlo.

—Una vez allí, lo confesé todo y más —dijo—, porque mi cuerpo no está hecho para soportar torturas. Unos cuantos palos es una cosa, pero la tortura es otra bien distinta.

Tras su confesión inmediata y exagerada, el pastor había sido trasladado a esa celda, donde lo dejaron en paz durante casi dos semanas, pues el jefe, el viceprimer ministro, estaba de viaje oficial en Londres.

—¿El viceprimer ministro?

—Sí, o, mejor dicho, el asesino en jefe —repuso Kevin Ferguson.

De la policía secreta se decía que era inimaginable una organización más jerarquizada. Aterrorizar a la población de manera rutinaria, o matar a comunistas, socialistas o islamistas no requería, por supuesto, la aprobación del jefe supremo. Sin embargo, en cuanto algo se salía de lo normal, era él quien mandaba. El sah lo había nombrado viceprimer ministro, pero en opinión de Ferguson se trataba de un vulgar asesino.

—Y según el guardia de la prisión, más nos valía suprimir lo de «vice» si llegado el caso, Dios no lo quisiera, teníamos que dirigirnos a él, lo cual, tanto en su caso como en el mío, parece bastante probable.

A lo mejor, el pastor había tenido más trato con los comunistas clandestinos de lo que estaba dispuesto a admitir, pensó Allan, pues añadió:

—En cualquier caso, tras la Segunda Guerra Mundial la CIA se dedicó a crear y formar a la policía secreta del sah.

—¿La CIA? —inquirió Allan.

—Sí, así se llama ahora. Antes se llamaba OSS, pero se trata de las mismas actividades sucias. Son ellos los que han enseñado a la policía iraní todos los trucos y técnicas de tortura. ¿Cómo puede existir alguien tan cabrón que permita a la CIA destruir el mundo de esta manera?

—¿Se refiere al presidente de Estados Unidos?

—Harry S. Truman arderá en el infierno, tome nota de mis palabras, señor Karlsson.

—¿Eso cree? —repuso Allan.

Los días iban pasando en aquella celda en el centro de Teherán. Allan le contó su historia a Ferguson, sin omitir nada. Éste le retiró la palabra desde que supo la relación que tenía su compañero de celda con el presidente americano y, ¡aún peor!, lo de las bombas sobre Japón.

Por fin, el pastor se volvió hacia Dios en busca de consejo. ¿Había sido Él quien había enviado al señor Karlsson en su auxilio, o, por el contrario, era el diablo el que estaba detrás de todo aquello?

Dios, como a veces ocurría, dio la callada por respuesta. El pastor interpretó, como siempre, que Él sólo pretendía hacerlo pensar por su cuenta, sin esperar Su consejo. En realidad, casi siempre que había tenido que pensar por su cuenta las cosas habían acabado mal, pero no debía rendirse por ello.

Después de dos días y dos noches de sopesar los pros y los contras, Ferguson decidió que por el momento haría las paces con el pagano de la cama vecina, y le comunicó que iba a dirigirle la palabra de nuevo.

Allan dijo que el tiempo en que el pastor había permanecido en silencio le había resultado sumamente agradable, pero que, aun así, a la larga sería preferible que uno contestara cuando el otro le hablaba.

—Además, hemos de intentar salir de aquí de alguna manera y, a poder ser, antes de que ese asesino en jefe vuelva de Londres. O sea, que no sirve de nada si nos quedamos cada uno en un rincón con la cara larga. ¿Está de acuerdo, señor pastor?

Sí, en ese punto el pastor estaba de acuerdo. Cuando el asesino en jefe volviera, sin duda los esperaría un duro interrogatorio seguido de su inmediata desaparición de la faz de la tierra. O eso al menos había oído decir el pastor Ferguson.

Donde se encontraban no era ciertamente una cárcel de verdad, con todo lo que hubiera supuesto en cuanto a medidas de seguridad. Al contrario, a veces los guardias ni siquiera se molestaban en cerrar la puerta con llave. Sin embargo, siempre había al menos cuatro guardias en las entradas y salidas del edificio, y era poco probable que se quedaran mirando sin hacer nada si Allan y el pastor intentaban fugarse por la brava.

¿Y si armaban un alboroto y luego, en medio de la confusión general, escapaban?, pensó Allan. Valía la pena considerarlo, así que le encargó a su compañero de celda que averiguase con los guardias de cuánto tiempo disponían. Es decir, cuándo esperaban que volviera el asesino en jefe, cuándo sería todo demasiado tarde.

El pastor se comprometió a sondear a los guardias en cuanto tuviera ocasión de hacerlo. Quizá en ese mismo instante, pues la puerta se abrió repentinamente. El guardia más joven y amable asomó la cabeza y, compungido, dijo:

—El primer ministro ha vuelto de Inglaterra y ha llegado la hora de los interrogatorios. ¿Quién de vosotros quiere empezar?

Sentado en su despacho, el jefe de la Organización de Seguridad e Inteligencia Nacional estaba de un humor de perros.

Acababa de volver de un viaje en que los británicos le habían leído la cartilla, ¡a él, el primer ministro (o casi), el jefe de los funcionarios, uno de los miembros más importantes de la sociedad iraní!

Pero ¡si el sah no hacía otra cosa que preocuparse por satisfacer a esos distinguidos ingleses! El petróleo estaba en manos de los británicos, y él, por su parte, se esforzaba por depurar a todos aquellos que parecieran promover otro orden de cosas en el país. Lo cual no era nada fácil, porque, ¿quién estaba en realidad satisfecho con el sah? Los islamistas no, desde luego, tampoco los comunistas, y aún menos los obreros de las petroleras, que sudaban la gota gorda a cambio de una libra esterlina a la semana.

Y en reconocimiento por toda esa labor, hete aquí que en Londres no había recibido más que reproches. ¡Ingratos!

De acuerdo, el jefe de la policía secreta sabía que había metido la pata hasta el fondo cuando, tiempo atrás, había mostrado mano dura con un provocador de origen incierto. El tal individuo se había emperrado en que lo pusieran en libertad, ya que sólo se consideraba culpable de haber insistido en que todo el mundo tenía que hacer cola en la charcutería, incluidos los empleados de los cuerpos de seguridad del Estado. Tras exponer sus alegaciones, el tipo se cruzó de brazos y respondió a todas las preguntas relativas a su identidad haciendo mutis por el foro. Al jefe no le gustó aquella actitud provocadora, de modo que decidió practicarle un novedoso método de tortura de la CIA (el ingenio de los norteamericanos al respecto era admirable). Fue entonces, y no antes, cuando salió a la luz que el provocador era secretario de la embajada británica.

Al final, la solución consistió en recomponer al secretario lo mejor que se pudo y luego soltarlo, pero sólo para que de inmediato lo atropellara un camión que se dio rápidamente a la fuga. Es así como se evitan las crisis diplomáticas, se había ufanado el jefe de policía.

Sin embargo, los británicos recogieron lo que todavía quedaba de aquel secretario, lo enviaron todo a Londres y examinaron los restos con lupa. Después, convocaron al jefe de la policía secreta y le preguntaron cómo era posible que el secretario de la embajada en Teherán, que había permanecido desaparecido durante tres días, de pronto apareciera en la calle delante del cuartel de la policía secreta, para resultar atropellado de tal forma que a punto estuvieron de pasar por alto las torturas a que lo habían sometido previamente.

Naturalmente, el jefe negó saber nada del asunto (algo propio del juego diplomático), pero resultó que el secretario en cuestión era un lord que, a su vez, era amigo del recientemente retirado primer ministro Winston Churchill. Así las cosas, los británicos querían llegar hasta el final de la investigación.

De momento, a la Organización de Seguridad e Inteligencia Nacional se le retiró el control y supervisión de la visita que el mencionado Churchill realizaría a Teherán en apenas unas semanas. En su lugar, se ocuparían de ello los arrogantes guardias de corps del sah, los cuales, por supuesto, estaban muy por encima del alcance del jefe. En definitiva, significaba un sonado desprestigio para el jefe de policía, y además lo distanciaba del sah de una manera nada conveniente.

A fin de alejar esos amargos pensamientos, el jefe había hecho llamar a uno de los dos enemigos de la sociedad que estaban en prisión preventiva. Contaba con que sería un interrogatorio breve, seguido de una rápida y discreta ejecución y la posterior, y tradicional, incineración del cadáver. Después del almuerzo, entrada la tarde, seguramente le daría tiempo a ocuparse del segundo.

Allan Karlsson se había ofrecido voluntario para ser el primero. El jefe lo recibió en la puerta de su despacho, le dio la mano, le pidió que tomara asiento y le ofreció un café y un cigarrillo.

Allan pensó que, aunque nunca había conocido a un asesino en jefe, siempre había creído que sería mucho más desagradable de lo que parecía aquél en concreto. Aceptó el café pero rechazó el cigarrillo, sin ánimo de ofender al señor primer ministro, claro.

Éste solía comenzar sus interrogatorios con buenos modales, o al menos lo intentaba. Que después ordenase la muerte del interrogado no justificaba que se comportase como un zafio maleducado. Además, le divertía ver encenderse una chispa de esperanza en los ojos de sus víctimas. En general, la gente era muy ingenua.

Precisamente aquella víctima no parecía demasiado asustada, ni mucho menos. Y se había dirigido a su verdugo exactamente como él quería que lo trataran. Un buen comienzo, sin duda, e interesante.

En la primera parte del interrogatorio, la referida a averiguar su identidad, Allan, a falta de una estrategia de supervivencia más elaborada, ofreció algunas pinceladas bien seleccionadas de la última parte de su historia: a saber, que era experto en explosivos y que el presidente Harry S. Truman lo había enviado a China en una misión imposible para luchar contra los comunistas; que posteriormente había iniciado el largo viaje a pie de vuelta a Suecia, y que ahora lamentaba que Irán se encontrara en medio de la ruta que había elegido para tal propósito; que se había visto obligado a entrar en el país sin disponer del visado pertinente, y que se comprometía a presentarle uno a la mayor brevedad, si el señor primer ministro se lo permitía.

El jefe formuló una serie de contrapreguntas relacionadas con el hecho de que se lo hubiera detenido en compañía de comunistas iraníes. Allan, fiel a la verdad, respondió que él y los comunistas se habían encontrado en los montes del Himalaya. Y añadió que si el señor primer ministro tenía previsto hacer una travesía similar, no debería mostrarse quisquilloso a la hora de recibir ayuda, pues esas montañas eran todo un hueso.

El jefe no tenía planes de cruzar el Himalaya a pie, como tampoco de soltar a aquel experto en explosivos de renombre internacional. Sin embargo, sería una tontería no sacarle provecho antes de eliminarlo. Así pues, le preguntó si alguna vez se había cargado de forma encubierta a personas célebres, y si tal empresa le había supuesto un reto estimulante.

Como ya sabemos, Allan nunca se había visto en la tesitura de acometer el asesinato de alguien como si de la voladura de un puente se tratara. Tampoco tenía ningún deseo de hacerlo. No obstante, debía ir con mucho tiento. ¿Tendría aquel asesino en jefe y fumador compulsivo algo concreto en mente?

Allan pensó unos segundos más, devanándose los sesos, hasta que dijo:

—A Glenn Miller.

—¿A Glenn Miller?

Allan había recordado, de sus tiempos en la base militar de Los Álamos, un par de años atrás, la consternación que produjo la desaparición del joven y legendario músico de jazz en un avión de las Fuerzas Aéreas cuando sobrevolaba las costas de Inglaterra.

—Eso es —confirmó Allan en tono confidencial—. La orden fue que pareciera un accidente de aviación. Me ocupé de que ambos motores ardieran, y el avión acabó estrellándose en el canal de la Mancha. Nadie ha vuelto a verlo desde entonces. Un destino merecido para un nazi tránsfuga, si el señor primer ministro quiere saber mi opinión.

—¿Glenn Miller era nazi? —preguntó el jefe, estupefacto.

Allan asintió con la cabeza (a la vez que pedía tácitamente disculpas a los familiares de Miller) mientras el jefe intentaba encajar la noticia de que su gran ídolo musical había estado al servicio de Hitler.

Allan pensó que le convenía tomar las riendas de la conversación, no fuera a ser que al asesino en jefe se le ocurriera empezar a hacer preguntas incómodas acerca del caso Glenn Miller.

—Si el señor primer ministro lo desea, puedo eliminar a quien sea con la máxima discreción, a cambio de que después nos separemos como buenos amigos.

El jefe aún seguía conmocionado por la lamentable revelación acerca del compositor de *Moonlight Serenade*, aunque no permitiría que nadie sacara ventaja de ello. No tenía ninguna intención de negociar el futuro de Allan Karlsson.

—Si yo quiero, eliminarás a quien yo te diga, a cambio de que, a lo mejor, considere la posibilidad de permitir que vivas —dijo entonces, y se inclinó sobre la mesa para apagar su cigarrillo en la taza de café de Allan.

—De acuerdo, eso era en realidad lo que quería decir —respondió Allan.

Aquel interrogatorio, sin embargo, había tomado un derrotero distinto del habitual. En lugar de eliminar al supuesto enemigo de la sociedad, el jefe aplazó su decisión para tener tiempo de pensárselo. Ambos volvieron a reunirse después del almuerzo, y entonces el plan sí empezó a cobrar forma.

Se trataba de atentar contra Winston Churchill mientras éste estuviese bajo la protección de la guardia de corps del sah. Y sin que nadie pudiera relacionarlo con la Organización de Seguridad e Inteligencia Nacional y, aún menos, con su jefe. Puesto que los británicos investigarían el suceso minuciosamente, no podían permitirse el menor fallo. Si el proyecto tenía éxito, las consecuencias favorecerían plenamente al jefe de policía.

Era una apuesta a caballo ganador: por un lado, les cerraría la boca a esos arrogantes británicos que le habían retirado la responsabilidad de la seguridad del ilustre visitante, y por el otro, tras el fracaso de su guardia de corps, el sah sin duda le encargaría a él que hiciera limpieza en la misma. Y así, tras la humareda inicial, la posición del jefe emergería enormemente reforzada.

Ambos pusieron manos a la obra y, como si fueran viejos amigos, se dedicaron a armar el rompecabezas. No obstante, el jefe seguía apagando su cigarrillo en el café del sueco cada vez que le parecía que éste se tomaba demasiadas confianzas.

El jefe reveló que el único vehículo verdaderamente blindado de Irán se hallaba en el garaje de la Organización, medio tramo de escaleras más abajo. Era un DeSoto Suburban serie limitada, color burdeos y muy elegante. Estaba claro que la guardia de corps pronto se interesaría por él, porque ¿cómo, si no, iban a trasladar a Churchill del aeropuerto al palacio del sah?

Allan dijo que una carga de explosivos bien distribuida en los bajos del coche podría ser la solución. Y, teniendo en cuenta el interés del señor primer ministro en no dejar ninguna pista que pudiera señalarlo, propuso dos medidas especiales:

Una, que la carga explosiva se preparara con los mismos componentes que utilizaban los comunistas de Mao Tsetung. Allan lo sabía todo acerca de esos explosivos y estaba seguro de conseguir que el crimen pareciera un complot comunista.

Dos, que si bien la carga en cuestión iría oculta en la parte delantera del chasis, gracias al sistema de control re-

185

moto que Allan también sabía montar, no detonaría directamente sino que se soltaría para hacerlo una fracción de segundo más tarde, al caer al suelo. Durante esa fracción de segundo, el coche habría avanzado para colocar a Winston Churchill y su puro justo encima de la carga. La explosión destrozaría el suelo del coche y enviaría a Churchill a la eternidad, pero también causaría un gran socavón en el pavimento.

—Así conseguiremos que la gente crea que la carga estaba enterrada en la calle, en lugar de sujeta al coche como bomba lapa. Espero que esta maniobra de distracción sea del agrado del señor primer ministro.

El jefe rió entre dientes de puro entusiasmo, y arrojó el cigarrillo que acababa de encender en la taza de café que Allan acababa de servirse. Éste dijo que el señor primer ministro podía hacer lo que considerase oportuno con los cigarrillos y su café, pero que si no estaba satisfecho con el cenicero que tenía a su lado Allan mismo podría ir a comprarle uno nuevo.

Al jefe no le gustaron las tonterías acerca del cenicero, pero se apresuró a dar el visto bueno a las otras dos propuestas y le pidió una lista completa de lo que necesitaría para acondicionar el coche en el menor tiempo posible.

Allan sabía exactamente lo que necesitaba, y anotó el nombre de los nueve elementos que componían la fórmula. Añadió un décimo elemento: nitroglicerina, que en su opinión podía ser de gran utilidad. Y un undécimo: un bote de tinta.

A continuación, solicitó que el señor primer ministro designara a uno de sus colaboradores de confianza como ayudante suyo, de Allan, y encargado de compras, y que permitiese que su compañero de celda, el pastor Ferguson, le hiciera de intérprete.

El jefe masculló que habría preferido eliminar a ese pastor, porque no le gustaban los curas, pero que ahora se trataba de no perder el tiempo. Acto seguido, volvió a apagar otro cigarrillo en el café de Allan, para hacerle saber que la reunión había terminado y de paso recordarle quién mandaba allí.

Los días pasaron y todo fue según lo planeado. Como habían supuesto, el jefe de los guardias de corps había avisado que pasaría a recoger el DeSoto el miércoles siguiente. No preguntó si podía pasar a recogerlo, simplemente comunicó que lo haría. El jefe de policía se puso furioso, a tal extremo que por un instante olvidó que todo estaba saliendo a pedir de boca. Porque, ¿qué habría pasado si la guardia de corps no hubiera reclamado el coche? En cualquier caso, el jefe de dicho cuerpo pronto recibiría su merecido.

Además, de esa manera Allan supo de qué tiempo disponía para acabar de colocar la carga explosiva. Por desgracia, el pastor Ferguson se olió lo que se estaba cociendo. No sólo sería cómplice del asesinato del venerado Churchill, sino que también tenía razones para creer que su propia vida corría serio peligro. Encontrarse con el Señor inmediatamente después de cometer un asesinato no era lo que más anhelaba el pastor Ferguson.

Sin embargo, Allan lo tranquilizó asegurándole que tenía un plan para que ambos, él mismo y el pastor, lograsen escapar de allí, y que tal cosa no tenía necesariamente que ocurrir a costa de la vida del señor Churchill. Todo dependería, claro, de que el pastor hiciera lo que Allan le pidiese. El pastor prometió que así lo haría. Al fin y al cabo, el señor Karlsson era su única esperanza, ya que Dios seguía sin atender a sus plegarias. Ya llevaba casi un mes de silencio; ¿acaso estaba enfadado con él por su idea de aliarse con los comunistas?

. . .

Entonces llegó el miércoles. El DeSoto estaba listo. La carga en los bajos quizá era exagerada, pero quedaba completamente oculta para quien, si se daba el caso, tuviera que buscar esa clase de artilugios.

En el garaje, Allan le mostró al jefe cómo funcionaba el control remoto y luego le explicó con mayor detalle cuál sería el resultado final en cuanto la carga detonase. El jefe sonrió. Parecía feliz. Y también apagó su decimoctavo cigarrillo en el café del sueco.

Allan sacó una taza nueva, que había escondido detrás de la caja de herramientas, y la colocó estratégicamente sobre la mesa, cerca de la escalera que conducía al pasillo, la celda y el vestíbulo. A continuación, cogió al pastor del brazo y abandonó el garaje mientras el jefe seguía dando vueltas alrededor del DeSoto, fumando el decimonoveno cigarrillo del día y disfrutando con la idea de su inminente triunfo.

Por la determinación con que Allan lo había agarrado del brazo, el pastor entendió que había llegado la hora de la verdad. Era el momento de obedecer al señor Karlsson ciegamente.

Pasaron por delante de la celda y continuaron en dirección al vestíbulo de entrada. Una vez allí, Allan no se detuvo ante los guardias armados, sino que siguió confiadamente adelante, sin soltar al pastor.

Los guardias, aunque acostumbrados a las idas y venidas de aquellos dos prisioneros, se sorprendieron un poco.

—¡Alto ahí! —ordenó el oficial—. ¿Adónde creéis que vais?

Allan se detuvo justo en el umbral de la libertad y puso cara de asombro.

—Pero ¡si somos libres de ir a donde nos plazca! ¿Acaso no os lo ha comunicado el señor primer ministro?

Ferguson estaba aterrorizado, pero se obligó a respirar para no desmayarse.

—Quedaos ahí —espetó el oficial—. No iréis a ninguna parte hasta que el señor primer ministro me haya dado el visto bueno.

Y ordenó a los tres guardias que custodiasen al pastor y al señor Karlsson mientras él iba al garaje para informarse debidamente. Allan miró al religioso con una sonrisa para darle ánimos y le dijo que muy pronto, en un abrir y cerrar de ojos, todo se arreglaría.

Puesto que no había autorizado a Allan y al pastor a marcharse de allí y no tenía ninguna intención de hacerlo, el jefe reaccionó con contundencia.

—¡¿Qué dices?! ¿Que están en el vestíbulo mintiendo como bellacos? ¡Hasta aquí podíamos llegar! Ahora van a oírme esos malditos granujas...

El jefe no solía maldecir, siempre procuraba mantener cierta educación. Pero ahora estaba indignado. Y, fiel a su costumbre, aplastó un cigarrillo en el café del maldito Karlsson, antes de encarar con decisión los escasos escalones que lo separaban del pasillo.

No llegó más allá de la taza de café, que esta vez no contenía café sino nitroglicerina mezclada con tinta negra. La explosión fue extraordinaria y tanto el viceprimer ministro como el oficial volaron en pedazos por los aires. Una nube blanca salió del garaje y avanzó por el pasillo, al final del cual se encontraban Allan, el pastor y los tres guardias.

—Vámonos —le dijo Allan a Ferguson, y se fueron.

Los guardias tuvieron tiempo de pensar que debían impedir que los prisioneros escaparan, pero un segundo más tarde, visto que el garaje se había convertido en un infierno, detonó también la carga en los bajos del DeSoto, destinada originalmente a sir Winston Churchill. Y con ello quedó sobradamente demostrado que la carga habría bastado para cumplir su misión inicial. Todo el edificio empezó a inclinarse y la planta baja estaba envuelta en llamas cuando Allan urgió al pastor:

—¡A correr!

La onda expansiva estampó a dos guardias contra una pared y al tercero lo dejó aturdido: primero se preguntó qué diablos había pasado y luego salió a trompicones. Una vez fuera, corrió en dirección contraria a la que habían seguido los prisioneros fugados, aunque no lo sabía y, de haberlo sabido, tampoco le hubiese importado.

Puesto que Allan, a su manera, había conseguido sacar al pastor y a sí mismo de la madriguera de la policía secreta, ahora le tocaba al primero ser útil. El caso es que sabía la dirección de la mayoría de las legaciones diplomáticas y acompañó a su compañero hasta la puerta misma de la embajada sueca. Una vez allí, le dio un fuerte abrazo de despedida y agradecimiento.

Allan le preguntó qué pensaba hacer... Por cierto, ¿dónde estaba la embajada británica?

No muy lejos de allí, respondió el pastor, pero ¿qué iba a hacer él en la embajada británica? Allí todos eran ya anglicanos. No, él había elaborado una nueva estrategia. Si algo había aprendido de los últimos acontecimientos, era que el meollo de todo estaba en la Organización de Seguridad e Inteligencia Nacional. Por tanto, sería cuestión de trabajarse la institución desde dentro. Una vez que sus funcionarios y colaboradores se hubieran convertido al anglicanismo, el resto sería coser y cantar.

Allan le dijo que conocía una magnífica clínica de salud mental en Suecia, por si reconsideraba la situación. El pastor contestó que no quería parecer desagradecido, pero tenía una misión en la vida y a ella se dedicaría en cuerpo y alma. Empezaría por el guardia superviviente, el que había salido corriendo en dirección contraria, si lograba dar con él. En el fondo, era un muchacho dulce y amable, seguro que conseguiría que abrazase la fe verdadera.

—¡Vaya con Dios! —dijo el pastor, solemne, y se alejó andando tranquilamente.

—Adiós —dijo Allan.

Lo miró alejarse y pensó que el mundo era lo bastante raro como para permitir que aquel pastor sobreviviera a su nuevo proyecto.

Sin embargo, Allan se equivocaba. Ferguson encontró al guardia vagando por los alrededores del Park-e Shahr, en el centro de Teherán, con los brazos cubiertos de quemaduras y empuñando un fusil automático.

—Pero bueno, ¡si estás aquí, hijo mío! —exclamó el pastor, y avanzó hacia él para abrazarlo.

—¡Tú! —gritó el guardia—. Pero ¡si eres tú! —Y le metió veintidós balas en el pecho. Habrían sido más de no habérsele acabado el cargador.

Dejaron entrar a Allan en la embajada sueca gracias a su acento de Södermanland. Pero a partir de entonces todo se complicó, porque Allan no llevaba documentación encima que acreditase su identidad. Por tanto, la embajada no podía expedirle un pasaporte por las buenas, y aún menos ayudarlo a regresar a Suecia. Además, explicó el tercer secretario Bergqvist, Suecia había introducido un nuevo sistema de números de identificación personal, y si era cierto que el señor Karlsson, tal como aseguraba, había pasado tantos años en el extranjero, no estaría registrado en dicho sistema.

Él contestó que, aunque los nombres de los suecos se hubieran convertido ahora en números, él seguía siendo Allan Karlsson, de Yxhult, a las afueras de Flen, y exigía que el señor tercer secretario fuera tan amable de solucionar el tema de la documentación.

En ese momento, el tercer secretario Bergqvist era el máximo responsable de la embajada, el único miembro que no había asistido a la conferencia de diplomáticos que se celebraba aquellos días en Estocolmo. Y, claro, todo tenía que ocurrir precisamente entonces y de golpe. No sólo había zonas del centro de Teherán en llamas desde hacía una hora, sino que de pronto aparecía un tipo que afirmaba ser sueco. Si bien existían algunos indicios irrefutables de que el hombre decía la verdad, si el tercer secretario Bergqvist no quería que su carrera se fuera al garete debía respetar las normas. Por consiguiente, repitió su decisión de no conceder un pasaporte al señor Karlsson hasta que éste no se hubiera identificado.

Allan dijo que, en su modesta opinión, el tercer secretario Bergqvist era excesivamente terco, pero que a lo mejor todo podía arreglarse. ¿Funcionaba el teléfono?

Sí, funcionaba, pero las llamadas eran muy caras. ¿Adónde tenía pensado llamar el señor Karlsson?

Allan empezaba a estar harto de aquel obstinado secretario, así que le espetó:

—¿Sigue siendo Per Albin el primer ministro de Suecia?

—¿Qué? No —respondió sorprendido el tercer secretario—. Se llama Erlander. Tage Erlander. El primer ministro Per Albin Hansson falleció el año pasado. ¿Por qué...?

—¿Sería tan amable de estarse calladito para que podamos arreglar esto lo antes posible? —lo interrumpió Allan, y luego levantó el auricular y llamó a la Casa Blanca, en Washington.

Se presentó y consiguió hablar con el jefe de gabinete del presidente. Éste recordaba muy bien al señor Karlsson y, además, había oído hablar muy bien de él al señor presidente, y si el señor Karlsson consideraba que era importante, él trataría de despertar al mandatario; en Washington eran apenas las ocho de la mañana, y el presidente Truman pocas veces se levantaba temprano.

Poco después, Truman se puso al teléfono y mantuvo con Allan una conversación cordial de varios minutos en la que se pusieron mutuamente al día. Por fin, Allan mencionó el motivo de su llamada. ¿Podía Harry ser tan amable de darle un toque al primer ministro Erlander y responder de la identidad de Allan ante él, para que éste, a su vez, llamara al tercer secretario Bergqvist, de la embajada sueca en Teherán, a fin de que le expidiera un pasaporte a Allan sin más dilación?

Faltaría más, Harry Truman se ocuparía de todo, lo único que necesitaba era que Allan le deletreara el apellido del tercer secretario.

—El presidente Truman quiere saber cómo se escribe su nombre —le dijo Allan al aludido—. ¿Podría deletreárselo usted directamente, para simplificar las cosas?

Después de que, casi en trance, le hubiera deletreado correctamente su nombre al presidente de Estados Unidos, el tercer secretario Bergqvist colgó y se quedó mudo unos ocho minutos. Fue exactamente el tiempo que el primer ministro Tage Erlander tardó en llamarlo y ordenarle que: 1) le expidiera de inmediato un pasaporte diplomático a Allan Karlsson, y 2) se encargara sin más dilación de que el señor Karlsson llegase a Suecia sano y salvo.

—Pero ¡si no tiene número personal! —objetó Bergqvist.

—Le sugiero que solucione el problema —replicó el primer ministro Erlander—. A menos que prefiera ser cuarto o quinto secretario de la embajada.

—No existe un cuarto o un quinto secretario —volvió a objetar el tercer secretario.

—Y entonces, ¿a qué conclusión llega usted?

En 1945, el gran héroe de guerra Winston Churchill perdía, para sorpresa de muchos, las elecciones a primer ministro. ¿Así se lo agradecía el pueblo británico?

Churchill, por su parte, planeaba la forma de desquitarse, y mientras tanto viajaba por el mundo. No le sorprendería al antiguo primer ministro que el chapucero laborista que ahora dirigía Gran Bretaña introdujera la economía planificada mientras, paralelamente, repartía el Imperio entre gente que no sabría manejarlo.

Pongamos por caso el Raj británico, que estaba a punto de resquebrajarse. Los hindúes y los musulmanes no podían entenderse, era obvio, y en medio de todo estaba ese condenado Mahatma Gandhi de las piernas cruzadas, que en cuanto había algo que no le gustaba dejaba de comer. ¿Qué clase de estrategia de guerra era ésa? ¿Adónde los habría conducido luchar de esa manera contra los bombardeos nazis sobre Inglaterra?

Las cosas no estaban tan mal en el África Oriental británica, por el momento, porque sólo era una cuestión de tiempo, hasta que los negros empezaran a exigir convertirse en sus propios amos.

Churchill comprendía que todo no podía seguir siendo igual, pero los británicos necesitaban un caudillo que con voz firme les explicara la situación, no un socialista ladino como Clement Attlee, y el ex primer ministro era de los que consideraban que no había diferencia entre el socialismo y un urinario público.

En cuanto a la India, la batalla estaba perdida, eso Churchill también lo había entendido. Hacía años que la evolución de los acontecimientos señalaba en esa dirección, y durante la guerra se habían visto obligados a hacer concesiones favorables a la independencia, para no tener que enfrentarse a una guerra civil mientras luchaban por su supervivencia.

Sin embargo, en otros lugares aún estaban a tiempo de detener semejante descalabro. El plan de Churchill para el otoño era visitar Kenia y ponerse al día de su situación. Pero antes pasaría por Teherán para tomar el té con el sah.

Lamentablemente, había aterrizado en medio del caos. El día anterior había explotado un artefacto en la sede de la policía secreta. El edificio se había derrumbado y había sido consumido por las llamas. Al parecer, el idiota del jefe de policía, el mismo que había sometido torpemente a un diplomático de la embajada británica a sus duras caricias, se encontraba entre los muertos.

Hasta el momento no se habían producido mayores daños, pero a causa de la explosión el único coche blindado que había en Teherán estaba fuera de servicio, así que todo había acabado en una breve reunión entre el sah y Churchill, celebrada en el aeropuerto por razones de seguridad.

Sin embargo, el resultado de la reunión había sido positivo. Según el sah, la situación estaba bajo control. La explosión en la sede de la policía secreta era preocupante, lo admitía, pues de momento no se conocían las causas. En cambio, que el inepto jefe de policía hubiese volado por los aires lo traía sin cuidado.

Por tanto, políticamente hablando, el estado de las cosas era aceptable. En breve, la policía secreta contaría con un nuevo jefe, y la Anglo-Iranian Oil Company presentaba resultados récord. El petróleo enriquecía tanto a Inglaterra como a Irán. Para ser sinceros, más a la primera que al segundo, pero era comprensible: al fin y al cabo, lo único que aportaba Irán al proyecto era la mano de obra barata. Bueno, y el petróleo, claro.

—Casi todo va bien en Irán —resumió Winston Churchill al tiempo que saludaba al agregado militar sueco, a quien habían concedido una plaza en el avión de regreso a Londres.

—Me alegra saber que el señor Churchill está satisfecho —contestó Allan—. Y que parece encontrarse bien.

Al final, después de hacer escala en Londres, llegó al aeropuerto de Bromma y pisó suelo sueco por primera vez en once años. El otoño de 1947 tocaba a su fin y el tiempo era el que se esperaba para esa época del año.

Un joven que lo aguardaba en el vestíbulo de llegadas se presentó como el secretario del primer ministro Erlander y le explicó que a éste le gustaría conocer al señor Karlsson cuanto antes; ¿era eso posible?

Allan respondió que sí, cómo no, y siguió encantado al secretario, quien, orgulloso, lo invitó a tomar asiento en el coche oficial, un Volvo PV 444 negro lacado.

—¿Alguna vez había visto el señor Karlsson un coche más elegante? —comentó el secretario—. ¡Cuarenta y cuatro caballos!

—La semana pasada vi un DeSoto color burdeos que no estaba nada mal —contestó Allan—. Pero ahora mismo éste se encuentra en mejor estado.

Allan pasó todo el trayecto entre Bromma y el centro de Estocolmo mirando por la ventanilla con gran interés. Nunca había visitado la capital. Una ciudad preciosa, desde luego, con agua y puentes sin volar por doquier.

Una vez llegados a la sede del gobierno, fue conducido por varios pasillos hasta el despacho del primer ministro. Éste le dio la bienvenida con un «¡Señor Karlsson! ¡He oído hablar mucho de usted!», tras lo cual sacó al secretario de la estancia a empellones y cerró la puerta.

Allan no lo dijo, pero pensó que, en cambio, él nunca había oído hablar de Tage Erlander. De hecho, ni siquiera sabía si era de izquierdas o de derechas. De uno de los dos bandos sería, desde luego, porque si algo había aprendido Allan a lo largo de su vida era que la gente se empeñaba en pensar de una manera o de otra.

Pues muy bien, que el primer ministro fuera lo que quisiese. Ahora se trataba de escuchar lo que tenía que decirle.

Resultó que el primer ministro le había devuelto la llamada al presidente Truman un poco más tarde, aquel mismo día, y habían conversado largo y tendido sobre Allan. O sea, que el primer ministro lo sabía todo acerca de...

Erlander guardó un silencio significativo enarcando las cejas.

Llevaba menos de un año en el cargo y todavía le quedaba mucho por aprender, añadió. Sin embargo, algo ya sabía, y era que, en según qué situaciones, convenía no saber nada, o al menos que nadie pudiese probar que lo sabías. Y por eso el primer ministro no había completado la frase. Lo que el mandatario americano le había contado acerca de Allan Karlsson quedaría para siempre entre los dos. En su lugar, fue directo al grano:

—Tengo entendido que circunstancialmente carece de recursos económicos y trabajo aquí en Suecia, de modo que he dispuesto que reciba una compensación en metálico por... por los servicios prestados a la nación. En cualquier caso, aquí tiene diez mil coronas. —Y le entregó un grueso sobre lleno de billetes a cambio de que firmara un recibo. Las cosas se hacían bien o no se hacían.

—Muchas gracias, señor primer ministro. Con esta generosa aportación podré comprarme ropa nueva y pagarme una habitación de hotel esta noche. Incluso podré lavarme los dientes por primera vez desde agosto de 1945.

Erlander lo interrumpió cuando se disponía a informarle del estado en que se encontraban sus calzoncillos, y le dijo que la suma que le había entregado no estaba sujeta a ninguna condición. No obstante, en Suecia se habían puesto en marcha ciertas actividades relacionadas con la fisión nuclear, y al gobernante le agradaría que el señor Karlsson les echara un vistazo.

La verdad era que el primer ministro no sabía qué hacer con una patata caliente que había heredado repentinamente cuando, el otoño anterior, el corazón de Per Albin había dejado de latir. ¿Qué postura debía adoptar Suecia ante el hecho de que, de pronto, existiese algo llamado bomba atómica? El comandante en jefe Jung había aprovechado para decirle que el país debía protegerse del comunismo; a fin de cuentas, lo único que separaba Suecia de Stalin era la raquítica Finlandia.

Ese asunto tenía, por así decirlo, dos vertientes. Por un lado, el comandante en jefe había conseguido casarse con una mujer adinerada de la alta sociedad y era de dominio público que pasaba los viernes por la noche tomando cócteles en compañía del viejo rey. La mera idea de que Gustavo V fuese siquiera a creer que podía influir en la política exterior y de seguridad sueca le resultaba insoportable al socialdemócrata Erlander.

Por otro lado, sin embargo, no podía descartar que el comandante en jefe y el rey estuvieran en lo cierto. Al fin y al cabo, no había que fiarse de Stalin y los comunistas, y si alguna vez se les ocurría expandir su área de influencia hacia Occidente...

La Agencia de Investigación del Ministerio de Defensa, la FOA, acababa de trasladar todos sus (limitados) conocimientos sobre energía nuclear a la recientemente fundada AB Atomenergi, la empresa encargada del desarrollo de ésta. Allí, los expertos intentaban esclarecer exactamente qué había pasado en Hiroshima y Nagasaki. Además, tenían una misión de carácter más general: analizar el futuro nuclear desde una perspectiva sueca. Nunca se decía abiertamente, era mejor así, pero Erlander había comprendido que la misión, formulada de manera tan vaga e imprecisa, tendría que haber sido: ¿cómo coño fabricaremos nuestra propia bomba atómica si algún día llega a ser necesario?

Y, de pronto, la respuesta estaba sentada delante del primer ministro. Erlander lo sabía, pero sobre todo sabía que no quería que nadie supiera que lo sabía. En política, se trata de saber dónde pones los pies en cada momento.

Por eso, el día antes, el primer ministro había llamado al jefe de investigación de AB Atomenergi, el doctor Sigvard Eklund, y le había pedido que recibiera a Allan Karlsson para una entrevista de trabajo. Debía averiguar meticulosamente en qué campo podría el señor Karlsson ser útil para las actividades de la empresa. Siempre y cuando el señor Karlsson estuviera interesado, por supuesto, algo que Erlander sabría al día siguiente.

El doctor Eklund no estaba precisamente entusiasmado con que el primer ministro se entrometiera en la selección del personal para el proyecto nuclear. Sospechaba que el gobierno enviaba a ese Karlsson para tener un espía socialdemócrata en AB Atomenergi. Sea como fuere, se comprometió a recibirlo para una entrevista. El primer ministro prefirió no aclarar nada sobre las aptitudes de aquel hombre, pero repitió «meticulosamente». El doctor Eklund debía averiguar meticulosamente cuáles eran las aptitudes del tal Karlsson.

Allan, por su lado, dijo que no tenía nada que objetar y que con mucho gusto se entrevistaría con el doctor Eklund, o con el doctor que fuese, si con ello contentaba al primer ministro.

Diez mil coronas era una cantidad de dinero casi malsana, pensó Allan, y se hospedó en el hotel más caro que encontró.

El conserje del Grand Hôtel tuvo sus dudas con aquel hombre sucio y mal vestido, hasta que Allan se identificó mediante el pasaporte diplomático.

—Por supuesto que tenemos una habitación para el señor agregado militar —dijo el conserje—. ¿Pagará en efectivo, o prefiere que enviemos la factura al Ministerio de Asuntos Exteriores?

—En efectivo. ¿Quiere que le pague por adelantado?

—Oh, no, por supuesto que no, señor agregado. ¡Faltaría más! —respondió el conserje, haciendo una reverencia.

De haber podido ver el futuro, habría respondido de otra manera.

Al día siguiente, el doctor Eklund recibió a un Allan Karlsson recién duchado y más o menos bien vestido en su despacho de Estocolmo. Le pidió que tomara asiento y le ofreció café y un cigarrillo, tal como acostumbraba hacer aquel asesino en jefe allá en Teherán (aunque Eklund, todo hay que decirlo, apagaba sus cigarrillos en un cenicero).

Como se ha mencionado, al doctor Eklund le disgustaba que el primer ministro se inmiscuyese en la contratación de personal para su proyecto, eso era algo que competía a los científicos, no a los políticos, ¡y aún menos a un político socialdemócrata! Por fortuna, había tenido tiempo de discutir por teléfono el asunto con el comandante en jefe, quien le había dado un espaldarazo moral. Es decir, que si resultaba que el enchufado del primer ministro no daba la talla, no tenía por qué contratarlo.

Allan, por su parte, percibió la animadversión que inspiraba y por un instante recordó su primer encuentro con Song Meiling un par de años atrás. Aunque, por supuesto, la gente podía ser como le diera la gana, no pudo dejar de pensar en que la mayor parte de las veces es innecesario mostrarse arisco cuando, encima, se tiene la posibilidad de no serlo.

La entrevista fue breve.

—El primer ministro me ha pedido que analice meticulosamente si usted puede encajar en algún puesto de nuestra organización —dijo el doctor Eklund—. Y eso es lo que pienso hacer ahora mismo, con su permiso, por supuesto.

Sí, claro, a Allan le parecía bien que el doctor quisiera saber más acerca de su persona, y, además, la meticulosidad era una virtud. Por tanto, el doctor podía formularle tantas preguntas como quisiera.

—Muy bien —dijo Eklund—. Tal vez podríamos empezar por sus estudios...

—Bah, no hay mucho de lo que alardear. Sólo tres años.

—¿Tres años? —exclamó Eklund—. Con apenas tres años de estudios académicos es muy difícil que haya llegado a físico, matemático o químico.

—No, no, me refiero a tres años en total. Dejé el colegio cuando cumplí los nueve.

De pronto, Eklund sintió una necesidad urgente de recomponer las fichas sobre el tablero. O sea, que aquel hombre carecía de toda clase de formación. Quizá ni siquiera sabía leer y escribir. Pero el primer ministro le había pedido que...

—Entonces, ¿a lo mejor tiene alguna experiencia profesional que podría ser relevante para nuestras actividades?

Sí, podía decirse que sí, respondió Allan. Al fin y al cabo, había trabajado mucho en Estados Unidos, en la base militar de Los Álamos, en Nuevo México.

Al doctor Eklund se le iluminó el rostro. Vaya vaya, el viejo zorro de Erlander era muy astuto. Lo que se había originado en Los Álamos ya era de dominio público. ¿Y en qué tarea específica había trabajado el señor Karlsson, si no le importaba que preguntase?

—Servía el café —contestó Allan.

—¿El café? —Eklund frunció el ceño.

—Sí, y a veces té. Era ayudante y camarero.

—O sea, que era asistente en Los Álamos... —Bueno, los americanos eran muy raros. Quizá...—. Y dígame, ¿llegó a participar en alguna toma de decisión relacionada con la fisión nuclear?

—No —respondió Allan—. Lo más cerca que estuve fue la vez que intervine en una reunión donde, en realidad, debía servir café y procurar no distraer a los científicos.

—Ah. Intervino en una reunión en la que, en realidad, trabajaba de camarero... ¿Y qué pasó entonces?

—Bueno, nos interrumpieron... y entonces me hicieron salir de la sala.

Eklund apretó los labios. ¿Qué clase de palurdo le había enviado el primer ministro? ¿Acaso Erlander quería poner a un camarero semianalfabeto a fabricar bombas atómicas para Suecia? Por Dios, incluso un socialdemócrata tenía que saber hasta dónde podía llegar con la estúpida tesis de que todos los seres humanos son iguales y tienen el mismo valor.

Así pues, Eklund supuso que sería un milagro si ese nuevo primer ministro conseguía llegar a fin de año sentado en la silla de primer ministro, y luego le dijo a Allan que, si no tenía nada que añadir, daría por terminada la entrevista. Honestamente, no creía que hubiera sitio para el señor Karlsson. La asistenta que preparaba el café para los científicos en AB Atomenergi no había estado en Los Álamos, por supuesto, pero aun así desempeñaba muy bien su trabajo. Además, Greta, que así se llamaba la mujer, también se ocupaba de limpiar las oficinas, y eso era todo un plus de rendimiento.

Allan se quedó en silencio, considerando la posibilidad de revelar que, a diferencia de los científicos del doctor Eklund, e incluso de la famosa Greta, él sabía fabricar una bomba atómica.

Sin embargo, decidió que, si ni siquiera había sabido formularle las preguntas adecuadas, el doctor Eklund no se merecía esa ayuda. Además, el café de Greta sabía a aguachirle.

Allan no consiguió un empleo en AB Atomenergi, pues sus méritos se consideraron insuficientes. Pero estaba más que satisfecho sentado en un banco enfrente del Grand Hôtel, con unas vistas magníficas del palacio real, al otro lado de la bahía. Y es que no podía ser de otra manera: todavía le quedaba la mayor parte del dinero que el primer ministro le había proporcionado, se alojaba en un sitio elegante, todas las noches cenaba en un restaurante excelente y, encima, ese día de principios de enero el sol bajo del atardecer le caldeaba tanto el cuerpo como el alma.

Pero el trasero se le estaba helando, y tal vez por eso le sorprendió que otra persona tomara asiento en aquel mismo banco.

—Buenas tardes —dijo Allan educadamente.

—*Good afternoon, mister Karlsson* —contestó el hombre.

14

Lunes 9 de mayo de 2005

Cuando el comisario Aronsson hubo comunicado las últimas novedades al fiscal Conny Ranelid en Eskilstuna, éste ordenó de inmediato la detención de Allan Karlsson, Julius Jonsson, Benny Ljungberg y Gunilla Björklund.

Ambos funcionarios habían estado en contacto desde que el anciano centenario desapareció de la residencia, y, en el caso del fiscal, el interés por el asunto iba en aumento desde entonces. Ahora reflexionaba sobre la insólita posibilidad de acusar a Allan Karlsson de asesinato, o al menos de homicidio, a pesar de que aún no habían encontrado ningún cadáver. La jurisprudencia sueca contaba con un puñado de precedentes en los que apoyarse, pero requería una instrucción excepcional y un fiscal especialmente hábil. Esto último no representaría ningún problema para Conny Ranelid, y en cuanto a la primera condición, tenía pensado elaborar una sólida cadena de indicios de la que el primer eslabón sería el más fuerte.

El comisario se sentía un punto decepcionado por el desarrollo de los acontecimientos. Habría sido más estimulante conseguir salvar al anciano de las garras de una banda de criminales en lugar de lo que estaba pasando, a saber, que fracasaban en el intento de salvar a los criminales del anciano.

—¿Realmente podemos vincular a Allan Karlsson y los demás con la muerte de Bylund, Hultén y Gerdin aunque no hayamos encontrado sus cadáveres? —preguntó con la esperanza de que la respuesta fuera «no».

—Ahora no me vengas con ésas, Göran —replicó Conny Ranelid—. En cuanto hayas atrapado a ese vejestorio verás como lo cuenta todo. Y si está demasiado senil para hacerlo, nos quedan los demás, que ya verás cómo se contradicen entre ellos.

A continuación, volvió a repasar el caso con el comisario. Primero le explicó la estrategia a seguir. No creía que pudiera encerrarlos a todos por asesinato, pero disponía de una baraja de tipos penales para aplicarles a su gusto y conveniencia: homicidio, complicidad en esto y aquello, cooperación necesaria, encubrimiento, incluso profanación de cadáveres, aunque para ello el fiscal necesitaría hacer un encaje de bolillos.

Cuanto más tarde hubiera entrado en la trama cualquiera de los detenidos, más difícil sería juzgarlo por un delito grave (siempre y cuando el propio imputado no confesara, por supuesto), y por eso el fiscal quería centrarse en la persona que había estado allí desde el principio: Allan Karlsson.

—Ya nos ocuparemos de que le caiga cadena perpetua, en el sentido literal de la palabra —dijo Ranelid entre risas.

Del viejo se podía afirmar que tenía un móvil muy válido para liquidar, en primer lugar, a Bylund, y luego a Hultén y Gerdin, pues de no hacerlo corría el peligro de que fuera al revés, es decir, que Bylund, Hultén y Gerdin lo liquidaran a él. Desde luego, Ranelid disponía de testimonios que corroboraban la tendencia violenta de los tres miembros de Never Again.

Sin embargo, el viejo no podría aducir legítima defensa, porque entre él y las tres víctimas había una maleta cuyo contenido el fiscal desconocía. Parecía, pues, que desde un principio todo giraba en torno a dicha maleta. Por tanto,

Karlsson había dispuesto de una alternativa al asesinato de los otros tres: no haber robado la maleta o, al menos, haberla devuelto después de robarla.

Por lo demás, el fiscal contaba con varias coincidencias geográficas entre el viejo y las víctimas. La primera de éstas se había bajado en la estación de Byringe, al igual que Karlsson, aunque con una diferencia de varias horas. Luego, ambos habían montado a la vez en la misma vagoneta. A diferencia de Karlsson, tras el viaje en vagoneta la víctima número uno no había aparecido. En cambio, «alguien» había dejado rastros de un cadáver. Parecía bastante obvio quién podía ser ese alguien. A fin de cuentas, había quedado más que probado que tanto el viejo centenario como el ladronzuelo de Jonsson seguían vivos al final del día.

La coincidencia geográfica entre Karlsson y la víctima número dos no era tan evidente. Por ejemplo, nadie los había visto juntos. Sin embargo, un Mercedes plateado y un revólver abandonado le decían al fiscal Ranelid, y seguramente en breve también al tribunal, que Karlsson y la víctima Hultén, a quien se conocía por el apodo de Hinken, habían estado en Sjötorp, provincia de Småland. Aún no se había confirmado que las huellas dactilares encontradas en el arma correspondieran a Hultén, pero el fiscal sabía que sólo era cuestión de tiempo.

La aparición del revólver había sido un regalo del cielo. Aparte de que vincularía a Hinken Hultén con Sjötorp, reforzaba el motivo para quitarle la vida a la víctima número dos.

En cuanto a Karlsson, existía un invento maravilloso al que recurrir: el ADN. Como cabía esperar, el viejo había esparcido su ADN por doquier: en el Mercedes y en aquel lugar de Småland. Por consiguiente, de todo aquello resultaba la siguiente fórmula: Hinken + Karlsson = Sjötorp.

El ADN también se había utilizado para comprobar que la sangre encontrada en el BMW destrozado era de la tercera víctima, Per-Gunnar Gerdin, alias el Jefe. En breve se realizaría un examen más exhaustivo de los restos del coche, y entonces se demostraría que Karlsson y sus compinches también habían estado implicados en esa muerte. ¿Cómo habían podido, si no, sacar el cadáver del coche? Por tanto, el fiscal tenía un móvil y suficientes coincidencias en el tiempo y el espacio entre Allan Karlsson y los tres crápulas muertos para tirar adelante el caso.

El comisario se atrevió a preguntar cómo podía estar tan seguro de que las tres víctimas eran realmente víctimas, o sea, que estaban muertas. Ranelid resopló y dijo que en el caso de la primera y la tercera todo estaba claro. En cuanto a la segunda, tenía pensado convencer al tribunal, porque una vez se hubiera aceptado el triste destino de las víctimas uno y tres, la dos se convertiría en un eslabón más de la famosa cadena de indicios.

—¿O acaso crees que la dos entregó su revólver a los que acababan de liquidar a su amigo, se despidió afectuosamente y se largó antes de que llegara su jefe? —ironizó Ranelid.

—No, supongo que no —se resignó el comisario.

El fiscal admitió que su exposición podía parecer poco consistente, pero que era la cadena de indicios la que daba fuerza al caso. Echaba de menos los cadáveres y el arma homicida (además del camión amarillo), mas su plan empezaba por sentar en el banquillo a Karlsson por la desaparición de la primera víctima. Las pruebas relativas a la segunda y la tercera, si bien insuficientes, cumplían una sólida función de apoyo para juzgar al viejo por la primera. Como ya había dicho, tal vez no por asesinato, pero...

—Pero por lo menos voy a encerrarlo por homicidio o complicidad. Y cuando lo haya conseguido, los demás lo acompañarán. Tal vez no con la misma contundencia, pero ¡caerán!

Naturalmente, el fiscal no podía solicitar la detención y procesamiento inmediato de unas personas alegando que se contradirían durante el interrogatorio. Sin embargo, esta posibilidad se la guardaba en la manga, porque todos los implicados eran unos aficionados. Un hombre centenario, un ladrón de tres al cuarto, el dueño de un puesto de salchichas y una bruja. ¿Cómo demonios iban a aguantar el tipo en una sala de interrogatorios?

—Y ahora vete a Växjö, Aronsson, y hospédate en un hotel decente. Esta noche filtraré la noticia de que el vejestorio es una especie de asesino en serie y, por la mañana, tendrás tantas pistas acerca de su paradero que podrás detenerlo antes del almuerzo, te lo prometo.

15

Lunes 9 de mayo de 2005

—Aquí tienes tres millones de coronas, querido hermano. También quiero aprovechar para pedirte perdón por mi actitud en el tema de la herencia del tío Frasse.

Benny fue directamente al grano cuando se encontró con Bosse por primera vez en treinta años. Antes de que les diera tiempo a estrecharse la mano, le entregó una bolsa con el dinero. Luego prosiguió, en tono grave, mientras el hermano mayor todavía luchaba por recobrarse de la sorpresa.

—Y has de saber dos cosas. La primera es que realmente necesitamos tu ayuda, porque estamos metidos en un buen lío. La segunda, que el dinero que acabo de darte es tuyo porque te lo has ganado. Se quedará contigo pase lo que pase.

Los hermanos estaban iluminados por el único faro del camión amarillo que funcionaba, justo enfrente de la vivienda de Bosse, en Västgötaslätten, un kilómetro y medio al sudoeste de Falköping. Bosse intentó ordenar sus pensamientos y luego dijo que tenía algunas preguntas que hacer. En función de las respuestas que recibiera, se comprometía a considerar la posibilidad de darles cobijo. Benny asintió con la cabeza y repuso que pensaba contestar con la verdad y nada más que la verdad.

—De acuerdo —dijo Bosse, y disparó—: El dinero que acabo de recibir ¿es de procedencia legal?

—En absoluto.

—¿Os persigue la policía?

—Es muy posible que nos persigan la policía y unos maleantes. Pero, sobre todo, estos últimos.

—¿Qué le ha pasado al camión? Tiene el morro destrozado.

—Chocamos contra un maleante cuando íbamos a toda pastilla.

—¿Ha muerto?

—No, desgraciadamente no. Está echado en el camión con una conmoción cerebral, varias costillas rotas, una fractura en el brazo y una herida abierta en el muslo derecho. Su estado es crítico aunque estable, como suele decirse.

—¿Lo habéis traído hasta aquí?

—Ajá.

—¿Qué más debo saber?

—Bueno, en el camino nos hemos cargado a otros dos, cómplices del que está medio muerto en el camión. Los tres se empeñaban en que les devolviéramos los cincuenta millones que acabaron en nuestro poder por casualidad.

—¿Cincuenta millones?

—Cincuenta millones. Menos algunos gastos que hemos ido teniendo sobre la marcha. Entre otras cosas, por la compra de este camión.

—¿Por qué viajáis en un camión?

—Porque llevamos un elefante en la parte de atrás.

—¿Un elefante?

—Se llama *Sonja*.

—¿Un elefante?

—Asiático.

—¿Un elefante?

—Un elefante.

Bosse permaneció callado un momento. Luego dijo:

—¿También habéis robado el elefante?

—No, en realidad no.

Bosse volvió a quedarse callado. Luego dijo:

—Pollo asado y patatas fritas para cenar. ¿Va bien?

—Más que bien —respondió Benny.

—¿Incluye algo para beber? —se oyó una voz cascada en el interior del camión.

Cuando resultó que el moribundo seguía vivo, atrapado en el amasijo de hierros en que se había convertido su coche, Benny ordenó a Julius que fuera por el botiquín que había en el camión. Luego explicó que a veces solía organizar las cosas sin contar con la opinión del grupo, pero que también tenía, en su calidad de cuasi médico, su cuasi ética médica. Por tanto, quedaba descartado dejar que el moribundo se quedara allí desangrándose.

Diez minutos más tarde siguieron viaje en dirección a Västgötaslätten. Habían conseguido sacar al medio muerto del amasijo de hierros y Benny lo había examinado, había hecho el diagnóstico y, con la ayuda del botiquín, le había aplicado los primeros auxilios. Sobre todo, se había ocupado de cortar la hemorragia del muslo derecho e inmovilizar la fractura del antebrazo derecho.

Luego, Allan y Julius tuvieron que trasladarse a la parte de atrás del camión, con *Sonja*, para cederle su sitio al moribundo, que así ocupó la cabina, atendido por la Bella Dama, convertida en enfermera de guardia. Antes, Benny se aseguró de que el pulso y la presión sanguínea estuvieran más o menos bien. Además, mediante una dosis apropiada de morfina, se encargó de que aquel desdichado se adormeciera a pesar del dolor.

En cuanto le quedó claro que realmente eran bienvenidos en casa de Bosse, Benny volvió a examinar al paciente. Seguía dormido gracias a la morfina, y decidió que esperarían un rato para trasladarlo.

A continuación, fue a reunirse con el grupo en la amplia cocina de Bosse. Mientras el anfitrión se ocupaba de la comida que en breve serviría, los amigos le explicaron los dramáticos acontecimientos de los últimos días. Empezó Allan, lo siguió Julius, después Benny, con algún que otro inciso de la Bella Dama, y finalmente Benny de nuevo, cuando llegaron a la parte en que habían embestido el BMW del tercer maleante.

A pesar de que Bosse acababa de escuchar cómo habían provocado dos muertes y cómo, contrariamente a lo dispuesto por las leyes suecas, habían ocultado los hechos, sólo pidió una aclaración:

—A ver si lo he entendido bien... O sea, ¿que tenéis un elefante en el camión que hay delante de mi puerta?

—Es elefanta. Y mañana por la mañana tendremos que sacarla —respondió la Bella Dama.

Por lo demás, a Bosse no le parecía que fuera para tanto. Según él, a menudo la ley dice una cosa mientras la moral dice otra, y no necesitaba ir mucho más allá de su propia empresita para encontrar un ejemplo de cómo se pueden soslayar las leyes siempre que se mantenga la cabeza alta.

—Más o menos como tú llevaste lo de nuestra herencia, aunque al revés —le espetó a Benny.

—Pero ¡qué dices! ¿Quién fue el que me destrozó la moto nueva?

—Eso fue porque dejaste el curso de soldadura —le recordó Bosse.

—Lo hice porque siempre me estabas manipulando —alegó Benny.

Bosse parecía tener la réplica en la punta de la lengua, pero Allan los interrumpió para explicar que él sí había salido de Suecia para conocer mundo, y que si algo había aprendido era que los conflictos más importantes e irresolubles solían surgir de un: «tú eres idiota - no, tú sí que eres idiota - no, el idiota eres tú». La solución, añadió, consistía muchas veces en compartir un par de botellas de aguardiente y luego mirar hacia el futuro. Por desgracia, Benny era abstemio. Naturalmente, Allan podría hacerse cargo de la botella que le tocara a Benny, pero no creía que el resultado fuera el mismo.

—Entonces, ¿quieres decir que unas botellas de aguardiente solucionarían el conflicto entre Israel y Palestina? Pero ¡si se remonta a los tiempos bíblicos!

—Precisamente para este conflicto que mencionas es posible que no bastase con una botella —contestó Allan—. Pero, en principio, es lo mismo.

—¿Y no podría funcionar aunque yo beba otra cosa? —preguntó Benny, sintiendo que su abstinencia lo convertía prácticamente en un enemigo de la humanidad.

Allan sonrió satisfecho: la disputa entre los hermanos había tocado a su fin. Y añadió que el aguardiente en cuestión podía perfectamente encontrar aplicación en otros campos que no fuera la resolución de conflictos.

El alcohol tendría que esperar, opinó Bosse, porque ya estaba lista la cena. Pollo asado y patatas al horno, con cerveza para los adultos y zumo de frutas para su hermanito.

Justo cuando iban a empezar a cenar, Per-Gunnar *el Jefe* Gerdin despertó. Le dolía la cabeza y le dolía respirar, era posible que tuviera un brazo roto, visto que lo llevaba en cabestrillo, y cuando bajó a rastras de la cabina del camión empezó a sangrarle una herida en el muslo derecho. Antes, por extraño que parezca, había sacado su propio revólver de la guantera del vehículo. Joder, todo el mundo parecía idiota menos él.

El efecto de la morfina no había pasado, de modo que era capaz de soportar el dolor, aunque le costaba ordenar sus pensamientos. En todo caso, rodeó la casa espiando por las ventanas hasta que tuvo la certeza de que todos sus ocupantes, incluido un pastor alemán, estaban reunidos en la cocina. Además, la puerta de la cocina que daba al jardín no estaba cerrada con llave. El Jefe entró a la pata coja, con gran determinación y el revólver en la mano izquierda, y ordenó:

—Encerrad al puto perro en la despensa o le pego un tiro. Luego me quedarán cinco balas, una para cada uno de vosotros. —Se sorprendió de su propia calma y compostura.

La Bella Dama parecía más triste que asustada cuando acompañó a *Buster* hasta la despensa y cerró la puerta. *Buster* se quedó un poco inquieto, pero contento: de todos los sitios que había en la casa, lo habían encerrado en una despensa; que después dijeran que la suya era una vida de perros.

Los cinco amigos permanecieron de pie, uno al lado del otro. El asaltante les comunicó que la maleta que estaba en aquel rincón era suya y que pensaba llevársela cuando se fuera. Para entonces, era probable que alguno o varios de los presentes siguiesen con vida, pero todo dependería de las respuestas que dieran a sus preguntas y de lo que hubiera mermado el contenido de la maleta.

Allan fue quien rompió el silencio de los asaltados. Dijo que sí, que en la maleta faltaban algunos millones, pero que eso no afectaría en nada al señor pistolero, puesto que, por distintas circunstancias, dos de sus colegas habían muerto y, naturalmente, ahora había menos personas con las que repartir el botín.

—¿Bulten y Hinken han muerto? —El Jefe pareció confuso.

—¡¿Gäddan?! —exclamó Bosse de repente—. Pero ¡si eres tú! ¡Parece que fue ayer!

—¡¿*Bus* Bosse?! —exclamó a su vez Per-Gunnar *Gäddan* Gerdin.

Y entonces *Bus* Bosse y *Gäddan* Gerdin se unieron en un abrazo en medio de la cocina.

—Algo me dice que también sobreviviré a esto —murmuró Allan.

Sacaron a *Buster* de la despensa, Benny vendó la herida sangrante de Gäddan y Bus añadió un cubierto a la mesa.

—Me basta con un tenedor —dijo el accidentado—, no puedo usar el brazo derecho.

—Y eso que eras muy hábil con el cuchillo cuando hacía falta —le recordó su amigo.

Gäddan y Bus habían sido muy buenos colegas, y también socios en el sector alimentario. Gäddan era el más impaciente, el que siempre quería dar un paso más. Al final, se habían ido cada uno por su lado cuando Gäddan insistió en importar de Filipinas albóndigas suecas tratadas con formol para aumentar el tiempo de conservación de tres días a tres meses (o tres años, según la cantidad de formol empleada). Entonces Bosse se plantó: no quería participar en un negocio de albóndigas trucadas con algo que podía matar al personal. A Gäddan le pareció que su socio exageraba. La gente no se moriría por unos pocos productos químicos en la comida, y en el caso del formol, en realidad debería ser al revés.

Como fuere, los amigos se separaron como amigos. Bosse abandonó la comarca y se mudó a Västergötland, mientras que Gäddan, más bien por probarlo, atracó una empresa de importación, con tal éxito que aparcó el proyecto de las albóndigas y se convirtió en atracador a jornada completa.

Desde entonces, Bosse y Gäddan se veían un par de veces al año, pero con el tiempo sus encuentros se fueron espaciando, hasta que finalmente se acabaron. Y hete aquí que, de pronto, una noche, como salido de la nada, aparecía Gäddan tambaleándose en medio de la cocina de Bosse, tan amenazador como éste recordaba que podía ser cuando estaba de mal humor.

Sin embargo, la ira de Gäddan se trocó en alegría al reencontrarse con su socio y amigo de juventud. Y entonces se sentó a la mesa con Bosse y sus amigos. Qué se le iba a hacer si habían tenido que cargarse a Bulten y Hinken. Ya aclararían eso y lo de la maleta al día siguiente. Ahora tocaba disfrutar de la cena y las cervezas.

—¡Salud! —brindó Per-Gunnar *Gäddan* Gerdin, y al punto perdió el conocimiento.

Lo llevaron a la habitación de invitados y lo metieron en la cama. Benny comprobó el estado de su paciente y luego le suministró otra dosis de morfina para que durmiera hasta el día siguiente. Asunto solucionado.

Por fin había llegado el momento de disfrutar del pollo asado y las patatas. ¡Y vaya si disfrutaron!

—¡Este pollo sí sabe a ave! —elogió Julius, y todos le dieron la razón. Nunca habían probado nada más sabroso. ¿Cuál era el secreto?

Bosse les contó que importaba pollos frescos de Polonia («nada de desechos, todo de primera»), y que luego les inyectaba hasta un litro de una mezcla de agua y especias que él mismo fabricaba. A continuación, los envasaba, y puesto que la mayor parte del trabajo se hacía en Västgötaslätten, podían considerarse como criados en Suecia.

—El doble de buenos gracias a la mezcla de especias, el doble de pesados a causa del agua, y el doble de solicitados por su denominación de origen —resumió Bosse.

Y había conseguido convertirlo en un negocio. A todo el mundo le encantaban aquellos pollos. Sin embargo, por razones de seguridad no se los vendía a los mayoristas de la comarca, pues alguno de ellos podría pasarse por allí y descubrir que no había ni un pollo picoteando por la granja de Bosse.

Y a eso justamente se había referido al mencionar la delgada línea que discurría entre la ley y la moral, prosiguió Bosse. ¿Acaso los polacos eran peores a la hora de criar y sacrificar a sus pollos que los suecos? ¿Acaso la calidad tenía que ver con fronteras políticas?

—La gente es estúpida —afirmó Bosse—. En Francia, la cocina francesa es la mejor; en Alemania, la alemana. Lo mismo pasa en Suecia. De modo que soslayo cierta información para el bien de todos.

—Muy amable por tu parte —dijo Allan, sin ironía.

Bosse les explicó que hacía algo parecido con las sandías, que también importaba, aunque no de Polonia, sino de España y Marruecos. Solía decir que procedían de España porque no creía que nadie creyese que venían de Skövde. Pero, antes de venderlas, inyectaba un litro de almíbar en cada pieza.

—Así les doblo el peso lo que me conviene, ¡y están tres veces más ricas, lo que conviene al consumidor!

—Muy amable por tu parte —dijo Allan, también sin rastro de ironía.

La Bella Dama pensó que habría consumidores a los que, por razones médicas, no les conviniera ingerir un litro de almíbar de aquella manera, pero se lo calló. Creía que ni ella ni ninguno de los comensales tenía derecho a pronunciarse en lo tocante a cuestiones éticas. Además, el sabor de la sandía era casi tan exquisito como el del pollo que acababan de comer.

Göran Aronsson estaba sentado en el restaurante del hotel Royal Corner de Växjö, cenando *chicken cordon bleu*. El pollo, que no procedía de Västergötland, estaba seco e insípido, pero el comisario consiguió tragárselo acompañado de una buena botella de vino.

A esas alturas, el fiscal seguramente se habría puesto en contacto con algún reportero, y al día siguiente los periodistas volverían a la carga. Por supuesto, Ranelid tenía razón al afirmar que les llegarían muchas pistas sobre el paradero del camión amarillo con el morro chafado. Mientras esperaba a que eso ocurriera, Aronsson podía muy bien quedarse donde estaba. Al fin y al cabo, no tenía nada: ni familia, ni amigos cercanos, ni siquiera un hobby. Cuando esa extraña persecución hubiera terminado, desde luego tendría que reconsiderar su vida.

Aronsson acabó la velada bebiendo un gin-tonic, sintiendo pena de sí mismo y fantaseando con la posibilidad de sacar el arma reglamentaria y pegarle un tiro al pianista del bar. Si en lugar de eso se hubiera mantenido sobrio y hubiera hecho un repaso de todo lo que sabía hasta el momento, seguro que la historia habría dado un vuelco.

Esa misma noche, en el diario *Expressen* tuvieron una breve discusión lingüística antes de decidir los titulares del día siguiente. Al final, el jefe de noticias decidió que un muerto podía significar asesinato y dos muertos, doble asesinato, pero que tres muertos lamentablemente no constituían una matanza, como algunos de los redactores sentados alrededor de la mesa pretendían. Aun así, la portada acabó bastante lucida:

EL ANCIANO CENTENARIO,
SOSPECHOSO DE TRIPLE ASESINATO

Ya entrada la noche, en Klockaregård el ambiente estaba muy animado. Una anécdota divertida sustituía a la otra. Bosse tuvo mucho éxito cuando sacó la Biblia y anunció que les contaría la historia de cuando, contra su voluntad, leyó el libro sagrado de cabo a rabo, de la primera a la última página. Allan preguntó a qué método de tortura infernal habían sometido a Bosse, pero las cosas no habían ido así, ni mucho menos. Nadie lo había obligado a nada, no, fue la curiosidad lo que impulsó a Bosse.

—Me temo que yo nunca seré tan curioso —reconoció Allan.

Julius le pidió que dejase de interrumpir para que Bosse pudiera contar la historia de una vez, y Allan dijo que sí, que se callaría. Bosse prosiguió. Un día, unos meses atrás, había recibido la llamada de un conocido que trabajaba en el depósito de residuos, a las afueras de Skövde. Se habían conocido en el hipódromo de Axevallambos, y el amigo sabía que Bosse siempre estaba interesado en nuevas fuentes de ingresos.

Daba la casualidad de que acababa de llegar un palé con quinientos kilos de libros que había que incinerar, puesto que habían sido clasificados como material inflamable en lugar de literatura. Aquello había despertado la curiosidad del colega de Bosse, que quiso saber qué era eso de la literatura y destripó el embalaje para, al final, acabar con una Biblia en la mano.

—Pero no era una Biblia de mierda cualquiera —aclaró Bosse, y les dio un ejemplar para que se lo pasaran y le echaran un vistazo—. Estamos hablando de una Biblia *slimline* de piel auténtica, con canto dorado y todo eso... Y mirad aquí: galería de personajes, mapas en color, índice...

—¡Joder, qué infernal! —exclamó la Bella Dama, impresionada.

—No precisamente —sonrió Bosse—, pero te entiendo.

El colega se había quedado tan impresionado como todos en torno a la mesa y, en lugar de prenderles fuego, llamó a Bosse y se ofreció a sacar las biblias clandestinamente del vertedero a cambio de... digamos, un billete de mil coronas por las molestias.

Bosse aceptó de inmediato y aquella misma tarde tuvo quinientos kilos de biblias en el granero. Pero, por muchas vueltas que les dio, no encontró ningún defecto a los libros. Al final, el asunto estuvo a punto de volverlo loco. De manera que una noche se sentó delante de la chimenea del salón y empezó a leer, desde «En el principio, Dios creó...». Por si acaso, también sacó su propia Biblia de la primera comunión para usarla como referencia. Tenía que haber alguna errata o fallo en algún sitio, si no, ¿por qué iba alguien a tirar algo tan bonito y sagrado a la basura?

Bosse leyó y leyó, noche tras noche, del Viejo Testamento pasó al Nuevo, y siguió leyendo, comparó aquella Biblia con la de la primera comunión y no encontró ningún fallo en ningún pasaje.

Entonces, una noche llegó al último capítulo, y poco a poco, a la última página, al último versículo.

¡Allí estaba! Allí estaba la errata imperdonable e inverosímil que hizo que los propietarios de las biblias decidieran incinerarlas.

Bosse dio entonces un ejemplar a cada uno de los sentados alrededor de la mesa, y todos pasaron las páginas hasta el último versículo para, una vez allí, prorrumpir en carcajadas.

Bosse se contentó con que el error tipográfico estuviera donde estaba, no se molestó en averiguar cómo había llegado allí. En su caso, la curiosidad ya estaba satisfecha; además, había leído su primer libro desde los tiempos de la escuela y, encima, se había vuelto un poco religioso. No es que fuese a dejar que Dios impusiese sus puntos de vista sobre los negocios de Klockaregård o estuviera presente cuando hacía la declaración de la renta, pero en todo lo demás Bosse ponía su vida en manos del Padre, el Hijo y el Espíritu Santo. Porque suponía que ninguno de ellos tendría inconveniente en que fuera a los mercados del sur de Suecia los fines de semana para vender biblias con un pequeño error tipográfico, ¿verdad? («¡Noventa y nueve coronas el ejemplar! ¡Dios mío, qué ganga!»)

Pero si Bosse hubiera conseguido aclarar el asunto, habría podido contarles a sus amigos, además de lo anterior, lo siguiente:

Un tipógrafo de las afueras de Rotterdam estaba atravesando una crisis personal. Unos años atrás, lo habían captado los Testigos de Jehová, pero lo habían echado por haber descubierto y cuestionado, en voz demasiado alta, que entre 1799 y 1980 la congregación hubiese predicho el regreso de Jesús en catorce ocasiones y que, mecachis, se hubieran equivocado en las catorce.

Entonces, el tipógrafo se refugió en el pentecostalismo; le gustaba la doctrina del Juicio Final y abrazó la idea de la victoria definitiva de Dios sobre la maldad, del regreso de Jesucristo (a lo que los pentecostales no ponían fecha) y de que la mayoría de la gente que había conocido desde niño, incluido su padre, arderían en el infierno. Sin embargo, su nueva congregación también acabó por ponerlo de patitas en la calle. Esta vez, el motivo fue que la colecta de todo un mes se extravió cuando el encargado de custodiarla era precisamente el tipógrafo. Él negó todas las acusaciones. Además, ¿acaso el cristianismo no se basaba en el perdón? Y ¿qué otra cosa podía haber hecho, si el coche se le había estropeado y lo necesitaba para conservar su empleo?

Amargado, el tipógrafo se entregó a la tarea de aquel día que, ironías del destino, resultó ser la impresión de dos mil biblias. Y no sólo eso, sino que se trataba de un encargo de Suecia, adonde, por lo que tenía entendido, se había ido a vivir su padre después de abandonar a la familia cuando él tenía seis años.

Con lágrimas en los ojos, el tipógrafo compuso un capítulo detrás de otro con el *software* especial de la imprenta. Cuando llegó al último capítulo, el Apocalipsis, se derrumbó. ¿Cómo iba Jesucristo a regresar alguna vez a la Tierra? ¡Si aquí la maldad tenía el control sobre todo! ¿Qué sentido tenía nada si el Mal había acabado por vencer al Bien? Y en cuanto a la Biblia... ¡menuda tomadura de pelo!

Fue entonces cuando, con los nervios destrozados, el tipógrafo añadió algo a continuación del último versículo de la Biblia en sueco que estaba a punto de entrar en imprenta. No recordaba gran cosa de la lengua de su padre, pero sí de una rima que le pareció muy oportuna. Así fue, pues, como entraron en imprenta los dos últimos versículos de la Biblia junto con el versículo adicional del tipógrafo:

*20. El que da testimonio de estas cosas dice: «Cierta-
mente vendré en breve.» Amén; sí, ven, Señor Jesús.*
*21. La gracia de nuestro Señor Jesucristo sea con todos
vosotros. Amén.*
22. Colorín, colorado, este cuento se ha acabado.

La noche se hizo madrugada en Klockaregård. Tanto el
aguardiente como el afecto fraternal habían fluido y sin duda
lo habrían seguido haciendo de no ser porque Benny, el abstemio, descubrió lo tarde que se había hecho. De modo que
interrumpió la diversión y les comunicó que ya era hora de
irse a la cama. Al día siguiente habría muchas cosas que aclarar, y sería conveniente que todos estuviesen descansados.

—Si fuera un tipo curioso, me preguntaría de qué humor estará cuando despierte el que perdió el conocimiento
hace un rato —comentó Allan.

16

1948-1953

El hombre que se había sentado a su lado en el banco acababa de decir «*Good afternoon, mister Karlsson*», y de ello Allan sacó un par de conclusiones. Primera, que no era sueco, pues de serlo habría probado suerte hablándole en su idioma. Segunda, que sabía quién era él, puesto que había pronunciado su apellido.

Vestía bien: sombrero gris, abrigo gris y zapatos negros. Podía perfectamente ser un hombre de negocios. Parecía amable y estaba claro que quería comunicarle algo a Allan. Por tanto, éste le dijo en inglés:

—¿Significa que mi vida está a punto de dar un vuelco?

El hombre contestó que eso no podía descartarse, pero que en cualquier caso dependía del propio señor Karlsson. Y añadió que a su patrón le gustaría reunirse con él para ofrecerle un trabajo.

Allan contestó que, si bien se sentía bastante a gusto tal como estaba, no podía quedarse en el banco de un parque el resto de su vida, y le preguntó si era demasiado pedir que le dijera quién era su patrón. Resultaba más fácil decir que sí o que no a algo si sabías a qué decías que sí o que no. ¿No compartía el señor la misma opinión?

El desconocido le dio toda la razón, pero el patrón en cuestión era un poco especial y preferiría presentarse personalmente.

—Si acepta, lo acompañaré sin más dilación para que lo conozca —añadió.

Sí, cómo no, respondió Allan, y el desconocido puntualizó que les esperaba un largo viaje. Si el señor Karlsson quería ir por sus pertenencias a la habitación del hotel, él lo esperaría en el vestíbulo. De momento lo acompañaría hasta el hotel, ya que aparcado muy cerca de allí había un coche con chófer.

Era un coche elegante, un Ford cupé rojo, último modelo. ¡Y con chófer! Un tipo taciturno, por cierto. No parecía tan amable como el simpático desconocido.

—Supongo que podríamos saltarnos lo del hotel —dijo Allan—. Estoy acostumbrado a viajar ligero de equipaje.

—Sea —dijo el desconocido, y le palmeó el hombro al chófer para indicarle que se pusiera en marcha.

El destino del viaje era Dalarö, una hora y pico hacia el sur por carreteras sinuosas. Allan y su cicerone conversaron de esto y aquello durante el trayecto. Éste habló de la grandeza de la ópera, mientras que Allan le explicó cómo cruzar el Himalaya sin morir congelado.

El sol se había había puesto cuando el Ford rojo entró en el pequeño pueblo, que en verano era tan popular entre los turistas del archipiélago como oscuro y silencioso en invierno.

—O sea, que aquí es donde vive su patrón —dijo Allan.

—En realidad, no.

El chófer no dijo nada; se limitó a dejarlos en el puerto de Dalarö. El desconocido cogió del maletero una capa de piel que puso amablemente sobre los hombros de Allan y se disculpó porque tendrían que dar una corta caminata en medio del frío invernal.

Allan no era de los que se hacían ilusiones inútilmente (ni lo contrario, ya que estamos) sobre el devenir de su vida. Lo que tenía que ocurrir, ocurría, no valía la pena elucubrar de antemano. Sin embargo, se sorprendió cuando el desconocido se alejó de las luces de Dalarö para conducirlo por un suelo helado hacia la noche cerrada del archipiélago.

Avanzaban a buen ritmo. De vez en cuando, el repentino guía encendía una linterna, enviaba destellos a la oscuridad invernal y luego iluminaba la brújula para determinar el rumbo correcto. Durante todo el trayecto no habló más que para contar los pasos en voz alta, y en un idioma que Allan nunca había oído.

Tras quince minutos a paso ligero por la nada más absoluta, el desconocido anunció que habían llegado. La oscuridad los envolvía, salvo por una luz vacilante y lejana procedente de una isla. El hombre le informó que la luz que veían hacia el sudeste era Kymmendö, que por lo que sabía tenía un significado histórico y literario para los suecos. Allan no sabía nada al respecto, pero no pudo preguntar porque, de pronto, se oyó un *crac* y el suelo se abrió bajo sus pies.

Seguramente el desconocido había calculado un poco mal. O, si no, el comandante del submarino no había sido todo lo exacto que cabía esperar. Sea como fuere, la embarcación de noventa y siete metros de eslora había roto el hielo demasiado cerca de los dos caminantes, que cayeron hacia atrás y a punto estuvieron de acabar en el agua helada. Sin embargo, la cosa no pasó a mayores y muy pronto Allan se encontró en el interior del submarino.

—Éste es un buen ejemplo de lo inútil que resulta empezar el día haciendo cábalas acerca del futuro —reflexionó Allan—. ¿Cuánto tiempo tendría que haber dedicado yo para llegar a imaginarme esto?

El desconocido pensó que ya no hacía falta mostrarse tan misterioso. Explicó que se llamaba Yuli Borísovich Popov, que trabajaba para la Unión de Repúblicas Socialistas Soviéticas, no como político ni militar sino como físico, y que lo habían enviado a Estocolmo para convencerlo de que lo acompañara a Moscú. Lo habían seleccionado para esa misión en previsión de que el señor Karlsson se mostrase reticente, pues entonces la formación de Yuli Borísovich como físico habría ayudado a persuadirlo, dado que ambos hablaban, por así decirlo, el mismo idioma.

—Pero yo no soy físico —dijo Allan.

—Es posible, pero mis patrones dicen que sabe usted algo que a mí me gustaría aprender.

—¡Vaya! ¿Y qué es, si puede saberse?

—La bomba, señor Karlsson. La bomba.

Yuli Borísovich y Allan Emmanuel habían hecho buenas migas desde un principio. Que Allan aceptara seguirlo sin saber quién era, adónde lo llevaba ni para qué, había impresionado enormemente a Yuli, ya que demostraba una despreocupación de la que él carecía. Allan, por su lado, celebraba poder hablar con alguien que no intentaba convencerlo de que abrazase alguna idea política o religiosa.

Además, resultó que a ambos les encantaba el aguardiente, a pesar de que uno de ellos lo llamaba vodka. La noche anterior Yuli Borísovich había tenido ocasión de probar la variante sueca mientras vigilaba discretamente a Allan Emmanuel en el comedor del Grand Hôtel. Le había parecido demasiado seco, sin el típico dulzor ruso, pero después de un par de copas le había cogido el gusto. Y otras dos copas más tarde, salió de su boca un «diablos» de aprobación.

—Aunque éste es mejor, por supuesto —dijo Yuli Borísovich en el comedor de oficiales, mientras alzaba una botella de Stolichnaya—. Ahora mismo lo probaremos.

—Eso está muy bien —dijo Allan—. El mar da mucha sed.

• • •

Ya después de la primera copa, Allan había impuesto un cambio en el trato mutuo. Llamar Yuli Borísovich a Yuli Borísovich cada vez que necesitaba requerir su atención no funcionaría a la larga. Y él, por su parte, no quería que lo llamaran Allan Emmanuel, porque nadie lo había llamado así desde el día en que lo bautizó el pastor de Yxhult.

—O sea, que a partir de ahora tú eres Yuli y yo soy Allan. Si no, me bajo de esta lata de sardinas ahora mismo.

—No lo hagas, estimado Allan, estamos a doscientos metros de profundidad. Tómate otra y déjate de tonterías.

Yuli Borísovich Popov era un socialista fervoroso y no había nada que desease más que seguir trabajando para el socialismo soviético. El camarada Stalin aplicaba mano dura, pero quien servía al sistema con lealtad y convencimiento no tenía nada que temer. Allan contestó que no entraba en sus planes servir a ningún sistema, pero que a lo mejor, si resultaba que se habían atascado en alguna etapa de la bomba, podía proporcionarles alguna que otra información. Antes, sin embargo, le gustaría degustar una copa más de aquel vodka cuyo nombre resultaba impronunciable estando sobrio. Además, Yuli tendría que prometer que no hablaría de política.

Yuli lo prometió, le sirvió otra copa y, por fin, le dio las gracias fervorosamente por la ayuda prometida. Luego mencionó que el mariscal Beria, su jefe directo, había pensado ofrecer al experto sueco cien mil dólares estadounidenses si su colaboración conducía a la fabricación de una bomba.

—No hay problema —lo tranquilizó Allan.

• • •

El contenido de la botella fue menguando mientras ambos hablaban de lo divino y lo humano (sin entrar en política ni en religión). Entre otros temas, abordaron la problemática de la bomba atómica, y a pesar de que en realidad no procedía hacerlo hasta al cabo de unos días, Allan le ofreció a su nuevo amigo un par de indicaciones. Y luego un par más.

—Hum —dijo el físico en jefe Yuli Borísovich Popov—. Creo que entiendo a qué te refieres...

—Pero yo no —dijo Allan—. Vuelve a explicarme eso de la ópera. ¿No te parece un solemne aburrimiento?

Yuli sonrió, bebió un buen trago de vodka, se puso en pie y empezó a cantar. A pesar de su estado de embriaguez, no acometió una canción popular cualquiera, sino el aria *Nessun dorma*, del *Turandot* de Puccini.

—¡Maldita sea! —exclamó Allan cuando Yuli hubo acabado.

—*Nessun dorma!* —dijo Yuli con solemnidad—. ¡Que nadie duerma!

Por mucho que tuvieran o no derecho a dormir, los dos se quedaron dormidos cada uno en su litera del comedor de oficiales. Cuando despertaron, el submarino ya estaba amarrado en el puerto de Leningrado. Allí los aguardaba una limusina para llevarlos al Kremlin, donde se reunirían con el mariscal Beria.

—San Petersburgo, Petrogrado, Leningrado... —enumeró Allan el carnet de identidad de la ciudad—. ¿Y si os decidierais de una vez por todas?

—Buenos días a ti también —dijo Yuli.

Tomaron asiento en la limusina Humber Pullman que los llevaría de Leningrado a Moscú en un viaje que se prolongaría un día entero. Un cristal blindado separaba el asiento del conductor de una especie de salón donde viajaban Allan y su nuevo amigo. En dicho salón había una nevera con agua, refrescos y bebidas alcohólicas, de las que los pasajeros pensaban prescindir por el momento. También había un cuenco con jalea de frambuesa y una fuente llena de bombones de chocolate. Tanto el coche como su interior habrían constituido un magnífico ejemplo del arte ingenieril soviético, de no haber sido porque todo era importado de Inglaterra.

Yuli le contó su vida. Entre otras cosas, que había estudiado con el premio Nobel Ernest Rutherford, el legendario físico nuclear neozelandés. Por eso hablaba tan bien el inglés. Allan, por su parte, refirió al cada vez más pasmado Yuli Borísovich sus aventuras en España, América, China, el Himalaya e Irán.

—¿Qué le pasó luego al pastor anglicano? —preguntó Yuli.

—No lo sé. O bien acabó anglicanizando toda Persia, o bien está muerto. Algo intermedio lo veo menos probable.

—Suena como desafiar a Stalin en la Unión Soviética. Aparte de que, en nuestro caso, sería un delito contra la revolución y las probabilidades de sobrevivir, mínimas.

La sinceridad de Yuli parecía no tener límites. Contó con toda franqueza lo que pensaba del mariscal Beria, el jefe de los servicios secretos que se había convertido también en máximo responsable del proyecto nuclear. En pocas palabras, Beria era un desvergonzado. Abusaba sexualmente de mujeres y niños y enviaba a todos aquellos a quienes consideraba elementos indeseables a campos de trabajo, eso si antes no los mataba.

—A ver si me explico —puntualizó Yuli—. Los elementos indeseables deben ser apartados cuanto antes, sí, pero para calificarlos de indeseables hay que basarse en las verdaderas razones revolucionarias. O sea, hay que acabar con los que no defienden la causa del socialismo, pero no necesariamente con quienes no le hacen el juego al mariscal Beria... El mariscal no es un verdadero representante de la revolución, Allan. Sin embargo, no se puede culpar al camarada Stalin de ello. No tengo el honor de conocerlo personalmente, pero es responsable de todo un país, de casi todo un continente. Si ya metido en faena y con las prisas le ha dado a Beria más competencias de las que debería, pues el camarada Stalin está en su pleno derecho a equivocarse, qué diablos. Y ahora, estimado Allan, te contaré una cosa fantástica: tú y yo seremos recibidos en audiencia no sólo por Beria, ¡sino también por el camarada Stalin en persona! Piensa invitarnos a cenar.

—Caramba —se admiró Allan—. Pero ¿qué haremos hasta entonces? ¿Pretenden que nos alimentemos a base de jalea de frambuesa?

Yuli hizo que la limusina se detuviera en un pueblecito para proveerse de un par de bocadillos para Allan. Luego retomaron el viaje, así como la interesante conversación.

Entre bocado y bocado, Allan estuvo pensando en ese mariscal Beria que, según la descripción de Yuli, parecía tener rasgos muy similares a los del jefe de la policía secreta de Teherán, tristemente fallecido hacía poco tiempo.

Por su lado, Yuli intentaba comprender a su colega sueco. En unas horas cenaría con Stalin, y aunque Allan había dicho «caramba» con expresión de ilusión, se vio impelido a preguntarle qué lo ilusionaba más, si la cena o conocer al gran líder.

—Hay que comer, si no te mueres —dijo Allan en tono conciliador, y elogió los bocadillos rusos—. Pero, estimado Yuli, ¿me disculpas si te hago una pregunta o dos?

—Adelante, estimado Allan. Haz tus preguntas, que yo intentaré responder.

Allan dijo que no había escuchado con demasiada atención mientras Yuli exponía sus ideas políticas, porque no era algo que le interesara, como ya sabía el ruso. En cambio, le interesaban las características humanas del mariscal Beria. Allan había conocido gente de esa calaña a lo largo de su vida, y no acababa de entenderla. Por un lado, según le había contado Yuli, el mariscal Beria era un hombre despiadado. Por otro, se había preocupado de que Allan recibiera un trato extraordinario, limusina incluida.

—O sea —concluyó—, lo que me pregunto es por qué no me ha secuestrado directamente para luego torturarme hasta hacerme desembuchar. De ese modo, se habría ahorrado la jalea de frambuesa, los bombones de chocolate, cien mil dólares y muchas cosas más.

Yuli dijo que lo trágico de aquellas reflexiones era que estaban justificadas. Más de una vez, en nombre de la revolución, el mariscal Beria había mandado torturar a inocentes. Yuli lo sabía. Sin embargo, lo que pasaba, agregó en tono dubitativo... Lo que pasaba, repitió mientras abría la pequeña nevera para sacar una cerveza que le diera fuerzas para decir lo que quería decir... Lo que pasaba era que, reconoció por fin, recientemente el mariscal Beria había utilizado el método que Allan acababa de describir y había fracasado. Habían secuestrado a un experto occidental en Suiza y se lo habían llevado al mariscal, y todo había terminado de la peor manera. Allan tenía que disculparlo, pero Yuli no quería contarle más. No obstante, debía creerle: la lección que habían aprendido tras el reciente fracaso era que los servicios que necesitaran para el proyecto nuclear se comprarían en el mercado occidental según la ley de la oferta y la demanda, por capitalista que pudiera parecer.

El programa atómico soviético se había iniciado a partir de una carta del físico nuclear Georgii Nikoláevich Flerov, dirigida al camarada Stalin en 1942, en la que señalaba que en los medios aliados occidentales no se había hablado ni escrito una sola línea acerca de la técnica de fisión desde que fue descubierta en 1939.

Stalin no era precisamente tonto. Al igual que Flerov, pensaba que un silencio tan absoluto acerca del descubrimiento de la fisión nuclear sólo podía significar que alguien estaba a punto de fabricar una bomba que sería capaz de dar jaque mate a la Unión Soviética.

De modo, pues, que no había tiempo que perder, pero hete aquí que Hitler y los nazis se habían obstinado en horadar grandes partes de la Unión Soviética, concretamente todo lo que estuviera al oeste del Volga, lo que incluía no sólo Moscú, ya de por sí terrible, ¡sino también Stalingrado!

Como no podía ser menos, Stalingrado se convirtió en una cuestión personal para Stalin. Es cierto que sucumbieron más o menos un millón y medio de personas, pero el Ejército Rojo venció y obligó a Hitler a retroceder poco a poco, hasta meterlo en el búnker de Berlín.

Sólo cuando los alemanes estuvieron a punto de ceder, Stalin se sintió seguro de que él y su nación tenían un futuro por delante, y fue entonces cuando, al fin, se pusieron manos a la obra con la investigación nuclear, como una variante más moderna del obsoleto seguro de vida llamado pacto Ribbentrop-Molotov.

Sin embargo, una bomba atómica no es algo que puedas montar en una mañana, sobre todo si aún no está inventada. La investigación nuclear soviética llevaba en marcha un par de años sin que se hubieran registrado avances cuando, un buen día, se produjo una detonación en el desierto de Nuevo México: los americanos habían ganado la carrera, y no era de extrañar, teniendo en cuenta que habían empezado a correr mucho antes. Y tras aquel ensayo, llegaron dos pepinazos de verdad: uno en Hiroshima y el otro en Nagasaki. ¡Bum! y ¡bum! Con ello, Truman le retorció la nariz a Stalin y dejó bien claro quién mandaba. No hacía falta conocer demasiado a Stalin para entender su cabreo.

—Solucione el problema —le ordenó al mariscal Beria—. O si quiere que se lo diga más claro: ¡solucione el problema!

Beria comprendió que sus propios físicos, químicos y matemáticos se habían quedado estancados. Por lo demás, no había recibido ninguna señal de que sus agentes estuvieran a punto de abrirse camino hasta el sanctasanctórum de Los Álamos, por lo que de momento era imposible robar los planos de los norteamericanos.

La solución para completar lo que ya había en el centro de investigación de la ciudad secreta de Sarov, a unas horas en automóvil al sudeste de Moscú, tendría que ser la importación de conocimientos. Puesto que para el mariscal sólo valía lo mejor, le dijo al jefe del espionaje:

—Ocúpese de traer aquí a Albert Einstein.

—Pero... —balbuceó el jefe de los espías, asustado.

—Albert Einstein tiene el mejor cerebro del mundo. ¿Piensa hacer lo que le ordeno, o tiene ganas de morir?

El jefe de los espías acababa de conocer a una mujer y no había nada en el mundo que oliera mejor que ella, por lo que no tenía ninguna prisa en morir. Pero antes de que pudiera decírselo al mariscal, éste añadió:

—Solucione el problema. O si quiere que se lo diga más claro: ¡solucione el problema!

Sin embargo, no se trataba sencillamente de empaquetar a Albert Einstein y enviarlo a Moscú. Antes tenían que localizarlo. Había nacido en Alemania, pero luego se había mudado a Italia, y después a Suiza y Estados Unidos, y desde entonces no había parado de moverse de un lado a otro, por el motivo que fuese.

En ese momento estaba establecido en Nueva Jersey, aunque, según los espías, la casa donde vivía parecía deshabitada. Además, Beria prefería que lo secuestraran, a ser posible, en Europa. Sacar a famosos clandestinamente de Estados Unidos y cruzar el Atlántico tenía sus complicaciones.

Pero ¿dónde se había metido el tío ese? Casi nunca avisaba antes de emprender un viaje y su impuntualidad era legendaria.

El jefe de los espías hizo una lista de lugares en los que Einstein podía tener vínculos más o menos cercanos y destinó sendos agentes para que los vigilasen. Se trataba de la casa de Nueva Jersey y de la villa de su mejor amigo en Ginebra. Además, estaba el publicista de Einstein, en Washington, y otros dos amigos, uno en Basilea y otro en Cleveland, Ohio.

Tuvieron que esperar unos días, pero al fin llegó la recompensa en forma de un hombre de abrigo gris, guantes y sombrero. Apareció andando tranquilamente por la calle hasta la villa de Ginebra donde vivía el mejor amigo de Einstein, Michele Besso. Llamó a la puerta y fue recibido por el propio Besso y por una pareja de ancianos. El agente que estaba de guardia llamó a su colega en Basilea, a unos cuarenta kilómetros de allí, y, una vez juntos, tras mirar por las ventanas durante horas y comparar las fotos que les habían proporcionado, ambos llegaron a la conclusión de que se trataba de Albert Einstein, de visita en casa de su mejor amigo. Los ancianos debían de ser el cuñado de Besso, Paul, y la esposa de éste, Maja, que a su vez era la hermana de Albert. ¡Una fiesta familiar en toda regla!

Albert se quedó dos días en casa de su amigo, aunque bajo estricta vigilancia, hasta que finalmente volvió a ponerse el abrigo, los guantes y el sombrero y se marchó de manera tan discreta como había llegado.

Sin embargo, apenas doblar la esquina lo atacaron por la espalda y lo metieron en el asiento trasero de un coche, donde lo durmieron con cloroformo. Desde allí, a través de Austria, lo trasladaron hasta Hungría, que, como es sabido, se mostraba muy complaciente con la URSS y no hizo preguntas sobre el avión ruso que aterrizó en el aeropuerto militar de Pécs, repostó combustible, recogió a dos ciudadanos soviéticos y a un hombre soñoliento e inmediatamente volvió a despegar con destino desconocido.

. . .

Al día siguiente comenzó el interrogatorio de Albert Einstein en las dependencias de los servicios secretos en Moscú, bajo la batuta del mariscal Beria. La cuestión era si Einstein accedería a cooperar, por el bien de su salud, o, por el contrario, se negaría a ello.

Desgraciadamente, se negó. El científico se mostró renuente a admitir que hubiera dedicado un solo pensamiento a la fusión nuclear (a pesar de que era de dominio público que, desde 1939, llevaba comunicándose con el presidente Roosevelt acerca del asunto y que ese contacto, a su vez, había dado como resultado el Proyecto Manhattan). En realidad, Albert Einstein ni siquiera quería admitir que era Albert Einstein. Afirmaba, con una obstinación rayana en la insensatez, que era el hermano pequeño de Albert Einstein, Herbert. Sólo que Albert Einstein no tenía ningún hermano, sino una hermana. O sea, que ese truco no funcionó con el mariscal Beria y sus esbirros, y ya iban a recurrir a la violencia cuando se enteraron de que estaba sucediendo algo insólito en la Séptima Avenida de Nueva York, a miles de kilómetros de allí: en ese momento, Albert Einstein pronunciaba en el Carnegie Hall una conferencia de divulgación científica sobre la teoría de la relatividad ante dos mil ochocientos invitados especiales, al menos tres de ellos informadores de la Unión Soviética.

Dos Albert Einstein eran demasiado para el mariscal, aunque uno de ellos se encontrase al otro lado del Atlántico. Fue bastante fácil y rápido comprobar que el del Carnegie Hall era el auténtico, pero entonces, ¿quién demonios era el otro?

Ante la amenaza de recibir tortura inmisericorde e impía, el falso Albert Einstein prometió explicarse.

—Se lo aclararé todo, mariscal, descuide, siempre que no me interrumpa, porque eso me pone nervioso.

Beria prometió no interrumpirlo con nada que no fuese un disparo en la sien si le contaba una sola mentira.

—Bien, y ahora sea tan amable de empezar —añadió—. No se preocupe por mí. —Y quitó el seguro de su pistola.

El hombre que antes había afirmado ser el hermano desconocido de Albert Einstein, Herbert, respiró hondo y antes que nada reafirmó la versión que acababa de darles (en ese momento, la bala estuvo a punto de abandonar la recámara). Pero a continuación soltó una historia tan triste que el mariscal no pudo decidirse a ejecutarlo de inmediato.

Resumiendo, lo que Herbert Einstein contó fue que Hermann y Pauline Einstein habían tenido dos hijos: primero Albert y luego Maja. Sin embargo, a papá Einstein le costaba mantener las manos y otras cosas quietas cuando estaba con su hermosa pero intelectualmente corta secretaria en la fábrica de productos electroquímicos que tenía en Múnich. Y el resultado de esa inquietud permanente fue Herbert, el secreto y nada legítimo hermano de Albert y Maja.

Tal como los agentes del mariscal habían detectado, Herbert era prácticamente una copia de Albert, aun siendo trece años más joven. Sin embargo, no pudieron detectar que, por desgracia, Herbert había heredado la inteligencia de su madre. O sea, su falta de la misma.

Cuando Herbert tenía dos años, en 1895, la familia Einstein se trasladó de Múnich a Milán. A Herbert lo incluyeron en la mudanza, pero a su madre no. Papá Einstein se lo propuso, claro está, pero la mamá de Herbert no se mostró interesada. No le apetecía cambiar el *bratwurst* por los espaguetis, ni el alemán por el... como fuera que se llamara el idioma que hablaban en Italia. Además, aquel bebé no le había dado más que problemas; ¡no paraba de llorar porque era un tragaldabas y, además, se cagaba en los pantalones! Si alguien quería llevárselo a otro lugar, que lo hiciera, pero ella se quedaría donde estaba.

La madre de Herbert recibió de papá Einstein una suma de dinero suficiente para vivir cómodamente. Fue una pena que luego conociera a un auténtico conde que la convenció de invertir todo su dinero en una máquina que producía un elixir de la vida que curaba todas las enfermedades. Naturalmente, el conde desapareció, con el dinero y con el elixir de la vida, puesto que la madre de Herbert murió arruinada, unos años más tarde, de tuberculosis.

Así pues, Herbert se crió con sus hermanos Albert y Maja. Sin embargo, para evitar los escándalos, papá Einstein decidió que lo llamarían sobrino, no hijo. Herbert nunca estuvo demasiado cerca de su hermano, pero quería a su hermana profundamente, a pesar de que lo obligaron a llamarla prima.

—En resumidas cuentas —dijo Herbert Einstein—, mi madre me abandonó, mi padre me rechazó y soy tan inteligente como una zanahoria. No he dado golpe en toda mi vida, me he limitado a vivir de la herencia de mi padre y jamás he tenido una idea mínimamente brillante.

Durante el relato, Beria había vuelto a ponerle el seguro a la pistola. A fin de cuentas, era muy posible que aquella historia fuese verdad. Además, la franqueza con que aquel tarugo se describía a sí mismo resultaba admirable.

Y ahora, ¿qué debía hacer? Se puso en pie, pensativo, y empezó a caminar arriba y abajo. Suspiró y, en nombre de la revolución, dejó de lado cuestiones éticas. Ya tenía suficientes problemas como para agregar otro. Bueno, así que no quedaba más remedio. Se volvió hacia los dos guardias que había en la puerta y ordenó:

—Acabad con él.

Y abandonó la habitación.

Desde luego, no iba a ser fácil ni divertido explicarle al camarada Stalin la metedura de pata con el tal Herbert, pero el mariscal siempre caía de pie, como los gatos, y antes de tener que rendir cuentas se abrió una brecha en la base de Los Álamos.

A lo largo de los años, más de ciento treinta mil personas habían sido contratadas para participar en el llamado Proyecto Manhattan, y aunque más de una era leal a la revolución socialista, ninguna había conseguido llegar al sanctasanctórum para que por fin la Unión Soviética se hiciera con el secreto más secreto de la bomba atómica.

Sin embargo, ahora sabían algo casi tan valioso como eso: que había sido un sueco quien había resuelto el enigma, ¡y tenían su nombre!

Tras activar la red de espionaje en territorio sueco, no tardaron más de medio día en descubrir que Allan Karlsson se hospedaba en el Grand Hôtel de Estocolmo y que en ese momento estaba de brazos cruzados, puesto que el jefe del programa nuclear sueco (previsiblemente infiltrado por los soviéticos) le había comunicado que no necesitaban sus servicios.

—La pregunta es quién tiene el récord mundial de la estupidez —murmuró Beria—. Si el jefe del programa nuclear sueco o la madre de Herbert Einstein...

Esta vez, el mariscal optó por una táctica diferente. En lugar de llevárselo por la fuerza, convencerían a Allan Karlsson de que colaborase a cambio de una generosa compensación en dólares. Y el que se encargaría de convencerlo, al menos en un primer momento, no sería un torpe agente sino un científico. Así, el torpe agente en cuestión, por si las moscas, acabó de chófer privado de Yuli Borísovich Popov, el sumamente simpático y casi tan sumamente competente físico del equipo nuclear más secreto del mariscal Beria.

Y entonces le informaron que todo había ido según lo previsto, que Yuli Borísovich pronto llegaría a Moscú acompañado por Allan Karlsson, quien, además, se había mostrado dispuesto a echar una mano.

· · ·

El mariscal Beria, que por decisión del camarada Stalin tenía su despacho dentro de los muros del Kremlin, fue al encuentro de Allan Karlsson y Yuli Borísovich cuando éstos entraron en el vestíbulo.

—Bienvenido, señor Karlsson —lo saludó Beria al tiempo que le tendía la mano.

—Gracias, señor mariscal —dijo Allan.

Beria no era de esos que pueden pasarse hablando una eternidad sobre nada en concreto, la vida le parecía demasiado corta para ello (y, además, era bastante insociable), así que fue al grano:

—Si he comprendido bien los informes, señor Karlsson, está usted dispuesto a ayudar a la Unión de Repúblicas Socialistas Soviéticas en cuestiones nucleares, a cambio de una compensación de cien mil dólares.

Allan contestó que el dinero no era problema, pero que estaría encantado de echarle una mano a Yuli Borísovich si necesitaba ayuda en alguna cosa. Eso sí, preferiría empezar al día siguiente, porque estaba agotado con tanto viaje.

Beria contestó que entendía que el señor Karlsson estuviese agotado, pero primero cenarían con el camarada Stalin y luego podría descansar en las mejores estancias que el Kremlin podía ofrecerle.

Papaíto Stalin no escatimó en comida. Había huevas de salmón, arenque, pepinillos en vinagre, ensaladilla de carne, verduras asadas, *borsch*, *pelmen*, *blinis* con caviar, trucha de río, *roulade*, chuletas de cordero y tortitas con helado. Todo ello acompañado de vinos de diferentes colores y, por supuesto, de vodka. Y aún más vodka.

Alrededor de la mesa se sentaban: Stalin en persona; Allan Karlsson, de Yxhult; el físico nuclear Yuli Borísovich Popov; el jefe de los servicios secretos del Estado soviético, el mariscal Lavrenti Pávlovich Beria; y un joven escuálido, casi invisible, sin nombre, ni nada que comer ni beber: era el intérprete, y era como si no existiese.

Stalin estuvo de un humor espléndido desde el principio. ¡Lavrenti Pávlovich siempre cumplía lo prometido! Naturalmente, la metedura de pata con Einstein había llegado a sus oídos, pero eso ya era historia. A fin de cuentas, Einstein (el de verdad, entiéndase) sólo contaba con su cerebro, ¡Karlsson, en cambio, contaba con los conocimientos exactos y detallados!

Y las cosas no se torcieron en ningún momento, pues Karlsson parecía un tipo simpático. Le habló a Stalin de su vida, aunque muy brevemente. Su padre había luchado por el socialismo en Suecia y después había viajado a Rusia con el mismo propósito. ¡Muy loable, desde luego! Él, por su parte, había luchado en la guerra civil española, y Stalin no quiso ser indiscreto y preguntar en qué bando. Una vez finalizada la tal guerra, viajó a Estados Unidos (volando, supuso Stalin) y las cosas fueron de tal manera que acabó trabajando para los aliados... lo cual podía perdonarse, ya que en cierto modo Stalin había hecho lo mismo en los últimos tiempos de la guerra.

Para cuando empezaron los segundos platos, Stalin ya había aprendido a cantar el *Helan går, sjunghoppfade-rallanlallanlej*[1] cada vez que alzaban la copa para brindar. Esto, a su vez, había llevado a Allan a elogiar la voz de Stalin, quien entonces contó que en su juventud había cantado en un coro y actuado como solista en bodas. En ese punto se puso en pie y, a fin de demostrarlo, empezó a dar brincos y agitar brazos y piernas por toda la sala mientras entonaba una canción que a Allan le sonó casi a... indio... pero ¡qué más daba!

Allan no sabía cantar, de hecho, no sabía nada que tuviera el mínimo valor cultural, pero el ambiente parecía exi-

---

1. Canción sueca que se entona al beber el primer trago. *(N. de la T.)*

girlo, por lo que llegó a hacer algo más que entonar el *Helan går*, «que corra la botella», y lo único que, con las prisas, se le ocurrió fue el poema del premio Nobel sueco Verner von Heidenstam que en segundo de primaria el maestro había obligado a los niños a aprender de memoria.

Stalin se sentó y Allan se puso en pie y empezó a recitar:

Suecia, Suecia, patria nuestra,
terruño de nuestra añoranza, hogar nuestro en este mundo,
ora suenan los manantiales, ora resplandecen las hogueras
y las hazañas se hacen saga, pero mano con mano
maldice a tu pueblo como antes maldijiste la orden de
*   ser fiel*

Cuando tenía ocho años, Allan no había entendido el significado de ese poema, y ahora, treinta y siete años después, tuvo que reconocer que seguía sin entenderlo. Además, como lo recitó en sueco, el intérprete inexistente de ruso e inglés permaneció en silencio y dejó de existir más que nunca.

Una vez cesaron los aplausos, Allan les explicó que acababa de recitar un poema de Verner von Heidenstam. De haber sabido la reacción de Stalin, es probable que se hubiera ahorrado esta información, o al menos la hubiera matizado un poco.

Y es que el camarada Stalin siempre había sido poeta, y enormemente virtuoso, además. Sin embargo, las circunstancias históricas lo habían convertido en un combatiente revolucionario, condición que podía considerarse en cierto modo poética. Además, aún conservaba el interés por la poesía y conocía a los poetas contemporáneos más destacados.

Desgraciadamente para Allan, también conocía la obra de Von Heidenstam. Y, a diferencia de Allan, sabía el amor que aquel cabrón sentía por Alemania. Amor correspondi-

240

do, por otra parte. Rudolf Hess, la mano derecha de Hitler, había visitado a Heidenstam en su casa en los años treinta y luego el poeta había sido investido doctor honoris causa por la Universidad de Heidelberg.

Todo eso cambió el humor de Stalin de forma drástica.

—¿Acaso el señor Karlsson pretende insultar a su generoso anfitrión, que lo ha recibido con los brazos abiertos? —preguntó Stalin.

Allan le aseguró que no. Si era Heidenstam quien lo había disgustado, Allan le pedía mil disculpas. ¿Tal vez el hecho de que Heidenstam hubiera muerto años atrás podía servirle de consuelo?

—Y esa palabra, *sjunghoppfaderallanlallanlej*, ¿qué significa, en realidad? ¿Se trata de un homenaje a los enemigos de la revolución y ha engañado a Stalin para que la pronuncie? —dijo Stalin, que cuando se sentía indignado siempre se refería a sí mismo en tercera persona.

Allan contestó que necesitaría un tiempo para traducir *sjunghoppfaderallanlallanlej* al inglés, pero que el camarada Stalin podía estar tranquilo, pues no era más que una expresión de alegría.

—¿Una expresión de alegría? —repitió Stalin elevando la voz—. ¿Acaso al señor Karlsson le parece que Stalin está contento?

Allan empezaba a hartarse de la susceptibilidad del georgiano. El muy bobo tenía el rostro encendido, tan enfadado estaba, y todo por nada.

—Y por cierto —prosiguió Stalin—, ¿cómo era lo de la guerra civil española? ¿Quizá sería mejor preguntarle al *herr* seguidor de Heidenstam en qué bando combatió?

Allen se preguntó si aquel maldito hombre tendría un sexto sentido. Muy bien, puesto que ya estaba bastante disgustado, le diría las cosas tal como eran.

—En realidad no luché en la guerra, señor Stalin, aunque primero ayudé a los republicanos. Luego, poco antes de que finalizase la contienda, y por razones de carácter fortuito, cambié de bando y me hice muy buen amigo del general Franco.

—¡¿Franco?! —gritó entonces Stalin, y se levantó volcando la silla.

Jo, menudo enfado. A Allan ya le había pasado alguna que otra vez que alguien le gritara. Sin embargo, nunca le había devuelto los gritos a nadie, y no pensaba hacerlo con Stalin. Pero eso no significaba que le diese igual. Al contrario, aquel rabioso y vociferante comunista le desagradaba sobremanera. Entonces decidió contraatacar, a su humilde manera.

—No sólo eso, señor Stalin. También he estado en China con la misión de luchar contra Mao Tse-tung, y en Irán impedí un atentado contra Churchill.

—¡¿Churchill, ese cerdo obeso?! —gritó Stalin y, desesperado, se bebió de un trago su vaso de vodka.

Allan lo miró con envidia, a él también le habría gustado que volvieran a llenarle el vaso, pero no era el mejor momento para exponer esa clase de deseo.

El mariscal Beria y Yuli Borísovich no dijeron nada, pero sus semblantes diferían mucho entre sí. Mientras que Beria miraba con gesto airado a Allan, Yuli parecía muy triste.

Stalin suspiró y bajó la voz para adoptar un tono normal, aunque todavía seguía furioso.

—¿Stalin lo ha entendido bien? —dijo—. Luchaste en el bando de Franco, combatiste contra el camarada Mao, le salvaste la vida al cerdo de Churchill y has puesto en manos de los supercapitalistas americanos el arma más letal del mundo...

—Quizá el camarada Stalin exagere un poco, pero en líneas generales es correcto. Por cierto, lo último que hizo mi padre fue unirse al zar, por si el señor Stalin también quiere reprochármelo.

—¡Me importa una mierda! —farfulló el georgiano, tan furioso que hasta se olvidó de hablar de sí mismo en tercera persona—. ¿Y ahora estás aquí para venderte al socialismo soviético? Cien mil dólares, ¿es ése el precio de tu alma? ¿O ha subido durante la noche?

De pronto, Allan perdió las ganas de echarle una mano. Si bien Yuli era un buen hombre que necesitaba ayuda, su trabajo acabaría en manos del camarada Stalin, quien, estaba claro, no era un camarada que valiese la pena. Al contrario, parecía bastante loco, y lo mejor sería que no tuviese una bomba con la que jugar.

—Bueno —dijo—, esto nunca ha sido una cuestión de dinero...

No pudo decir nada más, porque Stalin volvió a estallar.

—¿Quién te has creído que eres, maldita rata de cloaca? ¿Creías que tú, un representante del fascismo, del repugnante capitalismo americano, de todo lo que Stalin más desprecia, que tú, tú, precisamente, podías venir aquí, ¡al Kremlin!, a regatearle a Stalin, ¡a regatearle a Stalin!?

—¿Por qué repites las cosas? —preguntó Allan, mientras Stalin proseguía:

—La Unión Soviética está preparada para ir a la guerra de nuevo, ¡que lo sepas! Habrá guerra, habrá guerra irremediablemente, hasta que el imperialismo americano haya sido aniquilado.

—Pero qué...

—¡Para luchar y vencer no necesitamos tu maldita bomba atómica! ¡Sólo almas y corazones socialistas! ¡El que siente que nunca será vencido jamás lo será!

—Hasta que alguien le suelte una bomba atómica en la cabeza —apuntó Allan.

—¡Aplastaré el capitalismo! ¿Me oyes bien? ¡Haré trizas a los capitalistas, uno por uno! ¡Y empezaré por ti, perro, si no nos ayudas con la bomba!

Allan constató que en apenas unos segundos había pasado de rata a perro. Y que Stalin estaba como un cencerro, pues, a pesar de su invectiva, pretendía utilizar sus servicios.

Bien, Allan no se quedaría allí sentado mientras lo cubrían de improperios. Había ido a Moscú para echar una mano, no para que lo insultaran. En adelante, Stalin tendría que valerse por sí mismo.

—He estado pensando una cosa —dijo.

—¿Qué cosa? —preguntó Stalin, iracundo.

—¿No crees que deberías afeitarte ese mostacho?

Y así acabó la cena, porque el intérprete se desmayó.

Los planes cambiaron radicalmente. Allan nunca llegó a alojarse en la estancia más elegante del Kremlin, sino en una celda sin ventanas, en el sótano de las dependencias de la policía secreta. Al final, el camarada Stalin había decidido que la Unión Soviética conseguiría la bomba atómica con sus propios expertos e investigadores, o a través del espionaje puro y duro. No había que secuestrar a ningún científico occidental más. Definitivamente, no regatearían ni con capitalistas ni con fascistas, ni con los dos a la vez.

Yuli se sentía profundamente desdichado. No sólo porque había llevado al simpático Allan a la Unión Soviética mediante engaños —y, con ello, seguramente a la muerte—, sino también porque el camarada Stalin había mostrado unas terribles carencias humanas. El gran líder era inteligente, culto, un grandioso bailarín y tenía una magnífica voz, pero ¡también era un impresentable! Sólo porque Allan había citado al poeta equivocado, una cena de lo más amena y divertida se había convertido en una catástrofe.

Así pues, aun a riesgo de su pellejo, Yuli intentó hablar con el mariscal Beria sobre la inminente ejecución de Allan y la posibilidad de encontrar otra solución.

Por fortuna, Yuli había juzgado mal al mariscal. Si bien era cierto que violaba a mujeres y niños y ordenaba tortura y ejecución para culpables e inocentes, también lo era que, por muy repugnantes que fueran sus métodos, trabajaba denodadamente por conseguir lo mejor para su país.

—No te preocupes, estimado Yuli Borísovich, el señor Karlsson no morirá —lo tranquilizó Beria—. Al menos de momento.

Su plan era mantener a Karlsson en la reserva, en previsión de que Yuli Borísovich y sus colegas científicos siguieran fallando a la hora de desarrollar la bomba. Naturalmente, su explicación contenía una terrible amenaza velada, algo que satisfacía en grado sumo al mariscal Beria.

En espera del juicio, Allan estaba donde estaba, en una de las muchas celdas de aquella mazmorra. Lo único que pasaba allí, aparte de nada, era que le servían una hogaza, treinta gramos de azúcar y tres comidas al día, consistentes en sopa de verdura, sopa de verdura y sopa de verdura.

Sin duda, la comida habría sido mucho mejor en el Kremlin. No obstante, Allan pensó que, aunque la sopa tenía el sabor que tenía, al menos le dejaban degustarla en paz, sin que nadie le estuviese gritando por razones incomprensibles.

La nueva dieta se prolongó casi una semana, hasta que llegó el día del juicio. La sala de audiencias, al igual que la celda de Allan, se hallaba en el enorme edificio de la plaza Lubyanka, aunque unos pisos más arriba. Sentaron a Allan en una silla delante del juez que ocupaba el estrado. A la izquierda de éste se sentaba el fiscal, un hombre de aspecto hosco, y a su derecha el abogado defensor, un hombre de aspecto hosco.

Primero, el fiscal dijo algo en ruso que Allan no entendió. Luego, el abogado defensor dijo algo en ruso que Allan no entendió. Acto seguido, el juez asintió con la cabeza, aparentemente pensativo, antes de desdoblar y leer una nota recordatoria, y a continuación dictó sentencia:

—Vistas las pruebas presentadas y los fundamentos legales sustanciados, este Tribunal Especial condena a Allan Emmanuel Karlsson, ciudadano del reino de Suecia, elemento peligroso para la sociedad socialista soviética, a treinta años de internamiento en un campo de reeducación en Vladivostok. —Y bajó el mazo.

Acto seguido, informó al condenado que podía recurrir la sentencia ante el Soviet Supremo en un plazo de tres meses a partir de ese mismo día. Y, a su vez, el abogado defensor le informó, en nombre y representación de Allan Karlsson, que no recurrirían. Al contrario, Allan Karlsson incluso estaba agradecido por tan indulgente sentencia.

Aunque a Allan nadie le preguntó si estaba agradecido o no, la sentencia tenía su lado bueno. En primer lugar, porque le permitía conservar la vida, algo que, teniendo en cuenta que lo habían calificado de elemento peligroso, se daba muy pocas veces. Y en segundo lugar, porque precisamente lo habían destinado al gulag de Vladivostok, donde el clima siberiano era más clemente. Allí, el tiempo no era mucho más crudo que en Södermanland, mientras que en los que se hallaban más al norte y en el interior llegaban a tener temperaturas de cincuenta, sesenta e incluso setenta grados bajo cero.

Por tanto, Allan había tenido suerte. Poco después, lo metieron en un vagón de tren muy ventilado junto con una treintena de afortunados disidentes recientemente juzgados. En ese vagón en concreto proporcionaron tres mantas por prisionero, gracias a que el físico nuclear Yuli Borísovich Popov había sobornado a los guardias y al oficial con un fajo de rublos. Al oficial le extrañó que un ciudadano tan prominente se preocupara por un simple transporte de prisioneros y estuvo considerando informar a sus superiores, pero ya había aceptado el dinero, por lo que más le valía mantener la boca cerrada.

No fue fácil para Allan encontrar a alguien con quien hablar durante el trayecto, ya que prácticamente nadie hablaba otro cosa que ruso. Sin embargo, un hombre de unos cincuenta años hablaba italiano, y puesto que Allan hablaba español con fluidez, llegaron a entenderse. O al menos lo suficiente para que Allan entendiera que aquel hombre estaba profundamente apenado y que de no haber sido, en sus propias palabras, un cobarde, se habría quitado la vida. Allan lo consoló y le dijo que a lo mejor todo acababa arreglándose en cuanto el tren se internara en Siberia. Quizá, con un poco de suerte, las mantas no alcanzaran para mitigar tanto frío.

El italiano se sorbió los mocos y recobró los ánimos. Luego le dio las gracias por su apoyo y le estrechó la mano. Por cierto, no era italiano sino alemán. Se llamaba Herbert. El apellido daba igual.

Herbert Einstein nunca había tenido suerte en la vida. Debido a un error administrativo no lo habían condenado a muerte, como deseaba con tanto ahínco, sino, al igual que a Allan, a treinta años de trabajos forzados en un campo de reeducación.

Tampoco se moriría de frío en la tundra siberiana, de eso se ocuparían las mantas de más, y hay que recordar que el mes de enero de 1948 fue el más suave en años. Allan le aseguró que ya llegarían más ocasiones y le aconsejó que no desesperara. Al fin y al cabo, iban de camino a un campo de trabajo y, a falta de otra cosa, siempre podía matarse trabajando. ¿Qué le parecía la idea?

Herbert suspiró y dijo que seguramente era demasiado perezoso para eso; nunca en su vida había trabajado, de modo que dudaba que funcionara. Allan le hizo ver entonces que por ahí podía llegar la solución: el que hacía el vago en un campo de trabajo acababa acribillado por las balas de los guardias.

A Herbert le gustó la idea, pero también le hizo temblar. Eso de las balas, ¿no dolía mucho?

• • •

Allan Karlsson no exigía gran cosa de la vida. Le bastaba con una cama, comida suficiente, algo que hacer y, de vez en cuando, una copita de aguardiente. Si tenía eso, era capaz de soportarlo casi todo. El campo de trabajo de Vladivostok se lo ofreció, menos el aguardiente.

En aquellos tiempos, la zona portuaria de Vladivostok se componía de dos zonas propiamente dichas, una abierta y otra cerrada. Ésta estaba delimitada por una alambrada de dos metros de altura, dentro de la cual se hallaba el campo de reeducación, formado por cuarenta barracones marrones dispuestos en cuatro hileras. La alambrada llegaba hasta el muelle. Las embarcaciones que tenían que cargar o descargar a los prisioneros del gulag atracaban en la parte interior de la cerca; las otras, fuera. Por lo demás, de casi todo se encargaban los prisioneros, sólo los pequeños pesqueros y algún que otro petrolero de gran tamaño se las tenían que arreglar por su cuenta.

Salvo alguna excepción, los días en aquel campo de reeducación se parecían entre sí hasta confundirse unos con otros. Tocaban diana en el barracón a las seis, desayunaban a las seis y cuarto. La jornada laboral era de doce horas, entre las seis y media de la mañana y las seis y media de la tarde, con treinta minutos para comer a las doce. Finalizada la jornada, cenaban y enseguida eran encerrados en los barracones hasta la mañana siguiente.

La dieta consistía, sobre todo, en pescado, pocas veces en sopa. No puede decirse que los carceleros fueran especialmente amables, pero al menos no disparaban a la gente sin motivo. Incluso Herbert Einstein había conseguido seguir con vida, contrariamente a sus deseos. Es cierto que arrastraba los pies más que cualquier otro prisionero, pero, puesto que siempre se mantenía cerca de Allan, que trabajaba de firme, nadie reparaba en ello.

A Allan no le importaba trabajar por dos. Eso sí, le pidió a Herbert que no se pasara el día lamentándose de lo terrible que era su vida. Allan ya había entendido esa parte y, por tanto, no servía de nada repetirlo una y otra vez. Herbert le hizo caso, y eso estaba bien, igual que la mayor parte de las cosas en aquel lugar.

De no haber sido por lo del aguardiente. Allan lo soportó cinco años y tres semanas exactamente. Entonces dijo:

—Quiero tomarme un trago y aquí no hay manera, así que es hora de espabilar.

17

Martes 10 de mayo de 2005

El sol primaveral brillaba por noveno día consecutivo y Bosse puso la mesa para comer en el porche.

Benny y la Bella Dama sacaron a *Sonja* del camión y la condujeron hasta el prado detrás de la casa. Allan y Gäddan estaban sentados juntos en el balancín, columpiándose con cuidado. Uno tenía cien años y el otro se sentía como si los tuviese. Le dolía la cabeza, le costaba respirar a causa de las costillas rotas y el brazo derecho no acababa de responderle, pero lo peor era la herida abierta en el muslo. Benny se acercó y le dijo que más tarde le cambiaría el vendaje de la pierna y le administraría un par de analgésicos. La morfina podían dejarla para la noche.

Luego Benny regresó junto a *Sonja* y Allan y Gäddan volvieron a quedarse solos. Allan pensó que seguramente ya era hora de que mantuviesen una conversación seria de hombre a hombre. Empezó lamentando que ¿Butten... Bulten? hubiera fallecido allá en el bosque de Södermanland, y que poco después ¿Hinden... Hinken? hubiese acabado aplastado por *Sonja*. Había que admitir, sin embargo, que ambos habían mostrado una actitud amenazadora, y eso podía considerarse una circunstancia atenuante, ¿no estaba de acuerdo Gäddan?

Gäddan Gerdin contestó que era muy triste oír que los chicos habían muerto a manos de un anciano centenario, pero que no le sorprendía ya que ambos eran extraordinariamente tontos. El único que podía ganarles en estupidez era el cuarto miembro del club, Caracas, que acababa de abandonar el país y estaba de camino a algún país de América del Sur, Gäddan no recordaba muy bien cuál.

De pronto, adoptó un tono triste y pareció compadecerse de sí mismo. A fin de cuentas, era Caracas quien se había ocupado de hablar con los traficantes de cocaína en Colombia, y, con su partida, Gäddan se había quedado sin intérprete ni nadie que lo ayudase a continuar el negocio. Allí estaba, sentado en un balancín con varios huesos rotos y sin tener la menor idea de qué hacer con su vida.

Allan lo consoló diciéndole que seguramente habría otra droga con la que pudiese traficar. No era un tema en el que estuviese muy puesto, pero ¿no podían Gäddan y Bosse cultivar la suya en aquel terreno?

Gäddan contestó que Bosse era su mejor amigo, pero que también arrastraba su maldita moral. De no haber sido por eso, a esas alturas ambos serían los reyes de las albóndigas en toda Europa.

Bosse interrumpió la melancolía que se había instalado en el balancín comunicándoles que la comida estaba servida. Gäddan por fin degustaría el pollo más jugoso del mundo, acompañado de una sandía que parecía importada del reino de los cielos.

Después de comer, Benny le cambió a Gäddan la venda y luego dijo que necesitaba echar una siesta, ¿podían disculparlo los amigos? Los amigos podían, cómo no.

Las posteriores horas en Klockaregård se desarrollaron de la siguiente manera:

Benny y la Bella Dama acondicionaron el granero para que *Sonja* dispusiese de un establo decente.

Julius y Bosse fueron a Falköping para aprovisionarse y, una vez allí, vieron los carteles con los titulares de los principales diarios. Todos mencionaban al anciano centenario y su séquito, quienes, por lo visto, cruzaban el país dejando una estela de muerte y destrucción.

Después de comer, Allan volvió al balancín, decidido a no hacer ningún esfuerzo.

Y Gäddan se echó a dormir.

Sin embargo, cuando Julius y Bosse volvieron de hacer la compra, convocaron una reunión urgente en la cocina. Incluso obligaron a Gäddan a levantarse y asistir.

Julius contó que Falköping estaba lleno de carteles que reproducían los titulares de los diarios. Habían comprado unos cuantos de estos últimos, y quien lo deseara podría leerlos tranquilamente después; pero, en resumen, la noticia era que todos los presentes en aquella cocina estaban en busca y captura, salvo Bosse, a quien los periódicos no mencionaban, y Gäddan, al que la prensa daba por muerto.

—Eso es una exageración —intervino Gäddan—. Pero pachucho sí que estoy.

Julius añadió que la situación era muy grave. Acto seguido, abrió el debate, cediendo la palabra a los demás. ¿Debían llamar a la policía, contarles dónde estaban y dejar que la justicia siguiera su curso?

Gäddan rugió que sólo pasando por encima de su cadáver moribundo llamarían a la policía para entregarse voluntariamente.

—Si me obligáis, usaré mi revólver. Por cierto, ¿qué habéis hecho con él?

Allan contestó que, teniendo en cuenta todas esas medicinas raras que Benny le suministraba, lo había escondido en lugar seguro. ¿Acaso al señor Gäddan no le parecía que había sido una buena medida?

Gäddan suponía que sí, y propuso dejar de lado los formalismos con el señor Karlsson.

—Yo soy Gäddan —dijo, y le tendió la mano izquierda.

—Y yo soy Allan. Me alegro de conocerte.

Al final, Gäddan consiguió convencerlos de que llamar a la policía sería un craso error. Su experiencia le indicaba que la justicia no era tan justa como debería. Los demás le dieron la razón, sobre todo pensando en cómo acabaría todo aquello si la justicia, por una vez, resultaba ser justa.

Las conclusiones a que llegaron tras la breve deliberación fue que esconderían el camión amarillo en la nave industrial de Bosse, junto con un montón de sandías aún por tratar. También se decidió que el único que podría abandonar la granja sería Bosse, el único, por lo visto, al que la policía no buscaba ni daba por muerto.

Aclarado esto, en lo concerniente a qué harían con la maleta del dinero y con las sumas que habían gastado sin mucho criterio, se optó por dejar que pasara un tiempo antes de tomar una decisión. O, como dijo Gäddan:

—Cada vez que pienso en ello me duele la cabeza, y cuando tomo aire para contaros que sólo de pensarlo me duele la cabeza, me duele el pecho. Pagaría un millón de coronas por un analgésico.

—Aquí tienes dos —dijo Benny—. Y son gratis.

Fue un día muy ajetreado para el comisario Aronsson. Gracias a la atención prestada por los medios de comunicación, no paraban de llegar pistas sobre el paradero del triple asesino y sus cómplices. Sin embargo, a lo único que Aronsson dio crédito fue a lo que le envió el inspector adjunto de la policía provincial de Jönköping, Gunnar Löwenlind. Se había puesto en contacto con él para informarle que en la E4, al sur de Jönköping, se había cruzado con un camión de mudanzas amarillo, marca Scania, con el morro abollado y un solo faro delantero. De no ser porque en aquel mismo momento su nieto había empezado a devolver en su sillita, Löwenlind habría llamado a los colegas de la policía de carreteras, pero desgraciadamente las cosas habían ido así.

Aronsson estaba sentado por segunda noche consecutiva en el piano bar del hotel Royal Corner de Växjö, padeciendo la misma falta de discernimiento de la noche anterior al intentar analizar la situación con alcohol en el cuerpo.

—La E4 en dirección norte —reflexionó en voz alta—. ¿Acaso piensan volver a Södermanland? ¿O tal vez planean esconderse en Estocolmo?

Y entonces decidió abandonar el hotel a la mañana siguiente y volver a casa, al deprimente piso de tres habitaciones que tenía en Eskilstuna. El taquillero Ronny Hulth, de Malmköping, al menos tenía un gato al que acariciar. Él, en cambio, no tenía nada, pensó, y vació la última copa de aquella noche.

18

1953

Naturalmente, en los cinco años y tres semanas transcurridos, a Allan le había dado tiempo no sólo de aprender ruso, sino también de refrescar el chino. Al fin y al cabo, el puerto era un lugar muy animado, y Allan llegó a establecer cierta relación con los marineros que volvían a Vladivostok, quienes lo mantenían al corriente de lo que pasaba en el mundo.

Lo que había pasado, entre otras cosas, era que la Unión Soviética había hecho detonar su propia bomba atómica un año y medio después de la reunión de Allan con Stalin, Beria y el simpático Yuli Borísovich. En Occidente sospechaban que se trataba de espionaje, puesto que la bomba comunista parecía fabricada de acuerdo con el mismo principio que la del ensayo Trinity. Allan intentó recordar cuántas pistas le había dado a Yuli durante la travesía en submarino, cuando empezaron a beber vodka directamente de la botella.

«Realmente, creo que dominas el arte de beber y escuchar al mismo tiempo, estimado Yuli Borísovich», fue la conclusión a que llegó.

Allan también consiguió enterarse de que Estados Unidos, Francia y Gran Bretaña habían unido las zonas de Alemania que ocupaban y con ellas habían formado una república federal. Stalin se había apresurado a contraatacar creando su propia Alemania, y ahora el Oeste y el Este tenían cada uno su Alemania, algo que a Allan le pareció poco práctico.

Aparte de eso, el rey sueco había muerto. Allan lo leyó en una nota de un diario británico que, por razones poco claras, había acabado en manos de un marinero chino que, a su vez, había pensado en el prisionero sueco de Vladivostok con el que solía charlar y se lo había guardado. Es cierto que para cuando Allan se enteró el rey llevaba casi medio año muerto, pero en cualquier caso había sido sustituido rápidamente por otro rey, de modo que el país no tenía nada de qué quejarse.

Por lo demás, de lo que se hablaba mucho entre los marineros del puerto era de la guerra de Corea. Y no era de extrañar, dado que Corea sólo estaba a doscientos kilómetros de allí.

Por lo que Allan consiguió entender, había pasado más o menos lo siguiente:

En cierto modo, con el final de la Segunda Guerra Mundial la península de Corea había quedado descolgada. Stalin y Truman ocuparon fraternalmente sus respectivas partes, dejando que el paralelo 38 separara el norte del sur. Luego se iniciaron unas negociaciones, que se hicieron eternas, sobre la conveniencia o no de que Corea se gobernara a sí misma, pero, puesto que Stalin y Truman no acababan de compartir las mismas valoraciones políticas (de hecho, no las compartían en absoluto), las cosas acabaron más o menos como en Alemania. Primero, Estados Unidos creo una Corea del Sur, tras lo cual, la Unión Soviética creó una Corea del Norte. Y luego, tanto Estados Unidos como la Unión Soviética abandonaron a los coreanos a su suerte.

Sin embargo, las cosas no fueron demasiado bien. Tanto Kim Il Sung en el norte, como Syngman Rhee en el sur, pensaban que estaban mejor preparados para gobernar la península entera que el otro. Para dirimir el asunto, iniciaron una guerra.

Pero después de tres años y unos cuarenta millones de muertos, no se había movido nada. El norte seguía siendo el norte; el sur, sur. Y el paralelo 38 seguía dividiendo la península.

En cuanto a lo del aguardiente, razón principal para abandonar el gulag, lo más natural habría sido colarse en alguna de las embarcaciones que atracaban y zarpaban del puerto de Vladivostok. Sin embargo, lo mismo pensaron siete compañeros de penurias con quienes Allan llevaba años compartiendo barracón. Y los siete fueron descubiertos y ajusticiados. Cada vez que ocurría, todos lloraban la muerte del compañero. Quien más lloraba era Herbert Einstein. Sólo Allan entendía que Herbert se lamentaba porque, tampoco en esta ocasión, le había tocado a él.

En parte, el problema de convertirse en polizón radicaba en algo tan sencillo como que todos llevaban el típico traje carcelario de rayas blancas y negras, lo que les impedía fundirse con la tripulación. Además, la estrecha pasarela para acceder a las embarcaciones estaba rigurosamente vigilada, y unos perros adiestrados se ocupaban de husmear el cargamento estibado en las bodegas.

A eso hay que sumar que tampoco resultaba fácil encontrar un barco en el que estuvieran dispuestos a aceptar a Allan como polizón. Muchos transportes tenían como destino la China continental, otros Wonsan, en la costa este norcoreana. Había razones más que suficientes para creer que un capitán chino o norcoreano que encontrara un fugado del gulag en su barco daría media vuelta para entregarlo o lo arrojaría por la borda (mismo resultado y menos burocracia).

No, la vía marítima sería muy complicada. Y tampoco la vía terrestre parecía fácil. Echar a caminar hacia el norte, adentrándose en Siberia y el frío de verdad, no era la solución. Ni hacia el oeste, para meterse en China.

Sólo quedaba el sur, y allí estaba Corea del Sur, donde sin duda acogerían encantados a un prófugo del gulag, teórico enemigo del comunismo. Una pena que Corea del Norte estuviera en medio.

Antes de madurar un plan de fuga hacia el sur, Allan era muy consciente de que por el camino podía tropezar con algún que otro obstáculo. Pero tampoco valía la pena devanarse los sesos por ello, pues, de hacerlo, nunca llegaría el momento de tomarse una copita de aguardiente.

¿Debía intentarlo solo, o mejor en compañía de alguien? Y ese alguien tendría que ser el infeliz de Herbert. De hecho, Allan creía que podía serle útil en la fase de preparación. Sin olvidar que resultaría más divertido ser dos que uno.

—¿Huir? —dijo Herbert Einstein—. ¿Por tierra? ¿A Corea del Sur? ¿A través de Corea del Norte?

—Aproximadamente.

—Pero ¡sólo tendremos una ínfima posibilidad de lograrlo!

—Así es —reconoció Allan.

—¡Voy contigo! —dijo Herbert.

Tras cinco años en aquel campo de trabajo, ya era de sobra conocido por todos que en el cerebro del prisionero 133 se movían muy pocas ideas, y que cuando lo hacían tendían a colisionar unas con otras.

A su vez, esta circunstancia había generado cierta actitud condescendiente y benévola hacia Herbert Einstein por parte de los carceleros. Si algún prisionero no se colocaba como era debido en la cola de la comida, en el mejor de los casos le caía una reprimenda, si no un culatazo de fusil en el estómago o, en, el peor, un adiós para siempre.

Herbert, sin embargo, al cabo de cinco años aún no había aprendido a orientarse entre los barracones. Todos eran marrones y tenían las mismas dimensiones, y para él formaban parte de un mismo lío. La comida siempre se servía entre los barracones trece y catorce, pero era fácil encontrar al prisionero 133 vagando, pongamos, por los alrededores del barracón siete. O diecinueve. O veinticinco. «¡Joder, Einstein! —se oía a los carceleros—. La cola de la comida está allá. ¡No, allá no, allá! ¿Dónde ha estado todo este tiempo?»

Allan estaba convencido de que esa fama los beneficiaría. Seguramente conseguirían huir con el traje carcelario, pero mantenerse con vida luego, aunque sólo fuera unos minutos, sin cambiarse de ropa, ya sería otro cantar. Necesitaban sendos uniformes de soldado. Y el único prisionero capaz de acercarse al almacén donde se guardaban los uniformes sin que le dispararan era el 133.

Por eso, Allan instruyó a su amigo en lo que debía hacer. Se trataba de «equivocarse de camino» a la hora del almuerzo, momento en que el personal del almacén también paraba para comer. Durante esa media hora, el almacén sólo estaba vigilado por el guardia de la torre de vigilancia número cuatro. Al igual que los demás, estaba al corriente de las peculiaridades del prisionero 133, y si lo descubría probablemente se pondría a gritarle en lugar de llenarlo de plomo. Además, si Allan se equivocaba, tampoco sería para tanto, considerando las sempiternas ansias de Herbert por morir.

A Herbert, por su parte, le pareció que Allan lo tenía todo muy bien calculado. Pero, una vez más, ¿qué era exactamente lo que debía hacer?

Naturalmente, todo salió mal. Herbert se perdió de verdad y acabó, por primera vez en mucho tiempo, en la cola de la comida. Allí estaba Allan, que suspiró y le indicó de nuevo en qué dirección estaba el almacén de ropa. Sin embargo, Herbert volvió a equivocarse y fue a parar al lavadero. ¿Y qué fue lo que encontró allí? Pues un montón de uniformes recién lavados y planchados.

Cogió un par, se los metió debajo del abrigo y se perdió entre los barracones. Como era de esperar, el guardia de la torre de vigilancia número cuatro lo descubrió rápidamente, pero no se molestó en gritarle. Le pareció que el muy idiota se dirigía a su propio barracón.

—Vaya imbécil —murmuró el soldado, y volvió a lo que estaba haciendo, a saber, soñar que se encontraba muy lejos de allí.

Ahora, Allan y Herbert ya disponían de sendos uniformes que los acreditarían como orgullosos reclutas del Ejército Rojo. Sólo quedaba por hacer el resto.

Últimamente, Allan había detectado un fuerte incremento en el número de embarcaciones con destino a Wonsan, en Corea del Norte. Como es sabido, oficialmente la Unión Soviética no participaba en la guerra del lado norcoreano, pero habían empezado a llegar a Vladivostok muchos trenes con armamento que luego era cargado en barcos con un mismo puerto de destino. No es que pusiese en ninguna parte adónde iban, pero los marineros no eran mudos y Allan sabía cómo preguntar. En algunos casos, incluso consiguió ver en qué consistía la carga; por ejemplo, vehículos todoterreno o incluso carros de combate, mientras que otras veces se trataba de contenedores de madera.

Allan estaba considerando una maniobra diversiva, parecida a la que había llevado a cabo en Teherán seis años atrás. Siguiendo el consejo del viejo proverbio romano, zapatero a tus zapatos, pensó que un poco de fuegos artificiales ayudaría a poner aquello en marcha. Y era ahí donde entraban los contenedores con destino a Wonsan. Allan no tenía manera de saber, aunque lo intuía, que más de uno contenía material explosivo, así que si le prendía fuego a uno y luego empezaban a explotar de manera un tanto descontrolada... entonces, tal vez, dispondrían de cierto margen para escabullirse y ponerse los uniformes soviéticos... y... bueno, luego se trataba de encontrar un coche... uno que tuviese las llaves en el contacto y el depósito lleno de combustible, y a cuyo propietario no se le ocurriese volver por él, claro está. A continuación, la verja vigilada tendría que abrirse por orden de Allan y Herbert, y, una vez fuera del puerto y la zona del gulag, nadie tendría que sospechar nada raro, ni echar de menos el coche, ni seguirlos. Y todo eso antes de que pudieran pensar en cómo entrar en Corea del Norte y, sobre todo, trasladarse del norte al sur.

—Ya sabes que soy un poco lerdo —dijo Herbert—, pero me parece que tu plan no está del todo acabado.

—No eres lerdo —protestó Allan—. Bueno, tal vez un poco, pero en este caso tienes toda la razón. Y cuanto más lo pienso, más me convenzo de que deberíamos dejarlo tal como está, porque, verás, será como tenga que ser, porque es como suele ser. De hecho, casi siempre es así.

Así pues, la primera y única parte del plan de fuga consistía en prenderle fuego al contenedor adecuado. Para ello necesitaban 1) un contenedor adecuado, y 2) algo con que prenderle fuego. En espera de que ambos requisitos coincidieran, Allan envió al reconocido como tonto del campo, Herbert Einstein, en misión de reconocimiento. Y Herbert consiguió birlar una bengala y metérsela en el pantalón antes de que un vigilante soviético lo descubriera en un sitio en el que no tenía derecho a estar. En lugar de matarlo allí mismo o al menos cachearlo, el vigilante lo riñó, diciéndole que después de cinco años ya iba siendo hora de que dejara de perderse por el campo. Herbert se disculpó y se alejó a pasitos cortos, para que todo fuera más creíble, en la dirección equivocada.

—¡Tu barracón está a mano izquierda, Einstein! —gritó el vigilante—. ¿Cómo puedes ser tan tonto?

Allan elogió a Herbert por su notable desempeño. Herbert se sonrojó por el elogio, al tiempo que le quitaba importancia diciendo que no es tan difícil hacerse el tonto cuando realmente lo eres. Allan admitió que no sabía cuán difícil o fácil era, porque los tontos que había conocido hasta entonces siempre habían intentado pasar por lo contrario.

Por fin llegó el día que tenía toda la pinta de ser el adecuado. En la fría mañana del 1 de marzo de 1953 un tren arribó con más vagones de los que Allan, o al menos Herbert, era capaz de contar. Se trataba de un transporte militar, y hubo que trasladar su carga a tres barcos, todos con destino a Corea del Norte. Había ocho carros de combate T34 imposibles de camuflar, pero el resto iba en unos sólidos contenedores de madera sin especificación del contenido. Los tablones de dichos contenedores estaban lo bastante separados para que pudiera introducirse una bengala en uno de ellos. Y eso fue exactamente lo que hizo Allan cuando al fin, tras medio día de carga y descarga, tuvo ocasión de hacerlo.

El contenedor empezó a despedir humo, pero el fuego tardó unos segundos en prender, dando así tiempo a Allan a alejarse de allí y no despertar sospechas. El contenedor por fin empezó a arder, y no hubo nada que los 15º bajo cero pudieran hacer para evitarlo.

Según el plan, el contenedor debía volar por los aires, puesto que el fuego acabaría prendiendo en una granada de mano o algo parecido. Luego, los vigilantes deberían convertirse en gallinas atolondradas, y Allan y Herbert deberían salir corriendo hacia su barracón para cambiarse de ropa.

El problema fue que el contenedor nunca llegó a volar por los aires. Eso sí, produjo una enorme humareda y la cosa empeoró cuando los vigilantes, temerosos de acercarse, obligaron a los prisioneros a apagar el fuego.

Esto provocó, a su vez, que tres prisioneros, al amparo del humo, se lanzaran a trepar por la alambrada de tres metros de altura para alcanzar la libertad, o sea, el lado abierto del puerto. El guardia de la torre de vigilancia descubrió lo que estaba pasando y, como justamente estaba sentado detrás de su ametralladora, disparó ráfagas a través de la humareda. Los tres prisioneros cayeron muertos al instante, pero los disparos no sólo perforaron a aquellos mártires, sino también el contenedor colocado al lado del que Allan había prendido fuego. Éste contenía mil quinientas mantas militares y el de al lado, mil quinientas granadas de mano. Una vez la primera bala trazadora —contienen fósforo— hubo alcanzado la primera granada de mano, ésta estalló, llevándose por delante en una fracción de segundo las otras mil cuatrocientas noventa y nueve. La explosión fue tan violenta que los cuatro contenedores contiguos saltaron por los aires.

El contenedor número cinco de la hilera contenía setecientas minas terrestres, que estallaron con la misma celeridad y potencia que las granadas, con el resultado de que el contenido de los otros cuatro contenedores se dispersó en todas las direcciones.

Si lo que Allan y Herbert habían buscado era sembrar el caos, a fe que lo consiguieron. Sin embargo, aquello no fue más que el comienzo, ya que el fuego fue saltando de un contenedor al siguiente. Uno de ellos contenía diesel y gasolina; otro, munición. Dos torres de vigilancia y ocho barracones estaban en llamas ya antes de que los lanzagranadas se disparasen solos. Un disparo hundió la tercera torre de vigilancia, otro alcanzó el edificio de la entrada del campo y se llevó por inercia la barrera y todo lo demás.

Había cuatro embarcaciones atracadas en el muelle, listas para recibir la carga, y los siguientes disparos de lanzagranadas las alcanzaron sin compasión.

Entonces explotó otro contenedor con granadas de mano, lo que produjo una nueva reacción en cadena que, finalmente, alcanzó el contenedor más alejado, el cual alojaba otro cargamento de lanzagranadas, que se dispararon hacia la sección abierta del puerto, donde un petrolero con sesenta mil toneladas de petróleo en la bodega estaba a punto de atracar. Un proyectil impactó contra el puente de mando y el barco quedó sin dirección; otros tres dieron en el costado, lo que provocó un incendio aún más aparatoso que los producidos hasta el momento.

El petrolero fue a la deriva, bordeando el muelle en dirección al centro de la ciudad. Durante este último viaje, incendió todas las casas que encontró en su camino, un tramo de unos dos kilómetros. Ese día, el viento soplaba del sudeste, motivo por el cual en apenas veinte minutos todo Vladivostok estuvo envuelto en llamas.

El camarada Stalin estaba a punto de finalizar una cena agradable con los súbditos Beria, Malenkov, Bulganin y Jrushchov en la residencia de Krylatskoye cuando le llegó la noticia de que Vladivostok prácticamente había desaparecido del mapa, pasto de las llamas iniciadas en un contenedor lleno de mantas.

La noticia dejó a Stalin, ya bastante achispado, absolutamente turulato.

El nuevo favorito de Stalin, el enérgico Nikita Sergéievich Jrushchov, preguntó si podía darle un buen consejo, y Stalin contestó que sí con un hilo de voz.

—Estimado camarada Stalin —empezó entonces Jrushchov—. Propongo que lo que ha ocurrido no ha ocurrido. Propongo que cerremos de inmediato Vladivostok al mundo, que luego reconstruyamos la ciudad pacientemente y la convirtamos en base de nuestra flota del Pacífico, tal como ya había planteado el camarada Stalin anteriormente. Pero, sobre todo, lo que ha pasado no ha pasado, porque lo contrario significaría mostrar una debilidad que no podemos permitirnos. ¿Entiende el camarada Stalin lo que quiero decir? ¿Está de acuerdo conmigo el camarada Stalin?

Stalin seguía bastante turulato, pero asintió con la cabeza y dijo que el deseo de Stalin era que Nikita Sergéievich Jrushchov respondiera personalmente de que lo que había ocurrido no había ocurrido. Acto seguido, añadió que Stalin se retiraría, pues no se encontraba del todo bien.

Vladivostok, pensó el mariscal Beria. ¿No era allí adonde había enviado a aquel sueco a quien quería tener en reserva por si no conseguían fabricar la bomba? Se había olvidado por completo de él, y la verdad es que tendría que haberse preocupado de liquidar a ese maldito incordio de hombre cuando Yuli Borísovich Popov había resuelto el enigma por su cuenta de forma tan meritoria. No obstante, con suerte ya habría perecido entre las llamas, aunque no debería haberse llevado una ciudad entera por delante.

Al llegar a la puerta de su dormitorio, Stalin comunicó que no quería ser molestado bajo ninguna circunstancia. Dicho esto, cerró la puerta tras de sí, se sentó en el borde de la cama y se desabotonó la camisa mientras pensaba.

Vladivostok... ¡la ciudad que Stalin acababa de decidir que debía convertirse en la base militar de la flota soviética en el Pacífico! Vladivostok... ¡que iba a desempeñar un papel crucial en la inminente ofensiva en la guerra de Corea! Vladivostok... ¡ya no existía!

Se preguntó cómo demonios podía incendiarse un contenedor con mantas a quince o veinte grados bajo cero. Tenía que tratarse de un saboteador... y ese maldito cabrón lo... lo...

Stalin cayó al suelo boca abajo. Y allí se quedó, víctima de una apoplejía, durante veinticuatro horas, porque cuando el Gran Timonel ordenaba que no lo molestaran, nadie osaba molestarlo.

El barracón de Allan y Herbert fue uno de los primeros en arder, y éstos tuvieron que abandonar su plan de entrar allí para ponerse el uniforme.

Sin embargo, la valla que rodeaba el campo de trabajo había caído, y aunque todavía seguía en pie alguna torre, ya no quedaba nadie vigilando desde allí arriba. O sea, que salir del campo no representó un problema. En cambio, no fue posible robar ningún vehículo militar, porque todos estaban ardiendo. Tampoco cabía pensar en ir a la ciudad en busca de un coche. Por alguna razón, todo Vladivostok estaba envuelto en llamas.

La mayoría de los prisioneros que habían sobrevivido al fuego y las explosiones estaban reunidos en la carretera, a una distancia prudencial de las granadas, los lanzagranadas y todo cuanto seguía volando por el aire. Algunos aventureros (pocos) se marcharon, todos en dirección noroeste, porque para un ruso era el único rumbo posible hacia donde huir. Al este estaba el mar; al sur, la guerra de Corea; al oeste, China, y al norte una ciudad entera estaba siendo pasto de las llamas. Sólo quedaba el camino que conducía directamente a la verdadera Siberia, la fría de verdad. Sin embargo, los soldados habían previsto exactamente eso, y antes de que terminara el día habían detenido a todos los fugitivos y les habían dado el pasaporte a la eternidad, esta vez sin ningún trámite burocrático.

Excepto Allan y Herbert. Ellos consiguieron llegar hasta una colina al sudoeste de Vladivostok, donde se quedaron descansando un rato y contemplando la devastación.

—Vaya, sí que tenía potencia la bengala esa —comentó Herbert.

—Una bomba atómica no lo hubiera hecho mucho mejor —convino Allan.

—Y ahora ¿qué hacemos? —preguntó Herbert, tan muerto de frío que casi deseaba estar de vuelta en el achicharrado campo.

—Nos iremos a Corea del Norte, amigo. Y puesto que no hay ningún coche por aquí, tendremos que caminar. Así entraremos en calor.

· · ·

Kiril Afanásievich Meretskov era uno de los comandantes más competentes y condecorados del Ejército Rojo. Entre otras cosas, había sido declarado héroe de la Unión Soviética y recompensado con la Orden de Lenin nada menos que siete veces.

Como jefe del IV Ejército, luchó con gran éxito contra los alemanes en los alrededores de Leningrado, y tras novecientos días espantosos consiguió levantar el cerco a que estaba sometida la ciudad. No es de extrañar, pues, que Meretskov fuera nombrado mariscal de la Unión Soviética, además de los otros títulos y medallas que le concedieron.

Cuando hubo repelido, de una vez por todas, a Hitler, Meretskov partió rumbo al este, más de 9.500 kilómetros en tren. Era necesario si querían expulsar a los japoneses de Manchuria. También en este caso salió airoso, algo que no sorprendió a nadie.

Cuando por fin la Segunda Guerra Mundial terminó, Meretskov estaba muy cansado. Puesto que en Moscú no lo esperaba nadie, se quedó un tiempo más en Oriente. Acabó sentado detrás de un escritorio en Vladivostok. Era un escritorio muy bonito y elegante, de auténtica madera de teca.

A finales del invierno de 1953 tenía cincuenta y seis años y seguía sentado a su escritorio. Desde allí administraba la no presencia de la Unión Soviética en la guerra de Corea. Tanto Meretskov como Stalin consideraban que, desde un punto de vista estratégico, era importante que la Unión Soviética se abstuviera de luchar directamente contra los soldados americanos. Si bien ambos bandos estaban en posesión de la bomba, los americanos llevaban ventaja. Todo tenía su tiempo, y aquel tiempo era para no provocar, lo que no significaba que la guerra de Corea no se pudiera, o incluso debiera, ganar.

Así las cosas, el mariscal Meretskov de vez en cuando se permitía tomárselo con calma. Entre otras cosas, tenía una cabaña a las afueras de Kraskino, un par de horas al sur de Vladivostok. La visitaba siempre que se le presentaba la ocasión, sobre todo en invierno. Y en la medida de lo posible, solo. Bueno, sólo con su ayudante de campo, pues los mariscales no conducen sus coches personalmente; ¿qué imagen habría dado de haberlo hecho?

Al mariscal Meretskov y a su ayudante todavía les quedaba casi una hora de viaje de Kraskino a Vladivostok cuando vieron por primera vez, desde la sinuosa carretera de la costa, una columna de humo elevarse hacia el norte. ¿Qué ocurría? ¿Se estaría quemando algo?

La distancia era demasiada para que valiera la pena sacar los prismáticos del maletero, de modo que el mariscal ordenó que avanzaran a toda marcha e indicó a su ayudante que en menos de veinte minutos se detuviera en algún lugar con vistas a la bahía. ¿Qué habría ocurrido? Sin duda, algo se estaba quemando...

Allan y Herbert llevaban un buen rato caminando por la carretera cuando vieron acercarse un elegante Pobeda de color verde militar procedente del sur. Se escondieron rápidamente detrás de un montículo de nieve mientras pasaba el coche. Sin embargo, éste se detuvo unos cincuenta metros más allá. Se apearon un oficial cubierto de medallas y su ayudante de campo. Éste sacó unos prismáticos del maletero y, acto seguido, tanto el oficial cubierto de medallas como su ayudante se alejaron hacia un sitio con vistas a la bahía, al otro lado de la cual, hasta hacía muy poco, se hallaba Vladivostok.

Por eso fue tan fácil para Allan y Herbert acercarse con sigilo al automóvil y apoderarse de la pistola del oficial cubierto de medallas y el fusil automático del ayudante de campo. A continuación, les informaron que lamentaban tener que pedirles que se quitasen la ropa, si eran tan amables, gracias.

• • •

El mariscal Meretskov estaba indignado. Así no se trataba a un mariscal de la Unión Soviética, y mucho menos si quien lo hacía era un simple prisionero de un campo de trabajo. ¿Acaso aquellos dos se habían imaginado que él, el mariscal Kiril Afanásievich Meretskov, entraría en Vladivostok en calzoncillos? Allan contestó que no le resultaría fácil, ni en calzoncillos ni con otra prenda, puesto que toda la ciudad de Vladivostok estaba ardiendo hasta los cimientos. No obstante, tanto el mariscal como su ayudante podían quedarse con los dos trajes carcelarios, sin olvidar que cuanto más cerca estuvieran de Vladivostok, o de sus ruinas humeantes, más calor tendrían.

A continuación, se pusieron los uniformes y dejaron los trajes carcelarios en el suelo. Allan pensó que sería más cómodo y seguro que condujera él, de modo que Herbert fuese el mariscal y él su ayudante de campo. Así pues, el hijo bastardo de Einstein ocuparía el asiento del acompañante y Allan se pondría al volante. A manera de despedida, Allan le dijo a Meretskov que no tenía por qué estar tan enfadado, ya que, de eso estaba convencido, no le serviría de nada. Además, pronto llegaría la primavera, y era bien sabido que la primavera en Vladivostok... No, eso mejor callárselo. De todos modos, animó al mariscal a pensar en positivo, y le recordó que se trataba de una decisión personal: si elegía verlo todo negro y andar por ahí en calzoncillos, adelante, era muy libre de hacerlo.

—Bien, señor mariscal, le deseo suerte —concluyó.

El mariscal no contestó, sino que siguió mirándolo con rabia mientras Allan rodeaba el Pobedan, se ponía al volante y partía hacia el sur en compañía de Herbert.

Corea del Norte los esperaba.

• • •

Cruzar el puesto fronterizo fue coser y cantar. Primero, los guardias soviéticos los recibieron con un solemne saludo militar, y luego los norcoreanos hicieron lo mismo. Sin que mediara palabra, se abrieron las barreras al mariscal soviético (Herbert) y su ayudante de campo (Allan). A un guardia norcoreano se le pusieron los ojos vidriosos al pensar emocionado en el honor que significaba aquello. Corea no podía tener mejor vecino que la Unión de Repúblicas Socialistas Soviéticas. Sin duda, aquel mariscal se dirigía a Wonsan para supervisar que el suministro de material procedente de Vladivostok llegaba y era gestionado correctamente.

Pero no era cierto. Precisamente ese mariscal no le dedicaba un solo pensamiento a la suerte o desgracia de Corea del Norte. Ni siquiera es seguro que supiese en qué país se encontraba, absorto como estaba en tratar de entender cómo se abría la guantera del coche.

En Vladivostok, Allan se había enterado de que la guerra se había detenido y cada bando había vuelto a su lado del paralelo 38. Y así se lo había comunicado a Herbert, quien, tras hacerse una composición de lugar, había llegado a la conclusión de que para ir del norte al sur bastaría con tomar carrerilla y saltar (a no ser que ese paralelo resultara demasiado ancho, claro). Cabía la posibilidad de que les disparasen mientras saltaban, claro, pero eso tampoco era tan malo.

Sin embargo, resultó que cuando todavía faltaban unos kilómetros para llegar a la línea divisoria, los bandos decidieron reanudar la guerra. Los aviones americanos trazaban círculos y parecían dispuestos a bombardear todo lo que veían. Allan entendió que un lujoso coche ruso de color verde militar seguramente se consideraría un buen blanco y, por tanto, abandonó la carretera principal hacia el sur (sin antes pedirle permiso a su mariscal), en dirección al interior del país por carreteras secundarias y con mejores lugares en los que esconderse cada vez que los aviones empezaban a tronar por encima de sus cabezas.

Allan siguió adelante mientras Herbert lo entretenía repasando en voz alta el contenido de la cartera que había encontrado en el uniforme del mariscal Meretskov. Incluía una considerable cantidad de rublos, pero también información acerca de su propietario y cierta correspondencia de la que se podía deducir en qué iba a ocupar su tiempo en Vladivostok.

—Me pregunto si no era él quien dirigía ese transporte ferroviario —reflexionó Herbert.

Allan lo elogió por su acertada observación, y Herbert volvió a sonrojarse. La verdad es que no estaba nada mal eso de decir algo que no estuviese tan mal.

—Por cierto, ¿crees que serás capaz de memorizar el nombre de Kiril Afanásievich Meretskov? —le preguntó Allan—. Será muy práctico en el futuro.

—Seguro que no podré —respondió Herbert.

Cuando empezó a anochecer, Allan y Herbert se desviaron para meterse en el patio de lo que parecía una próspera explotación agrícola. El granjero, su esposa y sus dos hijos se pusieron rápidamente firmes ante los importantes huéspedes y su elegante coche. El ayudante de campo Allan se disculpó, tanto en ruso como en chino, por la manera en que él y el mariscal se habían presentado, pero ¿no tendrían, por casualidad, algo de comer? Pagarían por ello, claro está, pero tendría que ser en rublos, pues era cuanto podían ofrecerles.

El granjero y su esposa no entendieron ni una palabra de lo que Allan acababa de decirles. Pero el hijo mayor, de unos doce años, estudiaba ruso en la escuela y se lo tradujo al padre. Al instante, el ayudante de campo Allan y el mariscal Herbert fueron invitados a entrar en la casa de la familia.

. . .

Catorce horas más tarde, Allan y Herbert estaban listos para reemprender el viaje. Antes de ello, cenaron en casa del granjero y su familia. Carne de cerdo con pimienta roja molida y ajo y arroz, todo ello acompañado de, ¡aleluya!, aguardiente coreano de arroz. Es cierto que el aguardiente coreano no sabe precisamente como el sueco, pero tras cinco años y tres semanas de sobriedad forzada les sentó más que bien.

Después de la cena, tanto el mariscal como su ayudante de campo se dispusieron a pernoctar. Al primero le cedieron el dormitorio, y el matrimonio se trasladó a la habitación de los niños. El ayudante de campo Allan acabó durmiendo en el suelo de la cocina.

Por la mañana, desayunaron verduras al vapor, frutos secos y té, antes de que el granjero llenara el depósito del coche del mariscal con gasolina que guardaba en el granero.

Al despedirse, el granjero se negó a aceptar el fajo de rublos que el mariscal le ofrecía, hasta que el mariscal bramó en alemán:

—¡Ahora mismo coges el dinero, maldito granjero!

El granjero se asustó tanto que, aun sin entender lo que Herbert decía, obedeció.

Se despidieron amablemente y el mariscal y su ayudante siguieron viaje hacia el sudoeste, sin más tráfico en la sinuosa carretera que ellos, pero acompañados por el estruendo amenazador de los aviones en la lejanía.

A medida que el vehículo se iba acercando a Pyongyang, Allan empezó a pensar que ya iba siendo hora de perfilar un nuevo plan. Al fin y al cabo, el viejo ya no tenía sentido. Quedaba descartado intentar entrar en Corea del Sur desde donde se encontraban en ese momento.

En su lugar, intentarían que el presidente Kim Il Sung los recibiese. Al fin y al cabo, Herbert era un mariscal soviético y eso debería bastar, ¿o no?

Herbert se disculpó por inmiscuirse, pero preguntó qué utilidad podía tener reunirse con el tal Kim Il Sung.

Allan contestó que aún no lo sabía, pero prometió que se lo pensaría. Por el momento, el motivo era que cuanto más cerca estabas de los jerifaltes, mejor solía ser la comida. Y el aguardiente.

Allan comprendió que sólo era cuestión de tiempo que los pararan para comprobar su identidad. Ni siquiera a un mariscal soviético le permitirían entrar en la capital de un país en guerra sin al menos preguntarle algo. Por eso, pasó un par de horas instruyendo a Herbert sobre qué decir. Sólo sería una frase, sí, pero, ¡ay!, muy importante: «Soy el mariscal Meretskov, de la Unión Soviética. ¡Condúzcanme ante su líder!»

En aquellos tiempos, Pyongyang estaba protegida por un cerco militar exterior y otro interior. El exterior, a veinte kilómetros de la ciudad, consistía en baterías antiaéreas y puestos de control dobles en las carreteras, mientras que el interior lo conformaba una especie de enorme barricada, más bien una primera línea, pensada como protección contra los ataques terrestres. Así, Allan y Herbert quedaron atrapados en uno de los puestos exteriores y fueron recibidos por un soldado norcoreano, completamente ebrio y armado con una metralleta. El mariscal había repetido tantas veces su frase que en ese momento se lió:

—Soy vuestro líder, ¡condúzcanme ante la Unión Soviética!

Por suerte, el soldado no entendía ruso, aunque seguramente chino sí. De modo que el ayudante de campo hizo de intérprete de su mariscal y entonces sí las palabras fueron pronunciadas en el orden correcto.

Sin embargo, el soldado tenía demasiado alcohol en la sangre y no atinaba a decidir qué hacer. Por fin, invitó a Allan y Herbert a entrar en el puesto de guardia y llamó a su colega, que estaba en la barrera, a unos cien metros de allí. Después se sentó en una vieja butaca y sacó una botella de aguardiente de arroz (la tercera del día). Tomó un trago y empezó a tararear una melodía mientras, con ojos vidriosos e inexpresivos, miraba más allá de los huéspedes soviéticos, hacia el infinito.

Allan no estaba satisfecho con el comportamiento de Herbert ante el guardia, pues con semejante mariscal bastarían un par de minutos en presencia de Kim Il Sung para que los arrestaran a los dos. Vio a través de la ventana que el otro vigilante se acercaba. Tenían que hacer algo cuanto antes.

—Intercambiémonos los uniformes, Herbert.

—¿Por qué?

—¡Date prisa!

Y entonces, en apenas un instante, el mariscal se convirtió en ayudante y el ayudante en mariscal. De vez en cuando, el soldado borracho dejaba vagar la mirada por la garita y farfullaba algo en coreano.

Unos segundos más tarde, el soldado número dos entró en la garita y se cuadró marcialmente al ver el rango de los visitantes. Él también hablaba chino, y Allan, ahora mariscal, volvió a exponer su deseo de reunirse con el presidente Kim Il Sung. En ese momento, el soldado número uno se puso a farfullar.

—¿Qué dice? —preguntó el mariscal.

—Dice que hace un momento se han quitado la ropa y se han quedado desnudos, y que luego han vuelto a vestirse —contestó el soldado número dos.

—Ah, esa bebida... —dijo Allan, meneando la cabeza.

El soldado número dos lamentó el comportamiento de su colega y, cuando éste insistió en que Allan y Herbert se habían intercambiado la ropa, le dio un puñetazo y la orden

274

de cerrar la boca si no quería que diera parte de su embriaguez.

Ante eso, el soldado número uno decidió callarse (y pegar otro trago a la botella), mientras el número dos hacía un par de llamadas antes de expedir un pase en coreano, firmarlo, sellarlo y entregárselo al mariscal.

—El señor mariscal tendrá que presentarlo en el siguiente control —dijo—. Desde allí los conducirán hasta el colaborador más estrecho del colaborador más estrecho del presidente.

Allan le dio las gracias, lo saludó llevándose la mano a la gorra y volvió al coche empujando a Herbert, mientras le decía:

—Puesto que acabas de convertirte en ayudante de campo, a partir de ahora serás tú quien conduzca.

—Muy bien —dijo Herbert—. No he conducido un coche desde que la policía suiza me lo prohibió de por vida.

—Lo mejor y más cómodo para los dos será que no me hables más del asunto —dijo Allan.

—Es que eso de la izquierda y la derecha me cuesta mucho.

—Como ya te he dicho, lo mejor y más cómodo será que no me hables más del asunto.

Siguieron viaje con Herbert al volante, y todo fue mejor de lo que Allan había creído posible. Además, gracias al pase no tuvieron ningún problema para entrar en la ciudad y llegar hasta el palacio del presidente.

Una vez allí, los recibió el colaborador más estrecho del colaborador más estrecho del presidente y les dijo que, desgraciadamente, éste no podía recibirlos en audiencia hasta al cabo de tres días. Mientras esperaban, los señores se hospedarían en las dependencias de los invitados. La cena se servía a las ocho, ¿les parecía bien?

—¡Estupendo! —le dijo Allan a Herbert.

Kim Il Sung nació en abril de 1912 en el seno de una familia cristiana, en una aldea a las afueras de Pyongyang. Por aquel entonces, las familias coreanas estaban sometidas a los japoneses, que hacían lo que querían con la población. Cientos de miles de muchachas y mujeres coreanas fueron secuestradas y convertidas en esclavas sexuales de los necesitados soldados imperiales. Los hombres fueron reclutados a la fuerza para servir al emperador que, entre otras lindezas, los obligaba a adoptar un nombre japonés, con la idea de que ello contribuyese a la extinción de la lengua y la cultura coreanas.

El padre de Kim Il Sung era un farmacéutico pacífico, pero también lo suficientemente crítico con los invasores como para ganarse su animadversión. Debido a esto, un buen día se vio obligado a trasladarse con toda la familia hacia el norte, a Manchuria.

Sin embargo, allí las cosas tampoco fueron fáciles, pues en 1931 las tropas japonesas también invadieron la región. Para entonces, el padre de Kim Il Sung ya había muerto, pero la madre animó al hijo para que se uniera a la guerrilla china a fin de expulsar a los japoneses de Manchuria y, por extensión, de Corea.

Kim Il Sung hizo carrera en la guerrilla comunista china. Ganó fama de enérgico y valiente. Lo pusieron al frente de una división y luchó con tal fuerza contra los japoneses que, al final, de la división sólo quedaron con vida él y unos pocos más. Eso fue en 1941, en plena guerra mundial, y Kim Il Sung se vio obligado a cruzar la frontera con la Unión Soviética.

También allí hizo carrera. Pronto llegó a capitán del Ejército Rojo y como tal luchó hasta 1945.

Con el final de la contienda, Japón tuvo que abandonar Corea. Kim Il Sung volvió de su exilio, esta vez como héroe nacional. Ahora sólo quedaba fundar el Estado formalmente, pues no cabía duda de que el pueblo quería a Kim Il Sung como gran líder de la nación.

Sin embargo, los vencedores de la guerra, la Unión Soviética y Estados Unidos, habían dividido el país en dos esferas de influencia, una para cada uno. Y en Estados Unidos no creían que fuera buena idea tener a un comunista redomado como jefe de toda la península. Por tanto, llevaron en avión a su propio jefe de Estado, un coreano exiliado, y lo instalaron en el sur. Kim Il Sung tendría que conformarse con el norte, pero eso fue precisamente lo que no hizo. En lugar de ello, inició la guerra de Corea. Si había podido ahuyentar a los japoneses, también podría, qué duda cabía, con los americanos y su séquito de la ONU.

O sea, que Kim Il Sung había luchado al servicio de China y la Unión Soviética y ahora lo hacía en defensa de su propia causa. Lo que aprendió durante aquel periplo dramático fue, entre otras cosas, a no confiar en nadie más que en sí mismo.

Sólo estaba dispuesto a hacer una excepción a aquella regla. Y a esa única excepción acababa de nombrarlo su colaborador más cercano.

De modo que quien quisiera entrar en contacto con el presidente Kim Il Sung, antes tenía que solicitar una reunión con su hijo Kim Jong-il. De once años.

—Y siempre deberás hacer esperar a tus huéspedes al menos setenta y dos horas antes de reunirte con ellos. De esta manera, conservarás la autoridad, hijo mío —lo había instruido Kim Il Sung.

—Ya lo capto, papá —mintió Kim Jong-il antes de sacar un diccionario y buscar la palabra que no había entendido.

No les importó esperar tres días, porque en el palacio del presidente la comida era buena y las camas, blandas. Además, los bombarderos americanos se acercaban muy pocas veces a Pyongyang, puesto que había objetivos más sencillos contra los que apuntar.

Por fin, llegó el gran día. El colaborador más estrecho del colaborador más estrecho del presidente fue a buscar a Allan y lo condujo por los pasillos hasta el despacho del colaborador más estrecho. Allan estaba prevenido de que el colaborador más estrecho era más bien un niño.

—Soy Kim Jong-il, el hijo del presidente —se presentó éste—. Y soy el colaborador más estrecho de papá. —Le tendió la mano y el apretón fue firme, aunque su manita desapareciera en la de Allan.

—Y yo soy el mariscal Kiril Afanásievich Meretskov. Agradezco al joven señor Kim que se haya molestado en recibirme. ¿Me permite que le exponga el motivo de mi visita?

Eso hizo Kim Jong-il, y gracias a ello Allan pudo seguir mintiendo. Bien, el mariscal tenía un mensaje para el presidente de parte del camarada Stalin, de Moscú. Puesto que se sospechaba que las hienas capitalistas se habían infiltrado en el sistema de comunicaciones soviético (si el joven señor Kim se lo permitía, el mariscal se abstendría de entrar en detalle), el camarada Stalin había decidido transmitir el mensaje directamente a través de un mensajero. Y precisamente esa misión honorífica había recaído en el mariscal y su ayudante de campo.

Kim Jong-il lo miró con desconfianza y casi pareció que leía en voz alta cuando dijo que su misión era proteger a su papá a cualquier precio, y parte de esa misión, como se lo había enseñado su propio papá, consistía en no fiarse de nadie. Por eso, Kim Jong-il no permitiría que el mariscal se reuniera con el presidente hasta que su historia fuera confirmada por la Unión Soviética. En pocas palabras, Kim Jong-il pensaba telefonear a Moscú para preguntar si el mariscal realmente era o no un enviado del tío Stalin.

Aquello descolocó a Allan, pero estaba donde estaba y lo único que podía hacer era tratar de impedir aquella conferencia telefónica.

—No le corresponde a un simple mariscal contradecir al joven señor Kim —dijo—, pero me permitirá usted una pequeña reflexión. Quizá no sea aconsejable utilizar el teléfono para comprobar si es verdad que no se debe utilizar el teléfono.

El joven señor Kim lo comprendió. Sin embargo, las palabras de papá seguían resonando en su cabeza. «No te fíes de nadie, hijo mío.» Al final, se le ocurrió una solución: telefonearía al tío Stalin y hablaría en código. El joven señor Kim había coincidido en varias ocasiones con el tío Stalin, que solía llamarlo «pequeño revolucionario».

—O sea, que telefonearé al tío Stalin, me presentaré como «el pequeño revolucionario» y le preguntaré si ha enviado a alguien para ver a mi papá. Con eso no creo que revele nada, aunque los americanos estén escuchando. ¿Qué le parece al mariscal?

Al mariscal le parecía que aquel niño era bastante astuto. ¿Cuántos años podía tener? ¿Diez? Bien mirado, él también se había hecho adulto muy temprano. A la edad de Kim Jong-il ya iba por ahí con dinamita en los bolsillos en la fábrica de nitroglicerina de Flen. Como fuere, las cosas no iban por buen camino y podían terminar mal, aunque no estaba seguro, claro. Bueno, las cosas eran como eran, etcétera, etcétera.

—El joven señor Kim es muy inteligente y llegará muy lejos —respondió por fin, y dejó el resto librado a la suerte.

—Bueno, pienso heredar el cargo de papá, o sea, que a lo mejor el mariscal tiene razón. Pero tómese una taza de té mientras llamo al tío Stalin.

El jovenzuelo se acercó a un escritorio marrón en un rincón de la sala, mientras Allan se servía una taza de té y consideraba la posibilidad de saltar por la ventana. Sin embargo, pronto abandonó esa idea. En parte porque se hallaban en el cuarto piso del palacio presidencial, y en parte porque no podía abandonar a su compañero. Sin duda, Herbert habría saltado gustosamente (de haberse atrevido, claro).

De pronto, los pensamientos de Allan se vieron interrumpidos por el sollozo repentino del jovencito, que colgó el auricular y se precipitó hacia Allan berreando:

—¡El tío Stalin ha muerto! ¡El tío Stalin ha muerto!

Allan pensó que su suerte ya rayaba lo imposible, y dijo:

—¡Vamos, vamos, joven señor Kim! Venga aquí para que el tío mariscal le dé un abrazo. ¡Hala, hala!

Cuando el señorito estuvo prácticamente consolado, había dejado de comportarse como un niño resabido. Al parecer, ya no le quedaban fuerzas para ser adulto. Entre sollozos consiguió decir que el tío Stalin había sufrido una apoplejía hacía unos días y que, según la tía Stalin (él la llamaba así), había fallecido justo antes de que el joven señor Kim llamara.

Mientras estaba acurrucado sobre las rodillas de Allan, éste le refirió el entrañable recuerdo que guardaba de su último encuentro con el camarada Stalin. Habían compartido una cena de gala y el ambiente había sido tan agradable como sólo puede serlo entre verdaderos amigos. Antes de que terminase la velada el camarada Stalin había bailado y cantado. Allan tarareó la melodía popular georgiana con que Stalin los había deleitado antes de que se le cruzaran los cables, ¡y el señorito la reconoció! El tío Stalin también se la había cantado a él. Con ello, si no antes, todas las dudas se desvanecieron. El tío mariscal era sin duda quien afirmaba ser. El joven señor Kim se ocuparía de que su papá lo recibiera al día siguiente. Pero ahora quería otro abrazo...

El presidente no dirigía su medio país desde un despacho contiguo. Eso habría significado exponerse a demasiados peligros. No, para reunirse con Kim Il Sung había que realizar un viaje considerable que, por razones de seguridad, se hacía en un carro de combate SU-122, puesto que el colaborador más estrecho del presidente también debía acompañar al visitante.

La excursión no fue nada cómoda, pero tampoco hay que olvidar que la comodidad no es el principal propósito de los carros de combate. Durante el trayecto, Allan tuvo tiempo de sobra para reflexionar sobre dos cosas no del todo insignificantes. La primera era qué le diría a Kim Il Sung; y la segunda, qué pretendía con aquella reunión.

Ante el colaborador más estrecho e hijo del presidente, Allan había afirmado que traía un mensaje muy importante de parte de Stalin, y gracias a la oportuna muerte de éste el asunto se podía manejar fácilmente. Así, Allan decidió que el mensaje para Kim Il Sung sería que Stalin le había donado doscientos carros de combate para la causa comunista en Corea. O trescientos. Cuantos más fueran, más contento se pondría el presidente.

Lo segundo era más peliagudo. Allan no estaba interesado en regresar a la Unión Soviética después de entrevistarse con Kim Il Sung. Sin embargo, iba a ser muy complicado conseguir que el líder norcoreano los ayudase a pasar a Corea del Sur. Y quedarse al lado de Kim Il Sung sería insostenible y nada recomendable, sobre todo cuando pasasen los días y los prometidos carros de combate siguieran sin aparecer.

¿Debían irse a China, pues? Si llevaran los trajes carcelarios blancos y negros la respuesta era no, pero ya no los llevaban. A lo mejor, el gigante vecino había pasado de amenaza a promesa desde que Allan se convirtió en mariscal soviético. Sobre todo, si éste conseguía sacarle una carta de presentación a Kim Il Sung.

Llegado a este punto, ya no quedaba más que planear. Ante todo, debía prometerle los trescientos carros de combate a Kim Il Sung, y luego pedirle humildemente que le facilitase un medio de transporte y un visado para viajar a China, dado que el mariscal también tenía que transmitirle un mensaje a Mao Tse-tung. Sí, era un buen plan.

Al atardecer, el carro de combate blindado en que iban Allan, Herbert y el joven Kim Jong-il entró en un lugar que al primero le pareció una instalación militar de algún tipo.

—¿No te suena a Corea del Sur? —preguntó Herbert esperanzado.

—Si hay algún lugar donde Kim Il Sung ni pincha ni corta, ése es Corea del Sur —respondió Allan.

—Ya... sólo había pensado que a lo mejor...

De pronto, el carro blindado se detuvo en seco. Los tres pasajeros se apearon. Estaban en un aeropuerto militar, delante de algo que posiblemente fuera el edificio que alojaba al estado mayor.

El señorito Kim sostuvo la puerta para que entrasen Allan y Herbert y luego se adelantó a pasitos cortos para sostenerles la siguiente puerta. El trío ya había llegado a destino, al sanctasanctórum. Una vez allí, vieron un enorme escritorio cubierto de papeles, sentado al cual había un hombre, y detrás una pared con un mapa de Corea; a la derecha, dos soldados en posición de firmes armados con metralletas.

—Buenas noches, señor presidente —dijo Allan—. Soy el mariscal Afanásievich Meretskov, de la Unión Soviética.

—Eso no es verdad —dijo Kim Il Sung con voz serena—. Conozco perfectamente al mariscal Meretskov.

—Vaya —dijo Allan.

Los soldados rompieron la posición de firmes y dirigieron sus armas contra el falso mariscal y su ayudante, sin duda igualmente falso. Kim Il Sung siguió muy tranquilo, pero su hijo, de repente consciente de que lo habían engañado vilmente, estalló en una combinación de lloros y rabia. Tal vez fue en ese preciso instante cuando se hicieron añicos los últimos fragmentos de su infancia. ¡No te fíes de nadie! Y a pesar de las advertencias, él se había subido al regazo de aquel falso mariscal. ¡No te fíes de nadie! Nunca, nunca más volvería a fiarse de nadie.

—¡Vas a morir! —le gritó a Allan entre lágrimas—. ¡Y tú también! —añadió para Herbert.

—Sí, desde luego que van a morir —dijo Kim Il Sung con suma calma—. Pero antes tendremos que averiguar quién los ha enviado.

«Esto no pinta nada bien», pensó Allan.

«Esto pinta muy bien», pensó Herbert.

El verdadero mariscal Kiril Afanásievich Meretskov, junto con su ayudante de campo, no había tenido más remedio que dirigirse a pie hacia los restos de Vladivostok.

Tras varias horas de camino, llegaron a un campamento que había montado el Ejército Rojo a las afueras de la devastada ciudad. Allí, para empezar, la humillación fue aún mayor, pues el mariscal tuvo que enfrentarse a las sospechas de que era un prisionero fugado que se había arrepentido y volvía. Sin embargo, pronto lo reconocieron y lo atendieron según las prerrogativas de su jerarquía.

Meretskov sólo había dejado pasar un único agravio en toda su vida, y fue cuando el colaborador más estrecho de Stalin, Beria, lo había detenido y sometido a torturas por nada, y seguramente lo habría dejado morir de no ser porque el propio Stalin había acudido en su rescate.

Meretskov tal vez debería haberse enfrentado a Beria después de aquello, pero había una guerra mundial que ganar y el muy malnacido era demasiado poderoso. Por eso tuvo que tragar. Sin embargo, se había jurado que nunca volvería a tolerar una humillación, por nimia que fuera. Por eso, ahora se veía impelido a buscar y eliminar a los dos hombres que les habían robado el coche y los uniformes.

Antes de iniciar la búsqueda debía procurarse un uniforme de mariscal. No iba a ser fácil encontrar un sastre en aquel campamento de tiendas de campaña y, después, lograr que cogiera la aguja y el hilo, principalmente porque todas las sastrerías de Vladivostok, así como el resto de la ciudad, acababan de dejar de existir.

Sea como fuere, al tercer día de su regreso el mariscal tuvo su uniforme listo, aunque sin medallas, porque de ellas se estaba beneficiando el falso mariscal. Sin embargo, este contratiempo no iba a impedir que pusiese manos a la obra.

Consiguió, no sin algunos problemas, un nuevo Pobeda para él y su ayudante de campo y, al amanecer del quinto día tras el inicio de las desgracias, se dispuso a salir en dirección sur.

En la frontera con Corea del Norte le confirmaron sus sospechas. Un mariscal igualito al mariscal había cruzado la frontera en un Pobeda igualito al del mariscal, y se había dirigido hacia el sur.

Meretskov sacó las mismas conclusiones que Allan cinco días antes, a saber, que seguramente sería un suicidio seguir adelante en dirección a la frontera. Por eso se desvió hacia Pyongyang y, unas horas más tarde, comprobó que había hecho bien. En el puesto de guardia exterior le contaron que un tal mariscal Meretskov y su ayudante de campo habían solicitado reunirse con Kim Il Sung y el colaborador más estrecho del colaborador más estrecho del presidente los había recibido en audiencia. Luego, los dos guardias empezaron a discutir entre ellos. De haber entendido el coreano, el mariscal habría oído a uno de ellos decir que desde un principio había sospechado de aquellos dos hombres que se habían intercambiado la ropa, y al otro contestar que si conseguía mantenerse sobrio después de las diez de la mañana quizá empezaran a fiarse un poco más de él. Al final, ambos se insultaron mutuamente y el mariscal Meretskov y su ayudante de campo siguieron camino hacia el centro de Pyongyang.

El verdadero mariscal Meretskov se reunió con el colaborador más estrecho del colaborador más estrecho del presidente ese mismo día, después del almuerzo. Con toda la autoridad que un verdadero mariscal es capaz de transmitir,

Meretskov consiguió convencer al colaborador más estrecho del colaborador más estrecho de que tanto el presidente como su hijo corrían peligro de muerte y que el colaborador más estrecho del colaborador más estrecho debía conducirlos sin dilación al cuartel general del mandatario. Puesto que no había que desperdiciar ni un minuto, el transporte se haría en el Pobeda del mariscal, un vehículo que alcanzaba velocidades cuatro veces superiores a la que podía alcanzar el carro de combate que Kim Jong-il y los impostores habían utilizado.

—¿Y bien? —dijo Kim Il Sung en tono altanero, pero intrigado; esta vez tenía un invitado que permanecía sentado a su vera—. ¿Quiénes sois, quién os ha enviado y qué pretendíais con este engaño chapucero?

Antes de que Allan pudiese contestar, se abrió la puerta y el verdadero mariscal Meretskov irrumpió en la sala gritando que se estaba preparando un atentado y que aquellos dos hombres eran criminales fugados de un campo de trabajo.

Por un segundo, fueron demasiados mariscales y ayudantes de campo a la vez para los dos guardias, que se quedaron perplejos. Pero en cuanto el presidente confirmó que el nuevo mariscal era el auténtico, los guardias volvieron a encañonar a los impostores.

—Tranquilo, estimado Kiril Afanásievich —dijo Kim Il Sung—. La situación está bajo control.

—Vas a morir, perro —espetó Meretskov cuando vio a Allan vestido con su uniforme cubierto de medallas.

—Sí, eso dicen —repuso Allan—. Primero, el joven Kim, aquí presente, luego el honorable presidente y ahora el señor mariscal. El único que no ha exigido mi muerte es usted —añadió, volviéndose hacia el invitado de Kim Il Sung—. Ignoro su nombre, pero supongo que no puedo esperar que tenga una opinión divergente al respecto, ¿verdad?

285

—Por supuesto que no —respondió el invitado con una sonrisa—. Soy Mao Tse-tung, líder de la República Popular China, y no siento ninguna simpatía por quien le desea mal al camarada Kim Il Sung. No mostraré indulgencia.

—¡Mao Tse-tung! —exclamó Allan—. Es un honor. Aunque en breve me espera el paredón, no se olvide de saludar a su bella esposa de mi parte.

—¿Conoce a mi esposa? —inquirió Mao Tse-tung, sorprendido.

—Sí, a no ser, claro, que el señor Mao haya cambiado de esposa últimamente. Sé que antes tenía esa costumbre. Jiang Qing y yo nos conocimos en la provincia de Sichuan hace unos años. Anduvimos por las montañas un tiempo con un muchacho llamado Ah Ming.

—¿Es usted Allan Karlsson, el salvador de mi esposa? —El líder chino parecía estupefacto.

Herbert Einstein no entendió gran cosa, pero lo que sí comprendió fue que su amigo Allan sin duda tenía siete vidas y que la anhelada muerte se le escapaba una vez más. ¡No era posible!

—Yo me fugo y ya está. ¡Dispárenme, dispárenme! —suplicó Herbert, y salió corriendo, se confundió de puerta y acabó en el trastero, donde tropezó con una fregona y un cubo.

—Tu compañero es muy tonto —comentó Mao Tse-tung—. No parece precisamente un Einstein.

—Se equivoca, señor Mao —dijo Allan—. No sabe cuánto.

No era una casualidad que Mao Tse-tung estuviera presente en aquella sala, pues Kim Il Sung había establecido su cuartel general en la Manchuria china, a las afueras de Shenyang, en la provincia de Liaoning, quinientos kilómetros al noroeste de la ciudad de Pyongyang. Mao se sentía cómodo en aquella región, donde siempre lo habían apoyado. Y le gustaba tratar con su amigo norcoreano.

Sea como fuere, les llevó un buen rato aclarar las cosas y conseguir que cambiasen de parecer quienes se empeñaban en fusilarlos sumariamente.

Por raro que parezca, Meretskov fue el primero en mostrarse comprensivo. Al fin y al cabo, Karlsson también había sido víctima de la saña de Beria (por si acaso, el falso mariscal omitió el detalle de que era el responsable del incendio de Vladivostok), y cuando Allan propuso que intercambiaran la chaqueta del uniforme para que el auténtico mariscal recuperara sus medallas, los restos de la ira de Meretskov acabaron de esfumarse.

Kim Il Sung tampoco pensaba que hubiera razones para seguir enfadado. Al fin y al cabo, Allan nunca había tenido intención de hacerle daño. Su única preocupación era que su hijo se sentía tremendamente engañado.

El jovencito seguía marraneando y gritando, e insistía en exigir la muerte inmediata y muy dolorosa de Allan. Al final, Kim Il Sung tuvo que darle un cachete bien dado y ordenarle que se callara si no quería recibir una buena tunda.

Allan y el mariscal Meretskov fueron invitados a tomar asiento cerca de Kim Il Sung, a los que también se unió un alicaído Herbert.

La identidad de Allan fue confirmada definitivamente cuando hicieron entrar en la sala al chef de Mao Tse-tung. Allan y Ah Ming se abrazaron largamente, hasta que Mao mandó a Ah Ming de vuelta a la cocina para que preparase unos tallarines.

El líder chino, cuya gratitud para con Allan por haberle salvado la vida a Jiang Qing no tenía límites, proclamó ante todos los presentes que estaba dispuesto a ayudar a Allan y su compañero con lo que fuera, incondicionalmente. Eso incluía quedarse en China, donde el propio Mao se encargaría de que llevaran una vida cómoda y espléndida.

Allan respondió que lo disculpase, pero que estaba de comunismo hasta las narices y tenía ganas de pasar una temporada en algún lugar donde pudiese tomar una copa de aguardiente sin tener que oír un discurso político.

Mao dijo que vale, que lo disculpaba sólo por tratarse de él, pero que no se hiciera ilusiones en lo de mantenerse al margen en el futuro, porque el comunismo avanzaba por doquier y no tardaría en conquistar el mundo entero.

Allan preguntó si alguno de los presentes podía sugerirle un lugar donde el comunismo tardara más en instaurarse, a ser posible un sitio donde brillara el sol, las playas fuesen de arena blanca y le llenaran la copa de algo que no fuera licor de plátano indonesio.

—Lo que necesito ahora mismo son unas vacaciones —agregó—. Porque nunca las he hecho.

Mao Tse-tung, Kim Il Sung y el mariscal Meretskov debatieron entre ellos el asunto. Al final, propusieron la isla caribeña de Cuba, pues no había lugar más podridamente capitalista en todo el mundo. Allan les agradeció la sugerencia, pero dijo que el Caribe estaba muy lejos. Además, no disponía de dinero ni de pasaporte y, por tanto, tendría que rebajar sus pretensiones un poco.

El señor Karlsson no debía preocuparse por esas cuestiones. Mao Tse-tung prometió proporcionarles documentos falsos para que pudieran ir a donde quisieran. También los proveería de un montón de dólares, porque los tenía a espuertas. Era el dinero que el presidente Truman había enviado al Kuomintang y que el Kuomintang había dejado con las prisas al huir a Taiwán. El Caribe era una buena opción y no estaría de más que Allan reconsiderara su negativa.

Mientras los tres archicomunistas seguían debatiendo propuestas sobre el lugar ideal para las vacaciones de alguien alérgico a su ideología, Allan agradeció mentalmente a Harry Truman la ayuda económica proporcionada.

En un momento dado, alguien propuso las islas Filipinas, pero luego concluyeron que era un lugar políticamente inestable. Mao, al recordar que Allan había despotricado contra el licor de plátano indonesio, propuso Bali. Indonesia no era un estado comunista, aunque el comunismo estaba al acecho, como en todos lados, tal vez con la excepción de Cuba. En cambio, el líder chino estaba seguro de que en Bali tenían muchas bebidas espiritosas aparte del licor de plátano.

—Bien, pues que sea Bali —concedió Allan—. ¿Quieres venir, Herbert?

Poco a poco, Herbert Einstein se había ido haciendo a la idea de vivir un poco más y asintió resignado. De acuerdo, iría con Allan; ¿qué otra cosa podía hacer?

19

Miércoles 11 de mayo - miércoles 25 de mayo de 2005

Los que estaban en busca y captura y el supuesto muerto se mantenían felizmente alejados de la gente de Klockaregård. La granja estaba a doscientos metros de la carretera y el edificio principal y el granero creaban una especie de ángulo muerto donde ubicaron a *Sonja*, que de este modo disponía de un espacio para pasearse que nadie podía apreciar desde los coches que pasaban por allí.

La vida en la granja era, en líneas generales, bastante agradable. Benny se ocupaba de curar la herida de Gäddan y lo medicaba con moderación y sentido común. A *Buster* le encantaba el amplio horizonte que le brindaban las llanuras de Västgöta y *Sonja* estaba a gusto en cualquier sitio, siempre y cuando no tuviera que pasar hambre y su dueña anduviera cerca, dispuesta a dirigirle una palabra amable. Además, últimamente había aparecido el viejo, y eso al elefante le parecía aún mejor.

Para Benny y la Bella Dama siempre brillaba el sol, independientemente del tiempo que hiciera, y de no ser porque estaban en busca y captura, hasta es probable que se hubiesen casado. A fin de cuentas, cuando se ha llegado a una edad madura resulta más fácil reconocer lo bueno.

Paralelamente, la relación entre Benny y Bosse fue mejor que nunca. Cuando Benny logró por fin que su hermano entendiese que era una persona adulta aunque bebiera zumo de frutas en lugar de aguardiente, todo se enderezó. Bosse también estaba impresionado por el montón de cosas que sabía Benny. ¿Y si al final resultaba que no era un despilfarro estúpido eso de estudiar en la universidad? Las cosas habían cambiado a tal punto, que a veces era casi como si el hermano pequeño se hubiera convertido en el mayor, y a Bosse la sensación le resultaba muy agradable.

Allan era sumamente discreto. Durante el día se quedaba sentado en el balancín, a pesar de que el tiempo había cambiado y se asemejaba más al de Suecia en mayo. De vez en cuando, Gäddan se sentaba con él para charlar un rato.

Durante una de esas charlas, resultó que ambos tenían la misma idea acerca del nirvana. Los dos coincidían en que la armonía suprema se hallaba en una tumbona a la sombra de un parasol en un país de clima soleado y cálido donde te sirvieran bebidas de todo tipo. Allan le contó a Gäddan lo bien que en su día se lo había pasado en Bali, cuando estuvo de vacaciones con el dinero que le había dado Mao.

Sin embargo, cuando se trataba de decidir con qué había que llenar la copa, Allan y Gäddan discrepaban. El anciano centenario se decantaba por el vodka con cola o zumo de pomelo. En cambio, en ocasiones de índole más festiva le gustaba el vodka con vodka. Gäddan prefería copas más coloridas. Cócteles amarillo anaranjados, casi como una puesta de sol. Y le resultaba imprescindible la sombrillita en el medio. Allan preguntó para qué demonios quería un chisme que no se podía beber. El joven contestó que si bien Allan había viajado por todo el mundo y seguramente sabía mucho más que un pobre delincuente habitual de Estocolmo, en el tema cócteles con sombrillita era un pardillo.

Luego siguieron discutiendo un rato más acerca del nirvana. Uno era más o menos el doble de viejo que el otro, y éste era el doble de corpulento que aquél, pero se llevaban estupendamente.

• • •

A medida que fueron pasando los días y las semanas, los periodistas empezaron a tener problemas para oxigenar la historia del asesino en serie centenario y sus secuaces. Al cabo de pocos días, la televisión y los periódicos matutinos habían dejado de informar, conforme al anticuado principio de que si no se tenía nada que decir era preferible no decir nada.

En cambio, los diarios vespertinos aguantaron un tiempo más. Si no encontraban nada que decir, siempre podían recurrir a la entrevista o la cita de alguien que no acababa de entender que tampoco tenía nada que decir. El *Expressen*, sin embargo, abandonó la idea de adivinar el destino de Allan mediante las cartas del tarot. De momento, se dieron por satisfechos y dejaron de escribir sobre Karlsson. Ya encontrarían algo capaz de despertar el interés de la nación. En el peor de los casos, siempre podían recurrir a los regímenes de adelgazamiento.

Así, los medios optaron por dejar que el misterio del anciano centenario se diluyera, aunque hubo una excepción: el *Eskilstuna-Kuriren*, que daba cuenta regularmente de diversos asuntos de carácter local relacionados con la desaparición de Allan Karlsson; por ejemplo, que en las oficinas de la terminal de autobuses se instalaron puertas de seguridad para prevenir posibles asaltos. Y que la enfermera Alice, de la residencia de ancianos, decidió que Allan Karlsson ya no tenía derecho a su habitación; instalarían en ella a alguien que supiera «valorar el cuidado y el calor humano que brinda el personal».

Con cada artículo se repetía brevemente la lista de sucesos que, según la policía, comenzaron el día que el anciano se fugó por la ventana de su habitación.

Sin embargo, el jefe de redacción del *Eskilstuna-Kuriren* era un viejo anticuado en cuya inocente opinión un ciudadano era inocente hasta que se demostraba lo contrario. Por eso, en el *Eskilstuna-Kuriren* se andaban con cuidado a la hora de publicar los nombres de las personas implicadas en el asunto. Claro, Allan Karlsson seguía siendo Allan Karlsson también en el *Kuriren*, pero Julius Jonsson era «el septuagenario» y Benny Ljungberg «el dueño de un puesto de salchichas».

Esto provocó, a su vez, que un señor llamase un buen día al comisario Aronsson a su despacho. El hombre, que quería permanecer en el anonimato, dijo que tenía una pista segura sobre el desaparecido y sospechoso de asesinato Allan Karlsson.

El comisario respondió que muy bien, y que no había problema en que el informador permaneciera en el anonimato.

Bueno, a lo que iban. El hombre había leído todos los artículos publicados el último mes en el *Eskilstuna-Kuriren* y había reflexionado mucho sobre lo ocurrido. Naturalmente, no disponía de la misma cantidad de información que el comisario, pero partiendo de lo que había aparecido en la prensa, le parecía que la policía no había investigado bien al extranjero.

—Ése es el verdadero responsable, se lo digo yo —concluyó.

—¿El extranjero?

—Sí. No sé si se llama Ibrahim o Mohamed, porque el diario sólo lo menciona como «el dueño de un puesto de salchichas». Ja, como si no supiéramos que es turco o árabe o musulmán, o lo que sea. No creo que haya un solo sueco dispuesto a abrir un puesto de salchichas. En Åkers Styckebruk no, seguro. Un negocio así sólo funciona si eres extranjero y no pagas impuestos. Además...

—Vale, no me atosigue —lo cortó Aronsson—. Tenga en cuenta que se puede ser turco y musulmán a la vez, o árabe y musulmán, ¿entiende? Pero a ver, recapitulemos...

—O sea, ¿que es turco y musulmán a la vez? ¡Madre mía! Pues haga el favor de investigarlo a fondo. A él y a su

293

condenada familia. Seguro que tiene docenas de familiares aquí y todos chupan del subsidio.

—No tiene docenas de familiares —dijo el comisario—. El único pariente que tiene es un hermano...

Y fue entonces cuando Aronsson empezó a madurar una idea. Unas semanas antes, había pedido que se investigara a los parientes de Allan Karlsson, Julius Jonsson y Benny Ljungberg. El objetivo era dar con una hermana, prima o nieta, a poder ser pelirroja, que viviera en Småland. Eso fue antes de que identificaran a Gunilla Björklund. El resultado había sido más bien desalentador. Sólo había aparecido un único nombre, en aquel momento irrelevante para la investigación, pero ¿y ahora? Porque Benny Ljungberg tenía un hermano que vivía a las afueras de Falköping. ¿Era posible que estuviesen allí todos? De pronto, su interlocutor lo sacó de sus pensamientos.

—¿Y dónde tiene el hermano su puesto de salchichas? ¿Paga sus impuestos? Vienen aquí a asesinar a nuestra sana juventud sueca... ¡La inmigración masiva tiene que acabar de una vez! ¿Me oye?

Aronsson respondió que sí, que lo oía y le agradecía sus informaciones, pero que el del puesto de salchichas se llamaba Ljungberg y no era turco ni árabe, sino sueco hasta la médula. Si era musulmán o no, eso Aronsson no lo sabía ni le interesaba.

El otro respondió que advertía cierto tonillo burlón en las palabras del comisario, y que desde luego conocía muy bien esa actitud de blandengue socialdemócrata.

—Pero somos muchos y cada vez seremos más, ya lo verá en las próximas elecciones, el año que viene —remachó.

El comisario temía que no anduviera del todo errado. Lo peor que alguien sensato y medianamente educado como él mismo podía hacer en casos así era decirle a la gente como aquel chivato anónimo que se fuera a tomar por saco y colgar. Había que encararlos y discutirles sus prejuicios, quitarles la venda xenófoba de los ojos.

Eso pensó el comisario, y le dijo al chivato anónimo que se fuera a tomar por saco y colgó.

Aronsson llamó al fiscal Ranelid para contarle que al día siguiente, temprano por la mañana y con su permiso, pensaba dirigirse a Västergötland para investigar una pista que había recibido en relación con el caso del anciano y sus compinches (no pensó que hiciera falta mencionar que hacía semanas que conocía la existencia del hermano de Benny Ljungberg). Ranelid le deseó suerte y volvió a sentirse emocionado al saber que muy pronto se uniría al exclusivo grupo de fiscales que habían conseguido condenar a alguien por asesinato u homicidio a pesar de que no hubiera cadáver. Karlsson y sus compinches acabarían por ser atrapados, eso sólo era cuestión de tiempo. Con suerte, Aronsson les echaría el guante al día siguiente...

Eran casi las cinco y el fiscal recogió sus cosas, listo para irse, mientras silbaba para sí y dejaba volar los pensamientos. ¿Debería escribir un libro sobre el caso? *El mayor triunfo de la justicia.* ¿Sería un buen título? ¿Demasiado pretencioso tal vez? *La gran victoria de la justicia.* Mejor. Y más humilde. Se ajustaba a la personalidad del autor como un guante.

20

1953-1968

Mao Tse-tung les proporcionó pasaportes británicos falsos (de dónde los sacó, misterio). Luego iniciaron el viaje, primero en avión desde Shenyang, vía Shanghái, Hong Kong y Malasia. Pronto, los dos fugitivos del gulag se encontraron sentados bajo una sombrilla en un playa de arena blanquísima, a apenas unos metros del océano Índico.

Todo habría resultado perfecto de no ser porque la voluntariosa camarera no paraba de liarla. Daba igual lo que Allan y Herbert pidiesen para beber, siempre les servía otra cosa. Eso si les servía algo, porque a veces se perdía por la playa. La gota que colmó el vaso fue cuando Allan pidió un combinado de vodka y coca-cola («más vodka que cola») y ella le sirvió Pisang Ambon, un licor de plátano terriblemente verde.

—Hasta aquí podíamos llegar —bufó Allan, dispuesto a personarse ante el director del hotel y exigirle que sustituyera a la chica.

—¡Alto ahí! —exclamó Herbert—. Pero ¡si es encantadora! Anda, olvida el asunto.

La camarera se llamaba Ni Wayan Laksmi, tenía treinta y dos años y hacía tiempo que debería haberse casado. Era muy guapa, pero no provenía de una familia especialmente refinada, no le sobraba el dinero y, además, era de dominio público que tenía el mismo grado de inteligencia que el *kodok*, la rana balinesa. Por eso, a Ni Wayan Laksmi siempre se la habían saltado cuando los chicos elegían chica y las chicas elegían chico en la isla (en la medida en que se les permitía elegir).

No obstante, a ella eso nunca la había molestado, porque siempre se había sentido incómoda en compañía de hombres. Y de mujeres. Y de cualquiera, para ser más exactos. ¡Hasta aquel día! Porque uno de los dos blancos que se hospedaban en el hotel tenía algo muy especial. Se llamaba Herbert y era como si... como si tuviese muchas cosas en común con él. Debía de ser unos treinta años mayor que ella, pero eso no le importaba, porque estaba... ¡enamorada! ¡Yupi! Y su amor era correspondido. Herbert jamás había conocido a nadie que fuera, ni de lejos, tan lento de reflejos como él.

Cuando Ni Wayan Laksmi cumplió quince años, su padre le regaló un libro de idiomas. La idea había sido que la muchacha aprendiese neerlandés, puesto que por entonces Indonesia era colonia holandesa. Tras cuatro años de batallar con el libro, un buen día llegó un holandés de visita a casa de la familia. Ni Wayan Laksmi se atrevió, por primera vez, a practicar el poco neerlandés que, con mucho esfuerzo, había aprendido, pero resultó que no se puso a hablar en neerlandés sino en alemán. El padre, que tampoco era muy despierto, le había dado a su hija el libro equivocado.

Ahora, diecisiete años más tarde, aquella circunstancia infeliz se convirtió en lo contrario, porque Ni Wayan Laksmi y Herbert podían hablar y expresarse el amor que se profesaban.

Más tarde, Herbert solicitó, y consiguió, la mitad del fajo de dólares que Mao Tse-tung le había dado a Allan, tras lo cual fue a ver al padre de Ni Wayan Laksmi y le pidió la mano de su hija mayor. El padre estaba convencido de que alguien se la estaba jugando. De pronto, aparecía un extranjero, un blanco, un *bule*, con los bolsillos repletos de dinero, pidiéndole la mano de su hija más tonta. El mero hecho de que se hubiese molestado en llamar a la puerta ya era de por sí extraordinario. La familia de Ni Wayan Laksmi pertenecía a la casta de los *sundra*, la más humilde de las cuatro que había en Bali.

—¿Seguro que no se equivoca de casa? —preguntó el padre—. Y ¿seguro que se refiere a mi hija mayor?

Herbert Einstein contestó que solía confundir las cosas, pero que en este caso estaba seguro.

Dos semanas más tarde llegó el día de la boda, después de que Herbert se convirtiese a... a una religión cuyo nombre no conseguía recordar. Pero fue una ceremonia muy divertida, con la cabeza de elefante y todo lo demás.

Luego pasó una semana intentando aprender el nombre de su nueva esposa, pero al final tuvo que rendirse.

—Amor mío —dijo—, no consigo acordarme de tu nombre. ¿Te enfadarías mucho si, en lugar de llamarte por tu nombre, te llamo Amanda?

—Claro que no, querido Herbert. Amanda suena muy bonito. Pero ¿por qué precisamente Amanda?

—No lo sé. ¿Tienes una idea mejor?

No, Wayan Laksmi no la tenía, y, así, a partir de aquel día pasó a llamarse Amanda Einstein.

Herbert y Amanda se compraron una casa en el pueblo de Sanur, no muy lejos del hotel y la playa donde Allan pasaba sus días. Amanda dejó de trabajar. Le pareció que sería mejor despedirse antes de que le dieran la patada el día menos pensado, porque en general no hacía nada bien. Ahora sólo había que decidir a qué se dedicarían ella y Herbert en el futuro.

Como ya se ha dicho, Amanda, al igual que Herbert, confundía todo lo confundible. La izquierda se convertía en derecha, arriba en abajo, aquí en allá... Por eso no había podido estudiar, pues el mínimo exigible para ello es que encuentres el camino a la escuela. Sin embargo, ahora ambos disponían de un montón de dólares, y gracias a ello todo se arreglaría. Es cierto que Amanda tenía muy pocas luces, como le explicó a su marido, pero ¡no era tonta!

Y entonces, un día, le contó que en Indonesia todo estaba en venta y que eso era una circunstancia muy práctica para quienes contaban con dinero. Herbert no acababa de entender qué quería decir su esposa, y como a ésta no se le daba muy bien explicarse, dijo:

—Dime algo que te gustaría a ti, personalmente, querido Herbert.

—¿A qué te refieres? Quieres decir... por ejemplo, ¿conducir un coche?

—¡Ahí va! —exclamó Amanda.

A continuación, se disculpó diciendo que tenía cosas que hacer, pero que volvería pronto, antes de la cena.

Tres horas más tarde, estaba de regreso en casa. Consigo traía un carnet de conducir nuevo a nombre de Herbert, pero no sólo eso, sino también un certificado que demostraba que Herbert era profesor de autoescuela diplomado y una escritura de traspaso que establecía que Amanda acababa de hacerse cargo de una autoescuela, a la que había cambiado el nombre por el de Empresa de Formación para el Carnet de Conducir Einstein.

Como es de suponer, a Herbert todo le pareció fantástico, pero... no por eso iba a conducir mejor. Sí, en cierto modo sí, le explicó Amanda. Porque ahora tenía la posición que necesitaba, ahora era él quien decidía qué estaba bien y qué estaba mal a la hora de conducir. Así funcionaban las cosas en la vida: lo correcto no era necesariamente lo correcto, sino lo que el que mandaba decía que era correcto.

A Herbert se le iluminó el rostro: ¡lo había entendido!

• • •

La Empresa de Formación para el Carnet de Conducir Einstein fue un éxito comercial. Casi todos los que en la isla necesitaban obtener el carnet querían aprender con aquel simpático blanco. Y Herbert pronto se hizo a su nueva vida. Daba personalmente todas las clases teóricas, en las que explicaba, con amabilidad y rigor, cosas como que era importante no conducir demasiado rápido para evitar el riesgo de chocar con otros coches, aunque tampoco había que ir demasiado lento, para no entorpecer el tráfico. Los alumnos asentían con la cabeza y tomaban nota. El profesor parecía saber de lo que hablaba.

Al cabo de seis meses, Herbert había acabado con las otras dos autoescuelas de la isla y había pasado a ostentar el monopolio. Y así se lo contó a Allan durante una de sus visitas semanales a la playa.

—Estoy orgulloso de ti, Herbert —dijo su amigo—. ¡Quién hubiera pensado que tú, de todas las personas, acabarías dando clases en una autoescuela! Y encima aquí, ¡que conducen por la izquierda!

—¿Que conducen por la izquierda? ¿La gente en Indonesia conduce por la izquierda?

Amanda no se había quedado de brazos cruzados mientras Herbert levantaba la empresa que le había regalado. Primero, se había procurado una buena formación: ahora era licenciada en Ciencias Económicas. Es cierto que había tardado varias semanas y había sido bastante caro, pero al final consiguió el título. Con notas altísimas, además, y de una de las universidades más exclusivas de Java.

Con la licenciatura en la mano, fue a dar un paseo por la playa de Kuta para pensar. ¿Qué podía hacer en la vida que aportase felicidad a la familia? Por mucho que acabara de licenciarse en Ciencias Económicas, seguía sin saber nada de aritmética, sólo lo más básico. Pero a lo mejor podría... realmente podría... bueno, sí, por qué no... «Como que me llamo Amanda», decidió. Y, recibiendo la fresca brisa en la cara, exclamó:

—¡Entraré en política! ¡Yupi!

Amanda Einstein fundó el Partido Liberal Democrático por la Libertad (le pareció que aquellas tres palabras, «liberal», «democrático» y «libertad», sonaban bien en ese contexto). Muy pronto consiguió seis mil afiliados ficticios que deseaban que se presentara a las elecciones a gobernador del próximo otoño. El gobernador actual iba a retirarse por razones de edad y antes de que a Amanda se le ocurriera la idea sólo había un candidato capaz de tomar el relevo. Ahora eran dos. Uno era un hombre de la casta *pedana*; el otro, una mujer *sundra*. El resultado de las elecciones debía favorecer al primero por goleada, obviamente. Pero Amanda disponía de un montón de dólares.

Herbert no tenía inconveniente en que su amada se dedicase a la política, pero sabía que Allan, que seguía sentado bajo su sombrilla, desaprobaba la política en general y, tras los años pasados en el gulag, el comunismo en particular.

—¿Vamos a convertirnos en comunistas? —preguntó preocupado.

No, Amanda no lo creía. Al menos esa palabra no aparecía en el nombre del partido. Pero si Herbert insistía en ser comunista, siempre podían añadirla.

—Partido Liberal Democrático Comunista por la Libertad —propuso, saboreando el nombre—. Un poco largo, pero podría funcionar.

Sin embargo, no era eso lo que había querido decir Herbert. Al contrario, pensó, cuanta menos política hubiera en su partido, mejor.

Luego estaba el tema de cómo financiar la campaña. Según Amanda, una vez ésta hubiera finalizado les quedarían muy pocos dólares, porque para ganar se necesitaba mucho dinero. ¿Qué opinaba su querido esposo al respecto?

El querido esposo opinaba que Amanda era quien mejor entendía de esos asuntos.

—Muy bien —dijo ella—. Entonces dedicaremos una tercera parte del dinero a la campaña electoral, otra tercera parte a sobornar a los jefes de distrito, otra tercera parte a echar mierda a nuestro rival y luego nos quedaremos otra tercera parte para vivir si todo va mal. ¿Te parece bien?

Herbert se rascó la nariz y lo cierto es que no le pareció ni bien ni mal. Le contó los planes de Amanda a Allan, quien suspiró al pensar que una persona que no sabía distinguir el licor de plátano de un combinado pudiera considerarse capaz de ejercer de gobernadora. Como fuere, habían recibido un montonazo de dólares de Mao Tse-tung y a Allan su mitad le sobraba y le bastaba para vivir. Así que le prometió a Herbert que los reabastecería cuando hubieran terminado las elecciones, a condición de que no tuviera que volver a oír hablar nunca más de proyectos sobre asuntos de los que Herbert y Amanda no entendían nada. Herbert le dio las gracias. Qué duda cabía: Allan era un gran tipo.

Sin embargo, nunca llegaron a necesitar la ayuda de Allan. Amanda ganó las elecciones para gobernador con un ochenta por ciento de los votos, contra el veintidós por ciento del contrincante. A éste le pareció que el hecho de que la suma total de votos sobrepasara el ciento por ciento indicaba fraude electoral, pero un tribunal rechazó semejante posibilidad, amenazando, además, al candidato derrotado con una fuerte multa si seguía difamando a la gobernadora en ciernes, la señora Einstein. Por cierto, justo antes del fallo, Amanda y el presidente del tribunal se habían reunido para tomar una taza de té.

. . .

Mientras Amanda Einstein se iba haciendo poco a poco con el control de toda la isla y su esposo Herbert enseñaba a la gente a conducir ahora sí por la izquierda (sin que ello significase que se pusiera al volante más de lo estrictamente necesario), Allan seguía en su tumbona a la orilla del mar con la copa adecuada en la mano. Además, desde que Amanda se dedicaba a otras cosas, casi siempre le servían lo que pedía.

Aparte de estar sentado tomando lo que tomaba, Allan solía hojear los periódicos internacionales que encargaba, comer cuando tenía hambre y dormir la siesta en la habitación cuando todo le parecía demasiado agitado.

Los días se convirtieron en semanas, las semanas en meses y los meses en años sin que Allan se hartara de estar de vacaciones. Además, después de quince años todavía le quedaba un montón de dólares. Ello se debía, en parte, a que desde un principio había habido un montonazo de dólares, pero también a que desde hacía un tiempo Amanda y Herbert eran los propietarios del hotel en cuestión y habían nombrado a Allan huésped invitado perpetuo (HIP).

Allan había cumplido sesenta y tres años y seguía sin moverse más allá de lo estrictamente necesario, mientras la carrera política de Amanda avanzaba viento en popa. Era popular entre la mayoría de la población, o eso al menos afirmaban las encuestas realizadas por el instituto de estadística local, del que era propietaria y directora una de sus hermanas. Además, una organización de derechos humanos declaró que Bali era la región menos corrupta del país. Eso obedecía a que Amanda había sobornado a todos los directivos de dicha organización, pero aun así tenía su mérito.

Sin embargo, la lucha contra la corrupción era una de las tres puntas de lanza que caracterizaban el empeño de Amanda como gobernadora, sobre todo desde que empezaron a impartirse clases de anticorrupción en todas las escuelas de Bali. Al principio, el director de una escuela de Denpasar había protestado, pues creía que podían tener el efecto contrario al deseado. No obstante, se conformó cuando Amanda lo nombró presidente de la Dirección Municipal de Educación Primaria y le dobló el sueldo.

El segundo asunto era la lucha contra los comunistas. Ésta se concretó, justo antes de que reeligieran a Amanda por primera vez, en la prohibición del partido comunista local, que estaba cobrando demasiada importancia. De esta manera, se libró de tener que destinar a la campaña electoral un presupuesto mayor del previsto.

Con el tercero, Amanda recibió la ayuda de Herbert y Allan. A través de ellos se enteró de que en el resto del mundo no tenían treinta grados de temperatura todo el año. Sobre todo en lo que llamaban Europa, donde por lo visto hacía mucho frío, especialmente en el norte, de donde venía Allan. Amanda cayó en la cuenta de que repartidos por ese mundo helado debía de haber un montón de ricachones tiritando. Había que animarlos a que visitaran Bali. Y entonces estimuló el crecimiento del turismo dando una serie de licencias para la construcción de hoteles de lujo en tierras que ella misma había adquirido.

Por lo demás, se ocupó magnánimamente de sus parientes y amigos más cercanos. El padre, la madre, las hermanas, los tíos hermanos, las tías hermanas y las primas, todos ocuparon rápidamente puestos clave y lucrativos en la sociedad balinesa, todo lo cual contribuyó a que Amanda fuera reelegida gobernadora en dos ocasiones. La segunda vez, además, tanto el número de votos como el de votantes subieron de forma considerable.

Durante aquellos años, Amanda también tuvo tiempo de dar a luz a dos hijos: primero Allan Einstein (a fin de cuentas, Herbert le debía a Allan casi todo), seguido de Mao Einstein (porque aquel montón de dólares había sido de gran ayuda).

. . .

Un buen día, sin embargo, todo se complicó. Empezó cuando el Gunung Agung, un volcán de tres mil metros de altura, entró en erupción. La consecuencia más inmediata para Allan fue que el humo tapó el sol. Para los demás fue peor. Miles de personas perecieron y miles tuvieron que abandonar la isla. La gobernadora, hasta entonces enormemente popular, no tomó ninguna decisión que valga la pena mencionar. De hecho, ni siquiera entendió que había un montón de decisiones que tomar.

El volcán se fue calmando poco a poco, pero aun así la isla sufrió sacudidas, tanto económicas como políticas, exactamente como el resto del país. En Yakarta, Sukarno fue sustituido por Suharto, que no tenía la menor intención de mezclarse con grupúsculos políticos como había hecho su sucesor. Por encima de todo, Suharto se propuso dar caza a los comunistas, a los supuestos comunistas, a los sospechosos de ser comunistas, a los posibles comunistas y a algún que otro comunista. Pronto murió un gran número de personas, entre doscientas mil y dos millones; las cifras reales eran inciertas, porque mucha gente de origen chino fue expulsada en barco por comunista, y al llegar a China fue acusada de capitalista.

Sea como fuere, una vez se hubo disipado el humo, ya no hubo ni un solo habitante, de los doscientos millones que poblaban Indonesia, que se lanzara a la calle a manifestar ideas comunistas (supuesto que, por si acaso, fue penalizado). Misión cumplida para Suharto, que acto seguido invitó a los Estados Unidos de América y otros países occidentales a compartir las riquezas del país. Esto, a su vez, hizo que mejorara la situación de la gente, sobre todo la de Suharto, que muy pronto se hizo infinitamente rico. No estaba nada mal para un soldado que había iniciado su carrera militar contrabandeando azúcar.

. . .

Amanda Einstein pensó que ya no era tan divertido ser gobernadora. El ardiente deseo de las autoridades de Yakarta de convencer a sus ciudadanos de que pensaran correctamente había causado la muerte de unos ochenta mil balineses.

En medio del caos, Herbert aprovechó para jubilarse. Amanda pensó en hacer lo mismo, a pesar de que aún no había cumplido los cuarenta y tres. La familia era propietaria de muchas tierras y hoteles, y el montón de dólares que había propiciado aquella riqueza se había convertido en un nuevo montonazo de dólares. Lo mejor, pues, sería retirarse.

—¿Aceptaría ser embajadora de Indonesia en París? —le propuso Suharto sin ambages tras llamarla por teléfono e identificarse.

Suharto se había fijado en el trabajo hecho por Amanda en Bali y en su firme decisión de prohibir a los comunistas locales. Además, quería que hubiera igualdad entre los sexos cuando se trataba de altos cargos en las legaciones extranjeras (si Amanda aceptaba el cargo, la relación sería de veinticuatro a uno).

—¿París? —contestó ella—. ¿Dónde está?

Al principio, Allan pensó que la erupción del volcán de 1963 era una especie de señal de la Providencia de que había llegado la hora de marcharse. Sin embargo, en cuanto asomó el sol tras las nubes de humo del volcán, casi todo volvió a ser como antes (salvo que, por alguna razón, había una guerra civil en las calles). Así pues, si la Providencia no se manifestaba con mayor claridad, no pensaba molestarse en irse de allí. O sea, que se quedó echado en la tumbona durante unos años más.

Que finalmente hiciera las maletas y se marchara fue mérito de Herbert. Un buen día, éste le contó que Amanda y él se mudaban a París y se comprometió a conseguirle un pasaporte indonesio verdadero en lugar del falso y caducado británico que todavía utilizaba. La embajadora entrante se ocuparía de conseguirle un puesto nominal, no para que Allan trabajara sino para que los franceses no se mostraran recelosos a la hora de dejarlo entrar en su país.

Allan aceptó con mucho gusto. Ya había descansado lo suficiente y París parecía un rincón tranquilo y estable del mundo, sin los disturbios que últimamente habían causado estragos no sólo en Bali, sino también en los alrededores del hotel.

Partieron apenas dos semanas más tarde. Amanda tomaría posesión del cargo el 1 de mayo.

Corría el año 1968.

21

Jueves 26 de mayo de 2005

La mañana en que el comisario se detuvo delante de la puerta de Klockaregård y, para su sorpresa, descubrió a Allan Emmanuel Karlsson sentando en un balancín en el amplio porche de madera, Per-Gunnar Gerdin se encontraba durmiendo.

En ese mismo momento, Benny, la Bella Dama y *Buster* estaban ocupados en la instalación de agua del nuevo establo de *Sonja* en el granero. Julius se había dejado crecer la barba y por eso el grupo le había dado permiso para acompañar a Bosse a Falköping a hacer la compra. Allan se había quedado adormilado y no se despertó hasta que el comisario le hizo notar su presencia.

—Allan Karlsson, supongo —dijo.

El viejo abrió los ojos y respondió que suponía lo mismo. En cambio, no tenía ni idea de quién le estaba hablando. ¿Le importaría al desconocido presentarse?

El comisario lo haría con mucho gusto. Dijo que se llamaba Aronsson, que era comisario de policía, que llevaba un tiempo buscándolo y que quedaba detenido, acusado de asesinato. Por cierto, sus amigos, los señores Jonsson y Ljungberg y la señora Björklund, también quedaban detenidos. ¿Podría decirle, por favor, dónde encontrarlos?

Para ganar tiempo, Allan dijo que necesitaba ordenar sus pensamientos, al fin y al cabo acababa de despertarse, esperaba que el comisario lo entendiera. No iba a delatar a sus amigos sin antes pensárselo muy bien, ¿no le parecía al comisario?

Éste contestó que en ese punto sólo podía decirle que debía contarle todo lo que supiera. Pero que adelante, no tenía ninguna prisa.

A Allan le pareció bien y lo invitó a tomar asiento en el balancín. Él entretanto iría a preparar café.

—¿Azúcar en el café? ¿Leche?

Aronsson no era de los que dejaban que los delincuentes detenidos se pasearan por ahí tan panchos, ni siquiera hasta una cocina contigua. Sin embargo, aquel ejemplar de delincuente le infundía una extraña tranquilidad. Además, desde allí tenía buenas vistas de la cocina, de modo que aceptó la invitación.

—Leche, gracias. Nada de azúcar —dijo, y se sentó.

El recién detenido trajinaba en la cocina («¿También le apetecerá una pastelito?») mientras el comisario lo vigilaba desde el porche. Aronsson no acababa de entender cómo había podido confundir la situación de aquella manera. Había visto a un anciano a lo lejos, sentado en el porche de la granja y había dado por supuesto que se trataba del padre de Bo Ljungberg, y que el padre seguramente podría conducirlo hasta el hijo, y que en el siguiente paso le confirmarían que las personas en busca y captura no estaban en las cercanías de la granja, que el viaje a Västergötland había sido en vano. Sin embargo, cuando se acercó lo suficiente al porche comprobó que el viejo del balancín era el mismísimo Allan Karlsson. ¡Jolines, el disparo de cuarenta metros había entrado justo por la escuadra!

La actitud de Aronsson había sido flemática y profesional, o al menos todo lo profesional que pudiera considerarse dejar que un sospechoso de triple asesinato fuese a la cocina a preparar café, aunque no estaba demasiado tranquilo. Karlsson, que había cumplido cien años, no parecía peligroso, pero ¿qué haría Aronsson si los otros tres sospechosos se presentaban de pronto, tal vez en compañía de Bo Ljungberg, a quien, por cierto, también debía detener por dar cobijo a una banda de criminales?

—Ha dicho leche pero no azúcar, ¿no? —gritó Allan desde la cocina—. A mi edad se olvidan las cosas muy fácilmente.

Aronsson repitió que quería leche pero no azúcar, y sacó el teléfono para pedir refuerzos a los colegas de Falköping. Necesitaría dos coches, por si acaso.

Pero el teléfono sonó antes de que Aronsson pudiera marcar el número. El comisario contestó. Era el fiscal Ranelid y tenía una información extraordinaria que transmitirle.

22

Miércoles 25 de mayo - jueves 26 de mayo de 2005

El marinero egipcio que había regalado los restos mortales de Bengt *Bulten* Bylund a los peces del mar Rojo llegó a Yibuti con tres días de permiso.

En el bolsillo trasero llevaba la cartera de Bulten, que contenía ochocientas coronas suecas en metálico. El marinero ignoraba el valor de aquel dinero, pero tenía sus esperanzas y ahora andaba en busca de una oficina de cambio.

Dando muestras de una flagrante carencia de imaginación, la capital de Yibuti se llamaba igual que el país y era un lugar joven y muy animado. Animado porque Yibuti está ubicado estratégicamente en el Cuerno de África, justo en la desembocadura del mar Rojo. Y joven porque el que vive en Yibuti raras veces alcanza una edad avanzada. Excepcionalmente se llega a los cincuenta años.

El marinero se detuvo en el mercado de pescado para comer alguna fritura antes de proseguir con su búsqueda. Pegado a él había un hombre sudoroso, habitante de la ciudad, que iba dando pataditas con la mirada febril y errabunda. El egipcio pensó que no era de extrañar que aquel hombre sudoroso sudara, porque, por un lado, hacía unos treinta y cinco grados a la sombra, y por otro, el tipo vestía dos sarongs y otras tantas camisas, además del fez, que llevaba calado hasta las orejas.

El sudoroso tenía unos veinticinco años y ninguna ambición de cumplir más. Se sentía muy indignado. No porque la mitad de la población del país estuviera en el paro, ni porque casi uno de cada cinco habitantes fuera portador del VIH o estuviese enfermo de sida, ni por la falta desesperante de agua potable, ni porque el desierto se extendiera por toda la nación, comiéndose las miserables tierras de cultivo que todavía quedaban. No, el hombre estaba indignado porque los Estados Unidos de América habían establecido una base militar en el país.

En este asunto, Estados Unidos no estaba solo, ciertamente. La Legión francesa llevaba tiempo en el lugar. Los lazos entre Yibuti y Francia eran fuertes. Al fin y al cabo, el país se llamaba Somalia Francesa antes de obtener su independencia en los años setenta. Sin embargo, Estados Unidos había instalado una base contigua a la de la Legión Extranjera, a una distancia razonable de Afganistán y de las diversas tragedias centroafricanas que los rodeaban.

Buena idea, pensaron los americanos, aunque a la gran mayoría de los yibutíes les traía sin cuidado, ya que sus esfuerzos se destinaban a lograr sobrevivir, por milagroso que esto pudiera considerarse. No obstante, era evidente que uno de ellos había tenido tiempo de reflexionar acerca de la presencia americana. O quizá fuese un tipo demasiado religioso para su propia integridad terrenal.

Comoquiera que fuese, andaba deambulando por el centro de la capital en busca de un grupo de soldados americanos de permiso. Durante el paseo se toqueteaba nervioso el cordel del que, llegado el momento, tiraría para que los americanos saltaran por los aires y acabaran en el infierno, mientras él se iba en la dirección contraria.

Como ya se ha dicho, hacía calor y el hombre sudaba cada vez más. Llevaba una bomba adosada al cuerpo y, para ocultarla, se había puesto varias prendas. El pobre estaba casi hirviendo a causa del calor y al final tuvo tan mala suerte que, por equivocación, toqueteó un poco demasiado el cordel.

Así, se transformó a sí mismo y al desgraciado que tenía al lado en un amasijo de vísceras. Otros tres yibutíes murieron debido a la explosión y una docena sufrieron serias heridas y lesiones.

Ninguna víctima era americana. En cambio, el que se encontraba más cerca del terrorista suicida en el momento de la deflagración era un europeo. La policía había encontrado su cartera milagrosamente intacta al lado de los restos de su propietario. La cartera contenía ochocientas coronas suecas, así como un pasaporte y un carnet de conducir.

El cónsul honorario sueco en Yibuti fue informado al respecto al día siguiente por el alcalde de la ciudad, quien añadió que, según todos los indicios, el ciudadano sueco Erik Bengt Bylund había sido víctima de un crimen atroz en el mercado de pescado de la ciudad.

Lamentablemente, no podían entregarle los restos mortales de Bylund, pues apenas quedaba nada de ellos. En su lugar, habían procedido a la incineración inmediata del cadáver.

En cambio, el cónsul honorario recibió la cartera de Bylund, que contenía su pasaporte y su carnet de conducir (el dinero desapareció en el proceso). El alcalde lamentaba el desgraciado suceso y, si al señor cónsul honorario no le importaba, quería comentarle cierto asunto.

El caso era que Bylund se encontraba en Yibuti sin un visado válido. El alcalde ya no sabía cuántas veces había tratado el asunto con los franceses e incluso con el presidente Guelleh. Si los franceses querían llevar a sus legionarios directamente en avión a su base era asunto suyo. Pero en cuanto un legionario entraba en la ciudad de Yibuti de paisano («en mi ciudad», como lo expresó el alcalde), debía tener la documentación en regla. El alcalde no dudaba de que Bylund era un legionario, pues conocía muy bien la manera de actuar de éstos. Los americanos se comportaban de forma irreprochable, mientras que los franceses iban por ahí como si todavía estuvieran en su antigua colonia.

El cónsul honorario agradeció al alcalde las condolencias y mintió al comprometerse a abordar el asunto de los visados con la representación francesa en cuanto tuviese ocasión.

Fue una sorpresa ciertamente desagradable para Arnis Ikstens, el hombre que manejaba la máquina prensadora en un desguace del sur de Riga. De pronto, cuando el último coche de la fila ya estaba hecho un amasijo de hierros, asomó un brazo entre el montón de chatarra.

Arnis resopló, llamó a la policía y se fue a casa, a pesar de que sólo era mediodía. La imagen de aquel brazo lo perseguiría durante un tiempo. Esperaba que la persona a quien pertenecía estuviera muerta cuando él prensó el coche.

El jefe de policía de Riga le comunicó personalmente al embajador de Suecia que su ciudadano Henrik Mikael Hultén había sido encontrado muerto, en el interior de un Ford Mustang, en un desguace al sur de la ciudad.

Aún no se había determinado si en efecto se trataba de él, aunque el contenido de la cartera que llevaba encima así lo indicaba.

A las once y cuarto del jueves 26 de mayo, el Ministerio de Asuntos Exteriores de Estocolmo recibió un fax del cónsul honorario en Yibuti que contenía información y documentación referidas a un ciudadano sueco fallecido. Ocho minutos más tarde, llegó otro fax sobre el mismo tema, pero esta vez enviado desde la embajada en Riga.

El funcionario responsable reconoció los nombres y las fotografías de los cadáveres: no hacía mucho que había leído sobre ellos en el *Expressen*. Era un poco extraño, pensó, que los dos hombres hubieran muerto tan lejos de Suecia, ya que, según el periódico, no había sido así. En todo caso, era problema de la policía y el fiscal, no suyo. Escaneó los dos faxes y envió por correo electrónico la información referida a las víctimas a, entre otros, la policía provincial de Eskilstuna. Allí, otro funcionario la recibió, la leyó, enarcó las cejas y la reenvió al fiscal Ranelid.

La vida de Conny Ranelid de pronto se tambaleó. El caso del centenario asesino triple estaba destinado a convertirse en su tan esperada y merecida consagración profesional. Y ahora resultaba que la víctima número uno, que había muerto en Södermanland, había vuelto a morir tres semanas más tarde en Yibuti. Y que la número dos, que había muerto en Småland, había repetido, pero en Riga.

Tras respirar hondo junto a la ventana abierta del despacho, el fiscal logró serenarse un poco y pensar lo mínimo. Debía llamar a Aronsson. El comisario tenía que dar con la víctima número tres al precio que fuese. Y había que encontrar algún tipo de concordancia entre el ADN de ésta y el del vejestorio. Era imprescindible.

Si no, Ranelid quedaría como un fantoche incompetente y ridículo.

En cuanto oyó la voz del fiscal en el teléfono, Aronsson le dijo que acababa de arrestar a Allan Karlsson (que en ese momento estaba en la cocina preparándole un café).

—En cuanto a los demás —añadió—, sospecho que están cerca de aquí, pero será mejor que antes pida refuerzos...

Ranelid lo interrumpió y le contó desesperado que la víctima número uno había sido encontrada muerta en Yibuti y la número dos en Riga, y que su cadena de sólidos indicios estaba a punto de irse al carajo.

—¿Yibuti? —repitió Aronsson—. ¿Dónde cae eso?

—No lo sé —admitió el fiscal—, pero con que esté a más de dos kilómetros de Åkers Styckebruk mi caso se va al infierno. Ahora tienes que encontrar a la maldita víctima número tres, ¿me has entendido, Göran? ¡Encuéntrala, coño!

En ese mismo momento, un Per-Gunnar Gerdin recién levantado salió al porche y saludó educadamente, aunque expectante, al comisario Aronsson, que a su vez lo miró con los ojos como platos.

—Me parece que la número tres acaba de encontrarme a mí —dijo.

23

1968

Allan no recibió ninguna explicación de en qué consistiría su puesto nominal en la embajada indonesia en París. La nueva embajadora, la señora Amanda Einstein, le adjudicó una habitación con una cama y se limitó a decirle que en adelante era libre de hacer lo que le viniese en gana.

—Pero sería muy amable por tu parte si pudieras echarnos una mano en las tareas de intérprete, por si alguna vez tengo la desgracia de encontrarme con gente de otros países.

A eso Allan contestó que no podía descartarse que algo así ocurriese, teniendo en cuenta la naturaleza de la misión.

Amanda maldijo al recordar que al día siguiente debería presentarse en el Palacio del Elíseo por el tema de la acreditación. Al parecer, la ceremonia no duraría más de dos minutos, pero aun así era demasiado para una persona con tendencia a soltar tonterías, como era precisamente el caso de Amanda.

Allan estuvo de acuerdo en que de vez en cuando la nueva embajadora metía la pata, pero que seguramente todo iría bien ante el presidente De Gaulle, siempre que procurara no hablar más que en indonesio durante los dos minutos que durara la entrevista y se limitara a sonreír y mostrarse amable.

—¿Cómo has dicho que se llama? —preguntó Amanda.

—De Gaulle. Quedamos, pues, en que sólo hablarás en indonesio —repitió Allan—. O, mejor todavía, en balinés.

Acto seguido, Allan se dispuso a dar un paseo por la capital francesa. En parte porque le parecía que no le haría ningún daño estirar las piernas un poco tras quince años echado en una tumbona, y en parte porque acababa de verse en un espejo de la embajada y de pronto recordó que llevaba sin cortarse el pelo ni afeitarse desde la erupción del volcán, en 1963.

Sin embargo, le resultó imposible encontrar una peluquería abierta. O cualquier otro establecimiento. Todos estaban cerrados a cal y canto, como si todo el mundo estuviera en huelga, ocupado en tomar casas, manifestarse y volcar coches, en vociferar, maldecir y arrojarse cosas a la cabeza. A lo largo y ancho de la calle por la que Allan avanzaba agazapado estaban montando vallas antidisturbios y barricadas.

Todo aquello le recordaba la isla de Bali, sólo que aquí el aire era un poco más fresco. Allan interrumpió el paseo, dio media vuelta y volvió a la embajada.

Allí se encontró con una embajadora indignada. Acababan de llamarla del Palacio del Elíseo para decirle que la brevísima ceremonia de acreditación había sido sustituida por un almuerzo al que la señora embajadora podría llevar también a su esposo y a su propio intérprete; que, por su lado, el presidente De Gaulle pensaba invitar al ministro del Interior, Fouchet, y al presidente americano, Lyndon B. Johnson.

Amanda estaba desesperada. Tal vez hubiera podido superar dos minutos en compañía de De Gaulle sin correr el riesgo de que la expulsaran de inmediato, pero no tres horas, y menos con otro presidente a la mesa.

—¿Qué está pasando, Allan? ¿Cómo hemos llegado a esto? ¿Qué vamos a hacer? —dijo cariacontecida.

En efecto, el paso de un simple apretón de manos a un almuerzo con dos presidentes era inconcebible, incluso para Allan. E intentar comprender lo incomprensible no estaba en su naturaleza.

—¿Que qué vamos a hacer? Pues ahora mismo buscaremos a Herbert y nos tomaremos una copa. Ya es tarde.

Una ceremonia de acreditación entre el presidente De Gaulle por un lado y un embajador de una nación lejana y poco importante por el otro no solía durar más de un minuto, a veces el doble si el diplomático en cuestión era muy parlanchín.

En el caso de la embajadora indonesia, el protocolo había cambiado a toda prisa por razones políticas de alto nivel que ni siquiera Allan Karlsson habría podido adivinar.

Ocurría que el presidente Johnson se encontraba en la embajada estadounidense en París con ganas de obtener un triunfo político. Las protestas contra la guerra de Vietnam habían alcanzado la fuerza de un huracán y el símbolo de esa contienda, el propio Johnson, no era popular en prácticamente ningún rincón del mundo. Hacía tiempo que había abandonado los planes de presentarse a la reelección en noviembre, pero no tenía nada en contra de pasar a la posteridad con apelativos más amables que «asesino» y lindezas por el estilo. Por eso, primero había ordenado que momentáneamente cesaran los bombardeos sobre Hanói, y gracias a ello había conseguido celebrar una conferencia de paz. Que luego resultara que las calles de la ciudad en que se iba a celebrar dicha conferencia estuvieran prácticamente en estado de guerra, al presidente Johnson no dejaba de parecerle incluso cómico. Ahí tenía ese De Gaulle un hueso duro de roer.

El mandatario pensaba que, obviamente, De Gaulle había olvidado quién se había remangado en su día para salvar a su país de los alemanes. Sin embargo, el juego político funciona de tal manera que un presidente americano y otro francés no pueden permitirse estar en la misma ciudad sin al menos celebrar juntos un almuerzo.

Así pues, se había concertado un almuerzo y pronto habría que sufrirlo. Por fortuna, los franceses habían metido la pata (cosa que a Johnson no le sorprendió) y habían concertado para su presidente dos reuniones el mismo día y a la misma hora. Debido a ello, también los acompañaría durante el almuerzo el nuevo emisario diplomático indonesio, ¡una mujer, por cierto! Al presidente Johnson le parecía muy bien, porque así podría conversar con ella en lugar de hacerlo con ese De Gaulle.

Sin embargo, no se trataba de dos compromisos programados inocentemente. En realidad, en el último momento De Gaulle había tenido la estupenda idea de fingir que así era. De ese modo, el almuerzo resultaría soportable y él conversaría con el emisario diplomático indonesio, ¡una mujer, por cierto!, en lugar de hacerlo con ese Johnson.

Al presidente francés no le caía bien Johnson, aunque no tanto por razones personales como históricas. Al término de la guerra, Estados Unidos había intentado someter Francia a su administración militar, ¡habían pretendido robarle su país! ¿Cómo iba De Gaulle a perdonar algo así por mucho que el actual presidente no estuviese involucrado en el asunto? El presidente actual... por cierto, se llamaba Johnson. Los americanos no tenían estilo, sencillamente.

Eso pensaba Charles André Joseph Marie de Gaulle.

Amanda y Herbert estuvieron deliberando y muy pronto se pusieron de acuerdo en que sería mejor que el segundo no asistiera a la reunión con los presidentes en el Palacio del Elíseo. De ese modo, pensaron, el riesgo de que todo se fuera al carajo se reduciría exactamente a la mitad. ¿No creía Allan lo mismo?

Allan permaneció callado, consideró otras alternativas, hasta que al final dijo:

—Quédate en casa, Herbert.

Los comensales estaban reunidos, esperando al anfitrión, quien, a su vez, estaba sentado en su despacho esperando por el mero hecho de esperar. Pensaba seguir así unos minutos más, con la esperanza de que ese Johnson se pusiera de mal humor.

A lo lejos, De Gaulle podía oír el alboroto y las manifestaciones que sacudían a su amado París. La Quinta República francesa había empezado a tambalearse, de pronto y sin motivo aparente. Todo había empezado con unos estudiantes que, por lo visto, estaban a favor del amor libre y en contra de la guerra de Vietnam y habían decidido airear su descontento con el estado de las cosas. Hasta ahí, todo bien, opinaba el presidente, porque al fin y al cabo los estudiantes siempre habían encontrado cosas de las que quejarse.

Sin embargo, el número de manifestantes fue en aumento y las manifestaciones se hicieron cada vez más violentas. De pronto, los sindicatos levantaron la voz y se sumaron al descontento, amenazando con sacar a diez millones de trabajadores a la calle en una huelga general. ¡Diez millones! ¡Así se paralizaría todo el país!

Lo que pretendían los obreros era trabajar menos por un salario mayor. Y que De Gaulle dimitiera. Tres errores de tres posibles, según el presidente, que había librado y ganado peores batallas. Los principales asesores del Ministerio del Interior le aconsejaron mano dura. Desde luego, no se trataba de un conflicto del otro mundo, como podría serlo, por ejemplo, un intento comunista de hacerse con el país, orquestado por la Unión Soviética. Pero seguramente ese

Johnson lo sacaría a relucir durante el café, si tenía ocasión. Porque los americanos veían comunistas por todos lados. Por si acaso, De Gaulle se había hecho acompañar por el ministro del Interior, Fouchet, y el principal asesor de éste. Los dos eran responsables de poner fin al caos que reinaba en el país y podrían responder de la situación si ese Johnson insistía en ponerse impertinente.

—¡Uf, qué horror! —exclamó De Gaulle, y se levantó de la silla.

Ya no podía posponer por más tiempo el condenado almuerzo.

El personal de seguridad del presidente francés se había mostrado especialmente meticuloso con la inspección del barbudo y melenudo intérprete de la embajadora indonesia. Sin embargo, tenía la documentación en regla y estaba manifiestamente desarmado. Además, la embajadora, ¡una mujer, por cierto!, respondía de él. De modo que el barbudo se sentó a la mesa flanqueado por un intérprete americano bastante más joven y aseado y una copia francesa del mismo.

El intérprete que tuvo más trabajo fue el indonesio barbudo, ya que tanto Johnson como De Gaulle dirigían sus preguntas a la señora embajadora en lugar de hacerlo el uno al otro.

El francés empezó interesándose por el currículum profesional de la señora embajadora. Amanda Einstein contestó que, en realidad, era tonta de capirote, que había llegado a gobernadora de Bali mediante sobornos y que luego había utilizado los sobornos para que la reeligiesen en dos ocasiones, gracias a lo cual había llenado sus propios bolsillos y los de sus familiares durante muchos años, hasta que, para su gran sorpresa, Suharto, el nuevo presidente, la había llamado y le había ofrecido el puesto de embajadora en París.

—Ni siquiera sabía dónde estaba París y, además, creía que era un país, no una ciudad. ¿Habían oído alguna vez algo tan estúpido? —concluyó Amanda Einstein entre risitas.

El barbudo y melenudo intérprete tradujo las palabras de la señora embajadora al inglés, cambiando prácticamente todo lo que ésta acababa de decir por lo que él consideraba adecuado que dijera.

Cuando el almuerzo estaba llegando a su fin, los dos presidentes se pusieron de acuerdo en un punto, aunque sin saberlo: concluyeron que la señora embajadora era una persona muy divertida, culta, interesante e inteligente. Aunque tal vez podría haber mostrado mejor criterio a la hora de elegir a su intérprete, que tenía un aspecto más salvaje que civilizado.

El principal consejero del ministro del Interior Fouchet, Claude Pennant, había nacido en 1928, en Estrasburgo. Sus padres eran comunistas convencidos y fervientes que fueron a España para luchar contra los fascistas cuando estalló la guerra en 1936. Consigo se llevaron a su hijo de ocho años, Claude.

Toda la familia sobrevivió a la guerra y huyó, por caminos complicados, a la Unión Soviética. Una vez allí, Claude, de once años, fue presentado a las autoridades, a quienes se informó de que, pese a su corta edad, sabía tres idiomas: el francés y el alemán por haber nacido en Estrasburgo, y ahora también el español. ¿Podía serle de utilidad a la revolución?

Sí, podía. Mediante una serie de tests comprobaron el talento del joven Claude para los idiomas y su inteligencia. Luego lo metieron en una escuela combinada de idiomas e ideología y antes de cumplir los quince hablaba con fluidez el francés, el alemán, el ruso, el español, el inglés y el chino.

A los dieciocho años, justo después de terminar la guerra, Claude oyó a sus padres expresar sus dudas acerca del camino que había tomado la revolución de Stalin. Informó del asunto a sus superiores y Michel y Monique Pennant no tardaron en ser juzgados y ejecutados por actividades antirrevolucionarias. Al tiempo, Claude recibió su primera condecoración, una medalla de oro en calidad de mejor alumno del curso académico 1945-1946.

A partir de 1946, Claude fue adiestrado para entrar en el servicio exterior. El objetivo era emplazarlo en Occidente y dejar que se abriera camino a través de los pasillos del poder como agente secreto, durante varias décadas si hacía falta. Claude estaba bajo el ala protectora del mariscal Beria, alejado de todo acto público o festejo en el que fortuitamente pudieran hacerle una fotografía. La única función que el joven Claude desempeñó en aquella época, y sólo esporádicamente, fue la de intérprete, y eso a condición de que estuviera presente el mariscal.

En 1949, cuando tenía veintiún años, lo enviaron de regreso a Francia, aunque esta vez a París. Incluso le permitieron conservar su verdadero nombre, aunque tuvieron que reescribir su vida. Ingresó en la Universidad de la Sorbona y ahí empezó su ascenso.

Diecinueve años más tarde, en mayo de 1968, había llegado a introducirse en el círculo más cercano al presidente. Desde hacía un par de años era la mano derecha del ministro del Interior, y como tal servía a la revolución internacional más que nunca. Sus consejos a Fouchet y, por extensión, al presidente, consistían en aplicar mano dura contra la revuelta de estudiantes y obreros. Por si acaso, también se ocupó de que los comunistas franceses enviaran falsas señales de que no apoyaban las reivindicaciones de aquéllos. La revolución comunista llegaría a Francia en unos meses, como mucho, y De Gaulle y Fouchet no sabían nada.

· · ·

Después del almuerzo, todos estiraron las piernas antes de pasar al salón a tomar el café. A los dos presidentes ya no les quedó más remedio que intercambiar cumplidos. Era precisamente lo que estaban haciendo cuando, para sorpresa de todos, el intérprete melenudo y barbudo se acercó a ellos.

—Disculpen que los moleste, señores, pero tengo un mensaje para el señor presidente De Gaulle que creo no puede esperar mucho más.

De Gaulle estuvo a punto de llamar a un guardia, porque un presidente de Francia no se mezcla con cualquiera de esa manera. Sin embargo, el excéntrico hombre se había expresado bien, y dejó que se quedara.

—Muy bien, pues expóngame el asunto si tiene que hacerlo, aquí y ahora, y cuanto antes mejor. Como verá, estoy ocupado con otros menesteres que nada tienen que ver con lo que pueda decirme un simple intérprete.

Allan prometió que no se alargaría. Lo único que quería decirle, muy brevemente, era que el presidente debería saber que el consejero del ministro del Interior era un espía.

—Pero ¿qué demonios está diciendo? —preguntó De Gaulle en voz alta, aunque no lo bastante para que Fouchet y su mano derecha, que estaban fumando en la terraza, lo oyeran.

Allan explicó que hacía exactamente veinte años había tenido el dudoso placer de cenar con los señores Stalin y Beria, y que la mano derecha del ministro del Interior había estado presente en calidad de intérprete del primero.

—Es cierto que de eso hace veinte años, como ya he dicho, pero está igual. En cambio, yo entonces tenía otro aspecto. En pocas palabras, reconozco al espía, pero el espía no me ha reconocido, porque yo apenas fui capaz de reconocerme cuando ayer me miré al espejo.

De Gaulle tenía la cara enrojecida cuando se disculpó para, acto seguido, solicitar una conversación en privado con su ministro del Interior («He dicho en privado, sin tu consejero. ¡Ahora mismo!»).

En el salón sólo quedaron el intérprete indonesio y el presidente Johnson, que parecía muy satisfecho. Decidió darle la mano al intérprete a modo de agradecimiento indirecto por haber conseguido que al presidente francés se le cayera esa máscara de arrogancia que tanto lo caracterizaba.

—Encantado de conocerlo —dijo Johnson—. ¿Cómo ha dicho que se llama?

—Allan Karlsson. En su día conocí al predecesor del predecesor de su predecesor, el presidente Truman.

—¡Vaya por Dios! Harry está a punto de cumplir los noventa años, pero se encuentra bien. Somos buenos amigos.

—Salúdelo de mi parte —dijo Allan, y se disculpó aduciendo que debía ir por Amanda (quería contarle lo que ella les había dicho a los presidentes durante el almuerzo).

El almuerzo presidencial tuvo un final abrupto y cada uno volvió a lo suyo. Sin embargo, a Allan y Amanda apenas les dio tiempo a regresar a la embajada cuando el mismísimo LBJ llamó para invitar al primero a una cena en la sede de la legación estadounidense, a las ocho de esa misma tarde.

—Perfecto —dijo Allan—. Tenía pensado comer hasta hartarme esta noche, porque, se diga lo que se diga de la comida francesa, se acaba antes de que llegue a saciarte.

Fue un comentario del agrado del texano.

Había por lo menos tres buenas razones para que el presidente norteamericano invitara a Allan. Primera, quería saber algo más acerca del espía ese y de la reunión que había tenido Karlsson con Beria y Stalin. Segunda, Harry Truman acababa de contarle por teléfono lo que Allan Karlsson había hecho en Los Álamos en 1945. Sólo eso ya valía una cena.

Y tercera, porque estaba especialmente satisfecho por cómo había ido el almuerzo en el Palacio del Elíseo. Gracias a Allan Karlsson había tenido ocasión de ver cómo aquel De Gaulle perdía la compostura.

—Bienvenido, señor Karlsson —lo saludó Johnson, y le dio un doble apretón de manos—. Permítame que le presente al señor Ryan Hutton. Es... bueno, su función aquí en la embajada es secreta, por así decirlo. Me parece que lo llaman... asesor de incógnito.

Allan saludó al asesor de incógnito y luego el trío se sentó a la mesa. El presidente había ordenado que sirvieran cerveza y *snaps* durante la cena, porque el vino francés le recordaba a los franceses y ésa tenía que ser una noche llena de alegría.

Durante el primer plato, Allan refirió episodios de su vida, hasta la cena en el Kremlin, la que había degenerado en drama. Fue precisamente allí donde el futuro asesor de Fouchet se había desmayado en lugar de traducir el último insulto de Allan al indignado Stalin.

Johnson ya no se sentía tan tranquilo con lo de que Claude Pennant fuese un espía soviético que frecuentaba el círculo más cercano al presidente francés, porque Ryan Hutton acababa de informarle que el experto consejero Pennant también había sido informador de la CIA. La verdad era que, hasta entonces, Pennant había constituido la fuente principal en asuntos relacionados con el comunismo y defendía la tesis de que no había ninguna revolución comunista en ciernes en Francia, país, por lo demás, tan infiltrado por los comunistas. De pronto, todo ese análisis tendría que ser revisado.

—Esto es, por supuesto, información extraoficial y confidencial —aclaró el presidente Johnson—. Doy por supuesto que el señor Karlsson sabe mantener un secreto, ¿verdad?

—No lo crea —respondió Allan, y procedió a contarle que durante la travesía en submarino por el Báltico había competido para ver quién bebía más con un hombre absolutamente extraordinario y simpático, uno de los físicos nucleares más destacados de la Unión Soviética, Yuli Borísovich Popov, y que en medio de todo el follón seguramente había hablado más de la cuenta, detallando algunos aspectos importantes de la fisión nuclear.

—¿Que le contó a Stalin cómo fabricar la bomba? —exclamó Johnson—. Pero ¿no terminó en un campo de trabajo precisamente por haberse negado?

—A Stalin no. De todos modos, no habría entendido nada. Pero el día anterior, con aquel físico, tuve tiempo de entrar en detalles, aunque tal vez no debería haberlo hecho. Son cosas que pasan cuando uno le da mucho al aguardiente, qué se le va a hacer.

Johnson se tocó la frente y luego se mesó el escaso cabello mientras pensaba que uno no revela así como así cómo se fabrica la bomba, por mucho alcohol que haya bebido. O sea, que Karlsson era... era... ¿un traidor? Pero no era ciudadano americano, así que ¿cómo se lo podría calificar? Johnson necesitaba tiempo para reflexionar sobre ello.

—¿Qué ocurrió luego? —preguntó, a falta de otra cosa que decir.

Allan decidió no ahorrarse demasiados detalles, ya que quien quería conocerlos era un presidente. Por tanto, le contó lo de Vladivostok, lo del mariscal Meretskov, lo de Kim Il Sung, lo de Kim Jong-il, le habló de la afortunada muerte de Stalin, de Mao Tse-tung, del montonazo de dólares que éste había sido tan amable de regalarle, de la vida tranquila en Bali y, finalmente, del viaje a París.

—Creo que eso es todo —concluyó Allan—. Pero se me ha secado el gaznate de tanto hablar.

Johnson pidió más cervezas, aunque, de pronto irritado, añadió que quien a consecuencia del alcohol ha revelado secretos nucleares debería hacerse abstemio. Luego repasó mentalmente la disparatada historia de Karlsson y dijo:

—¿Dice que estuvo de vacaciones quince años financiado por Mao Tse-tung?

—Sí. Bueno... no del todo. En realidad fue el dinero de Chiang Kai-shek, quien a su vez lo recibió de nuestro común amigo Harry Truman. Ahora que lo dice, señor presidente, tal vez debería llamar a Harry para darle las gracias.

Johnson no lograba asimilar que aquel barbudo y melenudo le hubiera dado la bomba a Stalin. O que se hubiese pegado la gran vida a costa de ayudas americanas. Para colmo, las consignas de los manifestantes empezaban a oírse: «¡E-E-U-U, fuera de Viet-nam! ¡E-E-U-U, fuera de Vietnam!» Johnson se quedó en silencio, al parecer en estado de shock.

Mientras tanto, Allan vació su copa a la vez que examinaba el rostro de preocupación del presidente.

—¿Puedo ayudarlo en algo? —preguntó por fin.

—¿Cómo dice? —repuso Johnson, absorto en sus pensamientos.

—Que si puedo ayudarlo en algo. El señor presidente parece triste. ¿Necesita ayuda, quizá?

Johnson estuvo a punto de pedirle que ganara la guerra de Vietnam por él, pero entonces volvió a la realidad y lo que vio fue, una vez más, al hombre que le había dado la bomba a Stalin.

—Sí, puede hacerme un favor —contestó con voz cansina—. Váyase.

Allan dio las gracias por la cena y se marchó. Atrás quedaron el presidente Johnson y el jefe de la CIA en Europa, el tan secreto Ryan Hutton.

Lyndon B. Johnson estaba contrariado por la manera en que había discurrido la visita del sueco. Sí, parecía muy buen chico, pero resulta que le había dado la bomba no sólo a Estados Unidos, sino también a Stalin, ¡a Stalin, nada menos! ¡El mayor comunista de todos los comunistas!

—Dime, Hutton —dijo—. ¿Qué vamos a hacer? ¿Cogemos a ese maldito Karlsson y lo hervimos en aceite?

—Sí —respondió Hutton el incógnito—. O eso, o procuramos sacarle algún provecho.

Hutton el incógnito no sólo era incógnito sino también todo un experto en lo relativo a la estrategia política desde la perspectiva de la CIA. Por ejemplo, conocía muy bien la existencia del físico con quien Allan Karlsson había tratado tan alegremente en el submarino que los llevó de Suecia a Leningrado. Yuli Borísovich Popov había hecho carrera a partir de 1949. Era muy probable que su primer impulso se lo debiera a la información que Karlsson le había soplado con tanta ligereza. Popov tenía en la actualidad sesenta y tres años y era el jefe técnico del arsenal nuclear de la Unión Soviética. Es decir, que estaba en posesión de unos conocimientos tan valiosos para Estados Unidos que prácticamente resultaban incalculables.

Si la CIA conseguía descubrir lo que sabía Popov y con ello se confirmaba que Occidente superaba al Este en armamento nuclear, Johnson estaría en condiciones de tomar la iniciativa para el desarme mutuo. Y el camino para conseguir esos conocimientos pasaba por Allan Karlsson.

—¿Pretendes convertir a Karlsson en agente estadounidense? —dijo el presidente mientras pensaba que un poco de desarme no le vendría mal a su maltrecha fama, con o sin la maldita guerra de Vietnam.

—Así es —reconoció Hutton.

—¿Y por qué iba Karlsson a aceptar?

—Bueno, tal vez porque es... porque parece ser la clase de persona que hace esas cosas. Además, hace apenas un rato estaba aquí sentado, ofreciéndole su ayuda.

—Sí —admitió Johnson—. Es verdad, lo ha hecho. —Volvió a reflexionar en silencio, y luego un poco más, hasta que por fin dijo—: Creo que necesito una copa.

· · ·

La actitud dura del gobierno francés ante las muestras de descontento popular condujo a la paralización del país. Millones de franceses fueron a la huelga. Se puso sitio al puerto de Marsella, se bloquearon los aeropuertos internacionales, al igual que la red ferroviaria, y un sinnúmero de grandes almacenes y establecimientos bajaron las persianas.

El suministro de combustible cesó y el servicio de limpieza y saneamiento se suspendió. Las reivindicaciones eran totales: sueldos más altos, jornadas laborales más cortas, contratos de trabajo más seguros, mayor influencia en la toma de decisiones, un nuevo sistema educativo, ¡una sociedad nueva! La Quinta República estaba amenazada.

Cientos de miles de franceses se manifestaron, y no siempre de manera pacífica. Se incendiaron coches, se cortaron árboles, se cavaron zanjas en las calles, se levantaron barricadas... intervinieron gendarmes, tropas de asalto, antidisturbios, gases lacrimógenos y escudos...

Entonces, el presidente, el primer ministro y su gobierno dieron marcha atrás. El consejero felón del ministro del Interior ya no tenía ninguna influencia (de hecho, se encontraba secretamente preso en las instalaciones de los servicios secretos). De pronto, los obreros que se habían unido a la huelga general recibieron la oferta de una importante subida del salario mínimo interprofesional, un aumento general de los sueldos de un diez por ciento, una semana laboral de dos horas menos, incrementos a las ayudas familiares, más poder para los sindicatos, negociaciones para un amplio convenio colectivo y salarios indexados. Además, un par de ministros tuvieron que dimitir, entre ellos el del Interior, Christian Fouchet.

Gracias a esta serie de medidas, el gobierno y el presidente pudieron neutralizar las progresiones más revolucionarias. No había respaldo popular para llevar el asunto más allá de donde ya había llegado. Los obreros volvieron al trabajo, las ocupaciones cesaron, los negocios volvieron a abrir, los transportes empezaron a funcionar de nuevo. Mayo de 1968 dio paso a junio. Y la Quinta República francesa sobrevivió.

Charles de Gaulle llamó personalmente a la embajada de Indonesia en París y preguntó por el señor Allan Karlsson, a quien quería conceder una medalla. Sin embargo, en la embajada le comunicaron que Karlsson ya no trabajaba allí y que no había nadie, ni siquiera la propia embajadora, que pudiera decirle adónde había ido.

24

Jueves 26 de mayo de 2005

Para el fiscal Ranelid se trataba ahora de salvar de su carrera y su honor lo que pudiera salvarse. Siguiendo la tesis de «es preferible adelantarse a que te adelanten», convocó una rueda de prensa para aquella misma tarde. Pensaba comunicar que en el caso del anciano desaparecido acababa de anular la orden de detención de los tres hombres y la mujer.

Ranelid era bueno en muchos campos, pero no a la hora de reconocer cuándo no daba la talla o cometía algún error. Por eso, su declaración fue como fue. Su argumentación consistió, en pocas palabras, en decir que si bien Allan Karlsson y sus amigos ya no estaban en busca y captura (por cierto, los habían encontrado esa misma mañana en Västergötland), era muy probable que fueran culpables; que la fiscalía lo había hecho todo bien y que la única novedad era que la valoración de las pruebas había cambiado, de manera que, por el momento, la acusación se había suavizado al punto de invalidar los cargos.

Los periodistas preguntaron, como cabía esperar, en qué habían cambiado las pruebas, y el fiscal explicó los pormenores de la información que había recibido del Ministerio de Asuntos Exteriores respecto a la suerte de Bylund y Hultén en, respectivamente, Yibuti y Riga. Y remató la cosa recordando que, a veces, los fiscales se veían obligados a retirar las denuncias, por chocante que pudiera parecer.

El propio Ranelid intuyó que sus argumentos no satisfarían a aquellas aves de rapiña. Y al punto tuvo la confirmación cuando el tío del *Dagens Nyheter* miró por encima de sus gafas y le soltó tres preguntas sumamente puñeteras:

—Si lo he entendido bien, ¿todavía sigue pensando usted, a pesar de las nuevas circunstancias, que Allan Karlsson es culpable de asesinato u homicidio? En tal caso, ¿cree que Karlsson, que tiene cien años, obligó a Bengt Bylund, de treinta y dos años, a desplazarse a Yibuti, en el Cuerno de África, y que, una vez allí, lo detonó ayer por la tarde, sin sufrir él mismo un rasguño, y luego regresó volando a Västergötland, donde, según acaba de contarnos, lo han encontrado esta misma mañana? Así pues, ¿podría entonces explicarnos qué medio de transporte utilizó Karlsson, teniendo en cuenta que no existe ningún vuelo directo Yibuti-Västgötaslätten y que Karlsson, según nos consta, carece de un pasaporte en regla?

Ranelid respiró hondo y dijo que sus palabras se habían malinterpretado. No había la menor duda de que Allan Karlsson, Julius Jonsson, Benny Ljungberg y Gunilla Björklund eran inocentes de los cargos que se les había imputado.

—Ni la menor duda, como ya he dicho —repitió, y de ese modo clavó otro clavo en su ataúd.

Sin embargo, aquellos malditos periodistas no se conformaban con nada.

—En otra ocasión, describió usted con detalle la cronología de los tres asesinatos y los lugares de su comisión. Si de pronto resulta que los sospechosos son inocentes, ¿qué puede decirnos de la desaparición del anciano Karlsson? —preguntó el del *Eskilstuna-Kuriren*.

Ranelid había dejado su pescuezo al descubierto, pero ya estaba bien. Además, no permitiría que ningún reporterucho de un medio local intentara pasarse de listo con el fiscal Conny Ranelid.

—Por secreto sumarial, de momento no puedo deciros nada más —concluyó, al tiempo que se ponía en pie.

«El secreto sumarial» había salvado, en más de una ocasión, a un fiscal en aprietos, pero esta vez no funcionó. Ranelid llevaba semanas voceando por qué aquellos cuatro eran culpables, y ahora la prensa quería que les explicase por qué de pronto eran inocentes. O como lo expresó el sabelotodo del *Dagens Nyheter*:

—¿Cómo puede el secreto sumarial afectar a personas inocentes?

El fiscal se estaba balanceando al borde del abismo. Casi todo parecía indicar que tendría que hablar, en ese mismo momento o al cabo de poco. No obstante, seguía teniendo una ventaja sobre los periodistas: sabía dónde estaban Karlsson y los demás. Al fin y al cabo, Västergötland era grande. Ahora todo pendía de un hilo. Y entonces dijo:

—¡Si al menos por una vez me dejaseis acabar lo que quiero decir! Por razones de índole sumarial no puedo daros más información, ¡de momento! Pero mañana a las tres de la tarde ofreceré una nueva rueda prensa y entonces aclararé todas vuestras dudas.

—Ha dicho que ahora mismo Allan Karlsson se encuentra en Västergötland, pero ¿dónde exactamente? —preguntó el del *Svenska Dagbladet*.

—No puedo revelarlo por razones de índole sumarial —respondió Ranelid, y abandonó la sala.

¿Cómo podían torcerse tanto las cosas? Ranelid estaba encerrado en su despacho fumando un cigarrillo por primera vez en siete años. Su destino era pasar a la historia judicial sueca como el primer fiscal en obtener una condena por triple asesinato sin necesidad de presentar cadáver alguno. Y entonces, de pronto, ¡tenían que ir y encontrar los cadáveres! ¡Y en unos lugares imposibles! ¡Joder, qué mala suerte! Encima, la tercera víctima, el que más muerto estaba, resulta que seguía con vida. ¡Cuánto daño le había causado ese cabrón!

—Merece que lo maten —murmuró para sí.

Sin embargo, ahora se trataba de salvar el honor y la carrera, y para ello el asesinato no era la mejor solución. Analizó la desastrosa rueda de prensa. Veamos. Al final se había mostrado muy claro a la hora de establecer que Karlsson y sus secuaces eran inocentes. Y todo porque en realidad no sabía nada. ¿Qué demonios había pasado? Bulten Bylund tenía necesariamente que haber muerto en aquella vagoneta. O sea, ¿cómo demonios había vuelto a morir unas semanas más tarde en otro continente?

Ranelid se maldijo por haber convocado tan alegremente aquella rueda de prensa. Primero debería haber ordenado que trajeran a Karlsson y sus secuaces y luego tendría que haber decidido qué podían saber los medios de comunicación y qué se les debía ocultar.

Tal como estaban las cosas, después de declarar que Karlsson y los otros eran inocentes, interrogarlos por razones informativas podría incluso interpretarse como hostigamiento. De todos modos, Ranelid no disponía de muchas opciones. Tenía que enterarse de todo antes de las tres de la tarde del día siguiente. Si no, a ojos de sus colegas dejaría de ser fiscal para convertirse en payaso.

Aronsson estaba de un excelente humor cuando se dispuso a tomar el café que el anciano le había preparado. La búsqueda de aquella momia desaparecida había tocado a su fin y, además, ya no había razones para detenerla. No obstante, quizá tendrían que aclarar por qué había escapado por la ventana de su habitación hacía apenas un mes, así como lo ocurrido después. De todos modos, ahora el asunto no era tan urgente como para que no hubiera tiempo de relajarse un rato.

El atropellado y posteriormente resucitado Per-Gunnar *el Jefe* Gerdin también resultó una persona normal. Incluso le propuso dejar de lado las formalidades y que lo llamase Gäddan.

—Me parece muy bien, Gäddan —respondió el comisario—. Yo me llamo Göran.

—Gäddan y Göran —apuntó Allan—. Suena bien. Deberíais hacer negocios juntos.

Gäddan dijo que no veía con buenos ojos las retenciones fiscales y tal que implicaría poner en marcha un negocio con un comisario, pero que de todos modos agradecía el consejo de Allan.

Así, el ambiente fue muy distendido desde el principio. Y no empeoró cuando Benny y la Bella Dama, y luego Julius y Bosse, se unieron a ellos en el porche.

Hablaron de todo un poco, salvo de los acontecimientos del último mes. Allan causó sensación cuando de pronto salió de detrás de la casa tirando de un elefante, con el que a continuación realizó un número de danza. Julius, que se sentía muy contento de que la policía ya no lo buscase, procedió a cortarse la barba que se había dejado a fin de aventurarse hasta Falköping.

—¡Quién iba a decirlo! —exclamó—. ¡Llevo toda la vida siendo culpable y de pronto soy inocente! Es una sensación estupenda.

Bosse, por su lado, pensó que la ocasión justificaba descorchar una botella de auténtico champán húngaro y hacer un brindis general. Aronsson la rechazó, alegando que había reservado habitación en el hotel de Falköping y que, por su cargo, no podía conducir achispado.

Benny intervino para decir que, según Allan, los abstemios representaban una amenaza para la paz mundial, pero que estaba bien tener uno a mano cuando se necesitaba protección.

—Pero una copita de champán no le hará ningún daño, comisario. Después yo me ocuparé de que llegue al hotel sano y salvo —añadió.

Aronsson no necesitó más persuasión. Sufría desde hacía tiempo un fuerte déficit de trato social y ahora que por fin estaba en compañía de gente alegre, no iba a ser el aguafiestas.

—Bueno, supongo que mis superiores estarán de acuerdo en que no pasa nada si os acompaño en un brindis —admitió—. Incluso en dos, si la ocasión lo requiere.

Pasaron un par de horas de regocijo general, hasta que sonó el teléfono del comisario. Se trataba una vez más del fiscal Ranelid, quien le contó que debido a circunstancias desafortunadas acababa de declarar inocentes sin tacha a los tres hombres y la mujer. Pero lo más importante era que sólo disponía de veinticuatro horas para averiguar qué le había pasado realmente al vejestorio desde su fuga de la residencia, porque tendría que explicárselo a la puta prensa a las tres de la tarde del día siguiente.

—¡Vaya! O sea que estás de mierda hasta el cuello —comentó el comisario, a quien el champán empezaba a afectarle.

—¡Tienes que ayudarme, Göran, maldita sea! —suplicó el fiscal.

—Ya, pero ¿cómo? ¿Poniendo los cadáveres donde deberían haber aparecido? ¿O matando a los que han tenido el mal gusto de no estar tan muertos como te gustaría?

Ranelid reconoció que ya había pensado en esa última posibilidad, pero mejor no. No, lo acertado era que Göran hablase tranquilamente con Karlsson y sus... sus ayudantes y les dijera que el fiscal quería entrevistarlos personalmente por la mañana. ¡Una entrevista absolutamente informal, por supuesto! Hablarían un poco de esto y aquello... Sólo había que aclarar qué había ocurrido últimamente en los bosques de Södermanland y Småland. A cambio, Ranelid se comprometía a pedirles disculpas a los cuatro en nombre de la policía de Södermanland.

—¿De la policía de Södermanland? —repitió el comisario.

—Sí... o... en mi nombre, quiero decir —rectificó el fiscal.

—Vale. Relájate, Conny, y veré qué puedo hacer. Te llamo en unos minutos.

Aronsson empezó por darles la buena nueva de que el fiscal Ranelid acababa de anunciar en una conferencia de prensa que Allan y sus amigos eran del todo inocentes. A continuación, expuso el deseo del fiscal de que lo recibiesen por la mañana para una entrevista informal.

La Bella Dama reaccionó diciendo que era poco probable que los beneficiase en algo sentarse con un fiscal y contarle con detalle lo ocurrido en las últimas semanas. Julius le dio la razón. Si los habían declarado inocentes, no había más que hablar.

—Yo no estoy muy habituado a estas cosas —añadió—. Y sería una pena que mi inocencia ni siquiera durase un día.

Sin embargo, Allan dijo que le gustaría que sus amigos dejaran de alarmarse por tan poca cosa. Lo más probable era que los periódicos y la televisión no los dejasen en paz hasta conseguir un relato de los hechos. Por tanto, era preferible ofrecérselo en privado a un solo fiscal que tener un enjambre de periodistas en el jardín durante semanas.

—Además, tenemos toda la noche para decidir qué contar —añadió.

El comisario hubiese preferido no escuchar esto último. Se puso de pie para resaltar su presencia y así evitar que alguien más dijera algo improcedente. Anunció que ya era hora de que se marchase y que estaría muy agradecido si Benny era tan amable de llevarlo al hotel de Falköping.

Durante el trayecto de vuelta llamaría al fiscal para informarle de que sería bienvenido a eso de las diez de la mañana, si todos estaban de acuerdo. Por cierto, ¿podría tomar media copita más de aquel exquisito champán búlgaro antes de partir? ¿Húngaro? Perfecto.

Le sirvieron una copa hasta el borde, que se bebió de un trago antes de frotarse la nariz y sentarse en el asiento del acompañante de su propio coche, al volante del cual ya se encontraba Benny. Y entonces declamó a través de la ventanilla bajada:

¡Ay!, quién tuviera tan buenos amigos,
y un vino tan húngaro para nuestros gaznates...

—Carl Michael Bellman —dijo Benny el cuasi experto en literatura, refiriéndose al autor de tales versos, poeta y trovador sueco del siglo XVIII.

—Juan, 8, 7. ¡No lo olvides, mañana por la mañana, comisario! —le gritó Bosse con repentina inspiración—. ¡Juan, 8, 7!

25

Viernes 27 de mayo de 2005

El trayecto entre Eskilstuna y Falköping no se recorre en un cuarto de hora. Conny Ranelid se había visto obligado a levantarse al amanecer (para colmo, después de haber dormido mal toda la noche) para estar en Klockaregård a las diez. Por si esto fuera poco, la reunión no podía durar más de una hora, o de lo contrario su plan se iría al garete. La rueda de prensa tenía que comenzar a las tres en punto.

Casi estaba a punto de llorar, sentado al volante de su coche en la E20 a las afueras de Örebro. *El gran triunfo de un fiscal*, ése era el título que debería haber tenido su libro. Si había un poco de justicia en este mundo, debería caer un rayo en aquella maldita granja y achicharrar a todos sus ocupantes. Después, él ya se las apañaría para encontrar una explicación que tranquilizara a los periodistas.

El comisario Aronsson, necesitado de sueño, había dormido de un tirón en el hotel de Falköping. Despertó alrededor de las nueve, con cierta desazón por lo ocurrido el día anterior. Había estado brindando con champán con aquellos tipos y había oído decir a Karlsson que debían decidir qué le dirían —y por tanto que le ocultarían— al fiscal. ¿Estaría Aronsson a punto de convertirse en cómplice o encubridor? Y en tal caso, ¿cómplice o encubridor de qué?

Cuando llegó a su hotel la noche anterior, Aronsson, siguiendo la recomendación de Bosse Ljungberg, había consultado el pasaje de Juan 8, 7 en la Biblia que los gedeones habían tenido la amabilidad de dejar en un estante de la habitación. Luego pasó un par de horas leyendo el libro sagrado en el bar del hotel y en compañía de un gin-tonic, otro gin-tonic y otro gin-tonic.

El capítulo en cuestión hablaba de la mujer adúltera que los fariseos llevaron ante Jesucristo para plantearle un dilema. Si éste decidía que la mujer no debía ser lapidada hasta morir, entonces Jesucristo contravenía las palabras del mismísimo Moisés (en Levítico). Si, en cambio, se ponía del lado de Moisés, se enfrentaría a los romanos, que tenían la exclusiva de la pena capital. Por tanto, ¿debía Jesucristo polemizar con Moisés o con los romanos? Los fariseos creían que tenían arrinconado al Maestro. Sin embargo, Jesucristo era mucho Jesucristo, y tras reflexionar un instante dijo:

—Quien de vosotros esté sin pecado, que tire la primera piedra.

De este modo, Jesús había evitado polemizar con Moisés y con los romanos, o, lo que es lo mismo, con los fariseos que tenía delante. En cualquier caso, el dilema ya estaba resuelto. Los fariseos se fueron y al final sólo quedaron Jesucristo y la mujer adúltera.

—Mujer, ¿dónde están? ¿Nadie te ha condenado? —preguntó él.

Ella contestó:

—Nadie, Señor.

Y entonces Jesús dijo:

—Tampoco yo te condeno. Ve y en adelante no peques más.

El comisario, que conservaba su olfato de sabueso, presintió que había gato encerrado, tanto allí como allá. Pero Karlsson, Jonsson, Ljungberg, Ljungberg, Björklund y

342

Gerdin habían sido declarados inocentes el día anterior por aquel halcón de pacotilla, Ranelid, así que ¿quién era él, Aronsson, para sospechar de ellos si el fiscal no lo hacía? Además, se trataba de personajes muy simpáticos y, como Jesús había señalado con tanto acierto, ¿quién estaba en condiciones de lanzar la primera piedra? Rememoró algunos de los momentos más oscuros de su vida, pero sobre todo lo exasperó el hecho de que Ranelid hubiera pensado en desembarazarse de mala manera del simpático Gäddan Gerdin sólo porque tal cosa era útil para sus propósitos.

—¡Ya está bien, vas a tener que buscarte la vida por tu cuenta, Ranelid! —resopló Aronsson, y cogió el ascensor del hotel para bajar a desayunar.

Engulló unos copos de avena, unas tostadas y unos huevos y los acompañó con la lectura del *Dagens Nyheter* y el *Svenska Dagbladet*. En ambos diarios se insinuaba el fracaso del fiscal en el caso del anciano desaparecido y, también, un poco de refilón, la invalidez de la sospecha de asesinato y la absolución definitiva del centenario. Sin embargo, también reconocían que la información sobre el caso era muy escasa. Era imposible encontrar al anciano y el fiscal no se pronunciaría hasta el viernes por la tarde.

—A ver cómo te las arreglas para salir de este embrollo —dijo Aronsson para sí, pensando en Ranelid.

A continuación, se dirigió a Klockaregård, adonde llegó a las 9.51, exactamente tres minutos antes que el fiscal.

No había ningún riesgo meteorológico de que la súplica de Ranelid, es decir, que cayera un rayo sobre Klockaregård, acabara ocurriendo. Pero estaba nublado y hacía frío. Por eso, los habitantes de la granja habían organizado la reunión en la espaciosa cocina.

La noche anterior el grupo había pergeñado una historia alternativa que contarle al fiscal y, por si acaso, la habían repetido durante el desayuno. Ahora se trataba de que todos los papeles estuvieran claros y bien repartidos para la inminente representación, porque a pesar de que la verdad siempre es más sencilla de repetir, en este caso iba a ser todo lo contrario. Al que no sabe mentir, las cosas pueden irle muy mal; por tanto, se trataba de que los miembros del grupo estuvieran muy concentrados. Cualquier treta para distraer al fiscal sería más que bienvenida.

—Sí, joder, qué puta mierda —dijo la Bella Dama, resumiendo la tensión general antes de que el comisario y el fiscal hubieran llegado a la cocina.

La reunión con Conny Ranelid resultó más animada para unos que para otros. Transcurrió más o menos así:

—Bueno, antes que nada quiero darles las gracias por haberme recibido, lo aprecio mucho, de verdad. Y también tengo que disculparme... en nombre de la fiscalía, por que varios de ustedes estuvieran en busca y captura acusados sin fundamento. Dicho esto, me gustaría saber qué pasó desde que usted, señor Karlsson, se marchó de la residencia de ancianos hasta hoy. ¿Le importaría empezar?

A Allan no le importó, al contrario, pensó que podía llegar a ser divertido. De modo que abrió la boca y dijo:

—Muy bien, señoría, aunque le advierto que soy viejo y decrépito y mi memoria ya no es la que era. Recuerdo que salí por aquella ventana, eso sí. Tenía sobrados motivos para hacerlo, desde luego. Mi intención era visitar a mi buen amigo Julius Jonsson, y no puedes presentarte en su casa sin una botella de buen aguardiente, y resulta que yo precisamente acababa de ir al Systembolaget a comprar una, aprovechando un momento de descuido del personal. Bueno, en realidad hoy en día no hace falta ir hasta el Systembolaget, basta con llamar a la puerta de... Prefiero no revelar su nombre, su señoría no está aquí por eso, pero vive en el centro de la ciudad y vende aguardiente a mitad de precio. Bueno, como venía diciendo, Eklund no estaba en casa... ¡uy, ya la he cagado!... En fin, que al final tuve que ir al Systembolaget. Después conseguí introducir la botella en mi habitación. Todo tendría que haberse arreglado sin más contratiempos, como suele pasar, pero en esta ocasión no fue así, porque la enfemera jefe de la residencia andaba por allí ojo avizor, y esa mujer tiene ojos en la nuca, es toda una arpía, se lo aseguro, señoría. Se llama Alice y no es fácil engañarla. Por eso pensé que salir por la ventana sería lo más fácil para llegar a casa de Julius. Por cierto, ese día cumplía un siglo y, dígame usted, ¿quién querría que le confiscasen el aguardiente con que piensa brindar por los cien?

Aquello tenía visos de alargarse más de la cuenta, pensó Ranelid. El carcamal ya llevaba un buen rato perorando sin haber dicho nada, y en menos de una hora él tendría que estar en camino, de regreso a Eskilstuna.

—Le agradezco, señor Karlsson, que me haga conocer las tribulaciones que tuvo que superar para tomarse una copita en un día tan señalado, pero he de rogarle que sea más conciso, pues disponemos de muy poco tiempo. ¿Cómo ocurrió lo de la maleta y el encuentro con Bulten Bylund en la terminal de autobuses de Malmköping?

—Sí, ahora qué lo dice, ¿cómo ocurrió? Me parece recordar que fue Per-Gunnar quien llamó a Julius, que a su vez me llamó a mí... Según Julius, Per-Gunnar quería que me hiciera cargo de esas biblias, y pensé que podría hacerlo, porque yo...

—¿Biblias? —lo interrumpió Ranelid.

—Si el fiscal me lo permite, tal vez yo podría explicárselo con mayor claridad —intervino Benny.

—Adelante.

—Bueno, verá. Resulta que Allan es un buen amigo de Julius, quien a su vez es un buen amigo de Per-Gunnar, a quien el fiscal creía muerto, y Per-Gunnar es a su vez un buen amigo mío, y yo, por una parte, soy el hermano de

Bosse, nuestro anfitrión, y, por otra, el novio de Gunilla, que es la bella dama que preside la mesa, y Gunilla se dedica a la exégesis y, en cierto modo, comparte afinidades con Bosse, que vende biblias a, entre otros, Per-Gunnar.

El fiscal tenía lápiz y papel a mano, pero aquello lo superaba. Sólo pudo balbucear:

—¿Exégesis?

—Ajá, la interpretación de la Biblia —aclaró la Bella Dama.

¿Interpretación de la Biblia?, pensó Aronsson, que estaba sentado en silencio al lado del fiscal. ¿Acaso era posible interpretar la Biblia a la vez que se maldecía tanto como Aronsson había oído maldecir a la Bella Dama? Pero se abstuvo de mencionarlo. Todo aquello era asunto exclusivo del fiscal.

—¿Interpretación de la Biblia? —repitió Ranelid, pero al punto decidió seguir adelante—. Da igual, cuénteme cómo fue lo de la maleta y lo de ese Bulten Bylund en la terminal de autobuses.

Ahora era el turno de Per-Gunnar Gerdin.

—¿Puedo, señor fiscal? —preguntó.

—Venga, habla —contestó Ranelid—. Si arroja luz sobre el asunto, hasta permitiré que hable el diablo.

—¡Uy, qué cosas dice el señor fiscal! —exclamó la Bella Dama, y elevó la vista al cielo (a partir de ese momento, a Aronsson no le cupo duda de que al fiscal le estaban tomando el pelo).

—No creo que se me pueda comparar con el diablo desde que encontré a Jesús —dijo Per-Gunnar Gerdin—. Seguramente sabrá que yo dirigía una organización llamada Never Again. Al principio el nombre se refería a que sus miembros nunca deberían volver al talego, por más que sobraran razones legales para que sí lo hiciesen. Sin embargo, con el tiempo el significado cambió: ahora quiere decir: nunca más caeremos en la tentación de quebrantar la ley, ¡ni la humana ni la divina!

—¿Fue por eso que Bulten destrozó una sala de espera, maltrató a un empleado y luego secuestró a un conductor con autobús y todo? —preguntó Ranelid.

—¿Percibo cierto sarcasmo en sus palabras? —respondió Per-Gunnar Gerdin—. Vale. Pero que yo haya visto la luz no significa que mis colaboradores también. Aunque uno de ellos se ha trasladado a Sudamérica para evangelizar a los pueblos de allí, ya conocemos el triste final de los otros dos. Bulten tenía el encargo de recoger en Uppsala una maleta con doscientas biblias y llevárselas a Bosse a Falköping. Yo quería esas biblias para repartirlas entre los peores delincuentes del país, si el señor fiscal me permite decírselo.

En ese momento, el propietario de Klockaregård, Bosse, que había permanecido en silencio, depositó una pesada maleta gris sobre la mesa de la cocina y la abrió. Contenía un gran número de biblias encuadernadas en auténtica piel negra con filetes de oro, referencias en paralelo, tres puntos de lectura, galería de personajes, plan para el estudio del libro, mapas en color, etcétera.

—El señor fiscal no encontrará mejor Biblia que ésta —declaró Bosse Ljungberg con convicción—. ¿Me permite que le regale un ejemplar? Incluso en la fiscalía es recomendable buscar la luz, como sin duda usted sabe.

Bosse era el primer miembro del grupo que parecía convencido de lo que decía. Y Ranelid debió de advertirlo, porque empezó a dudar de que toda aquella historia no fuera más que un engaño. Aceptó el ejemplar que Bosse le ofrecía y pensó que la salvación inmediata tal vez fuera lo único que podía servirle en aquel momento. Pero no lo dijo. Lo que sí dijo fue:

—¿Podríamos volver a lo que estábamos hablando? ¿Qué pasó en Malmköping con la maldita maleta?

—¡Haga el favor de no maldecir! —lo amonestó la Bella Dama.

—¿Me toca a mí otra vez? —preguntó Allan—. Bueno, pues eso. Fui a la estación de autobuses un poco antes de lo que preveía, puesto que Julius me lo pidió en nombre de Per-Gunnar. Me dijeron que Bulten Bylund había llamado a Per-Gunnar a Estocolmo ese mismo día y que aparentemente estaba un poco beodo. Y como ya sabrá su señoría, o tal vez no, desconozco sus costumbres etílicas, pero en todo caso... ¿Por dónde iba? Ah, sí, como ya sabrá su señoría, donde entra el aguardiente la razón se va. Por cierto, yo mismo, en estado de ebriedad, me explayé de lo lindo en un submarino a doscientos metros de profundidad en el mar Bál...

—Por el amor de Dios, ¿podría ir al grano de una vez por todas? —imploró Ranelid.

—¡Haga el favor de no pronunciar en vano el nombre de Dios! —exclamó la Bella Dama.

Ranelid apoyó la frente en una mano mientras respiraba hondo un par de veces.

—Bueno, a lo que íbamos —prosiguió Allan—. Bulten Bylund llamó a Per-Gunnar y le dijo que quería darse de baja de su club bíblico. En su lugar, pensaba alistarse en la Legión Extranjera, pero antes quería prender fuego a las biblias en la plaza de Malmköping.

—Para ser más precisos, dijo literalmente «a esas malditas biblias de mierda» —precisó la Bella Dama.

—Así pues, no es de extrañar que me enviaran pitando en busca de Bulten para que recuperara las biblias antes de que fuera demasiado tarde. A menudo, el tiempo es escaso, señoría, y en ocasiones más escaso de lo que pensamos. Como por ejemplo la vez que el general Franco, en España, estuvo a punto de volar por los aires ante mis propios ojos. Pero sus colaboradores actuaron raudos y veloces, lo agarraron y se lo llevaron en volandas a un lugar seguro. Entonces no se pararon a pensárselo. Actuaron directamente.

—¿Qué tiene que ver Franco con este asunto? —preguntó Ranelid.

—En realidad nada, sólo lo he utilizado como ejemplo ilustrativo. Nunca se es demasiado riguroso.

—Siga. ¿Qué pasó con la maleta?

—Verá, Bulten no quería entregármela, y mi físico no me permitía quitársela por la fuerza. Soy de los que, por principio, piensan que es muy desagradable cuando la gente...

—¡No se vaya por las ramas, Karlsson!

—Discúlpeme, señoría. Bueno, pues eso. Cuando Bulten, en medio de la discusión, tuvo que ir al baño a hacer sus necesidades, aproveché la ocasión que se me presentaba. Yo y la maleta desaparecimos de allí y subimos al autobús a Strängnäs, que pasa por Byringe y por la casa del viejo Julius, o Julle, como de vez en cuando lo llamamos.

—¿Julle? —dijo el fiscal a falta de otra cosa que decir.

—O Julius —puntualizó Julius—. A sus órdenes.

Ranelid apretó los labios. Ya había empezado a anotar alguna que otra cosa en su libreta y parecía estar tachando algo y dibujando flechas sobre el papel cuando al fin dijo:

—Pero usted, señor Karlsson, pagó el viaje en autobús con un billete de cincuenta coronas y preguntó hasta dónde podía llevarlo aquel dinero. ¿Cómo se explica entonces que tuviera el propósito de ir a Byringe?

—¡Bah! —dijo Allan—. No sabré yo el precio del billete a Byringe. Pero tenía un billete de cincuenta en la cartera y decidí gastarle una broma tonta al conductor. Supongo que no está prohibido, ¿verdad, señoría?

Su señoría se limitó a instarlo, una vez más, a que se diera prisa en su relato.

—Siga. ¿Qué ocurrió entonces?

—Pues ocurrió que Julius y yo compartimos una magnífica velada, hasta que Bulten llamó a la puerta, por así decirlo. Bien, su señoría recordará que antes conté que había llevado una botella de aguardiente. Pues ahora he de admitir que no era una sino dos. No está bien ir por ahí contando mentiras, ni siquiera cuando se trata de detalles insignificantes, aunque, claro, ¿quién soy yo para valorar qué es importante y qué no lo es? Es su señoría quien...

—¡Continúe!

—Bueno, pues eso. De pronto, Bulten ya no estaba tan enojado, puesto que había guiso de alce y aguardiente en la mesa. Avanzada la noche, agradecido por la borrachera a que lo habíamos invitado, decidió que ya no quemaría las biblias. El alcohol también tiene sus aspectos positivos, ¿no lo cree así, seño...?

—¡Continúe!

—Muy bien, señoría, faltaría más. Prosigo. A la mañana siguiente, Bulten seguía terriblemente borracho. Estar tan borracho no es moco de pavo. Yo no he vuelto a estarlo desde la primavera de 1945, cuando intenté tumbar al vicepresidente Truman a base de tequila. Desgraciadamente, el presidente Roosevelt murió en aquel mismo momento y tuvimos que interrumpir la fiesta antes de tiempo, aunque tal vez fuera lo mejor, porque vaya dolor de cabeza que tuve al día siguiente. Podría decirse que sólo me encontraba apenas mejor que el pobre Roosevelt, que en paz descanse.

Ranelid parpadeó mientras reflexionaba sobre qué replicar ante aquel cúmulo de disparates. Al final, le pudo la curiosidad.

—¿De qué me está hablando? ¿Dice que estuvo bebiendo tequila con Truman mientras Roosevelt agonizaba?

—Bueno, no es que Roosevelt estuviera agonizando junto a nuestra mesa. Pero comprendo lo que su señoría quiere decir. Aunque a lo mejor no deberíamos quedarnos en los detalles, ¿o qué opina su señoría?

Su señoría se limitó a parpadear, desconcertado, así que Allan prosiguió:

—En todo caso, Bulten no estaba en condiciones de ayudar a pedalear en la vagoneta cuando llegó la hora, al día siguiente, de marcharse a Åkers Styckebruk.

—Pero si ni siquiera llevaba los zapatos puestos —saltó Ranelid—. ¿Cómo se explica eso, señor Karlsson?

—Si su señoría hubiera visto en qué estado de embriaguez se encontraba Bulten, lo entendería perfectamente.

Por la cuenta que le traía, podía perfectamente haberse quedado en calzoncillos.

—¿Y su calzado, señor Karlsson? Porque más tarde encontramos sus zapatillas en la cocina de Julius Jonsson.

—Bueno, como entenderá, Julius me prestó un par de zapatos. Si tienes cien años, es muy fácil que salgas de casa en zapatillas, ya lo comprobará su señoría si espera unos cuarenta o cincuenta años.

—No creo que viva tanto. La cuestión es si sobreviviré a esta conversación. ¿Cómo se explica que, cuando encontraron la vagoneta, ésta oliera a cadáver?

—Verá, Bulten fue el último en abandonar la vagoneta y quizá él habría podido explicárselo, pero ha muerto en circunstancias muy tristes, allá abajo, en Yibuti. ¿Cree usted que yo puedo ser el responsable de ese olor? Ya sé que no estoy muerto, pero soy muy viejo... ¿Quizá he empezado a oler a cadáver antes de tiempo?

La impaciencia agobiaba a Ranelid. El tiempo corría y hasta el momento sólo habían repasado menos de un día de los veintiséis sobre los que debía informar. El noventa por ciento de lo que salía de la boca de Karlsson no era más que paja.

—Continúe —ordenó, dejando aparcada la cuestión del olor a cadáver.

—Muy bien. Dejamos a Bulten durmiendo en la vagoneta y nos dimos un paseo vigorizante hasta el puesto de salchichas de Benny, el amigo de Per-Gunnar, aquí presente.

—¿Usted también ha estado en la cárcel? —le preguntó Ranelid.

—No, pero he estudiado criminología —respondió Benny, fiel a la verdad, y luego mintió en todo lo demás. Explicó que mientras estudiaba se había entrevistado con internos de Hall y que de esa manera había entrado en contacto con Per-Gunnar.

Ranelid pareció hacer una anotación y luego le ordenó a Allan con tono monocorde:

—Continúe.

—Con mucho gusto. La idea era que Benny nos llevara en coche a Julius y a mí a Estocolmo para así darle la maleta con las biblias a Per-Gunnar. Pero entonces, Benny dijo que le apetecía dar un rodeo por Småland, porque allí tenía a su novia, Gunilla, aquí presente...

—Que haya paz —dijo Gunilla, e inclinó la cabeza hacia el fiscal.

Ranelid le devolvió el saludo y se volvió hacia Allan, que prosiguió:

—Benny era quien conocía a Per-Gunnar, y dijo que éste podía esperar unos días a recibir las biblias, porque tampoco era que esos libros contuviesen noticias frescas, y en eso hay que darle la razón. Aunque tampoco puedes esperar eternamente, porque cuando Jesús vuelva a la tierra, todos los capítulos sobre su regreso inminente quedarán obsoletos...

—No vuelva a irse por las ramas, Karlsson. ¡Concéntrese, joder!

—¡Por supuesto, señoría! Voy a concentrarme y no me desviaré del asunto que nos ocupa. Si no te concentras, todo puede salir mal, eso lo sé mejor que nadie. Mire usted, si no me hubiera concentrado cuando estuve frente a Mao Tsetung en Manchuria, sin duda me habrían matado de un tiro allí mismo.

—Habría sido la solución perfecta —masculló Ranelid, y lo urgió a proseguir agitando la mano—: Adelante, siga, siga.

—De acuerdo. Benny no creía que a Jesús se le ocurriera volver a la tierra precisamente cuando nosotros estábamos en Småland, y creo que en eso no se equivocó...

—¡Karlsson!

—Sí, ya voy, ya voy. Bien, los tres nos fuimos a Småland. A Julius y a mí nos pareció una excursión divertida, y lo hicimos sin antes comunicárselo a Per-Gunnar, lo cual fue un error.

—Vaya si lo fue —intervino Per-Gunnar Gerdin—. Es cierto que podía haber esperado un par de días a que me llegaran las biblias, pero yo creía que a Bulten podía habérsele ocurrido hacerles cualquier tontería a Julius, Allan y Benny. Porque a Bulten nunca le gustó la idea de que Never Again empezara a divulgar el Evangelio. ¡Y no me tranquilizó nada lo que luego leí en los periódicos!

Ranelid asintió con la cabeza y anotó algo en su libreta. ¿Tal vez, a pesar de todo, empezaba a reunir una información que tuviera cierta lógica? Entonces se volvió hacia Benny y dijo:

—Pero cuando usted leyó sobre el anciano supuestamente secuestrado, sobre Never Again y el «peligroso delincuente» Julius Jonsson, ¿cómo no se le ocurrió ponerse en contacto con la policía?

—¡Oh, verá! La verdad es que pensé hacerlo, pero cuando lo comenté con Allan y Julius decidí que mejor no. Julius me dijo que él, por principios, no hablaba con la policía, y Allan, que se había escapado de la residencia de ancianos, no quería que lo devolvieran a la enfermera Alice sólo porque los periódicos y la televisión lo habían entendido todo al revés.

—¿Usted no habla con la policía por una cuestión de principios? —le preguntó Ranelid a Julius Jonsson.

—Pues me temo que así es. A lo largo de los años, he tenido mala suerte en mi relación con la policía. Aunque en circunstancias más agradables, como ayer con el comisario Aronsson y hoy con el señor fiscal, hago excepciones con mucho gusto. Por cierto, ¿le apetece más café?

Sí, cómo no, al señor fiscal le apetecía. Necesitaba espabilarse y reunir fuerzas para encarrilar aquella reunión y luego, a las tres de la tarde en punto, presentar a los medios algo que fuera al menos creíble. Volvió a centrarse en Benny.

—Y entonces, ¿por qué no llamó a su amigo Per-Gunnar Gerdin? Debió de imaginar que habría leído sobre usted en los periódicos, ¿no cree?

—Pensé que a lo mejor la policía y el fiscal aún no sabían que Per-Gunnar había encontrado a Jesucristo y que, en tal caso, su teléfono estaría pinchado. Y en este punto el señor fiscal tiene que darme la razón, ¿verdad?

Ranelid murmuró algo entre dientes, tomó nota y lamentó haber dejado caer aquel detalle ante los periodistas. Pero a lo hecho, pecho. Y continuó. Esta vez se volvió hacia Per-Gunnar Gerdin.

—Parece que usted recibió un soplo acerca del paradero de Allan Karlsson y sus amigos. ¿De dónde le llegó?

—Desgraciadamente, nunca lo sabremos. Esa información se la llevó mi colega Hinken Hultén a la tumba... bueno, al desguace.

—¿En qué consistió el soplo?

—Pues en que Allan, Benny y su novia habían sido vistos en Rottne, Småland. Creo que fue algún conocido de Hinken quien lo llamó. A mí me interesaba más la información en sí. Sabía que la novia de Benny vivía en Småland y que era pelirroja. Así que le ordené a Hinken que fuera a aquel lugar y montara guardia delante del supermercado Ica...

—Y eso fue lo que hizo Hinken, ¿en nombre de Jesucristo?

—No del todo, y en eso acierta el señor fiscal. Se pueden decir muchas cosas de Hinken, pero nunca que fue religioso. Me temo que incluso estaba más indignado que Bulten por la nueva orientación del club. Me habló de irse a Rusia o a los países bálticos y montar allí algún negocio relacionado con drogas. Por cierto, es muy posible que le haya dado tiempo a ponerlo en marcha, pero eso tendrá que preguntárselo personalmente... ¡Coño!, no va a poder ser...

Ranelid miró receloso a Per-Gunnar Gerdin y dijo:

—Tenemos una grabación, tal como ha insinuado Benny Ljungberg hace un momento. En ella usted llama a Gunilla Björklund «vieja bruja» y, poco más tarde, en esa misma conversación, llega a maldecir. ¿Qué cree que pensará de esto el Señor?

—Oh, el Señor perdona muy rápido, eso lo verá el señor fiscal en cuanto abra el libro que acabo de regalarle.

—«A quienes perdonéis los pecados, les serán perdonados», dice Jesús —intervino Bosse.

—¿El Evangelio según San Juan? —saltó Aronsson, pues le pareció recordar el versículo de las horas que había pasado leyendo la Biblia en el bar del hotel.

—¿Tú lees la Biblia? —le preguntó Ranelid, sorprendido.

Aronsson no contestó, pero le dirigió una sonrisa piadosa. Per-Gunnar continuó:

—En aquella conversación decidí mantener el tono que Hinken conocía de antes. Creí que tal vez así me haría caso.

—¿Y lo hizo? —preguntó Ranelid.

—Sí y no. Yo no quería que se diera a conocer a Allan, Julius, Benny y su novia, porque pensé que sus maneras bruscas seguramente no les gustarían.

—Y podemos afirmar que no le gustaron —dijo la Bella Dama.

—¿Por qué lo dice? —preguntó Ranelid.

—Verá, entró en mi granja como un elefante en una cacharrería, mascando tabaco y maldiciendo, exigiendo que le diéramos alcohol... Yo soy muy tolerante, pero si hay algo que no soporto es la gente que abusa de las palabrotas.

Aronsson consiguió no atragantarse con el bollo que estaba comiendo. La noche anterior había oído a la Bella Dama maldecir sin parar. Desde luego, estaba cada vez más convencido de que nunca llegarían a saber la verdad sobre aquel lío monumental. Las cosas estaban bien tal como estaban.

—Estoy segura —prosiguió la Bella Dama— de que estaba borracho, y además, ¡imagínese!, llegó conduciendo su coche. Y no sólo eso, sino que se paseó por mi casa agitando una pistola para hacerse el interesante. Se puso a fanfarronear y dijo que la necesitaba para sus negocios de drogas en... Riga, creo que dijo. Pero entonces le grité: «¡Nada de armas en mi propiedad, so capullo de mierda!», y entonces él dejó la pistola en el porche. Me pregunto si no se la olvidó allí cuando se fue. Jo, nunca he conocido a alguien más hosco y desagradable...

—Tal vez fueron las biblias lo que lo puso de mal humor —aventuró Allan—. La religión remueve fácilmente los sentimientos de la gente. Recuerdo una vez en Teherán...

—¿Teherán? —repitió el fiscal.

—Sí, fue hace ya unos años. En aquellos tiempos sí que reinaba el orden en el mundo, como me dijo Churchill cuando nos marchamos de allí en avión.

—¿Churchill?

—Sí, el primer ministro. Bueno, por entonces ya no era primer ministro, pero lo había sido. Y volvió a serlo más tarde, claro.

—¡Joder, sé muy bien quién fue Winston Churchill! Sólo que me preguntaba... ¿Usted y él estuvieron juntos en Teherán?

—¡Ya basta de palabrotas, señor fiscal! —le advirtió la Bella Dama.

—A ver, juntos exactamente, lo que se dice juntos, no. Estuve viviendo allí un tiempo con un misionero especialista en poner a la gente de mal humor.

Ranelid ya estaba de ese talante, pero tenía que aguantarse. Por lo demás, el mal humor del fiscal no preocupaba a Allan, más bien todo lo contrario. Así que continuó:

—Hinken se comportó todo el tiempo como un nubarrón de tormenta mientras estuvo en Sjötorp. Sólo resplandeció una vez, y fue cuando se marchó. Entonces bajó la ventanilla y gritó: «¡Allá voy, Letonia!» Lo interpretamos como que iba de camino a Letonia, pero su señoría, más experimentado en asuntos policiales que nosotros, a lo mejor lo interpreta de otra manera...

—No sea idiota —masculló Ranelid.

—¿Idiota? Nunca me habían llamado así. Perro y rata, eso sí. Se le escapó a Stalin, un día que estaba especialmente irritado, pero idiota...

—Pues ya iba siendo hora, ¡joder! —estalló Ranelid.

—¡Hasta aquí podíamos llegar! —saltó Per-Gunnar Gerdin—. Usted no tiene derecho a ponerse así sólo porque no puede encerrar a quien le dé la gana. ¿Quiere oír la continuación de la historia o no?

Sí, quería oírla, y farfulló una disculpa. O mejor dicho, querer, lo que se dice querer... es que no le quedaba más remedio. Por tanto, dejó que Per-Gunnar Gerdin se explayara:

—Resumiendo, de Never Again se puede decir que Bulten se marchó a África para hacerse legionario, Hinken se fue a Letonia para montar un negocio relacionado con drogas, y Caracas volvió a... a su casa. Atrás quedé yo, pobre de mí, totalmente solo, aunque con Jesucristo a mi lado.

—¿Y qué más? —murmuró Ranelid—. ¡Continúe!

—Me fui a casa de Gunilla, la novia de Benny, porque Hinken al menos tuvo el detalle de llamarme para comunicarme la dirección antes de abandonar el país. Todavía conservaba un poco de decencia.

—Alto —lo interrumpió Ranelid—. Tengo otras preguntas al respecto. La primera es para usted, Gunilla Björklund. ¿Por qué se le ocurrió comprar un camión unos días antes de partir? Y ¿por qué se fueron de allí?

La noche anterior, los amigos habían decidido mantener a *Sonja* al margen de todo aquello. Al igual que Allan, *Sonja* se había escapado, pero carecía de los derechos ciudadanos del anciano. Era muy probable que ni siquiera la considerasen sueca, y en Suecia, como en tantos otros países, no vales nada si eres extranjero. A *Sonja* la expulsarían del país o bien la condenarían a cadena perpetua en un zoológico. O tal vez las dos cosas.

Pero, sin *Sonja* como excusa, necesitaban recurrir a la mentira para explicar por qué, de pronto, habían decidido viajar en un camión de mudanzas.

—Bueno, es cierto que el camión está registrado a mi nombre —reconoció la Bella Dama—, pero en realidad lo compramos Benny y yo, y lo compramos para Bosse, el hermano de Benny.

—¿Acaso piensa llenarlo de biblias? —espetó Ranelid, a quien ya no le quedaba talante para cuidar los buenos modales.

—De biblias no, de sandías —contestó Bosse—. ¿Quiere probar la sandía más dulce del mundo?

—No, no quiero. Quiero que me aclaren lo que falta por aclarar. Luego debo irme para ofrecer una rueda de prensa. Y ahora, sigamos adelante. ¿Por qué coñ... por qué abandonaron Sjötorp en el camión justo cuando llegó Per-Gunnar Gerdin?

—Supongo que no sabían que iba de camino —dijo el aludido—. ¿Al señor fiscal le cuesta entenderlo?

—Sí, me cuesta —admitió el señor fiscal—. Incluso a Einstein le costaría entender este galimatías.

—Ahora que menciona a Einstein... —terció Allan.

—No, Karlsson —saltó el fiscal en tono categórico—. No quiero saber lo que hicieron usted y Einstein juntos. Pero sí quiero que el señor Gerdin me diga qué pintan los rusos en este asunto.

—¿Cómo? —dijo Per-Gunnar Gerdin.

—Los rusos. Su difunto colega Hinken habla de los rusos en una conversación telefónica que grabamos. Usted lo regaña porque no le ha llamado a su móvil, y Hinken contesta que creía que sólo debía hacerlo cuando tenían tratos con los rusos.

—No quiero hablar de eso —respondió Per-Gunnar Gerdin con aire altivo, sobre todo porque no sabía qué decir.

—Pero yo sí —dijo Ranelid.

Se produjo un breve silencio alrededor de la mesa. Eso de que Gerdin y Hinken hubiesen mencionado a los rusos en su conversación no había aparecido en la prensa, y Gerdin tampoco lo había contado durante el repaso de la noche anterior. Pero entonces Benny acudió al rescate:

—*Jesli tjelovek kurit, on plocho igrajet v futbol.*

Todos se volvieron hacia él con los ojos como platos.

—Los rusos somos mi hermano y yo —explicó—. Nuestro padre, que en paz descanse, y nuestro tío Frasse, que en paz descanse también, eran un poco izquierdosos, por así decirlo. Por eso practicaron el ruso conmigo y con mi hermano durante toda nuestra infancia, y por eso para los amigos y conocidos nos convertimos en «los rusos». Y eso es, en pocas palabras, lo que acabo de explicarle, aunque en ruso, claro.

Como tantas veces aquella mañana, Benny acababa de soltar una mentira podrida, pero con el propósito de salvar a Gerdin. Benny había estudiado ruso, sí, pero hacía mucho tiempo, y lo único que, con las prisas, se le había ocurrido decir fue: «Si fumas nunca llegarás a jugar bien al fútbol.»

Y funcionó. De todos los presentes en la cocina de Klockaregård, sólo Allan había comprendido lo dicho por Benny.

De pronto, aquello empezó a superar al fiscal Ranelid. Primero, esas referencias estrafalarias a personajes históricos, luego alguien que hablaba en ruso... por no mencionar el hallazgo de los cadáveres en Yibuti y Riga. No, aquello era demasiado, de verdad. Y, encima, todavía quedaba un asunto bastante extraño.

—Bien, Gerdin, ultima pregunta: ¿podría explicarme cómo es posible que sus amigos lo atropellaran y mataran y que, aun así, ahora esté aquí sentado, comiendo sandía? ¿Les importa que pruebe la sandía?

—Adelante —respondió Bosse—. Pero ¡la receta es secreta! O como suele decirse: «Si quieres que la comida sea buena, no dejes que las autoridades sanitarias se acerquen a la cocina.»

Ni Aronsson ni Ranelid habían oído antes ese refrán. Sin embargo, el comisario había decidido permanecer callado el mayor tiempo posible, y en cuanto a Ranelid, no había nada en el mundo que quisiera más que acabar con... con lo que fuera que tuviese entre manos, y largarse de allí. Por tanto, no pidió ninguna explicación. En cambio, constató que la sandía en cuestión era la mejor de cuantas había probado en su vida.

Mientras Ranelid masticaba, Per-Gunnar Gerdin explicó que había llegado a Sjötorp justo cuando el camión abandonaba el lugar; que se acercó a la casa para echar un vistazo, hasta que comprendió que los amigos que buscaba seguramente iban en aquel camión; y que luego salió detrás de ellos, los adelantó y, por desgracia, derrapó y... bueno, en la prensa habían aparecido suficientes fotos de cómo había quedado el coche.

—Tampoco es de extrañar que nos alcanzara —apuntó Allan, que había permanecido callado un buen rato—. Llevaba más de trescientos caballos bajo el capó. Muy distinto fue cuando tuve que ir en un Volvo PV444 a casa del primer ministro Erlander. ¡Cuarenta y cuatro caballos! En aquellos tiempos eran muchos. Y el número de caballos que tenía el coche del mayorista Gustavsson cuando se metió por equivocación en mi...

—Cierre el pico, señor Karlsson, o acabará conmigo —lo cortó Ranelid.

El ex jefe de Never Again retomó su relato. Es cierto que había perdido sangre en el accidente, mucha sangre, pero lo remendaron bastante rápido y no le pareció que hiciese falta acudir a un hospital por nimiedades como una herida abierta en el muslo, una fractura en el brazo, una conmoción cerebral y algunas costillas rotas.

—Además, Benny estudió ciencias de la literatura —dijo Allan.

—¿Ciencias de la literatura? —repitió Ranelid.

—¿He dicho ciencias de la literatura? Quería decir ciencias de la salud.

—Pues la verdad es que también he estudiado ciencias de la literatura —apuntó Benny—. Mi favorito de todas las épocas es el español Camilo José Cela, sobre todo la novela con que debutó en 1942, *La familia de...*

—No empiece usted también con divagaciones —lo atajó Ranelid—. Ya he tenido suficiente. Retome el relato de los hechos, haga el favor, Karlsson.

—Si su señoría me disculpa, creo que ya he terminado. Pero, si insiste, creo que podré estirarme y recordar alguna que otra peripecia de cuando fui agente de la CIA. O de cuando crucé el Himalaya. Por cierto, ¿le gustaría que le diera la receta para hacer aguardiente de leche de cabra? Lo único que se necesita es una remolacha azucarera y un poco de sol. Además de la leche de cabra, claro.

A veces ocurre que la boca se lanza a articular palabras antes de que las neuronas lo ordenen, y es posible que eso fuera lo que le pasó al fiscal Ranelid cuando, contrariando su postura respecto a las digresiones, picó el nuevo anzuelo de Allan y preguntó:

—¿Usted cruzó el Himalaya? ¿Con cien años?

—No, no sea bobo. Como podrá comprender su señoría, no siempre he tenido cien años. De hecho, es algo muy reciente. Aunque, qué duda cabe, todos crecemos y nos hacemos mayores. Es muy probable que no te lo parezca siendo niño... Pongamos por caso al joven Kim Jong-il. Ese pobrecito lloró sentado en mi regazo, pero ahora es un jefe de Estado, con todo lo que ello supone de...

—Vale ya, Karlsson.

—Disculpe, señoría. Lo que usted quiere oír es mi relato de cuando crucé el Himalaya. Durante varios meses, la única compañía que tuve fue un camello. Y le aseguro que se pueden decir muchas cosas de los camellos, menos que sean especialmente diverti...

—¡Basta! —lo interrumpió Ranelid—. No quiero oírlo. Lo único que quiero... —De pronto guardó un largo silencio, y al final musitó que ya no tenía más preguntas, salvo una cosa: no conseguía comprender por qué se habían mantenido escondidos varias semanas en Västgötaslätten cuando no había nada de que esconderse—. Porque son inocentes, ¿no?... ¿O...?

—Depende de la perspectiva desde la que se contemple el concepto de inocencia —respondió Benny.

—Tienes toda la razón —lo apoyó Allan—. Pongamos por caso a los presidentes Johnson y De Gaulle. ¿Quién era el inocente y quién el culpable de la mala relación que mantenían? No es que lo tratase con ellos cuando nos vimos, teníamos otros asuntos que discutir, pero...

—¡Maldita sea, Karlsson! —explotó Ranelid—. ¡¿Puede usted callarse de una puñetera vez?!

—No hace falta que su señoría se excite. A partir de ahora permaneceré tan callado como en misa, se lo prometo. En mis cien años de vida, sólo me he ido de la lengua en dos ocasiones, la primera, cuando les expliqué a los americanos cómo se fabrica una bomba atómica, y la segunda, cuando se lo expliqué a los rusos.

Ranelid se rindió. De repente ya no le quedaban fuerzas para nada. Y la pregunta acerca de por qué habían permanecidos escondidos durante las tres semanas que habían estado en busca y captura quedó sin respuesta, así como las alusiones de carácter filosófico sobre lo diferente que era la justicia según el color del cristal con que se mirase, etcétera.

Resignado, Ranelid se puso de pie. Dio las gracias por la sandía, el café, el bollo, la charla y la cooperación que habían demostrado los amigos de Klockaregård.

A continuación, abandonó la cocina, subió al coche y se fue.

—Al final ha salido todo muy bien —comentó Julius, y soltó un suspiro de alivio.

—Así es —convino Allan—. Creo que no me ha quedado nada por contarle.

En el coche, yendo por la E20 en dirección nordeste, el colapso mental del fiscal fue cediendo. Poco a poco empezó a repasar la grotesca historia que le habían endosado, añadió y quitó (sobre todo quitó) y pulió y limpió hasta que le pareció tener un relato amañado que quizá funcionara. En cuanto a su credibilidad, lo único que le preocupaba en relación con los medios era que tampoco se creyeran que el olor a cadáver procedía del centenario Allan Karlsson.

De pronto se le ocurrió una idea. Aquella maldita perra rastreadora... ¿Y si le echaba la culpa a ella?

Veamos. Si Ranelid conseguía hacerles creer que la perra se había vuelto loca, sus posibilidades de salvar el pellejo ganarían muchos enteros. En tal caso, la historia sería que jamás había habido ningún cadáver en aquella vagoneta ni en sitio alguno. Sin embargo, aquella perra había inducido a error al abnegado fiscal Ranelid. Y esto condujo a una serie de conclusiones y decisiones que, si bien lógicas y ajustadas a derecho, más tarde resultaron desvirtuadas.

Era una idea brillante, sí. Lo único que necesitaba era que alguien más confirmara la historia de la perra embustera y, claro está, que *Kicki* (¿se llamaba así?) fuera rápidamente sacrificada, pues no podía permitir que aquel animal tuviese ocasión de demostrar sus excelentes capacidades olfativas.

Ranelid tenía pillado al guía de *Kicki* desde que años atrás desechara una sospecha de hurto en un supermercado que había recaído sobre él. La carrera de un policía no tenía por qué verse truncada por culpa de un donut sin pagar, opinaba Ranelid. Ahora había llegado el momento de que el guía le devolviera el favor.

—Gracias, *Kicki* —dijo el fiscal Conny Ranelid, y sonrió por primera vez en mucho tiempo, por la E20 en sentido nordeste a Eskilstuna.

Poco después sonó el teléfono. Era el jefe de policía provincial. Acababa de recibir el informe de la autopsia y la identificación del cadáver encontrado en Riga, y en ese momento lo tenía sobre su mesa.

—Me confirman que el cuerpo prensado hallado en el desguace corresponde en efecto a Henrik Hultén —dijo.

—¡Qué bien! —exclamó Ranelid—. ¡Y qué oportuna tu llamada! ¿Puedes ponerme con la centralita? Necesito hablar con Ronny Bäckman, el guía de perros, ya sabes...

Tras despedirse del fiscal, a petición de Allan todos habían vuelto a sentarse a la mesa de la cocina. Todavía quedaba, según el anciano, una cuestión por aclarar.

Inició el tema preguntándole al comisario Aronsson si tenía alguna opinión formada acerca de lo que le habían contado a Ranelid. ¿A lo mejor el comisario prefería darse un paseo mientras los amigos hablaban de sus cosas?

Aronsson contestó que pensaba que la exposición había sido clara y concisa en todos los sentidos. Por su parte, la misión ya estaba cumplida y le gustaría quedarse sentado a la mesa. Por lo demás, ni siquiera él estaba libre de culpa, añadió, y no pensaba tirar ni la primera ni la segunda piedra en ese asunto.

—Eso sí, les pido que me hagan el favor de no mencionar nada que pueda comprometerme. Quiero decir, si resulta que al final hay otras respuestas distintas de las que acaban de darle a Ranelid...

Allan prometió que le harían ese favor con mucho gusto, y añadió que el amigo Aronsson era bienvenido en la mesa como miembro de pleno derecho.

El amigo Aronsson, pensó Aronsson. A lo largo de sus años como policía se había ganado muchos enemigos de diversa índole, pero ni un solo amigo. ¡Y ahora eso había cambiado! Entonces dijo que si Allan y los demás lo incluían entre sus amistades, él se sentiría feliz y orgulloso.

El centenario contestó que durante su larga vida había tenido ocasión de entablar amistad con sacerdotes y presidentes, pero nunca con un policía. Y puesto que el amigo Aronsson prefería no saber demasiado, le aseguró que no le diría nada sobre la procedencia de la gran cantidad de dinero de que disponían. En aras de su amistad, naturalmente.

—¿Gran cantidad de dinero? —repitió el comisario.

—Exacto —respondió Allan—. Esa maleta, ¿sabes? Antes de contener biblias de piel auténtica estaba repleta de billetes de quinientas coronas. Aproximadamente unos cincuentas millones.

—Vaya por Dios... —suspiró Aronsson.

—Sí, estupendo, tú también blasfema —dijo la Bella Dama.

—Si te empeñas en invocar a alguien, te recomendaría que fuera a Jesucristo —apuntó Bosse—. Con o sin fiscales presentes.

—¿Cincuenta millones? —repitió el comisario.

—A eso hay que restarle los gastos que hemos tenido en el camino —aclaró Allan—. Y ahora el grupo tiene que determinar a quién pertenecen. Dicho esto, tienes la palabra, Gäddan.

Per-Gunnar *Gäddan* Gerdin se rascó la oreja mientras reflexionaba. Luego dijo que le gustaría que los amigos y los millones permanecieran unidos, que a lo mejor podían irse juntos de vacaciones, puesto que en ese momento no había nada que deseara más en el mundo que degustar un cóctel con sombrilla bajo un parasol en una playa paradisíaca. Además, Gäddan sabía que Allan compartía esa debilidad suya por las vacaciones en playas de ensueño.

—Aunque sin sombrillitas en el cóctel —puntualizó el anciano.

Julius dijo que estaba de acuerdo en que proteger un cóctel de las inclemencias del tiempo no se encontraba entre las necesidades básicas de la vida, sobre todo si estabas bajo una sombrilla y el sol brillaba en un cielo azul y despejado. Pero también estaba de acuerdo en que los amigos no tenían por qué pelearse por ello. En suma, que unas vacaciones en común le parecían una idea espléndida.

El comisario sonrió tímidamente ante la idea, sin atreverse a dar por supuesto que fueran a invitarlo. Benny lo advirtió, le puso una mano sobre el hombro y le preguntó cómo prefería que le sirvieran las copas en vacaciones. A Aronsson se le iluminó el rostro, y se disponía a contestar cuando la Bella Dama ensombreció la alegre atmósfera exclamando:

—¡Yo no pienso ir a ninguna jodida playa sin *Sonja* y *Buster*! —Hizo una breve pausa y añadió—: ¡Idos al infierno si queréis!

Puesto que Benny no pensaba dar un paso sin la Bella Dama, se desanimó rápidamente.

—Además, me temo que la mitad de nosotros ni siquiera tiene el pasaporte en regla —observó.

A Allan le parecía que unas vacaciones eran una buena idea, y cuanto más lejos de la enfermera Alice, mejor. Si los demás estaban de acuerdo en este punto, seguro que encontrarían la manera de arreglar lo del transporte y dar con un destino que no requiriese pasaportes ni pusiera pega a los animales.

—¿Y qué se te ocurre para llevar un elefante de cinco toneladas en un avión? —preguntó Benny, poco convencido.

—No lo sé —contestó Allan—. Pero si pensamos en positivo seguro que todo se arreglará.

—¿Y lo de los pasaportes?

—Como ya he dicho, lo único que tenemos que hacer es pensar en positivo.

—No creo que *Sonja* pese más de cuatro toneladas, tal vez cuatro y media —apuntó la Bella Dama.

—¿Lo ves, Benny? —dijo Allan—. A eso me refería con pensar en positivo. De pronto, el problema se reduce en casi una tonelada.

—A lo mejor tengo una idea —añadió la Bella Dama.

—Yo también —dijo Allan—. ¿Puedo hacer una llamada telefónica?

26

1968-1982

Yuli Borísovich Popov vivía y trabajaba en la ciudad de Sárov, en Nizhny Novgorod, a unos cincuenta kilómetros de Moscú.

Sárov era una ciudad secreta, casi más secreta, de hecho, que el incógnito agente Hutton. Ni siquiera dejaron que siguiera llamándose Sárov, sino que le dieron el nombre, escasamente romántico, de Arzamas-16. Además, la habían borrado de todos los mapas. Sárov existía y a la vez no existía, dependiendo de si uno se refería a la realidad o a algo distinto. Más o menos todo lo contrario de Vladivostok durante unos años, a partir de 1953.

Asimismo, la ciudad estaba rodeada por una cerca de alambre de púas y nadie podía entrar en ella sin pasar antes por un control de seguridad. Para los que tuvieran pasaporte estadounidense o cualquier vínculo con la embajada norteamericana en Moscú, no era recomendable acercarse al lugar.

El hombre de la CIA, Ryan Hutton, llevaba semanas enseñándole el abecé de los espías al alumno Allan Karlsson cuando éste se instaló en la embajada de Moscú con el nombre de Allen Carson y el ambiguo cargo de administrador.

Sorprendentemente, el agente Hutton había pasado por alto el hecho de que el objetivo al que se suponía que Allan Karlsson debía acercarse era inalcanzable, pues estaba cercado por una alambrada en una ciudad tan protegida que no permitían que se llamara como se llamaba ni que estuviese ubicada donde lo estaba.

Hutton se disculpó por su descuido, pero añadió que sin duda a Allan se le ocurriría alguna solución. Popov seguramente visitaría en algún momento Moscú y, por tanto, lo único que tendría que hacer Allan era descubrir cuándo pasaría por allí.

—Pero ahora tendrá que perdonarme, señor Karlsson —dijo el incógnito Hutton por teléfono, desde la capital francesa—. He de ocuparme de otros asuntos importantes. ¡Mucha suerte! —Colgó, suspiró hondo y volvió a concentrarse en la confusa situación derivada del golpe militar que, con el apoyo de la CIA, se había producido en Grecia el año anterior. Como en tantas otras ocasiones últimamente, no habían golpeado exactamente donde debían.

A Allan, por su parte, no se le ocurrió nada mejor que dar un paseo reparador hasta la biblioteca municipal de Moscú, donde pasaba las horas leyendo los diarios y las revistas especializadas. Esperaba topar con algún artículo que le indicara que Popov estaba a punto de aparecer en público fuera del cerco de alambre de púas que rodeaba Arzamas-16.

Sin embargo, pasaron los meses y no dio con ninguna noticia parecida. En cambio, entre otras cosas leyó que Robert Kennedy, candidato a presidente de Estados Unidos, había corrido la misma suerte que su hermano y que Checoslovaquia había pedido la ayuda de la Unión Soviética para poner orden en sus calles.

Asimismo, un día se enteró de que Lyndon B. Johnson tenía un sucesor que se llamaba Richard M. Nixon. Pero puesto que todos los meses seguía llegando el sobre con sus dietas, Allan pensó que sería mejor seguir buscando a

Popov. Si Hutton deseaba algún cambio al respecto, ya le avisaría.

El año 1968 dio paso a 1969 y la primavera estaba cerca cuando Allan encontró por fin algo interesante. La Ópera de Viena había iniciado una gira artística y se presentaría en el teatro Bolshói de Moscú. Actuarían el tenor Franco Corelli y la estrella mundial sueca Birgit Nilsson, en el papel de Turandot.

Allan se rascó la barbilla, de nuevo imberbe, y recordó la primera y hasta el momento única velada que había compartido con Yuli. Avanzada la noche, éste se había arrancado con un aria, *Nessun dorma*, ¡que nadie duerma! Poco después, a causa sin duda de la ingesta de alcohol, se había quedado dormido, pero ésa era otra historia.

Allan razonó que era poco probable que alguien que había sido capaz en su día de hacerle medianamente justicia a Puccini y su *Turandot* en un submarino a doscientos metros de profundidad, fuera a perderse una representación de la Ópera de Viena en el teatro Bolshói. Sobre todo teniendo en cuenta que el susodicho vivía a apenas unas horas de allí y que, además, había sido hasta tal punto condecorado que era poco probable que tuviese problemas a la hora de encontrar una localidad.

O tal vez sí. En tal caso, Allan tendría que seguir dando sus paseos diarios de casa a la biblioteca municipal y de la biblioteca municipal a casa. De todos modos, si resultaba que era así, tampoco pasaba nada.

Por el momento, Allan contaba con que Yuli asistiría a la ópera, y entonces sería cuestión de estar allí para saludarlo y decirle «cuánto tiempo». Con ello estaría todo arreglado.

O no.

En absoluto, de hecho.

• • •

La noche del 22 de marzo de 1969 Allan se colocó estratégicamente a la izquierda de la gran entrada del teatro Bolshói. La idea era reconocer a Yuli cuando pasara por allí de camino a la sala. Sin embargo, todos los asistentes se parecían entre sí hasta la confusión. Todos eran hombres vestidos con traje negro debajo de un abrigo negro y mujeres con vestido largo debajo de un abrigo de pieles negro o marrón. Todos venían de dos en dos y abandonaban el frío para introducirse en el calor pasando por delante de Allan, que se había situado en el peldaño más alto de las majestuosas escaleras. Además, todo estaba casi a oscuras, de modo que ¿cómo iba Allan a reconocer un rostro que había visto durante dos días hacía veintiún años? A menos que tuviera la increíble suerte de que Yuli lo reconociese a él.

No, no tuvo esa suerte. Era bastante dudoso que Yuli Borísovich estuviera en el interior del teatro con su supuesta acompañante, pero si lo estaba, había pasado a pocos metros de su antiguo amigo sin reparar en él. ¿Qué podía hacer Allan? Pensó en voz alta:

—Si acabas de entrar en el teatro, estimado Yuli Borísovich, lo más probable es que en unas horas vuelvas a salir por la misma puerta. Pero me parece que entre tanta gente no voy a reconocerte, como me ha ocurrido cuando has entrado. Por tanto, no te encontraré. Queda la posibilidad de que tú me encuentres a mí.

Y así tendría que ser. Allan volvió a su pequeño despacho en la embajada, hizo sus preparativos y estuvo de vuelta delante del teatro a tiempo para que el príncipe consiguiera que el corazón de la princesa Turandot se derritiera por él.

Si en algo había insistido Hutton durante la instrucción, era en que había que ser discreto. Un agente con futuro nunca debía atraer la atención sobre sí, no debía destacar, tenía que confundirse con el ambiente en que se movía hasta volverse invisible. «¿Lo ha entendido bien, señor Karlsson?», le había dicho Hutton. «Desde luego, señor Hutton», había contestado Allan.

El éxito de Birgit Nilsson y Franco Corelli fue tal que tuvieron que salir a saludar veinte veces. A causa de ello, el público tardó más de lo normal en abandonar la sala y la gente, que parecía toda igual, se retrasó en bajar por la escalinata que antes la había conducido hasta el interior del teatro. Lo que sin duda todos vieron al salir fue al hombre que se había colocado en medio del escalón inferior con los brazos en alto, sosteniendo un cartel escrito a mano que rezaba:

SOY ALLAN EMMANUEL

Allan Karlsson había entendido las monsergas de Hutton, sólo que nunca llegó a tomárselas en serio. Probablemente en el París de Hutton fuese primavera, pero en Moscú hacía frío y no había mucha luz. Allan estaba helado y quería resultados de inmediato. Al principio había pensado escribir el nombre de Yuli en el cartel, pero al final decidió que la indiscreción que había decidido aplicar sólo lo afectaría a él y a nadie más.

Larissa Aleksándrevna Popova, la esposa de Yuli Borísovich Popov, iba cogida cariñosamente del brazo de su marido y le daba las gracias por quinta vez por la maravillosa experiencia que acababan de compartir. ¡Birgit Nilsson era una Maria Callas hecha y derecha! ¡Y los asientos! Fila cuatro, justo en medio. Larissa era más feliz de lo que lo había sido en mucho tiempo. Además, ella y su esposo dormirían en un hotel y retrasarían así un día el regreso a aquella espantosa ciudad cercada por alambradas. Tendrían una cena romántica para dos... sólo ella y Yuli... y luego, a lo mejor...

—Discúlpame, amor mío —dijo Yuli, y se quedó parado en el peldaño más alto de la escalinata, justo delante de las puertas del teatro.

—¿Qué pasa, cariño? —preguntó Larissa, inquieta.

—No, supongo que nada, pero... ¿Has visto al hombre que está ahí abajo con el cartel en alto? Tengo que echarle un vistazo... No puede ser... pero tengo que... Pero ¡si está muerto!

—¿Quién está muerto, querido?

—¡Ven conmigo! —dijo Yuli, y condujo a su esposa escaleras abajo.

Cuando estuvo a tres metros de Allan, Yuli se detuvo e intentó comprender con la cabeza lo que sus ojos ya habían registrado. Allan vio al amigo del pasado mirarlo fijamente, como un bobo, bajó el cartel y dijo:

—¿Ha estado bien Birgit?

Yuli seguía sin articular palabra, pero su esposa le preguntó en voz baja si aquél era el hombre que, según acababa de afirmar, estaba muerto. Allan contestó por Yuli y dijo que no estaba muerto, pero que tenía mucho frío, y que si los Popov no querían que muriese congelado harían bien en llevárselo cuanto antes a un restaurante, donde podría tomar un poco de vodka y un bocado de algo para acompañar.

—Eres tú, realmente... —logró decir finalmente Yuli—. Pero ¿hablas ruso?

—Pues sí, hice un curso de cinco años justo después de que nos viéramos por última vez. La escuela se llama Gulag. ¿Qué me dices del vodka?

Yuli Borísovich era un hombre de fuertes principios morales, y durante los últimos veintiún años había padecido un suplicio cada vez que recordaba la manera, bien que involuntaria, en que había engañado al experto nuclear sueco para que se trasladase a Moscú y, posteriormente, a Vladivostok, donde el sueco habría perecido en el incendio del que todos los soviéticos medianamente informados estaban al corriente. Durante veintiún años había sufrido, sobre todo porque le había cogido cariño a aquel sueco y a su infinito positivismo.

De pronto, Yuli Borísovich se encontraba frente al teatro Bolshói, a quince grados bajo cero después de una función de ópera que le había reconfortado el alma y... no, no lo podía creer. Allan Emmanuel Karlsson había sobrevivido. Más aún, seguía vivo. Y en ese mismo momento lo tenía delante. En medio de Moscú. ¡Hablando en ruso!

Yuli Borísovich llevaba casado cuarenta años con Larissa Aleksándrevna y los dos formaban una pareja muy feliz. No habían tenido hijos, pero su complicidad y cariño mutuo eran ilimitados. Lo compartían todo, en la suerte y en la desgracia, y en más de una ocasión Yuli le había expresado a su mujer el dolor que sentía por el destino de aquel Allan Emmanuel Karlsson. Y en aquel preciso momento, mientras Yuli aún intentaba hacerse a la idea, Larissa Aleksándrevna tomó las riendas de la situación.

—Tal como lo entiendo, es tu antiguo amigo, el que tú indirectamente condujiste a la muerte. ¿Es así? Bien, entonces, querido Yuli, llevémoslo raudos y veloces a un restaurante para que se reconforte con un buen vodka antes de que se muera de verdad aquí mismo.

Yuli no contestó, pero asintió con la cabeza y se dejó conducir por su esposa hasta la limusina que los esperaba delante del teatro. Una vez allí, lo sentó al lado de su hasta hacía poco amigo muerto y le dijo al chófer:

—Al restaurante Pushkin, rápido.

Allan tuvo que tomarse dos copitas para descongelarse y otras dos hasta que Yuli volvió a funcionar como un ser humano normal. Entretanto, a Allan y Larissa les había dado tiempo de familiarizarse el uno con la otra.

Cuando finalmente Yuli se hizo a la idea y dejó que la consternación se tornara alegría («¡Tenemos que celebrarlo!»), Allan pensó que había llegado el momento de ir al grano. Si tienes algo que decir, lo mejor es que lo hagas enseguida.

—¿Te gustaría convertirte en espía? —le soltó—. Yo mismo lo soy, y la verdad es que resulta bastante emocionante.

A Yuli se le atragantó la quinta copa de vodka y la escupió sobre la mesa.

—¿Espía? —dijo Larissa mientras su marido seguía tosiendo.

—Sí, o agente secreto. La verdad es que no sé en qué consiste la diferencia.

—¡Qué interesante! Cuéntanos algo más, querido Allan Emmanuel.

—No, no lo hagas, Allan —intervino Yuli—. ¡No lo hagas! ¡No queremos saber nada más!

—No digas tonterías, querido —dijo Larissa—. Deja que tu amigo nos hable de su trabajo, al fin y al cabo, no os veis desde hace años. Continúa, Allan Emmanuel.

Allan continuó y Larissa lo escuchó con sumo interés, mientras Yuli ocultaba el rostro entre las manos. Allan les habló de la cena con el presidente Johnson y del incógnito agente Hutton de la CIA, y de la reunión que mantendría al día siguiente con éste, quien le había propuesto que se trasladase a Moscú para averiguar qué tal iba el asunto de los misiles soviéticos.

La alternativa de Allan era quedarse en París, para evitar que la embajadora indonesia y su marido crearan crisis diplomáticas sólo con abrir la boca. Pero, puesto que Amanda y Herbert Einstein eran dos y Allan no podía estar en más de un lugar a la vez, había decidido aceptar la propuesta de Hutton. Además, le parecía estupendo reencontrarse con Yuli después de tantos años.

Yuli seguía tapándose el rostro con las manos, aunque observaba a Allan con un ojo entre los dedos. ¿Había oído mencionar a Herbert Einstein? Yuli se acordaba de él y, desde luego, fue una grata noticia saber que también Herbert había sobrevivido al secuestro y al campo de trabajo al que Beria lo había enviado.

Allan le ofreció un somero resumen de los veinte años que había compartido con Herbert. Explicó que éste, al principio, no había deseado más que morir, pero que cuando finalmente cayó fulminado, a los setenta y seis años, en diciembre del año anterior, hacía tiempo que había cambiado de opinión. Dejó una esposa que era embajadora en París y dos hijos adolescentes. Según los últimos informes que le habían llegado de la capital francesa, la familia se había tomado bastante bien el fallecimiento de Herbert y la viuda se había convertido en una de las compañías favoritas de la gente importante de la ciudad. Es cierto que su francés era terrible, pero eso formaba parte de su encanto, porque hacía que de vez en cuando soltase tonterías de primera magnitud, provocando la risa de sus interlocutores.

—Bien, volvamos al tema que nos ocupa —dijo Allan tras dejar solventado el tema Herbert—. ¿Qué me respondes? ¿Te conviertes en espía y así cambias un poco de aires?

—Pero querido Allan Emmanuel... ¡Esto no puede estar ocurriendo! Soy el civil más condecorado por sus contribuciones a la patria en la historia moderna de la Unión Soviética. ¡Es imposible que pueda convertirme en espía! —Yuli se llevó su sexta copa de vodka a los labios.

—No digas eso, querido Yuli —intervino Larissa, y dejó que la copa número seis siguiera el mismo camino que la quinta.

Luego expuso sus argumentos mientras su marido volvía a cubrirse el rostro con las manos. Tanto ella como Yuli estaban a punto de cumplir sesenta y cinco años y, en su opinión, no sabía qué tenían que agradecerle a la Unión Soviética. Es cierto, su marido había sido elogiado y condecorado generosamente, y por partida triple, además, lo cual les proporcionaba magníficas entradas para la ópera. Pero ¿y todo lo demás?

Larissa no esperó a que su marido contestara y pasó a contar que los dos vivían encerrados en Arzamas-16, una ciudad cuyo solo nombre era capaz de deprimir al tipo más alegre. Por si fuera poco, estaba cercada por una alambrada... Sí, Larissa sabía que en su interior podían moverse libremente, pero que Yuli hiciera el favor de no interrumpirla, porque aún no había terminado.

¿Para quién pasaba Yuli trabajando las veinticuatro horas del día? Al principio había sido para Stalin, que, como todo el mundo sabía, estaba loco de atar. Después le llegó el turno a Jrushchov, cuya única muestra de calidez humana había sido mandar ejecutar al mariscal Beria. Y ahora estaba Brézhnev, ¡que encima olía mal!

—¡Larissa! —exclamó Yuli Borísovich, asustado.

—A mí no me adviertas nada, querido Yuli. Fuiste tú quien dijo que Brézhnev apestaba.

Y pasó a comentar que Allan Emmanuel parecía haber llegado como por encargo, porque últimamente se había sentido más abatida que de costumbre, temiendo que moriría encerrada entre alambradas de púas en una ciudad que oficialmente no existía. ¿Tendrían ella y Yuli un entierro digno, dispondrían de una lápida de verdad en algún cementerio? ¿O acaso también exigirían que sus nombres aparecieran encriptados, en aras de la seguridad?

—Aquí descansan el camarada X y su fiel esposa Y. ¿Eso pondrá nuestra lápida? —dijo con amargura.

Yuli permaneció callado. En ese punto su mujer tal vez tuviera algo de razón. Y entonces Larissa llegó al final:

—Así que, ¿por qué no espiar durante unos años junto con tu amigo y luego escapar a Nueva York? Una vez allí, podríamos ir al Metropolitan todas las noches. Procurémonos una vida digna, querido Yuli, antes de morir.

Mientras Yuli parecía resignarse poco a poco, Allan pasó a explicar más detalladamente el trasfondo del asunto. Como ya había dicho, había coincidido con Hutton en París por caminos insospechados. Era un hombre muy cercano al anterior presidente, Johnson, y ocupaba un alto cargo en la CIA.

Cuando Hutton supo que Allan conocía a Yuli Borísovich y que, además, éste probablemente le debía un favor, se había apresurado a trazar un plan, del cual Allan desconocía sus aspectos geopolíticos, pues solía pasarle que en cuanto la gente empezaba a hablar de política, él dejaba de prestar atención. Era algo automático.

Yuli, que había vuelto en sí, asintió con la cabeza. La política tampoco era un tema que le interesase. Era socialista, eso sí, en cuerpo y alma, pero si alguien le pedía que desarrollara su punto de vista, siempre se metía en líos.

No obstante, Allan prosiguió en un intento sincero de resumir lo que Hutton le había dicho. Se trataba de algo relacionado con que o bien la Unión Soviética atacaría a Estados Unidos con armas nucleares, o bien no lo haría.

Yuli volvió a asentir con la cabeza y estuvo de acuerdo en que seguramente sería algo así. O bien una cosa, o bien la otra, eso era con lo único que podían contar, desde luego.

Además, por lo que Allan recordaba, el hombre de la CIA había expresado su preocupación por las consecuencias de un ataque nuclear a Estados Unidos. Porque aunque el arsenal atómico soviético no alcanzaba para aniquilar a Estados Unidos más de una vez, con una bastaba, pues sería la definitiva.

Yuli Borísovich asintió con la cabeza por tercera vez y dijo que sería un golpe terrible para la población americana si Estados Unidos era aniquilado.

Sin embargo, Allan no sabía cómo había llegado Hutton a esa conclusión. Sea como fuere, por alguna razón quería información sobre el estado del arsenal nuclear soviético. En cuanto la tuviera, podría recomendarle al presidente Johnson que iniciara las negociaciones con la Unión Soviética para el desarme nuclear. Aunque, claro, Johnson ya no era presidente, o sea que... El caso es que a menudo la política no sólo resulta inútil, sino que de vez en cuando llega a ser innecesariamente intrincada.

Yuli era el jefe técnico del programa nuclear soviético y lo sabía todo sobre la estrategia y capacidad del mismo. Sin embargo, en los veintitrés años que llevaba en el puesto no le había dedicado, ni se lo habían exigido, un solo pensamiento de índole política. Era una circunstancia que a Yuli y a su salud les había venido particularmente bien. Al fin y al cabo, había sobrevivido no sólo a tres líderes, sino también al abominable Beria. Vivir tanto tiempo en una posición tan alta no era algo que pudiesen suscribir muchos hombres con poder en la Unión Soviética.

Yuli sabía los sacrificios que había tenido que hacer Larissa. Y de pronto, cuando en realidad se merecían la jubilación y una dacha a orillas del mar Negro, el grado de altruismo de su esposa fue más alto que nunca. Y eso que nunca se había quejado. Nunca jamás. Por eso Yuli la escuchó con más interés, si cabe, cuando dijo:

—Yuli, amor mío, deja que primero contribuyamos con nuestro granito de arena, y con Allan, a la paz mundial. Después nos mudaremos a Nueva York. Que Brézhnev se quede con las medallas y se las meta por el culo.

Yuli se rindió y dijo que sí a todo (excepto a las medallas por ahí), y pronto se puso de acuerdo con Allan en que no sería necesario que el presidente Nixon supiera la verdad desnuda, sino algo que lo hiciera feliz. Porque un Nixon contento sin duda contentaría a Brézhnev, y si los dos estaban contentos, lo más probable es que no hubiese guerra, ¿verdad?

Allan acababa de reclutar a un espía mediante un cartel cutre en un lugar público, en el país que poseía el sistema de control más eficaz del mundo. Además, aquella noche habían estado presentes en el teatro Bolshói tanto un capitán militar del GRU como un director civil del KGB, junto con sus respectivas esposas. Los dos, al igual que todos, habían visto al hombre con el cartel en el peldaño inferior de la escalinata. Sin embargo, los dos tenían suficiente experiencia en el servicio como para no alarmarse: nadie que tuviese algo contrarrevolucionario entre manos se expondría de semejante manera, nadie podía ser tan estúpido como para hacer una cosa así.

Por lo demás, en el restaurante donde aquella noche se concretó el reclutamiento de Yuli había un puñado de informadores más o menos profesionales del KGB y el GRU. En la mesa 9 había un hombre que no paraba de esconder el rostro entre las manos, que agitaba los brazos, que miraba al techo con desesperación y que recibía regañinas por parte de su esposa. Es decir, una conducta de lo más normal en un restaurante ruso, nada de lo que valiera la pena informar.

Así fue como se permitió que un agente americano políticamente sordo urdiera estrategias globales de paz junto con un jefe del programa nuclear soviético políticamente ciego, sin que ni el KGB ni el GRU pusieran inconveniente alguno. Cuando le comunicaron que el reclutamiento había prosperado y que pronto empezaría a dar sus frutos, el jefe de la CIA para Europa, Ryan Hutton, pensó que ese Karlsson sin duda era más profesional de lo que en principio había creído.

El Bolshói renovaba su repertorio tres o cuatro veces al año. A ello se añadía al menos una compañía invitada, como era el caso de la Ópera de Viena.

Así, Allan y Yuli pudieron reunirse discretamente varias veces al año en la suite del hotel donde el segundo se hospedaba con su esposa, a fin de reunir la información adecuada para su posterior traslado a la CIA. Mezclaban ficción con realidad de manera tal que dicha información fuese, a ojos estadounidenses, tan creíble como alentadora.

Una de las consecuencias de los informes de inteligencia enviados por Allan fue que, a principios de los años setenta, el gobierno de Nixon empezó a presionar a Moscú con el objeto de fijar una fecha para la celebración de una cumbre sobre desarme bilateral. Nixon se sentía seguro, pues sus informes secretos le decían que su país era el más fuerte de los dos.

Por su parte, el premier Brézhnev no se mostraba especialmente reacio a un acuerdo de desarme, pues sus informes secretos le decían que su país era el más fuerte de los dos. Lo único que complicaba el asunto era que la encargada de la limpieza en la central de la CIA vendía al GRU información sumamente extraña. Había encontrado unos documentos enviados desde la oficina de la CIA en París en los que se insinuaba que la agencia tenía un topo entre los principales responsables del programa nuclear soviético. El problema era que la información que contenían esos documentos no se correspondía con la realidad. Si Nixon estaba dispuesto a firmar un acuerdo de desarme basándose en datos que un mitómano soviético había enviado a la sede de la CIA en París, muy bien, por Brézhnev no había problema. Sin embargo, el asunto era tan delicado que requería un tiempo de reflexión. Además, había que localizar al mitómano en cuestión.

La primera medida que tomó Brézhnev fue convocar al jefe técnico del programa nuclear, el inquebrantablemente fiel Yuli Borísovich Popov, y pedirle su opinión sobre el origen de la falsa información que recibían los americanos. Porque si bien en la documentación que había conseguido la CIA se infravaloraba la capacidad nuclear soviética, los términos empleados eran propios de un iniciado en la materia y daban lugar a varias preguntas. Por eso la necesidad de la ayuda de un experto como Popov.

Popov leyó lo que él mismo había cocinado junto con Allan y se encogió de hombros. A su juicio, aquello podía haberlo obtenido cualquier estudiante que echase un vistazo a la literatura que había en las bibliotecas sobre el tema. Si el camarada Brézhnev permitía que un físico experimentado le diera su punto de vista, no había nada de qué preocuparse.

Sí, era precisamente por eso que Brézhnev le había pedido a Yuli Borísovich que acudiera a su despacho. Le dio las gracias por su ayuda y le rogó que no olvidara saludar a la encantadora Larissa Aleksándrevna de su parte.

Mientras el KGB ponía bajo vigilancia, tan discretamente como en vano, doscientas bibliotecas de la Unión Soviética, Brézhnev seguía reflexionando sobre la postura que debía adoptar ante las propuestas extraoficiales de Nixon. Hasta el día en que, ¡horror!, el gordinflón de Mao invitó a Nixon a visitar China. Poco antes, Brézhnev y Mao se habían enviado mutuamente a la mierda de una vez por todas y de pronto existía el peligro de que China y Estados Unidos crearan una alianza impía contra la Unión Soviética. ¡Eso no podía ocurrir!

Por tanto, al día siguiente Richard Milhous Nixon, presidente de los Estados Unidos de América, recibió una invitación oficial para visitar la Unión Soviética. Fueron unas semanas de trabajo intenso entre bambalinas y una cosa llevó a la otra, hasta que finalmente Nixon y Brézhnev no sólo se estrecharon la mano, sino que firmaron dos acuerdos de desarme distintos: uno relativo a los misiles antibalísticos (tratado ABM) y el otro relativo a la limitación de armas nucleares estratégicas (tratado SALT). Puesto que la firma tuvo lugar en Moscú, Nixon aprovechó para estrechar la mano del agente americano que tan eficazmente había suministrado información acerca de la capacidad nuclear soviética.

—No hay de qué, señor presidente —dijo Allan—. Pero ¿no le parece que también podría invitarme a una cena? Es lo que ustedes suelen hacer.

—¿A quién se refiere? —preguntó Nixon, sorprendido.

—Bueno, a los que están satisfechos con mis servicios... Franco y Truman y... Mao, el gran timonel, que por cierto sólo me invitó a tallarines, pero, claro, es que era muy tarde... Y el primer ministro sueco Erlander, que sólo me invitó a tomar café, ahora que lo pienso. De todos modos, no estuvo mal, teniendo en cuenta que eran tiempos de racionamiento...

Nixon, que estaba enterado del pasado del agente, le contestó que desgraciadamente no tenía tiempo para cenar con él. Sin embargo, añadió que un presidente americano no podía ser menos que un primer ministro sueco y que, desde luego, tomarían un café juntos, con copa de coñac y todo. En ese mismo momento, si le parecía bien.

Allan le dio las gracias y preguntó si en lugar del café podía ser un coñac doble. Nixon contestó que el presupuesto estadounidense sin duda podría soportar ambas cosas.

Los señores pasaron juntos una hora muy agradable. O todo lo agradable que pudo ser para Allan, porque Nixon se empeñó en hablar de política. El presidente se interesó por el funcionamiento del juego político en Indonesia. Sin nombrar a Amanda, Allan le explicó con detalle cómo se podía hacer carrera política en Indonesia. Nixon escuchó con mucha atención, hasta que finalmente dijo:

—Interesante. Muy interesante.

Allan y Yuli estaban satisfechos el uno del otro y de la marcha de las cosas en general. Al parecer, el GRU y el KGB se habían calmado en la búsqueda del espía, y eso también era una excelente noticia. O como lo expresó Allan:

—Es preferible no tener a dos organizaciones de asesinos pisándote los talones que tenerlas.

Añadió que no deberían malgastar más tiempo hablando del KGB, el GRU y demás acrónimos con los que, de todos modos, no podían hacer nada. En cambio, había llegado la hora de inventarse el siguiente informe secreto para Hutton y su presidente. «Significativa corrosión del arsenal de misiles de media distancia en Kamchatka», ¿podía ser un tema que valiera la pena desarrollar?

Yuli elogió a Allan por su magnífica inventiva, que facilitaba en grado sumo la redacción de los informes. De esa manera dispondrían de más tiempo para la comida, la bebida y la amistad.

Richard M. Nixon tenía sobrados motivos para estar satisfecho con casi todo. Hasta que dejó de tenerlos.

El pueblo americano amaba a su presidente y en noviembre de 1972 lo reeligió con enorme algarabía. Nixon ganó en cuarenta y nueve estados; George McGovern a duras penas en uno.

Sin embargo, al poco tiempo todo empezó a complicarse. A complicarse seriamente. Y al final Nixon se vio obligado a hacer algo que ningún presidente estadounidense había hecho hasta entonces.

Tuvo que dimitir.

Allan leyó acerca del llamado escándalo del Watergate en toda la prensa que tenía disponible en la biblioteca municipal de Moscú. En fin, que resultó que supuestamente Nixon había cometido fraude fiscal, había aceptado donativos ilegales para su campaña, había ordenado bombardeos secretos, había perseguido a enemigos políticos y se había dedicado al robo con allanamiento de morada y a las escuchas telefónicas ilegales. Allan pensó que el presidente debería haber tomado nota de la conversación que habían mantenido hacía un año mientras bebían un coñac doble.

Y entonces, dirigiéndose a la foto de Nixon que aparecía en el diario, dijo:

—Deberías haber apostado por hacer carrera en Indonesia. Allí habrías llegado muy lejos.

Pasaron los años. Nixon fue sustituido por Gerald Ford, que a su vez fue sustituido por Jimmy Carter. Mientras tanto, Brézhnev resistía en su puesto. De la misma manera que lo hacían Allan, Yuli y Larissa. Los tres seguían viéndose cinco o seis veces al año y se lo pasaban en grande. Las reuniones estaban dedicadas a redactar un informe inventado pero creíble, relacionado con el estado actual de la estrategia nuclear de los soviéticos. Con los años, Allan y Yuli habían optado por relativizar cada vez más la capacidad armamentística de la Unión Soviética, porque se dieron cuenta de lo felices que eso hacía a los americanos (independientemente de quién fuera el presidente) y de lo serena y grata que parecía estar volviéndose la relación entre los líderes de ambos países.

Pero la felicidad nunca es eterna.

Un buen día, inmediatamente después de que se hubiera firmado el tratado SALT II, a Brézhnev se le metió entre ceja y ceja que Afganistán necesitaba su ayuda. Así pues, decidió enviar a sus tropas de élite, lo que propició que el presidente afgano en funciones fuera asesinado, obligando a Brézhnev a nombrar otro en su lugar.

Como era de esperar, el presidente Carter se enfadó (por no decir otra cosa) con Brézhnev. Al fin y al cabo, la tinta del segundo tratado SALT apenas había tenido tiempo de secarse. Enfadado como estaba, Carter resolvió boicotear los Juegos Olímpicos de Moscú, aparte de que ordenó incrementar el apoyo de la CIA a la guerrilla fundamentalista de Afganistán, los Mujahidín.

No le dio tiempo a hacer mucho más, porque Ronald Reagan se convirtió en presidente del país, y era bastante más propenso que su antecesor a mostrarse huraño con todo lo relacionado con el comunismo en general y con el imbécil de Brézhnev en particular.

—Parece una persona tremendamente iracunda ese Reagan —le dijo Allan a Yuli durante la primera reunión que mantenían desde que el nuevo presidente tomó posesión del cargo.

—Sí —admitió Yuli—. Y pronto ya no podremos desmantelar el arsenal nuclear soviético, porque ya no quedará nada de él.

—Entonces propongo que hagamos lo contrario. Verás como conseguimos que Reagan se suavice un poco.

Por tanto, el siguiente informe secreto que llegó a Estados Unidos vía Hutton revelaba una sensacional ofensiva soviética respecto a su propio escudo antimisiles. La imaginación de Allan había llegado al espacio. Se inventó que desde allí arriba los misiles soviéticos podrían alcanzar todos los dispositivos con que los americanos intentaban atacar la Unión Soviética.

De este modo, Allan, el agente políticamente sordo, y Yuli, el jefe políticamente ciego del programa nuclear soviético, establecieron las bases para el colapso de la Unión Soviética. Porque Reagan entró en barrena al recibir aquel informe secreto que Allan había enviado y puso en marcha de inmediato la Iniciativa de Defensa Estratégica, también conocida como «Guerra de las Galaxias». La descripción del proyecto, con satélites disparando rayos láser, era prácticamente una copia de lo que, meses atrás, Allan y Yuli habían urdido entre risitas en una habitación de hotel bajo los efectos, según ellos mismos, de una buena cogorza de vodka. Así, el presupuesto estadounidense para la defensa nuclear también estuvo a punto de alcanzar el espacio. La Unión Soviética intentó contraatacar sin podérselo permitir económicamente, y de esa forma el país empezó a resquebrajarse.

Nadie sabe si fue por la conmoción provocada por la nueva ofensiva militar americana o por otra razón muy distinta, pero el caso es que el 10 de noviembre de 1982 Brézhnev murió de un ataque al corazón. Casualmente, la noche siguiente Allan, Yuli y Larissa celebraban una de sus reuniones secretas.

—¿No creéis que ya es hora de poner fin a esta tontería? —dijo Larissa.

—Sí, ya es hora —convino Yuli.

Allan asintió con la cabeza y estuvo de acuerdo en que todo ese lío tenía que acabar de una maldita vez, sobre todo las tonterías, y que probablemente fuera una señal de cielo para que se retiraran, ahora que Brézhnev empezaría a oler peor que nunca.

Luego añadió que a la mañana siguiente telefonearía a Hutton. Trece años y medio al servicio de la CIA eran más que suficientes; que la mayor parte del trabajo no hubiera sido más que una gran mentira era otra historia. Los tres estuvieron de acuerdo en que, en presencia de Hutton y su tremendamente quisquilloso presidente, lo mejor sería mantener esa parte en secreto.

Ahora, lo que debía hacer la CIA era sacar a Yuli y a Larissa del país y llevárselos a Nueva York, tal como les habían prometido. Allan, por su parte, empezaba a considerar la posibilidad de volver a la vieja Suecia para ver cómo andaban las cosas por allí.

La CIA y Hutton cumplieron lo que habían prometido. Yuli y Larissa fueron trasladados a Estados Unidos a través de Checoslovaquia y Austria. Les concedieron un piso en la calle 64 Oeste de Manhattan y una asignación anual por una suma que superaba con creces las necesidades del matrimonio. Aunque tampoco le salió demasiado caro a la CIA, pues en enero de 1984 murió Yuli y, tres meses más tarde, su Larissa, de añoranza. Los dos tenían setenta y nueve años y 1983 fue el año más feliz de sus vidas, pues se celebró el centenario del Metropolitan y la pareja disfrutó de un sinfín de vivencias inolvidables.

En cuanto a Allan, hizo la maleta y comunicó a su supuesto superior en la embajada estadounidense que se disponía a marcharse para siempre. Fue entonces cuando en la embajada descubrieron que, por razones confusas, el funcionario Allen Carson no había recibido más que dietas durante los trece años y cinco meses que había permanecido a su servicio.

—¿Nunca se dio cuenta de que no le llegaba ningún sueldo? —le preguntó el secretario de la embajada.

—No —respondió Allan—. Como poco, y el aguardiente es barato. A mí me pareció que me alcanzaba bien tal como estaba.

—¿Durante más de trece años?

—Sí, cómo pasa el tiempo, ¿verdad?

El secretario lo miró extrañado y le prometió que se encargaría de que le abonaran el dinero mediante un cheque en cuanto el señor Carson, o como fuera que se llamase en realidad, notificase su caso a la embajada estadounidense en Estocolmo.

27

Viernes 27 de mayo - jueves 16 de junio de 2005

Amanda Einstein seguía con vida. Ya había cumplido ochenta y cuatro años y vivía en Bali en la suite de un hotel de lujo, propiedad de su hijo mayor, Allan.

Allan Einstein tenía cincuenta y un años y era extremadamente lúcido, igual que su hermano Mao, un año menor que él. Pero mientras que Allan se había formado como economista (de verdad) y con el tiempo había llegado a director de hotel (su mamá le había regalado uno cuando cumplió cuarenta años), Mao se había decantado por la ingeniería. Al principio la carrera había ido a trompicones, porque el muchacho era muy meticuloso. Había conseguido un trabajo en una de las compañías petroleras líderes de Indonesia, con la misión de asegurar la calidad de la producción. El error de Mao fue que hizo exactamente eso. De pronto, los jefes intermedios se encontraron en dificultades para llenarse los bolsillos con dinero de dudosa procedencia a la hora de adjudicar las reparaciones, porque ya no había reparaciones que adjudicar. La eficacia de la compañía petrolera aumentó en un treinta y cinco por ciento, y Mao Einstein se convirtió en la persona menos popular del grupo de empresas. Cuando el acoso generalizado por parte de sus compañeros de trabajo se convirtió en amenazas directas, Mao Einstein consiguió un empleo en los Emiratos Árabes

Unidos. Incluso allí, pronto consiguió aumentar la eficacia, mientras que el grupo de empresas de Indonesia, para gran regocijo de todos, recuperaba rápidamente su antiguo nivel.

Amanda estaba terriblemente orgullosa de sus hijos, aunque no acababa de comprender cómo habían salido tan listos. En una ocasión, Herbert le había dicho que había buenos genes en su familia, pero no recordaba muy bien a quién se había referido.

Sea como fuere, Amanda se puso loca de contenta por la llamada que recibió de Allan y se apresuró a decir que él y todos sus amigos serían muy bienvenidos en Bali. Enseguida hablaría con Allan Junior del asunto; quizá tuviese que echar a algunos huéspedes, si resultaba que el hotel estaba lleno, pero eso no sería problema. Y también llamaría a Mao, que estaba en Abu Dabi, para que se tomara unas vacaciones y acudiera a Bali. Sí, por supuesto que servían cócteles en el hotel, con y sin sombrilla. Y sí, Amanda se comprometía a no inmiscuirse en el servicio de bar.

Allan le dijo que se verían en breve y, antes de despedirse, le dirigió unas palabras de ánimo: le dijo que no creía que hubiera nadie en el mundo capaz de llegar tan lejos con una inteligencia tan limitada como la suya. A Amanda le pareció un detalle tan bonito que a punto estuvo de echarse a llorar de la emoción.

—¡Daos prisa, querido Allan! ¡Daos prisa!

El fiscal Ranelid abrió la rueda de prensa de la tarde con una triste revelación acerca de la perra rastreadora *Kicki*. El animal había indicado que la vagoneta encontrada en Åkers Styckebruk había transportado un cadáver, lo que, a su vez, había conducido a una serie de suposiciones e hipótesis por parte del fiscal, correctas en la medida en que la perra así lo había indicado, pero, ¡ay!, al final equivocadas.

Lo que ahora había salido a la luz era que la perra en cuestión había perdido poco antes la razón y ya no era de fiar. En pocas palabras, nunca había habido un cadáver en aquel lugar. Naturalmente, la perra fallida había sido sacrificada, y ésa, aunque dolorosa, había sido una buena decisión por parte de su guía (que *Kicki*, secretamente y con otro nombre, estuviera de camino a la casa del hermano del guía en Härjedalen, es algo que el fiscal nunca llegó a saber).

Además, Ranelid lamentó que la policía de Eskilstuna hubiera omitido informarle de la nueva orientación, evangelista y sumamente honorable, de la organización Never Again. Con ese dato, sin duda, el fiscal habría dado otras directrices para la posterior investigación del caso. Las conclusiones a que había llegado el fiscal se habían sustentado, por un lado, en una perra chiflada, y, por otro, en la información errónea que la policía le había proporcionado. Así pues, quería pedir disculpas en nombre de la policía por este infortunado error.

En cuanto al cadáver de Henrik *Hinken* Hultén, encontrado en Riga, habría que iniciar una nueva investigación criminal. En cambio, el caso del también fallecido Bengt *Bulten* Bylund se había cerrado. Existían sólidos indicios de que Bylund se había unido a la Legión Extranjera. Puesto que allí todo el mundo es admitido con seudónimo, era difícil de verificar. Sin embargo, estaba más que probado que Bylund había sido una de las víctimas de la acción terrorista perpetrada en el centro de Yibuti hacía apenas un par de días.

Ranelid dio detallada cuenta de las diferentes relaciones que existían entre los protagonistas de la trama y mostró el ejemplar de la Biblia que ese mismo día le había regalado Bosse Ljungberg. Una vez lo hubo aclarado, los periodistas quisieron saber dónde podrían encontrar a Allan Karlsson y su séquito para que les dieran su punto de vista, pero el fiscal no pudo informarles acerca de su paradero (no tenía ningún interés en que ese vejestorio senil se sentara a hablar de Churchill y Dios sabe quién con los representantes de la prensa). Luego, los periodistas se centraron en Hinken. A fin de cuentas, él era quien había sido asesinado y los antes presuntos asesinos ya no eran sospechosos. Por tanto, ¿quién se había cargado a Hultén?

Ranelid había puesto todas sus esperanzas en que ese detalle cayera en el olvido, pero respondió que después de la rueda de prensa se iniciaría una nueva investigación y pidió que le permitieran volver al asunto cuando dispusiera de más datos.

Para gran asombro del fiscal, el gremio periodístico se dejó contentar con aquella explicación y con todo lo demás. Tanto Ranelid como su carrera habían sobrevivido a aquel día.

Amanda Einstein les había pedido a Allan y sus amigos que se dieran prisa en llegar a Bali, y lo mismo pretendían ellos. Al fin y al cabo, en cualquier momento podía presentarse en Klockaregård un periodista perspicaz, y en tal caso lo mejor sería que ya hubieran abandonado el lugar. Allan ya había cumplido con su parte telefoneando a Amanda. El resto estaba en manos de la Bella Dama.

No muy lejos de Klockaregård se encontraba estacionada la flotilla aérea de Såternäs, y allí había un avión Hércules capaz de tragarse un elefante entero, incluso dos, con cierta facilidad. El aparato en cuestión ya había sobrevolado Klockaregård más de una vez y casi le había dado un susto de muerte a la pobre *Sonja*. Fue entonces cuando a la Bella Dama se le ocurrió la idea.

La Bella Dama había hablado con un coronel de Såternäs, pero éste se había mostrado más que reticente. Antes de ofrecer transporte intercontinental a un buen número de personas y animales quería ver todos los documentos, certificados y permisos. Entre otras cosas, estaba terminantemente prohibido que el ejército compitiera con el mercado libre, y si ése no era el caso, de todos modos necesitarían el certificado del Consejo de Agricultura sueco. Además, el viaje requeriría al menos cuatro escalas, y en cada aeropuerto debería haber un veterinario esperándolos para comprobar el estado de salud de los animales. En el caso del elefante, eso podía suponer al menos doce horas en cada una de las escalas.

—¡Vaya con la jodida burocracia sueca! —masculló la Bella Dama, y llamó a Lufthansa, en Múnich.

Allí se mostraron apenas una pizca menos puñeteros. Claro que podían trasladar a un elefante y un grupo de pasajeros. Tendría que hacerse desde Landvetter, a las afueras de Gotemburgo, y por supuesto que podían llevarlos a todos a Indonesia. Lo único que se requería era un certificado que confirmara quién era el propietario del elefante y que un veterinario los acompañara a bordo. También, naturalmente, debían presentar los visados pertinentes para entrar en Indonesia, tanto las personas como los animales. Cumplidos estos requisitos, la compañía aérea les aseguraba que podrían viajar en un plazo de tres meses.

—¡Vaya con la jodida burocracia alemana! —masculló la Bella Dama, y decidió llamar directamente a Indonesia.

Tardó un rato en encontrar a alguien con quien hablar, porque en Indonesia operaban cincuenta y una compañías aéreas y apenas un puñado tenía personal capaz de hablar en inglés. Sin embargo, la Bella Dama no se rindió y al final lo consiguió. En Palembang, Sumatra, había una compañía de transportes que a cambio de una generosa compensación económica estaba dispuesta a darse una vuelta por Suecia y luego volver. Para tal propósito disponían de un Boeing 747 recientemente adquirido al ejército azerbaiyano (afortunadamente, todo esto tuvo lugar antes de que la UE pusiera a todas las compañías aéreas indonesias en su lista negra y les prohibiese aterrizar en Europa). La empresa prometió arreglarlo con la administración sueca, aunque le correspondía al cliente solicitar los permisos de aterrizaje en Bali. ¿Un veterinario? ¿Para qué?

Luego quedaba el tema de los pagos. Tuvieron que hacer frente a un incremento del veinte por ciento de lo acordado en un primer momento, hasta que la Bella Dama, echando mano de su rico vocabulario, consiguió convencer a la empresa de que aceptara el pago en efectivo y en coronas suecas.

Mientras el Boeing indonesio volaba en dirección a Suecia, los amigos celebraron una nueva asamblea. Benny y Julius recibieron el encargo de falsificar algunos documentos para agitar delante de las narices del personal presuntamente riguroso del aeropuerto de Landvetter, y Allan se comprometió a arreglarlo con las autoridades aeroportuarias balinesas.

Naturalmente, las cosas se complicaron un poco en el aeropuerto a las afueras de Gotemburgo, pero Benny no sólo disponía de su documentación veterinaria falsa, sino que estaba capacitado para soltar alguna frase técnica convincente. Todo esto, junto con los certificados de propiedad y de sanidad del elefante y un montón de documentos fidedignos expedidos por Allan en indonesio, propiciaron que finalmente todos pudieran subir a bordo. Además, como los amigos, en la estela de las mentiras generalizadas, habían dicho que su siguiente destino era Copenhague, nadie pidió los pasaportes.

En el avión iban el centenario Allan Karlsson, recientemente declarado inocente; el ladronzuelo Julius Jonsson; el sempiterno estudiante Benny Ljungberg; su novia, la bella Gunilla Björklund; las dos mascotas de ésta, la elefanta *Sonja* y el pastor alemán *Buster*; el mayorista de comestibles convertido Bosse; el antes tan solitario comisario Aronsson; el antiguo líder de una banda de gánsteres, Per-Gunnar Gerdin, y su madre, Rose-Marie, de ochenta años, que en su día había escrito una desgraciada carta a su hijo cuando éste estaba rehabilitándose en la prisión de Hall.

El viaje duró once horas, sin necesidad de hacer engorrosas escalas por el camino, y el grupo estaba en buen estado cuando el comandante indonesio les comunicó que el avión se disponía a aterrizar en el aeropuerto internacional de Bali y que ya iba siendo hora de que Allan Karlsson aclarara lo del permiso de aterrizaje. Allan contestó que el comandante sólo tenía que avisarle cuando la torre de control diera señales de vida, del resto se ocuparía él.

—Muy bien, ya estamos en contacto con la torre —dijo el comandante, nervioso—. ¿Qué debo contestar? ¡Podrían derribarnos o hacer cualquier otra barbaridad!

—De eso nada. —Allan se hizo cargo de los auriculares y el micrófono del comandante—. ¿Hola? ¿El aeropuerto de Bali? —dijo en inglés, y acto seguido le comunicaron que el avión debía identificarse de inmediato si no quería recibir el azote de las fuerzas aéreas indonesias.

—Mi nombre es Dollars —dijo Allan—. Cien Mil Dollars.

Se hizo el silencio en la torre de control. El comandante indonesio y el segundo de a bordo miraron maravillados a Allan.

—Ahora mismo, el controlador aéreo está calculando con sus compañeros cuántos son para compartir el botín —les explicó Allan.

—Lo sé —dijo el comandante.

Al cabo de unos segundos, el controlador aéreo volvió a dar señales de vida.

—¿Hola? ¿Está ahí el señor Dollars?

—Sí, aquí estoy —dijo Allan.

—Disculpe, pero ¿cuál es su nombre de pila, señor Dollars?

—Cien Mil —dijo Allan—. Soy el señor Cien Mil Dollars y solicito permiso para aterrizar en su aeropuerto.

—Disculpe, señor Dollars, pero no se le oye bien. ¿Sería tan amable de repetir su nombre de pila?

Allan le explicó al comandante que el controlador había iniciado las negociaciones.

—Lo sé —dijo el comandante.

—Mi nombre de pila es Doscientos Mil —dijo Allan—. ¿Tenemos permiso para aterrizar?

—Un momento, señor Dollars —dijo el controlador, y tras recibir el visto bueno de sus colegas, anunció—: Bienvenido a Bali, señor Dollars. Será un placer tenerlo aquí.

Allan le dio las gracias y volvió a pasarle los auriculares y el micrófono al comandante.

—Es evidente que usted ha visitado este país antes —dijo éste con una sonrisa.

—Indonesia es la tierra de las oportunidades —dijo Allan.

Cuando las autoridades del aeropuerto internacional de Bali descubrieron que varios de los acompañantes del señor Dollars carecían de pasaporte y, encima, uno de ellos pesaba cerca de cinco toneladas y tenía cuatro patas en lugar de dos, el grupo se vio en la obligación de desembolsar otros cincuenta mil para arreglar los papeles de la aduana, los permisos de residencia y un transporte adecuado para *Sonja*. Y así, poco más de una hora después del aterrizaje el grupo al completo llegó al hotel de la familia Einstein, incluida *Sonja*, que fue transportada junto con Benny y la Bella Dama en uno de los vehículos del servicio de cátering del aeropuerto (por cierto, el pasaje del vuelo a Singapur de aquella tarde se quedó sin comida).

Amanda, Allan y Mao Einstein recibieron a los viajeros a las puertas del hotel, y después de unos cuantos abrazos efusivos los condujeron a sus habitaciones. Mientras tanto, *Sonja* y *Buster* pudieron estirar las patas en el enorme jardín vallado del hotel. A Amanda ya le había dado tiempo de comentar que no había muchos amigos elefantes para *Sonja* en Bali, pero que se ocuparía de procurarle un novio potencial que mandaría traer de Sumatra. En cuanto a las novias de *Buster*, seguro que éste las encontraría por su cuenta: corrían muchas perras bonitas por ahí.

A continuación, Amanda les informó que avanzada la noche celebrarían una magnífica fiesta balinesa de bienvenida y les recomendó que antes de nada durmieran la siesta.

Todos, a excepción de tres, siguieron su consejo. Gäddan y su madre ya no podían esperar más para probar uno de esos cócteles con sombrilla, y lo mismo le pasó a Allan, aunque en su caso sin sombrilla.

Los tres se dirigieron hacia las tumbonas instaladas a orillas del mar, se pusieron cómodos y esperaron a que les sirvieran lo que acababan de pedir en el bar.

La camarera tenía ochenta y cuatro años y se había hecho cargo arbitrariamente del servicio.

—Aquí tiene su cóctel rojo con sombrilla, señor Gerdin. Y un cóctel verde con sombrilla para usted, señora mamá de Gerdin. Y... un momento... ¡será posible! ¿De verdad has pedido un vaso de leche, Allan?

—Creí que habías prometido que no te meterías en el servicio de bar, querida Amanda —dijo Allan.

—Te mentí, querido Allan. Te mentí.

La noche se cernió sobre el paraíso y los amigos se reunieron para celebrar una cena de tres platos, invitados por los tres Einstein. De primero les sirvieron *sata lilita*, el plato fuerte fue *bebe batuta* y de postre un *jajá batan badil*. Todo ello regado generosamente con *tal haya*, cerveza de palmera, para todos salvo para Benny, que bebió agua.

La primera noche en tierras indonesias fue casi tan larga como agradable. Remataron la comilona con un *pisan ambón* para todos a excepción de Allan, que tomó un cóctel, y de Benny, que pidió un té.

Bosse sintió que aquel día y aquella noche de abundancia debía equilibrarse un poco, así que se puso en pie y empezó citando a Jesucristo según el Evangelio de Mateo («Bienaventurados los pobres de espíritu»). Bosse opinaba que todos podían mejorar escuchando la palabra de Dios y aprender de ella. Y entonces juntó las manos y le dio las gracias al Señor por un día tan extraordinario y tan extraordinariamente bueno.

—Creo que ya es suficiente por hoy —dijo Allan, rompiendo el silencio reinante tras las palabras de Bosse.

Bosse le había dado las gracias al Señor y tal vez fuera ésa la manera en que el Señor le correspondía, porque la felicidad persistió y ahondó entre la mezcla abigarrada de suecos que se había dado cita en aquel hotel balinés. Benny pidió la mano de la Bella Dama («¿Quieres casarte conmigo?» «¡Sí, joder! ¡Ahora mismo!»). La boda se celebró al día siguiente, por la noche, y se prolongó tres días. La octogenaria Rose-Marie Gerdin enseñó a los miembros del club local de pensionistas a jugar al Juego del Tesoro (aunque nunca lo suficiente como para que ella perdiera alguna partida); Gäddan se pasaba los días tumbado en la playa, tomando cócteles con sombrillas de todos los colores; Bosse y Julius se compraron un barco pesquero del que apenas bajaban, y el comisario Aronsson se convirtió en un miembro extremadamente popular de la clase alta balinesa; al fin y al cabo era blanco, un *bule*, y además comisario de policía, y si con eso no bastaba, encima venía del país menos corrupto del mundo. No podía ser más exótico.

Todos los días, Allan y Amanda daban un largo paseo por la playa de arena blanca, delante del hotel. Siempre tenían muchas cosas de las que hablar, y disfrutaban de la mutua compañía. No andaban rápido, porque ella tenía ochenta y cuatro años y él ya se acercaba a los ciento uno.

Pasado un tiempo, empezaron a ir cogidos de la mano, por esas cosas del equilibrio. Por eso eligieron cenar juntos en el porche de Amanda por las noches; en cierto modo, les resultaba demasiado caótico hacerlo con los demás. Finalmente, Allan se mudó a la suite de Amanda para siempre. De este modo podían alquilar la habitación libre a algún turista, lo cual beneficiaba el equilibrio presupuestario del hotel.

Durante uno de los paseos que dieron días después, Amanda aireó la posibilidad de que hicieran lo que habían hecho Benny y la Bella Dama, es decir, casarse; después de todo, vivían juntos. Allan respondió que no veía nada que objetar, pues los cócteles se los preparaba él mismo. O sea, ningún obstáculo insalvable le impedía aceptar la proposición de Amanda.

—Entonces, ¿qué me dices? —lo urgió ella.

—Pues digo que sí.

Y se estrecharon la mano con más fuerza. Por esas cosas del equilibrio.

La indagación en torno a la muerte de Henrik *Hinken* Hultén fue corta y pobre en resultados. La policía investigó su pasado e interrogó, entre otros, a los antiguos compinches de Hinken en Småland (no muy lejos, por cierto, de la casa de Gunilla Björklund), pero no habían visto ni oído nada.

Los colegas de Riga encontraron al borracho que había llevado el Mustang al desguace, pero no consiguieron sacarle ni una sola frase coherente, hasta que a uno de los agentes se le ocurrió ofrecerle un par de botellas de vino tinto. De pronto, el borrachuzo empezó a hablar y dijo que no tenía ni idea de quién le había pedido hacer aquel servicio. Era alguien que, un buen día, se había sentado a su lado en el banco del parque con una bolsa llena de botellas.

—Es cierto que estaba borracho —admitió el borrachuzo—, pero nunca lo estoy lo bastante como para rechazar cuatro botellas de vino.

Sólo un periodista quiso averiguar, unos días después, cómo andaba la investigación del asesinato de Hinken, pero el fiscal Ranelid consiguió no responder a sus preguntas. Se había ido de vacaciones a Las Palmas tras comprar un billete para un chárter de última hora. Habría preferido ir aún más lejos, lejos de todo; había oído decir que Bali era un lugar maravilloso, pero no quedaban plazas libres.

Tendría que conformarse con las Islas Canarias. Y allí estaba, echado en una tumbona con un cóctel con sombrilla en la mano, preguntándose adónde habría ido Aronsson. Al parecer, había dimitido, había solicitado que le abonaran la liquidación que le correspondía y había desaparecido.

28

1982-2005

El sueldo de la embajada estadounidense le vino muy bien. Allan encontró una casita roja a unos kilómetros del lugar donde había nacido y se había criado. La compró y pagó al contado. Durante el papeleo por la compra de la casa tuvo que enfrentarse a las autoridades suecas, que insistían en que él no existía. Al final, cedieron en este punto y, para sorpresa de Allan, empezaron a pagarle una pensión.

—¿Por qué? —preguntó Allan.

—Porque eres pensionista —dijo la autoridad.

—¿Lo soy?

Sí, lo era, y además con una buena pensión. La primavera siguiente cumpliría setenta y ocho años, y entonces cayó en la cuenta de que se había hecho mayor, contra todo pronóstico y sin haber tenido tiempo de pensarlo realmente. Aunque llegaría a cumplir muchos más...

Pasaron los años, lentamente y sin que Allan influyera en ningún momento en el desarrollo de la política mundial. Ni siquiera influyó en el desarrollo de Flen, adonde acudía de vez en cuando para hacer la compra (en el establecimiento del nieto del mayorista Gustavsson, que llevaba el supermercado Ica y, afortunadamente, no tenía ni idea de quién era Allan). En cambio, la biblioteca de Flen no recibió ningún usuario nuevo, porque Allan había descubierto que podía suscribirse a los diarios que quisiera y que se los dejaban cómodamente en el buzón de su casa. ¡Era extraordinariamente práctico, la verdad!

Cuando el eremita de la cabaña que había a las afueras de Yxhult cumplió ochenta y tres años, acabó por aceptar que todo ese ir y venir a Flen en bicicleta tenía que acabar, y se compró un coche. Por un tiempo, consideró la posibilidad de aprovechar la ocasión para sacarse el carnet de conducir, pero antes de que el profesor de la autoescuela hubiera llegado al examen médico, que incluía un test de capacidad visual y estado general de salud, Allan decidió que seguiría conduciendo a pesar de todo. Cuando el profesor llegó a la bibliografía, las clases teóricas, las clases prácticas y el doble examen final, Allan ya había dejado de prestarle atención.

En 1989, la Unión Soviética empezó a desmoronarse seriamente, algo que no sorprendió al viejo productor de alcohol casero de Yxhult. Al fin y al cabo, el nuevo y joven timonel, Gorbachov, había iniciado su mandato con una vasta campaña contra el importante consumo de vodka en la nación. Ésa no era la manera de convencer a las masas, cualquiera debería saberlo.

Ese mismo año, de hecho el día del cumpleaños de Allan, de pronto apareció un gatito en las escaleras del zaguán de la cabaña, reclamando comida. Allan lo invitó a entrar en la cocina y le sirvió leche y salchicha. Al gato le pareció tan estupendo que se mudó a la casa.

Era un gato de campo atigrado, un macho, al que Allan bautizó rápidamente como *Molotov*, no por el ministro de Asuntos Exteriores, sino por el cóctel. *Molotov* no decía gran cosa, pero era extraordinariamente inteligente y muy bueno escuchando. Si Allan tenía algo que contar, le bastaba con llamar al gato, que siempre aparecía dando pasitos menudos (a menos que en ese momento estuviera cazando ratones; *Molotov* sabía priorizar). El gato saltaba al regazo de Allan, se ponía cómodo y movía las orejas para indicar que su amo ya podía empezar a contarle lo que quisiera. Si, además, Allan le rascaba la cabeza y el cogote, no había límites para la duración de la charla.

Y cuando más tarde Allan se hizo con unas gallinas, bastó con que se lo explicara una sola vez a *Molotov* y le dijera que no debía atacarlas, para que el gato asintiera con la cabeza y lo comprendiera al instante. Que luego le diera igual el discurso de su amo y siguiera persiguiéndolas hasta aburrirse, ya era harina de otro costal. ¿Qué otra cosa podía esperar Allan? Al fin y al cabo, era un gato.

Allan pensaba que no había nadie más astuto que *Molotov*, ni siquiera el zorro que rondaba el gallinero buscando algún hueco en la alambrada para colarse. El zorro se habría zampado al gato, por supuesto, pero *Molotov* era demasiado rápido para él.

Los años se fueron sumando a los que Allan ya había acumulado. Y todos los meses llegaba la pensión de las autoridades, sin que Allan devolviera ni una sola corona. Con el dinero solía comprar queso, salchichas, patatas y, de vez en cuando, un saquito de azúcar. Luego pagaba la suscripción al *Eskilstuna-Kuriren* y la factura de la luz, cuando le daba la gana llegar.

Sin embargo, una vez pagado eso y un poco más, seguía sobrándole dinero... ¿para qué? En una ocasión, Allan decidió devolver el importe restante a las autoridades. Lo metió en un sobre y lo envió, pero al cabo de un tiempo se presentó un funcionario para comunicarle que en el futuro se abstuviera de hacer algo así, que no se podía. A continuación, le devolvió el dinero y le hizo prometer que dejaría de crearle ese tipo de problemas a la Administración.

• • •

Allan y *Molotov* se lo pasaban muy bien. Todos los días, cuando el tiempo lo permitía, salían a dar una vuelta en bicicleta por los caminos de grava de la comarca. Allan se ocupaba de pedalear mientras *Molotov* iba echado en la cesta, disfrutando del viento y la velocidad.

La pequeña familia llevaba una vida cómoda y rutinaria. Y ésta duró hasta que, un buen día, resultó que no sólo Allan envejecía, sino también *Molotov*. Porque de pronto el zorro alcanzó al gato, lo que no sorprendió tanto a aquél como a éste, y fue muy doloroso para Allan.

Nunca se había sentido tan triste en toda su vida, y el dolor se convirtió rápidamente en rabia. El viejo experto en explosivos salió al porche con lágrimas en los ojos y gritó a la noche invernal:

—¿Quieres guerra? ¿Es eso lo que quieres, maldito zorro? ¡Pues eso es lo que tendrás!

Por primera y última vez en su vida, Allan se había puesto furioso. Y no se le pasó con una copa ni dando una vuelta en el coche sin carnet de conducir ni con un esprint especialmente largo en bicicleta. Allan sabía que el sentimiento de venganza no era una fuerza impulsora de vida. Sin embargo, eso sentía en ese momento.

Puso una carga explosiva al lado del gallinero, lista para detonar en cuanto el zorro empezara a acercar el morro a los dominios de las gallinas. Pero con las prisas, olvidó que había guardado su arsenal de dinamita pared con pared con el gallinero.

Así, en el crepúsculo del tercer día tras la ascensión a los cielos de *Molotov*, se oyó un estruendo en aquella parte del bosque de Södermanland como no se había oído desde finales de los años veinte.

El zorro saltó por los aires, al igual que las gallinas, el gallinero y la leñera. Sin embargo, la carga bastó y sobró para acabar también con el granero y la cabaña. Allan, que estaba sentado en la sala cuando ocurrió, también salió volando con butaca y todo para aterrizar sobre un montón de nieve delante del sótano donde guardaba las patatas. Allí se quedó sentado, mirando sorprendido alrededor, hasta que dijo:

—Adiós, zorro.

En ese momento tenía noventa y nueve años y morados suficientes para quedarse sentado donde estaba. Pero la ambulancia, la policía y los bomberos no tardaron en encontrarlo, porque las llamas se alzaban muy altas en la colina. Y una vez hubieron comprobado que el anciano de la butaca sobre el montón de nieve estaba ileso, avisaron a los servicios sociales.

En menos de una hora, el asistente social Henrik Söder llegó al lugar. Allan seguía sentado en su butaca, aunque el personal de la ambulancia lo había envuelto con varias mantas amarillas, algo que en realidad no era necesario, pues el fuego de la cabaña, aunque casi extinguido, seguía desprendiendo calor.

—Me temo que acaba de hacer volar su casa por los aires, señor Karlsson —dijo el asistente social.

—Así es —reconoció Allan—. Es una mala costumbre que tengo.

—Entonces, supongo que se ha quedado sin casa y no tiene donde vivir, ¿estoy en lo cierto?

—Me temo que tiene bastante razón. ¿Tiene alguna propuesta que hacerme el señor asistente social?

El señor asistente social no tenía ninguna propuesta que hacerle, y por eso, de momento, Allan se alojaría a cuenta del Estado en el hotel de la ciudad de Flen, donde la noche siguiente celebró alegremente el año nuevo con, entre otros, el asistente social Söder y su esposa.

Allan no había vivido tan a lo grande desde que estuvo en Estocolmo hospedado en el lujoso Grand Hôtel. Por cierto, tal vez había llegado el momento de pagar la factura, porque con las prisas no le había dado tiempo a hacerlo.

Al final, Allan acabó en la residencia de ancianos de Malmköping gracias a que la habitación 1 había quedado libre. Lo recibió la enfermera Alice, que si bien le sonrió amablemente, también le sorbió las ganas de vivir al detallarle las normas de la residencia de ancianos. Le explicó que estaba prohibido fumar, que estaba prohibido beber alcohol y que estaba prohibido ver la televisión después de las once de la noche. Y también le contó que el desayuno se servía a las siete menos cuarto en los días laborales y una hora más tarde los fines de semana. El almuerzo era a las once y cuarto, el café se tomaba a las tres y cuarto y la cena se servía a las seis y cuarto. El que se despistaba y llegaba tarde corría el riesgo de ayuno forzoso.

A continuación, le expuso las normas que regían para las duchas y el cepillado de dientes, para las visitas, tanto para quienes venían de fuera como para los que vivían en la población, las horas en que se repartían las medicinas y entre qué hora y qué hora podían importunar a la enfermera Alice o a sus colegas si no se trataba de un problema serio, algo que pasaba pocas veces, según Alice, quien añadió que por regla general los residentes se quejaban demasiado.

—¿Puedo cagar cuando me dé la gana? —preguntó Allan.

Así fue como Allan y la enfermera Alice se enemistaron a los quince minutos de haberse conocido.

Allan no estaba contento consigo mismo por la manera en que había conducido la guerra contra el zorro (a pesar de que la había ganado). Perder los estribos no era propio de él, como tampoco el lenguaje que había utilizado con la enfermera Alice, por mucho que se lo mereciera. A eso había que sumar la insufrible lista de normas que en adelante tendría que acatar...

Echaba de menos a su gato. Tenía noventa y nueve años y ocho meses. Parecía haber perdido el control sobre su estado de ánimo. Y ahora había sucumbido a una bruja llamada Alice.

Ya estaba harto de todo.

De pronto ya no le interesaba la vida, porque era como si la vida hubiese dejado de interesarse por él. Por tanto, tomaría posesión de la habitación 1, se presentaría a cenar a las seis y cuarto y luego, una vez cenado y duchado, con sábanas limpias y pijama nuevo, se acostaría, moriría mientras dormía, lo meterían en un ataúd, lo enterrarían y se olvidarían de él.

Cuando a eso de las ocho de la tarde se metió por primera vez en la cama de la residencia de ancianos, sintió un placer casi eléctrico. En menos de cuatro meses cumpliría un número de años de tres cifras. Allan Emmanuel Karlsson cerró los ojos y tuvo la absoluta certeza de que estaba a punto de dormirse para no volver a despertar. La vida había sido emocionante de principio a fin, pero no hay nada que dure para siempre, salvo, tal vez, la estupidez generalizada.

Luego dejó de pensar. El cansancio se apoderó de él. Todo se hizo oscuridad.

Hasta que volvió a clarear con un resplandor blanco. Por lo visto, la muerte se parecía bastante al sueño. ¿De verdad daba tiempo de pensar en eso también, antes del gran final? Y ¿de veras tenía tiempo de pensar que había tenido tiempo de pensarlo? Pero, un momento, ¿cuánto tiempo puedes pensar antes de dejar de pensar para siempre?

—¡Siete menos cuarto, Allan, hora del desayuno! —llamó la enfermera Alice—. Si no te acabas las gachas, las retiraremos y no probarás bocado hasta la hora del almuerzo —le advirtió.

Aparte de todo lo demás, Allan constató que con los años se había convertido en un cándido. Nadie se moría a fuerza de voluntad. El peligro de que al día siguiente volviera a despertarlo aquella mujer espantosa que respondía al nombre de Alice y que sirvieran aquellas gachas igualmente espantosas, era inminente.

Muy bien. De todos modos, aún le faltaban varios meses para llegar a los cien años; sin duda le daría tiempo a salir de allí con los pies por delante. «El alcohol mata», le había dicho la enfemera para justificar la prohibición de la bebida. «Eso suena prometedor —pensó Allan—. Debería darme una vuelta por el Systembolaget...»

Pasaron los días y se convirtieron en semanas. Después del invierno llegó la primavera, y Allan anhelaba la muerte casi tanto como su amigo Herbert cincuenta años atrás. Pero Herbert sólo consiguió salirse con la suya cuando cambió, y eso no presagiaba nada bueno.

Y aún peor: el personal de la residencia había empezado a organizar el centésimo cumpleaños de Allan, que como un animal enjaulado tendría que soportar que lo miraran, le cantaran y lo atiborraran de pastel. Desde luego, no era lo que él había pedido.

Y de pronto sólo le quedaba una única noche para morir.

29

Lunes 2 de mayo de 2005

Es verdad que habría podido decidirse antes y de paso haber tenido la deferencia de comunicar su decisión a los interesados, pero Allan Karlsson nunca había dedicado tiempo a pensar las cosas antes de hacerlas.

Por tanto, en cuanto la idea le vino a la cabeza, abrió la ventana de su habitación en el primer piso de la residencia de ancianos de Malmköping, provincia de Södermanland, y bajó por el emparrado hasta el arriate del jardín.

La maniobra le resultó complicada, algo comprensible dado que ese mismo día Allan cumplía cien años. En menos de una hora se celebraría su fiesta de cumpleaños en el salón de la residencia. El mismísimo alcalde haría acto de presencia. Y la prensa local. Y el resto de los ancianos. Y el personal al completo, con la furibunda enfermera Alice a la cabeza, por supuesto.

Sólo el homenajeado no tenía la intención de presentarse.

Epílogo

Allan y Amanda fueron muy felices juntos. Además, parecían estar hechos el uno para el otro. Él era alérgico a toda charla relacionada con ideologías o religión, mientras que ella ni siquiera conocía el significado de la palabra ideología y, por mucho que lo intentara, no conseguía recordar el nombre del dios al que debería rendir culto. Encima, una noche en que la proximidad mutua fue excepcionalmente intensa, se demostró que el profesor Lundborg, a pesar de todo, debía de haber sido un poco negligente con el bisturí aquel día de agosto de 1925, porque Allan, para su sorpresa, fue capaz de hacer algo que hasta entonces sólo había visto en las películas.

En el día de su ochenta y cinco cumpleaños, Amanda recibió como regalo de su marido un ordenador portátil con conexión a internet. Allan había oído decir que eso de internet era algo que divertía mucho a la juventud.

A Amanda le llevó tiempo aprender a entrar en el sistema, pero era muy obstinada y unas semanas después había creado su propio blog. Se pasaba el día escribiendo de esto y aquello, del pasado y el presente. Entre otras cosas, escribió sobre los viajes y las aventuras por todo el mundo de su amado esposo. Creía dirigirse a un público de amigos pertenecientes a la alta sociedad balinesa, porque era

411

poco probable que alguien más fuera a interesarse por el tema.

Allan estaba sentado en el porche, como de costumbre, disfrutando del desayuno cuando, un buen día, se presentó un caballero trajeado. Explicó que lo enviaba el gobierno indonesio, pues a través de un blog se habían enterado de algunas cosas asombrosas. Ahora, en nombre del presidente de aquel país, y si resultaba que lo que había leído era cierto, le gustaría aprovechar los conocimientos especiales del señor Karlsson.

—¿En qué quiere que lo ayude, si me permite la pregunta? —dijo Allan—. Me parece que sólo hay dos cosas que sé hacer mejor que la mayoría de la gente. Una es convertir la leche de cabra en aguardiente, y la otra fabricar una bomba atómica.

—Es precisamente lo que nos interesa —dijo el hombre.

—¿Lo de la leche de cabra?

—No, eso no.

Allan le pidió al representante indonesio que tomara asiento y luego le explicó que una vez, hacía mucho tiempo, le había dado la bomba a Stalin, y que había sido un gran error, porque Stalin estaba como un cencerro. Por tanto, antes quería saber cómo andaba el presidente indonesio de la sesera. El enviado gubernamental contestó que el presidente Yudhoyono era una persona muy sabia y responsable.

—Es bueno saberlo —dijo Allan—. En ese caso, estaré encantado de ayudarlo.

Y eso hizo.

Agradecimientos especiales a Micke, Liza, Rixon, Maud y el tío Hans.

Jonas